古典文獻研究輯刊

二二編

曾永義 主編

第 9 冊

宋前茅山宗文學研究

段祖青 著

國家圖書館出版品預行編目資料

宋前茅山宗文學研究／段祖青　著 -- 初版 -- 新北市：花木蘭
文化事業有限公司，2020〔民 109〕
序 2+ 目 2+264 面；19×26 公分
（古典文學研究輯刊　二二編；第 9 冊）
ISBN 978-986-518-179-6（精裝）
1. 道教文學　2. 文學評論
820.8　　　　　　　　　　　　　　　　　　109010553

ISBN-978-986-518-179-6

古典文學研究輯刊
二二編　第 九 冊　　　　　　ISBN：978-986-518-179-6

宋前茅山宗文學研究

作　　者　段祖青
主　　編　曾永義
總 編 輯　杜潔祥
副總編輯　楊嘉樂
編　　輯　許郁翎、張雅淋　美術編輯　陳逸婷
出　　版　花木蘭文化事業有限公司
發 行 人　高小娟
聯絡地址　235 新北市中和區中安街七二號十三樓
　　　　　電話：02-2923-1455／傳真：02-2923-1452
網　　址　http://www.huamulan.tw 信箱 hml 810518@gmail.com
印　　刷　普羅文化出版廣告事業
初　　版　2020 年 9 月
全書字數　243234 字
定　　價　二二編 9 冊（精裝）台幣 22,000 元

宋前茅山宗文學研究

段祖青　著

作者簡介

段祖青，一九八一年五月出生，湖南洪江人。江西農業大學人文學院中文系講師。先後於湖南科技大學、湖南師範大學獲文學學士、碩士、博士學位。主持省部級課題兩項，已在各級期刊上發表《略論陶弘景的文學創作觀》、《吳筠辭賦略論》、《略論宋前茅山高道與文人之交往》等學術論文多篇。

提　　要

　　茅山宗之創始人陶弘景具有儒士、學者兼文人氣質，特別注重同文人交往，創作了不少優秀的文學作品。其後的茅山高道受他的影響，也非常重視文藝，與文人交往密切，留下了大量詩歌、辭賦、散文、小說等文學作品，不僅在道教文學史上引人矚目，而且對蕭梁至唐五代文學也有廣泛影響。

　　本書全面考察了陶弘景開宗立派後至唐五代這一時期的茅山宗文學，採用縱向與橫向相結合的結構方法，縱向上勾畫茅山宗創立、興盛、衰弱的嬗變過程；橫向上按文體分別討論了茅山宗詩歌、辭賦、齋醮詞（駢文）、散文、小說等各種體式的創作，著重從茅山宗詩文本身的思想內涵、文化意蘊及其藝術特色、影響等層面進行分析，揭示了這個特殊的道教文學派別在我國古代文學史上的獨特價值。

　　本書所論，涉及政治、經濟、歷史、文學、文化、心理等多個領域。既有表格統計，又有語言論述；既有前人成說，又有自己推論，在文獻資料的搜集與解讀方面下了不少工夫。由此得出的觀點多言而有據，在很多專題上有所拓展，如吳筠，此前學術界多關注其詩歌和道術，本書則對其辭賦也作了比較深入的分析。又如杜光庭之齋醮詞，學界雖有所研究，但重點在其宗教含義的解讀，本書則從文學、社會心理等角度加以闡釋，得出了新的結論。

宋前茅山宗

文學研究

沈家莊署

2019 年教育部人文社科青年基金項目
「茅山宗詩文整理與研究」（19YJC751004）資助

序

　　新世紀以來，中國古代道教文學研究已然成為學界之熱點，這主要有三個方面的原因：一是中國古代道教文學作為中國古代文學的一個分支，是中國古代文學研究推陳出新、另闢蹊徑的必然結果。二是我國傳統文化的構成方式及其根基特徵決定了中國古代道教文學研究必然要走進一個興旺的時間節點，這個節點遲早要到來，新世紀返本開新的時代學術要求正好迎來了這個節點，「文化自信」是中國古代道教文學研究在新世紀快熱的利好環境。三是一代年輕學人的迅速成長助推了中國古代道教文學研究走向熱烈。全國方興未艾的博士學位點培養了大量的博士生，他們廣闢學術路徑，開拓學術領域，把觸角伸進了這塊廣大但又開墾不多的學術領地。

　　在這塊寬闊的開墾不多的學術領地裡，以道教派別為中心的文學宗派是中國古代道教文學的重要構成，其中茅山宗文學是眾多道教文學流派中的佼佼者。茅山宗是由上清派的重要傳人陶弘景開創的，歷經隋、唐、兩宋甚至更遠，繼承者均是一些學識淵博、文學造詣和藝術修養極高的人物，諸如王遠知、潘師正、司馬承禎、陳羽、吳筠、李含光、徐道邈、王軌、韋景昭、元丹丘、杜光庭……不但在道教和道教文學史上聲名顯赫，成就斐然，而且和許多中國文學史上的著名文學家交集甚密，對之的影響亦巨大而深遠，如陳子昂、李白、王維、孟浩然、顏真卿、李渤等。

　　上述茅山宗派人物的文學創作以道教題材為中心，輻射到社會生活的方方面面，在文學體式上，舉凡詩歌、散文、駢文、小說，各種皆工，藝術造詣極高，而且形成了各自的藝術風格，如始祖陶弘景詩歌飄逸，辭賦瀟淡；

十一世宗師潘師正幽深沖密，內融外發；十二代宗師司馬承禎在開元、天寶盛世與陳子昂、盧藏用、宋之問、李白、王維、孟浩然、賀知章等結為「仙宗十友」，詩染清逸，文擅飛狂；吳筠更是茅山宗文學成就之出類拔萃者，詞理疏通，文采煥發，兼李白之放蕩，杜甫之壯麗……如此卓越的茅山宗道教文學作家，毫無疑問應該成為學界研究的熱點。

　　祖青後學二〇〇五年跟著我攻讀中國古代文學研究生，在我的影響下開始對古代道教文學感興趣，後來通過閱讀大量的古代道教文學文獻，便對之生發出越來越濃厚的興趣，甚至可以說這種興趣一發而不可收，從碩士論文選題定在陶弘景的道教文藝思想上，到發表許多有關陶弘景道教文學研究的文章，又到考入中國古代文學專業博士，將博士學位論文選題定在宋前茅山宗文學研究上，再到點校整理《峴泉集》，並列入中華書局「道教典籍選刊」系列叢書出版計劃，一路走來，開發了中國古代道教文學領地中的茅山宗文學一脈，可以說也甚有學術成果了。祖青生性淳厚樸實，以其刻苦努力和勤奮堅定，遊弋於道教文學的歷史長河之中，在其博士論文以著作形式付梓之際，囑我為其作序，為嘉獎後學，鼓勵青年，我欣然應允，只是螺務繁多，遲遲未能如期交付，甚感歉疚。

　　近來科研瑣事稍微有些梳理得當，網上教學也基本結束，趁此難得之空閒，趕快完成祖青委託的任務，所以便寫了以上簡單的話，希望祖青再接再厲，不為塵俗所染，繼續高懸清潔高大的學術境界，把自己喜愛的學問做大、做好。

蔣振華

二〇二〇年五月二十六日於湖南師範大學

中國古代道教文學研究中心

目
次

緒　論

　　道教起源於東漢末年，距今已逾一千八百年歷史，是植根於中國社會的土生土長的宗教，對我國傳統文化的影響既廣且深，以至於魯迅以為「中國根柢全在道教，……以此讀史，有許多問題可以迎刃而解」〔註1〕。著有第一部道教史的許地山在其《道家思想與道教》一文中也表達了類似的看法：「我們簡直可以說支配中國一般人底理想與生活底乃是道教底思想。」〔註2〕

　　關於道教的研究，國內外都非常關注，也取得了較為豐碩的成績〔註3〕。

〔註1〕魯迅《致許壽裳》，見《魯迅全集》（第十二卷），人民文學出版社 2005 年版，第 365 頁。

〔註2〕見許地山《道教史》，上海古籍出版社 2006 年版，第 141 頁。

〔註3〕詳參朱越利《三十七年來的道教學研究》（《中國文化與中國哲學》三聯書店 1988）、陳敏《20 世紀中國道教學研究》（《中國宗教研究年鑒 1997～1998》）、蓋建民《道教與科技研究百年回顧與展望》（《中國宗教研究年鑒 1999～2000》）、卿希泰《百年來道教研究的回顧與展望》（《中國宗教研究年鑒 2001～2002》、孔令宏《近百年來道教思想史研究概述》（《中國宗教研究年鑒 2001～2002》、劉仲宇《中國道教研究 30 年》（《中國宗教研究年鑒 2007～2008》）、盧睿蓉《美國的中國道教研究之管窺》（《宗教學研究》2011 年第 2 期）、冰珂《20 世紀 80 年代國外及我國臺灣省道教研究概述》《道教與傳統文化》中華書局 2005）及臺灣鄭志明《臺灣四十年來道家與道教的研究簡介》（《道家思想文化——海峽兩岸道教思想與道教文化研究會論文集》臺灣中華宗教哲學研究社出版 1994）與林富士《歐美地區的道教研究概述（1950～1994）》（《臺灣宗教學會通訊》2000 年第 6 期）、《臺灣地區的道教研究總論及書目（1945～2000）》（《古今論衡》2007 年第 16 期）、鄭天星《西方漢學中的道教研究》與《美國道教學者及其成果》（《中國宗教研究年鑒 1997～1998》）、（日）蜂屋邦夫《日本道教研究的現狀》（《道教與傳統文化》中華書局 2005）、（法）索安《西方道教研究編年史》（中華書局 2002）等綜述性的論著。

但就道教文學而言，與之相較，則明顯落後。而且作為道教發源地，在這一領域的研究，起步比較晚。正如葛兆光所說：「道教與文學關係之研究，一直相當的落後，就連曾經研究過道教，寫過《道教史》上冊的許地山，都沒有專門論述道教與中國文學的論著，直到 1940 年，才有李長之的《道教徒的詩人李白及其痛苦》問世。」〔註4〕改革開放以後，許多學者開始關注於這一領域，相關成果逐漸多了起來〔註5〕，觸及到了道教與文學中的不少大問題。整體而言，主要呈現以下幾方面的特點：

一是總體考察道家、道教與文學的關係。如葛兆光的《中國宗教與文學論集》，考察道教對中國文學的藝術想像、文學語言、故事主題等方面造成的深遠影響。視角新穎，資料翔實，給人耳目一新之感。李生龍的《道家及其對文學的影響》〔註6〕第五編專門論述道家對中國歷代文學的影響，並選擇一些較有代表性的作家作品加以詳述，對文學研究有一定的參考價值。2005 年嶽麓書社再版時，作者作了較大的修改，內容也更加完善。張成權的《道家、道教與中國文學》〔註7〕側重考察道家、道教對不同文體的作用，同時也探究了受其影響的作家作品。吳光正等人主編的《想像力的世界——二十世紀「道教與古代文學」論叢》〔註8〕，收錄古代文學與道教關係的單篇論文，可視為二十世紀道教文學研究的歷史性總結〔註9〕。除此，葛兆光、伍偉民、黃保真等人還有一些單篇論文也給予了相當程度的關注。如葛兆光的《想像的世界

〔註4〕葛兆光《〈中國宗教與文學論集〉導言》，載葛兆光《中國宗教與文學論集》，清華大學出版社 1998 年版，第 8 頁。

〔註5〕朱越利、陳敏的《道教學》第十一章第五節整理了 1926 至 2000 年以來的道教文學研究成果（當代世界出版社 2000），張松輝、逯愛英《道教文學研究》（《中國宗教研究年鑒 1999～2000》）、劉雪梅《道教文學研究的現狀與反思》（《中國宗教研究年鑒 2001～2002》）、賴慧玲《海峽兩岸道教文學研究資料（1926～2005）概況簡析》（《成大宗教與文化學報》2007 年第 8 期）以及前揭林富士《臺灣地區的道教研究總論及書目（1945～2000）》與（法）索安《西方道教研究編年史》等，都對一定時期內道教文學研究成果進行了整理歸納。

〔註6〕李生龍《道家及其對文學的影響》，嶽麓書社 1998 年版。

〔註7〕張成權《道家、道教與中國文學》，安徽大學出版社 2010 年版。

〔註8〕吳光正等《想像力的世界——二十世紀「道教與古代文學」論叢》，黑龍江人民出版社 2006 年版。

〔註9〕詳參陳文新《20 世紀道教文學研究的歷史性總結——讀〈想像力的世界——二十世紀「道教與古代文學」論叢〉有感》，載《武漢大學學報》（人文社科版）2009 年第 1 期。

——道教與中國古典文學》〔註 10〕一文，是其專著《道教與中國文化》下篇中的精華部分，被認為是「1987 年這一研究領域中較全面的、內容豐富的一篇」〔註 11〕論文。伍偉民的《道教對中國古代文學影響芻議》〔註 12〕與黃保真的《道家道教與中國古代文學》〔註 13〕也涉及不少這方面的內容。

　　二是研究特定時代或朝代的道家、道教與文學的關係。以葛兆光、孫昌武、張松輝等人成果較為顯著。葛兆光的《想像力的世界：道教與唐代文學》〔註 14〕一書，從「宗教與文學在思維樣式上的契合點上切入」〔註 15〕，通過橫向論述唐代文人與道教，道教與唐詩、小說及詞以展現道教與唐代文學的關係。孫昌武的《道教與唐代文學》〔註 16〕則精心選擇煉丹術與唐代文學、神仙術與唐代文學、唐代長安道觀及其社會文化活動、「三教調和」思潮與唐代文學四個專題，詳細考察了道教對唐代文學造成的廣泛和深刻的影響。即便是影響文學的消極方面也多有闡述，是在這一研究中具有相當學術價值的論著。張松輝的《先秦兩漢道家與文學》〔註 17〕、《漢魏六朝道教與文學》〔註 18〕、《唐宋道家道教與文學》〔註 19〕以及《元明清道教與文學》〔註 20〕，四部著作形成了一個連貫的系列，從先秦兩漢敘至明清，較為全面地考察了道家、道教對中國文學發展的影響。而趙益《六朝南方神仙道教與文學》〔註 21〕、苟波《道教與明清文學》〔註 22〕，分別就道教與六朝文

〔註10〕葛兆光《想像的世界——道教與中國古典文學》，載《文學遺產》1987 年第 4 期。

〔註11〕鍾來因《1987 年道教與文學研究述評》，載《江蘇社聯通訊》1988 年第 4 期，第 37 頁。

〔註12〕伍偉民《道教對中國古代文學影響芻議》，載《世界宗教研究》1988 年第 4 期。後收入伍偉民《易山道海得涓埃：道教文化探索》，上海古籍出版社 2007 年版。

〔註13〕文史知識編輯部編《道教與傳統文化》，中華書局 2005 年版。

〔註14〕葛兆光《想像力的世界：道教與唐代文學》，現代出版社 1989 年版。

〔註15〕葛兆光《〈想像力的世界：道教與唐代文學〉後記》，見葛兆光《想像力的世界：道教與唐代文學》，現代出版社 1989 年版，第 161 頁。

〔註16〕孫昌武《道教與唐代文學》，人民文學出版社 2001 年版。

〔註17〕張松輝《先秦兩漢道家與文學》，東方出版社 2004 年版。

〔註18〕張松輝《漢魏六朝道教與文學》，湖南師範大學出版社 1996 年版。

〔註19〕張松輝《唐宋道家道教與文學》，湖南師範大學出版社 1998 年版。

〔註20〕張松輝《元明清道教與文學》，海南出版社 2001 年版。

〔註21〕趙益《六朝南方神仙道教與文學》，上海古籍出版社 2006 年版。

〔註22〕苟波《道教與明清文學》，巴蜀書社 2010 年版。

學、道教與明清文學的關係進行了梳理。

三是研究道家、道教（或某一派別）與某一文體、文學樣式之間的關係。諸如道教與詩歌的研究，較有代表性的著作有黃世中的《唐詩與道教》〔註23〕。在這部論著中，著者論述唐詩與道教的內在關聯，主要選擇唐人山水詩、戀情詩及醉酒詩進行探討，揭示了其中蘊含的道意、道韻、道味。同時還詳細探究了道士、女冠及崇道詩人對於唐詩的影響。李乃龍的博士論文《道教與唐詩》〔註24〕與黃先生的著作可謂桴鼓相應。其中如方仙道與唐詩、外丹道與唐詩、道士與唐詩、江東道風與唐詩皆涉及道教與詩歌的關係。臺灣李豐楙的《憂與遊：六朝隋唐遊仙詩論集》〔註25〕由九篇論文匯集而成。作者從道教文學的角度切入，「先就『道教文學』標出此一觀念的源流、形成與本質、表現方式、影響範圍，再以各時期（魏晉、六朝、唐朝）之『遊仙詩』及其變體系列相關作品，作為相關輔佐例證」〔註26〕，深入考察了六朝隋唐遊仙詩的發展與創新，足以開拓學術視野。

道教與小說的研究，主要有苟波的博士論文《道教與神魔小說》〔註27〕，後作為巴蜀書社「儒道釋博士論文叢書」中的一種出版。該書通過對神魔小說的主題、結構及人物形象的詳細考察，系統梳理了道教與神魔小說的密切關係，是最早出現的研究這一領域的學術專著。孫遜的《中國古代小說與宗教》〔註28〕安排了較大篇幅論述道教與小說之關係。劉敏的《道教與中國古代通俗小說研究》〔註29〕圍繞天道、人心，從橫向與縱向兩個角度研究道教與古代通俗小說的關係。在諸多著作中，用力最深，成果最具代表性的當屬臺灣李豐楙的《六朝隋唐仙道類小說研究》〔註30〕。該書選擇六朝隋唐數種仙道類小說，進行了精緻的個案研究，提出了仙道小說兼有文學與宗教的雙

〔註23〕黃世中《唐詩與道教》，灕江出版社 1998 年版。

〔註24〕李乃龍《道教與唐詩》，陝西師範大學 2000 年博士論文。

〔註25〕（臺灣）李豐楙《憂與遊：六朝隋唐遊仙詩論集》，臺灣學生書局 1996 年版。中華書局 2010 年出版時，書名改為《憂與遊：六朝隋唐仙道文學》，並增三篇論文。

〔註26〕傅璇琮、羅聯添《唐代文學研究論著集成》（第七卷），三秦出版社 2004 年版，第 107 頁。

〔註27〕苟波《道教與神魔小說》，四川大學 1999 年博士論文。

〔註28〕孫遜《中國古代小說與宗教》，復旦大學出版社 2000 年版。

〔註29〕劉敏《道教與中國古代通俗小說研究》，四川大學 2006 年博士論文。

〔註30〕（臺灣）李豐楙《六朝隋唐仙道類小說研究》，臺灣學生書局 1986 年版。

重特點的結論，並從小說史的角度來審視仙道小說的歷史地位。著者「以此也奠定了他在臺灣學術界的牢固地位」〔註31〕。此外，胥洪泉的《論道教對唐代傳奇創作的影響》〔註32〕、張松輝的《道家與唐傳奇》〔註33〕以及劉敏的《試論道教對唐傳奇興起的影響》〔註34〕則是關於道教與傳奇的單篇論文。

道教與戲曲的研究，在詹石窗的《簡論道教對傳統戲劇的影響》〔註35〕和《道教與戲劇》〔註36〕、李豔的《明清道教與戲劇研究》〔註37〕、吳國富的《全真教與元曲》〔註38〕等論著中，對於道教與明清戲劇及全真教與元曲之關係均有詳細概述。詹先生的《道教與戲劇》，「把道教與戲劇之關係放在文化發展的歷史長河加以考察」〔註39〕，對「以道教活動為內容以神仙故事為題材或受道教思想影響的戲劇作品」〔註40〕進行了細緻考察和透徹分析。對於曲藝作品也多有探討，認為道教與戲劇之間構成了複雜的關係。該書最先於1997年由臺灣文津出版社出版。

道教與民間文學的研究，劉守華的《道教與中國民間文學》〔註41〕，填補了此領域空白。該書通過對受道教影響較多的神話、傳說故事、民歌、曲藝及戲曲的透徹分析，以展現道教與中國民間文學的關係。著者用了大量筆墨來論析道教對於民間文學產生的影響，而對於民間文學影響道教方面僅在某些章節作穿插式的論述，顯得輕重分明。各章後均有附錄，全文收入若干代表作，為讀者查引資料提供了方便。遺憾的是，作者對於受過道教影響的諺語、謎語與道教之關係未設置專章進行集中論述。之後又出版《道教與民

〔註31〕鍾來因《1987年道教與文學研究述評》，載《江蘇社聯通訊》1988年第4期，第39頁。
〔註32〕胥洪泉《論道教對唐代傳奇創作的影響》，載《四川師範大學學報》（社會科學版）1990年第4期。
〔註33〕張松輝《道家與唐傳奇》，載《宗教學研究》1997年第1期。
〔註34〕劉敏《試論道教對唐傳奇興起的影響》，載《宗教學研究》2003年第4期。
〔註35〕詹石窗《簡論道教對傳統戲劇的影響》，載《世界宗教研究》1997年第4期。
〔註36〕詹石窗《道教與戲劇》，廈門大學出版社2004年版。
〔註37〕李豔《明清道教與戲劇研究》，巴蜀書社2006年版。
〔註38〕吳國富《全真教與元曲》，江西人民出版社2005年版。
〔註39〕詹石窗《〈道教與戲劇〉緒論》，載詹石窗《道教與戲劇》，廈門大學出版社2004年版，第13頁。
〔註40〕詹石窗《道教與戲劇》，廈門大學出版社2004年版，第229頁。
〔註41〕劉守華《道教與中國民間文學》，文津出版社1991年版。

俗文學》〔註42〕。

四是研究道家、道教與作家作品之間的關係。如鍾來因的《蘇軾與道家道教》〔註43〕一書，從其文學作品及人生經歷等各方面來論證說明蘇軾崇信儒道、不信佛禪，並提出其思想之主導乃是道家道教思想的觀點。他的《論白居易和道教》〔註44〕一文，對白居易的三個字號進行了考察，認為他們分別代表儒、釋、道，觀點新穎，頗具新意。《再論杜甫與道教》〔註45〕，主要就郭沫若《李白與杜甫》第二部分《關於杜甫》之「杜甫的宗教信仰」中涉及的五個問題提出不同的看法。羅宗強《李白與道教》〔註46〕一文專門論述李白的道教信仰與其浪漫主義的關係。此外，陳遼的《道教和〈封神演義〉》〔註47〕、牟宗鑒的《〈紅樓夢〉與道家和道教》〔註48〕、鍾來因的《再論〈金瓶梅〉與道教》〔註49〕和《三論白居易與道教——關於〈長恨歌〉與道教之關係》〔註50〕，專門談及道家、道教與某一作品之關係。

五是其他方面的研究。諸如道家、道教文學的通論研究，主要有李炳海的《道家與道家文學》〔註51〕、詹石窗的《道教文學史》〔註52〕和《南宋金元道教文學研究》〔註53〕、伍偉民與蔣見元的《道教文學三十談》〔註54〕、楊建波的《道教文學史論稿》〔註55〕、左洪濤的《金元時期道教文學研究——以全真教王重陽和全真七子詩詞為中心》〔註56〕等道家或道教文學史著作。其中，李

〔註42〕劉守華《道教與民俗文學》，燕山出版社1993年版。
〔註43〕鍾來因《蘇軾與道家道教》，臺灣學生書局1990年版。
〔註44〕鍾來因《論白居易和道教》，載《江海學刊》1985年第4期。
〔註45〕鍾來因《再論杜甫與道教》，載《首都師範大學學報》（社會科學版）1995年第3期。
〔註46〕羅宗強《李白與道教》，載《文史知識》1987年第5期。
〔註47〕陳遼《道教和〈封神演義〉》，載《吉林大學社會科學學報》1987年第5期。
〔註48〕牟宗鑒《〈紅樓夢〉與道家和道教》，載《宗教學研究》1988年第3～4期合刊。
〔註49〕鍾來因《再論〈金瓶梅〉與道教》，載《明清小說研究》1990年第3～4期合刊。
〔註50〕鍾來因《三論白居易與道教——關於〈長恨歌〉與道教之關係》，載《江蘇社會科學》1991年第6期。
〔註51〕李炳海《道家與道家文學》，東北師範大學出版社1992年版。
〔註52〕詹石窗《道教文學史》，上海文藝出版社1992年版。
〔註53〕詹石窗《南宋金元道教文學研究》，上海文藝出版社2001年版。
〔註54〕伍偉民、蔣見元《道教文學三十談》，上海社會科學院出版社1993年版。
〔註55〕楊建波《道教文學史論稿》，武漢出版社2001年版。
〔註56〕左洪濤《金元時期道教文學研究——以全真教王重陽和全真七子詩詞為中心》，人民出版社2008年版。

著從不同的視角，對道家文學進行了全面觀照。對於道家的文學創作、文學理論也多有涉及。與李著有所不同，詹石窗的《道教文學史》是第一部以道教文學為研究對象，以漢至北宋為時間範圍的道教文學通史。該書不僅論析以道教活動為題材的文學作品，「同時兼及那些受道家和道教影響的作品，既考察道教經書總集《道藏》中的文學作品，又討論《道藏》外其他反映道教活動的文學作品」〔註57〕。稍後出版的《南宋金元道教文學研究》主要是對南宋、金、元三個朝代道教文學作家、作品作全面考察。研究思路基本沿襲前作，可視為《道教文學史》之續編。「這兩部道教文學史雖然在時間跨度上尚未完備，然而作為道教文學研究中率先出現的文學通史，無疑是有著篳路藍縷的開山之功的」〔註58〕。與詹相比，楊建波的《道教文學史論稿》在時間跨度上明顯長於詹著。該書對漢至明的道教文學作了全景式的勾勒，甚至把受玄學影響的作品也納入研究範圍，其論述的範圍似乎超出了道教文學的範疇。由博士論文修改而成的《金元時期道教文學研究——以全真教王重陽和全真七子詩詞為中心》則以群體為考察對象，從宏觀和微觀兩個角度對金、元之際的全真七子詩詞進行了探討，大致勾勒了金元時期道教文學的發展脈絡。

另外，對於道教人物的文學研究，成果也很豐碩。比如文英玲的《陶弘景與道教文學》〔註59〕、羅爭鳴的《杜光庭道教小說研究》〔註60〕、李豐楙的《許遜與薩守堅：鄧志謨道教小說研究》〔註61〕等，分別對陶弘景、杜光庭、鄧志謨的文學創作進行了探討。較有影響的單篇論文如胡適《陶弘景的〈真誥〉考》〔註62〕、劉雪梅《論陶弘景的文學史地位》〔註63〕、蔣寅《吳筠：道士詩人與道教詩》〔註64〕、黃兆漢的《全真七子詞評述》〔註65〕等。

〔註57〕卿希泰《〈道教文學史〉序》，見詹石窗《道教文學史》，上海文藝出版社1992年版，第3頁。

〔註58〕劉雪梅《道教文學研究的現狀與反思》，見曹中建主編《中國宗教研究年鑒2001～2002》，宗教文化出版社2003年版，第353頁。

〔註59〕文英玲《陶弘景與道教文學》，香港聚賢館文化有限公司1998年版。

〔註60〕羅爭鳴《杜光庭道教小說研究》，巴蜀書社2005年版。

〔註61〕（臺灣）李豐楙《許遜與薩守堅：鄧志謨道教小說研究》，臺灣學生書局1997年版。

〔註62〕載鍾來因《長生不死的探求——道經〈真誥〉之謎》，文匯出版社1992年版。

〔註63〕劉雪梅《論陶弘景的文學史地位》，載《中國文學研究》1998年第3期。

〔註64〕蔣寅《吳筠：道士詩人與道教詩》，載《寧波大學學報》（人文科學版）1994年第2期。又見蔣寅《大曆詩人研究》，中華書局1995年版，第312～323頁。

〔註65〕載黃兆漢《道教與文學》，臺灣學生書局1994年版。

　　除此之外，還有道教文學思想的研究。如蔣振華的《漢魏六朝道教文學思想研究》〔註66〕、《唐宋道教文學思想史》〔註67〕、《元明清道教文學思想研究》〔註68〕，三部著作清晰地描述漢至唐宋元明清的道教文學思想的歷史發展過程，並揭示其在各個時代的規律特徵。蔣豔萍的《道教修煉與古代文藝創作思想論》〔註69〕則是專談道教修煉與傳統文藝思想之關係。

　　上述成果雖然很豐碩，但對於道教茅山宗文學或者具體到某一個歷史時期茅山宗文學的專門論著或論文尚未多見，僅香港文英玲的博士論文《盛唐茅山派道教文學研究》〔註70〕，就唐代茅山道派的文學作了較為深入的研究。而從宗教層面研究茅山宗，則屢有專著問世。如鍾國發的《茅山道教上清宗》〔註71〕，美國漢學家薛愛華的《唐代的茅山》〔註72〕、司馬虛的《茅山的道教——降經編年史》〔註73〕等，都是這方面的力作。此外，還有相關的重要論文也涉及到了這個方面。如李斌城《茅山宗初探》〔註74〕、湯桂平《唐玄宗與茅山道》〔註75〕、王光照《隋煬帝與茅山宗》〔註76〕、湯其領《陶弘景與茅山道的誕生》〔註77〕、瑞典王羅傑《茅山道教和唐宋文人》〔註78〕等，均有助於增進我們對茅山宗的瞭解，為進一步研究提供了極大的方便。

　　從目前的研究現狀來看，宋前茅山宗文學的研究基本上是個案研究〔註79〕，

〔註66〕蔣振華《漢魏六朝道教文學思想研究》，中南大學出版社 2006 年版。

〔註67〕蔣振華《唐宋道教文學思想史》，嶽麓書社 2009 年版。

〔註68〕蔣振華《元明清道教文學思想研究》，鳳凰出版社 2018 年版。

〔註69〕蔣豔萍《道教修煉與古代文藝創作思想論》，嶽麓書社 2006 年版。

〔註70〕香港文英玲《盛唐茅山派道教文學研究》，香港大學 2002 年博士論文。

〔註71〕鍾國發《茅山道教上清宗》，東大圖書公司 2003 年版。

〔註72〕修訂版於 1989 作為中國宗教研究學會專著出版。

〔註73〕（美）司馬虛《茅山的道教——降經編年史》，法國大學出版社 1981 年版。

〔註74〕李斌城《茅山宗初探》，載《中國史研究》1983 年第 2 期。

〔註75〕湯桂平《唐玄宗與茅山道》，載《世界宗教研究》1995 年第 2 期。

〔註76〕王光照《隋煬帝與茅山宗》，載《學術月刊》2000 年第 4 期。

〔註77〕湯其領《陶弘景與茅山道的誕生》，載《蘇州大學學報》（哲學社會科學版）2003 年第 2 期。

〔註78〕（瑞典）王羅傑《茅山道教和唐宋文人》，載《道家文化研究》1999 年第 16 期。

〔註79〕也有道教文學研究著作對多位茅山宗人物進行了論述，如詹石窗《道教文學史》第一編第五章第二節「記夢敍幻體志怪的仙道本色」專門論析了陶弘景《周氏冥通記》，肯定其記夢文學價值；第二編第一章第六節「吳筠與『若耶雲璈』的仙家詠」就其遊仙詩與步虛詞、高士讚美詩、山水感性詩等作了探討；第五章第二節「晚唐五代的神仙傳記」對杜光庭的神仙傳記給與了肯定，

主要集中在陶弘景、吳筠、杜光庭三人身上，其中學界給予較多關注的是陶弘景。

　　陶弘景研究方面，成果大致可分為兩部分：其一論其文學成就，如劉雪梅的《論陶弘景的文學史地位》一文，從陶弘景「在玄言詩、志怪小說創作上的獨特成就以及他對南朝文人的重要影響三方面」，「第一次全面闡述了陶弘景對中國文學的重要貢獻」。雖篇幅無多，但頗具參考價值。鍾國發的《陶弘景評傳》〔註80〕對陶弘景進行了全面的研究，其中正編下第十章第三節「文學藝術」專門探討其文學成就。但僅就其《華陽陶隱居集》中的文和詩進行了論述，於道教小說方面的成績卻隻字未提。相對而言，香港學者文英玲的專著《陶弘景與道教文學》顯得更為全面。全書共分六章，分別是緒論、陶弘景生平、陶弘景著作與「道教文學」、陶弘景道教文學的思想特色、陶弘景道教文學作品的藝術特色及結論。作者試圖從宗教體驗、宗教思想、文學風格入手，對陶弘景的道教文學作品作深入細緻的研究，為進一步探討陶弘景道教文學，提供了可貴的線索。「這是目前學界最早一部對於道教文學中具體作家進行微觀描述的論著。……該書無論在文獻資料的引證上還是理論思辯的論說上都堪稱這一研究領域的典範」〔註81〕。其二論其具體作品，如胡適《陶弘景的〈真誥〉考》、王利器《〈真誥〉與讖緯》〔註82〕、香港許麗玲《〈周氏冥通記〉初探》〔註83〕以及美國拉塞爾《神仙之歌——〈真誥〉的詩歌》〔註84〕，其中成果最著的當屬日本的吉川忠夫與麥谷邦夫，二人窮

　　並重點介紹了《墉城集仙錄》、《神仙感遇傳》及《道教靈驗記》三種。張松輝《唐宋道家道教與文學》第四章第三節「道教傳記和小說」簡要論及杜光庭《道教靈驗記》；第五章第二節「道家道教影響賦作的大致情況」簡要提及了吳筠賦，並認為吳賦應屬賦中佳品。楊建波《道教文學史論稿》第三章第一節論述了「吳筠的遊仙詩、步虛詞及高士詠」；第四節專門研究了「杜光庭的神仙傳記」。蔣振華《唐宋道家道教與文學》第二章第一節專門研究了「典雅清神的《宗玄先生文集》」；第六章第一節肯定了「杜光庭集仙傳文學之大成」。上述著述分別論述了陶弘景、吳筠、杜光庭的文學創作及成就，但限於全書的體例、結構，難以兼顧具體和深入，更遑論對茅山宗文學作整體研究。

〔註80〕　鍾國發《陶弘景評傳》，南京大學出版社2005年版。
〔註81〕　劉雪梅《道教文學研究的現狀與反思》，見曹中建主編《中國宗教研究年鑒2001～2002》，宗教文化出版社2003年版，第361頁。
〔註82〕　載王利器《曉傳書齋集》，華東師範大學出版社1998年版。
〔註83〕　（香港）許麗玲《〈周氏冥通記〉初探》，載《東方宗教研究》1994年第4期。
〔註84〕　（美）拉塞爾《神仙之歌——〈真誥〉的詩歌》，國立澳大利亞大學1985年博士論文。

數年之力完成了《真誥校注》〔註 85〕、《〈周氏冥通記〉研究（譯注篇）》〔註 86〕，對《真誥》與《周氏冥通記》作了認真的校勘、標點與注釋。書後附有詞彙索引，便於查找。其中《〈周氏冥通記〉研究（譯注篇）》書後還附有海內外研究論文若干篇，為學者暸解該書的研究動向提供了方便。二書資料翔實，通俗易懂。由於語言、文化等方面的差異，書中疏漏在所難免〔註 87〕，不過，二書仍是目前校勘較為精良、可靠的注釋版本。

　　吳筠研究方面，論者大多將注意力集中在他的詩歌研究上，如李生龍的《李白與吳筠究竟有無交往》〔註 88〕。該文在精密考證李白與吳筠交往的同時，對吳筠與李白的詩風之異同也進行了比較。指出兩人在詩風和文風上有相似之處，同時在體式、題材等方面也存在差別。然限於文章體例，未能充分展開。與之相應的則是蔣寅的《吳筠：道士詩人與道教詩》，該文對吳筠道教詩歌作了較為透徹的分析，同樣也探討了吳筠與李白的異同。對其組詩的影響也作了專門探究，對我頗有啟發。此外，韋春喜與張影的《論唐代道士吳筠的詠史組詩》〔註 89〕、臺灣劉煥玲的《吳筠的步虛詞》〔註 90〕以及美國薛愛華的《吳筠的步虛詞》〔註 91〕與《吳筠的遊仙詩》〔註 92〕等，均是以吳筠的某一類詩歌為研究對象展開論述。而臺灣林海永的碩士論文《吳筠道教詩研究》〔註 93〕則是將吳筠所有道教詩歌納入研究範圍，對其主題類型、文化內涵、傳達的生命之美、藝術表現技巧等方面進行了全面而透徹的闡述，對於後世之影響也給予了綜合考量，內容甚為詳贍。總的來說，目前關於吳筠詩歌的研究成果較為可觀，不過，關於吳筠八篇賦的研究，除

〔註 85〕（日）吉川忠夫、麥谷邦夫編，朱越利譯《真誥校注》，中國社會科學出版社 2006 年版。

〔註 86〕（日）麥谷邦夫、吉川忠夫編，劉雄峰譯《〈周氏冥通記〉研究》（譯注篇），齊魯書社 2010 年版。

〔註 87〕詳參周作明、俞理明《〈真誥〉校注補闕》，載《圖書館雜誌》2010 年第 6 期；陳祥明、亓鳳珍《〈周氏冥通記〉研究（譯注篇）匡正》，載《泰山學院學報》2011 年第 1 期。

〔註 88〕李生龍《李白與吳筠究竟有無交往》，載《李白研究論叢》1990 年第 2 期。

〔註 89〕韋春喜、張影《論唐代道士吳筠的詠史組詩》，載《宗教學研究》2006 年第 4 期。

〔註 90〕（臺灣）劉煥玲《吳筠的步虛詞》，載《道教學探索》1991 年第 5 期。

〔註 91〕（美）薛愛華《吳筠的步虛詞》，載《哈佛亞洲研究雜誌》1981 年第 41 期。

〔註 92〕（美）薛愛華《吳筠的遊仙詩》，載《華裔學誌》1981 年～1983 年第 35 期。兩文筆者尚無緣親睹。

〔註 93〕（臺灣）林海永《吳筠道教詩研究》，南華大學文學研究所 2003 年碩士論文。

在馬積高、張松輝、蔣振華等諸先生的著作中簡要提及外，僅筆者《吳筠辭賦略論》〔註94〕一文對其進行專門研究，有待進一步深入探討。

　　杜光庭研究方面，今人多關注其在道教方面取得的成績〔註95〕，從文學角度進行研究的並不多，成果有限。孫亦平的《杜光庭評傳》〔註96〕是一部全面研究杜光庭的學術專著，第十章專門分了空靈靜謐的詠道詩、亦真亦幻的神仙故事、青詞綠章與步虛詞、傳奇小說《虬髯客傳》四節，對其文學創作進行了較為全面地論述，客觀地評價了他的文學成績。因其是一部人物傳記，限於體例與篇幅，所以對其文學方面的一些具體問題難以作深入探討。另外，成娟陽與劉湘蘭的《論杜光庭的齋醮詞》〔註97〕、吳真的《從杜光庭六篇羅天醮詞看早期羅天大醮》〔註98〕以及臺灣周西波的《杜光庭青詞作品初探》〔註99〕等論文，則是對杜光庭的齋醮詞進行了多方面的考察。但多停留在對具體作品的解讀上，對其涉及的道教法事內容未能作進一步的探討，尚有研究空間。相對而言，學界對杜光庭的小說關注較多，研究成果也頗為可觀，如長虹的《杜光庭〈虬髯客傳〉的流傳與影響》〔註100〕、王運熙的《〈虬髯客傳〉的作者問題》〔註101〕、羅爭鳴的《杜光庭道教小說研究》、樊昕的《杜光庭〈墉城集仙錄〉研究》〔註102〕以及臺灣林金泉的《〈道教靈驗記〉今譯（一）》〔註103〕與《〈道教靈驗記〉今譯（二）》〔註104〕、吳碧貞的《〈墉城集仙錄〉之著成初探：與〈列仙傳〉、〈神仙傳〉、〈真誥〉關係

〔註94〕段祖青《吳筠辭賦略論》，載《湖南科技大學學報》（社會科學版）2012 年第 2 期。
〔註95〕相關研究概況見孫亦平《杜光庭思想與唐宋道教的轉型》，南京大學出版社 2004 年版；臺灣周西波《杜光庭道教儀範之研究》，臺灣新文豐出版股份有限公司 2003 年版。
〔註96〕孫亦平《杜光庭評傳》，南京大學出版社 2005 年版。
〔註97〕成娟陽、劉湘蘭《論杜光庭的齋醮詞》，載《中國文化研究》2006 年第 4 期。
〔註98〕吳真《從杜光庭六篇羅天醮詞看早期羅天大醮》，載《中國道教》2008 年第 2 期。
〔註99〕載鄭志明主編《道教的歷史與文學》，南華大學宗教文化研究中心 2000 年版。
〔註100〕長虹《杜光庭〈虬髯客傳〉的流傳與影響》，載《中國道教》1997 年第 1 期。
〔註101〕載《當代學者自選文庫》（王運熙卷），安徽教育出版社 1998 年版。
〔註102〕樊昕《杜光庭〈墉城集仙錄〉研究》，南京師範大學 2007 年博士論文。
〔註103〕（臺灣）林金泉《〈道教靈驗記〉今譯》（一），載《道教學探索》1988 年第 1 期。
〔註104〕（臺灣）林金泉《〈道教靈驗記〉今譯》（二），載《道教學探索》1989 年第 2 期。

之考察》〔註 105〕等論著，可以說他的重要小說幾乎都有所涉及。特別是羅
爭鳴的《杜光庭道教小說研究》一書，堪為這一領域中具有相當學術分量的
論著。該書是在其博士論文《唐五代道教小說研究》〔註 106〕的基礎上修改
而成的，作者從宗教、文學、歷史等角度對杜光庭的道教小說進行了深入細
緻的個案考察，試圖揭櫫其作品中蘊含的道教思想和文學價值，是目前「第
一部研究杜光庭道教小說的專著」〔註 107〕。由於著者重在文獻之梳理與考
證，故其在文學方面的論析稍顯薄弱，篇幅過少，不能不說是個遺憾。除此，
杜光庭的詩也開始為研究者所注意，先後出現了王瑛的《杜光庭詩歌考析》
〔註 108〕、尤佳與周斌的《杜光庭與蜀地道教——兼論其詠道詩的思想內涵》
〔註 109〕兩篇論文。平心而論，與杜光庭留存至今的大量著述極不相稱的是，
對其在文學方面的研究尚未充分展開，還未達到應有的高度、深度和廣度。

　　基於上述研究現狀，我們不難發現，迄今為止，尚未有人全面系統地研
究過宋前茅山宗文學，還有巨大的研究空間。

　　筆者擬以宋前為時間限度，以茅山宗文學為主要研究對象，試圖通過個
人努力大致描繪出宋前茅山宗文學的基本面貌。按照茅山宗詩歌、辭賦、齋
醮詞（駢文）、散文、小說等各種體式的創作來安排章節，並從文學、文化的
角度對其進行多層面的考察研究，深入探究作品本身的思想內涵、文化意蘊
及其藝術特色，進而揭示這個特殊的道教文學派別在我國古代文學史的獨特
價值。全面探討茅山宗文學，不僅可充實、完善道教文學史的研究，而且還
可拓展、深化古代文學的研究，對於文學與文化之關係研究提供某些思考與
啟發。

　　由於當時許多著名的文人大多信奉道教，對茅山宗更是情有獨鍾，或與
茅山高道結方外之交，或從其受籙。因而考察宋前茅山宗之發展歷程、宗派
特點及其與文人之交往，不僅有利於深入研究道教茅山宗，而且也有利於充
實文化史內涵。另外，對於茅山所在地——江蘇句容的人文建設、旅遊開發

〔註 105〕載《宗教與心靈改革研討會論文集》，高雄道德院 1997 年版。
〔註 106〕羅爭鳴《唐五代道教小說研究》，復旦大學 2003 年博士論文。
〔註 107〕陳尚君《〈杜光庭道教小說研究〉序》，見羅爭鳴《杜光庭道教小說研究》，巴
　　　　蜀書社 2005 年版，第 6 頁。
〔註 108〕王瑛《杜光庭詩歌考析》，載《蜀學》2010 年第 5 期。
〔註 109〕尤佳、周斌《杜光庭與蜀地道教——兼論其詠道詩的思想內涵》，載《中國道
　　　　教》2011 年第 2 期。

也具有一定的現實意義。

在研究方法上，力爭做到兩個結合：

一是文學探討與宗教研究相結合。要較好地解讀宋前茅山宗文學，不僅應考察茅山宗文學作品，還應對茅山宗這個道教派別本身有所探究。只有結合宗教學、文化學等多學科的知識，進行跨學科的交叉研究，才能進一步揭櫫茅山宗文學之特質所在，把研究引向深入。

二是文學闡釋與文獻考辨相結合。文學研究，闡釋是基礎，是關鍵，而考辨文本真偽、訂正相關訛誤又是闡釋之基礎。由於道教文獻常有錯亂訛誤，考據方法必不可少。只有準確辨析文獻真偽、校正文本，文學闡釋才會準確可靠，結論才更具說服力。

此外，還將根據寫作實際，靈活運用諸如分類法、比較法、圖表法等多種方法，力求有用，不拘一法。

第一章　宋前茅山宗之宗派與文學活動

　　茅山宗作為一個重要的道教派別，與其他道派一樣，同樣經歷了創立、興盛、衰弱的嬗變過程。除有道教共有的特徵外，他們亦有自己的獨特特點，尤其值得注意的是，茅山高道在文學上取得了較高成就。自蕭梁創立，至唐五代，茅山宗的陶弘景、吳筠、杜光庭等多為能文善著之高道，其中有不少優秀的文學作品流傳至今，而且他們與當世文人往來密切，交往方式多種多樣。

第一節　宋前茅山宗之發展軌跡

　　茅山宗，道教派別之一，有的稱為「茅山派」或「茅山道」，有的則稱為「上清茅山宗」，是「以江蘇句容的茅山為中心，在梁朝陶弘景時期最後形成的一個道教派別，以傳承、修習上清經系為主」〔註1〕。討論宋以前茅山宗發展軌跡，可將其分為蕭梁、隋至安史亂前、安史亂後至五代三個時期，為茅山宗創立、興盛、衰弱的一個發展過程。

一、蕭梁時期茅山宗之創立

　　由於茅山宗以傳承、修習上清經系為主，因此，有必要簡要梳理上清經繫傳授過程。據《真誥》卷一九《真經始末》記載，《上清真經》出世之源，

〔註1〕湯桂平《唐玄宗與茅山道》，見《世界宗教研究》1995年第2期，第63頁。

始於晉哀帝興寧二年（364），魏華存降授弟子楊羲真經〔註2〕，楊用隸書寫出
傳給許謐及其三子許翽，許氏父子又重新抄寫，修行得道。一楊二許隱化後，
許翽之子許黃民「收集所寫經符秘籙」於元興三年（404）奉經入剡避難，得
到馬朗及其堂弟馬罕的共同周給。經書入剡的消息傳開後，不少人千方百計
造訪許黃民閱讀經法，許一概不允相見，其中有個執著的道士王靈期，為求
受上經，「凍露霜雪，幾至性命。許感其誠到，遂復授之。王得經欣躍，退還
尋究。知至法不可宣行，要言難以顯泄，乃竊加損益，盛其藻麗，依王、魏
諸傳題目，張開造制，以備其錄」〔註3〕。經過王道士的「造制」，經書達到
了五十多篇，舉世崇奉，廣為傳授。許黃民見卷帙華廣，門徒殷盛，「乃鄙閉
自有之書，而更就王求寫」。許黃民去世後，楊、許諸經多散佚，其中部分為
陸修靜收得。據《茅山志》卷一〇載：

> 明帝泰始三年（467），詔江州刺史王景宗〔註4〕禮聘來朝，勅
> 住後堂。真人不樂，迺授館於外。又勅會於華林延賢之館，王公畢
> 集，真人鹿巾謁帝而升，帝肅然加敬，遂以戔季真取到上清經法敕
> 付真人，總括三洞，為世宗師。〔註5〕

「真人」即陸修靜。泰始三年，自廬山被召入朝，明帝專為他在天印山
修築崇虛館，並將戔季真敬獻的上清經法悉數贈予，作為其整理道書、總括
三洞的基礎。唐李渤《真系》追溯上清經之流傳云：

> 自晉興寧乙丑歲，眾真降授於楊君，楊君授許君，許君授子玄
> 文，玄文付經於馬朗。景和乙巳歲，敕取經入華林園。明帝登極，
> 戔季真啟還私廨。簡寂陸君南下立崇虛館，真經盡歸於館。……其

〔註2〕另據《真誥》卷二〇載，《上清經》最先是以華僑為媒介，將裴清靈、周紫陽
　　　等真人降授的旨意傳給長史許謐，但華僑「性輕躁，多漏說冥旨被責，仍以楊
　　　君代之」。《真誥》對華僑降下的真人之言未見明確記載，「華時文跡，都不出
　　　世」（《真誥》卷一九《真經敘錄》）。也就是說，《上清經》傳授之始，應該在
　　　興寧二年（364）魏華存降授楊羲之前。
〔註3〕（日）吉川忠夫、麥谷邦夫編，朱越利譯《真誥校注》，中國社會科學出版社
　　　2006年版，第575頁。
〔註4〕鍾國發認為王景宗誤，應作王景文，按《宋書·明帝紀》，泰始二年九月以王
　　　景文為江州刺史，至六年六月改任其為揚州刺史，與桂陽王劉休範對調。見《陶
　　　弘景評傳》後附《陸修靜評傳》第561頁注①。王景文為明帝王皇后兄，泰豫
　　　元年（472），明帝病篤，乃遣使送藥殺之，後一月，明帝駕崩。
〔註5〕《道藏》（第五冊），文物出版社、上海書店、天津古籍出版社1996年影印，
　　　599頁中。

陸君之教，楊、許之胄也。陸授孫君，孫君授陶君，陶君搜擝許令

之遺經略盡矣。〔註6〕

順序為楊羲→許謐（包括許翽）→許黃民→馬朗→殳季真→陸修靜→孫
遊嶽→陶弘景，將楊列為第一代，而《真誥》卷一九《真經始末》與《茅山
志》卷一○則以魏華存為「嗣上清第一代太師」，楊羲退居為「嗣上清第二代
玄師」。不管怎樣，陸修靜在上清經系的傳授過程中都是極其重要人物。為了
搜集經書，他「南詣衡湘、九疑，訪南真之遺蹟；西至峨眉、西城，尋清虛
之高躅」〔註7〕，足跡遍及南中國，到處搜訪道經，使道經從紛繁蕪雜趨於系
統、有序，上清經系得到了系統整理，《三洞經書目錄》著錄《上清經》一八
六卷，而流傳於社會的就有一二七卷。正是由於陸修靜的努力，上清經系基
本形成，「先生乃大敞法門，深弘典奧，朝野注意，道俗歸心。道教之興，於
斯為盛也」〔註8〕。有學者甚至許他為「繼張魯之後道教的又一位集大成者」
〔註9〕，評價相當高。

陸修靜之後，再傳弟子陶弘景以茅山為中心，「搜擝許令之遺經略盡」，
繼續完善和傳授上清經法，終於使上清派發展為茅山宗。「從陶弘景開始，茅
山實際上代表了上清派，於是人們便將這以後的上清派徑稱為茅山宗，並以
陶弘景為茅山宗的創始人」〔註10〕。不過，我們不能把上清派等同於茅山宗，
實際上，二者既有聯繫也有區別。茅山宗信仰的神靈、傳承的經籍、傳道的
方式以及修習的主要方術大抵承襲上清派，創始人陶弘景與上清派也有一定
的繼承關係，而作為上清派獨立出來的分支——茅山宗，又具有自己獨特的
宗派特點（下節將詳細論述）、清晰的傳承系統以及固定的傳道中心——茅山。
只是因為陶弘景的名氣太大，信仰者遍及朝野，歷代傳人又具有較高的文化
素養，引發了廣泛的社會關注和認同，所以人們逐漸忘記了上清派，心裏只
有茅山宗，以至於模糊甚至混淆了兩者之間的界限。總而言之，茅山宗只是
上清派下的一個「宗」而已。

茅山，位於今江蘇省句容、金壇兩地之間，最高峰大茅峰海拔370多米。

〔註6〕張君房纂輯、蔣力生等校注《雲笈七籤》，華夏出版社1996年版，第23頁。
〔註7〕劉大彬《茅山志》卷一○，見《道藏》第五冊，599頁中。
〔註8〕王懸河《三洞珠囊》卷二《敕追召道士品》，見《道藏》第二十五冊，306頁
　　　上。
〔註9〕黃釗主編《道家思想史綱》，湖南師範大學出版社1991年版，第343頁。
〔註10〕卿希泰主編《中國道教史》（第一卷），四川人民出版社1996年版，第506頁。

因「山形似巳，故以句曲為名焉」〔註11〕，為道教「第八華陽洞天，第一地肺福地」〔註12〕。西漢咸陽茅氏三兄弟茅盈、茅固、茅衷相繼在此結廬修道成仙，當地父老為了紀念他們，改句曲山為「茅君之山」，簡言之為茅山。

茅山「東通林屋，北通岱宗，西通峨嵋，南通羅浮」〔註13〕，四通八達，地理位置優越。茅山的土「似北邙及北谷關土，堅實而宜禾穀」；井水「似長安鳳門外井水味，是清源幽瀾、洞泉遠沽耳。水色白。都不學道，居其土，飲其水，亦令人壽考也」〔註14〕，土良水美，是一塊風水寶地。

茅山物產也相當豐富，據《茅山志‧靈植儉篇》記載句曲山有五種神芝：龍仙芝、參成芝、燕胎芝、夜光洞草、白莕玉芝，還有石腦、石鍾乳（茅山土石相雜，乳色稍黑而滑潤，謂之茅山乳，性微寒）、禹餘糧（茅山甚有好者）、術本草（出白山、蔣山、茅山者為勝。……又《芍藥譜》有茅山冠子、紫樓子、茅山紅三種）、黃精（九蒸九曝，服之駐顏。……茅山者佳）〔註15〕等，煉丹所需異藥基本上都有，且品級極佳，即使沒有外界資助，茅山也能自給自足。《茅山志》載：「秦巴陵侯姜叔茂，得道於句曲山，種五果、五辛菜，貨之以市丹砂。」〔註16〕又「（杜）契與徐宗度、晏賢生三人俱在茅山之中，時得入洞耳。或自採伐貿易衣糧於墟曲，而人自不知耳」〔註17〕。可以說，茅山是一個理想的修道場所。《周氏冥通記》卷三定錄君曾奉勸陶弘景居於此山：「唯句曲可住。吳越名山乃不少，未見有大勝地，猶勸陶居此山。」〔註18〕《真誥》卷一一也特別提到大茅山下有泉水，其下可立靜舍；中茅山下左右有小平處，「可堪靜舍」〔註19〕；陶弘景居住的華陽館所

〔註11〕（日）吉川忠夫、麥谷邦夫編，朱越利譯《真誥校注》，中國社會科學出版社2006年版，第346頁。

〔註12〕吳全節《〈茅山志〉序》，見《道藏》第五冊，548頁下。

〔註13〕（日）吉川忠夫、麥谷邦夫編，朱越利譯《真誥校注》，中國社會科學出版社2006年版，第357頁。

〔註14〕（日）吉川忠夫、麥谷邦夫編，朱越利譯《真誥校注》，中國社會科學出版社2006年版，第348頁。

〔註15〕劉大彬《茅山志》卷一九，見《道藏》第五冊，629頁上～頁下。

〔註16〕劉大彬《茅山志》卷一四，見《道藏》第五冊，614頁下。

〔註17〕劉大彬《茅山志》卷一四，見《道藏》第五冊，614頁下。

〔註18〕（日）麥谷邦夫、吉川忠夫編，劉雄峰譯《〈周氏冥通記〉研究》（譯注篇），齊魯書社2010年版，第168頁。

〔註19〕（日）吉川忠夫、麥谷邦夫編，朱越利譯《真誥校注》，中國社會科學出版社2006年版，第361頁。

在地積金嶺「為屋室靜舍乃佳」。上清派早期人物三茅和楊、許均在茅山修行過，許氏父子更是親身實踐，「裁基浚井」〔註20〕，開發茅山。

　　事實上，茅山在陶弘景入山修道前，已有了一定規模的宗教活動。根據相關文獻記載，其歷史最早可追溯至東漢明帝永平二年（59）以前。據《真誥》卷一一載：「漢明帝（劉莊）永平二年，詔敕郡縣，修守丹陽句曲真人之廟。」〔註21〕《茅山志》卷五亦載三茅君「澤溉萬物，德加兆民」〔註22〕，異常靈驗，於是附近民眾「遂廼相率，扶老攜幼，挈糧壺漿，共起壇積基，立廟觀於山中。窮工肆巧，結構連阿。圖三君之像於丹青之牓，書神靈之德於能宣之筆。播殖百果，竹柏成林。……明帝永平二年，詔勑郡縣，修靈山大澤能興雲雨有益百姓者廟，如陳國老子廟、會稽夏禹廟、丹陽句曲茅真人之廟、長沙湘水黃陵二妃屈原之廟。……時邑人通呼此廟為白鵠廟」。最初是由於附近民眾自發組織祭祀三茅真君，後來香火昌盛，影響擴大，朝廷詔敕郡縣修建「丹陽句曲真人之廟」。南齊初年，大茅山已「開置堂宇廂廊，殊為方副。常有七八道士，皆資俸力」〔註23〕，修道茅山的道士也有了朝廷資助。每至吉日，遠近道士咸登茅山，燒香禮拜，特別是每年三月十八日、十二月二日為「司命遊盼之會，四方之人來山禮觀，盛作靈寶齋事」〔註24〕，「公私雲集，車有數百乘，人將四五千，道俗男女狀如都市之眾。看人唯共登山，作靈寶唱讚，事訖便散」〔註25〕。信徒越來越多，逐漸發展成為茅山附近一個重要的朝拜之所。不過，當時茅山修習上清經法的人並不多，「不過修靈寶齋及章符」〔註26〕、「作靈寶唱讚」而已，上清經系並不佔優勢，直至陶弘景退隱茅山，開設道觀，收徒傳道，弘揚上清經法，才逐步改變了茅山「學上道者（上清經法）甚寡」的態勢，使之成為上清經系的天下。

〔註20〕陶弘景《華陽陶隱居集》卷下《許長史舊館壇碑》，見《道藏》第二十三冊，649頁下。

〔註21〕（日）吉川忠夫、麥谷邦夫編，朱越利譯《真誥校注》，中國社會科學出版社2006年版，第361頁。

〔註22〕《道藏》第五冊，580頁下。

〔註23〕（日）吉川忠夫、麥谷邦夫編，朱越利譯《真誥校注》，中國社會科學出版社2006年版，第366頁。

〔註24〕劉大彬《茅山志》卷六，見《道藏》第五冊，583頁上。

〔註25〕（日）吉川忠夫、麥谷邦夫編，朱越利譯《真誥校注》，中國社會科學出版社2006年版，第364頁。

〔註26〕（日）吉川忠夫、麥谷邦夫編，朱越利譯《真誥校注》，中國社會科學出版社2006年版，第366頁。

在茅山，陶弘景身體力行，親自參與道館建設，隱居茅山當年，便於大茅山與中茅山之間的積金嶺「立華陽上下館」〔註27〕。上館位於積金山西，用來「研虛守真」，旁邊還有「陶真人丹井」。後又於上館築架三層樓，杜絕外界干擾，「弘景處其上，弟子居其中，賓客至其下，與物遂絕，唯一家僅得侍其旁」〔註28〕；下館在積金嶺旁的丁公山前，供他煉製丹藥，後屢次改名：唐太宗改為太平觀，宋真宗改太平觀為崇禧觀，元仁宗又改崇禧觀為崇禧萬壽宮，成為元代茅山宮觀總壇，「晉宋以來，得道之士二許、楊、陶遺壇故宅猶存，存者宮觀十二，崇禧總之」〔註29〕。天監十三年（514），梁武帝為陶弘景在雷平山北許謐舊居處建朱陽館〔註30〕，武帝第七子梁元帝蕭繹親撰《陶先生朱陽館碑》，盛讚朱陽館「千尋危聳，憑牖以望奔星；百栱高懸，倚闌而觀朝日。飛流界道，似天漢之橫波；觸石雲起，若奇峰之出岫」〔註31〕。陶弘景還在朱陽館內設置昭真臺專門放置一楊二許的真蹟〔註32〕，此為靈寶院前身〔註33〕。天監十四年，陶弘景又「別創鬱崗齋室，追玄洲之蹤」〔註34〕。鬱崗齋室位於朱陽館東面、大橫山的南面，陶弘景最後二十年基本隱居於此。意味著佛道雙修的青壇素塔「皆隱居所建，表兩教雙修之義，當在玉晨觀」〔註35〕。

除此之外，陶弘景還參加了修復茅山農田水利，比如「赤石田，今中茅

〔註27〕賈嵩《華陽陶隱居內傳》卷中，見《道藏》第五冊，504頁上。
〔註28〕姚思廉等撰《梁書》，中華書局1973年版，第743頁。
〔註29〕劉大彬《茅山志》卷二五張商英《江寧府茅山崇禧觀碑銘》，見《道藏》第五冊，662頁下。
〔註30〕《茅山志》卷一五云：「（朱陽館）隱居奉三茅二許經寶，以天監十二年啟勅所建。」《茅山志》卷二〇《上清真人許長史舊館壇碑》又說：「天監十三年，勅買此精舍，立為朱陽館，將遠符先徵，定祥火歷於館西。」《華陽陶隱居內傳》引《登真隱訣》亦云：「甲午年（天監十三年），勅買故許長史宅宋長沙館，仍使潘淵文與材官、師匠營起朱陽館。」
〔註31〕劉大彬《茅山志》卷二一，見《道藏》第五冊，635頁上。
〔註32〕司馬承禎《茅山貞白先生碑陰記》云：「天經真傳備集於昭臺。」徐鉉撰《茅山紫陽觀碑銘并序》亦云陶弘景「以玄德應世，肇開朱陽之館；以玉書演秘，爰立昭真之臺」。
〔註33〕王棲霞撰《靈寶院記》云：「靈寶院者，梁天監歲，貞白陶先生弘景所創也，始本昭真其號焉。」
〔註34〕陶弘景《華陽陶隱居集》卷下《許長史舊館壇碑》，見《道藏》第二十三冊，648頁下。
〔註35〕劉大彬《茅山志》卷八，見《道藏》第五冊，590頁下。

西十許里有大塘食澗水，久廢不修，隱居今更築治為田十餘頃」〔註36〕。又如「今塘尚決，捕築當用數百夫，則可溉田十許頃。隱居館中門人亦於此隨水播植，常願修復此塘以追遠跡，兼為百姓之惠也」〔註37〕。從以上文字記載來看，陶弘景對於耕田、水利也是比較瞭解的。

營造茅山工程如此浩大，辛苦在所難免，從其撰寫的《授陸敬游十賚文》〔註38〕可見一斑：

> 脈潤通水，徙石開基；登崖斷幹，越壟負卉。筋力盡於登築，炁血疲乎趨走。肌色憔悴，不以暴露為苦；心魂空慄，寧顧飢寒之弊？棟宇既立，載離霜暑，於時七稔，經始甫訖。〔註39〕

花了七年時間才稍微安定下來。雖然茅山建設初具規模，但陶弘景仍未停止開發建設茅山的步伐，又派弟子陸敬游繼續去「建連石之邑」，即「長阿北阪積金山連石之鄉」，並對其「基架館境，營獲援域；堂壇宏敞，樓路通嚴；官私行止，並有棲憩」的繕築之勞給予充分肯定。

除不斷增修茅山道觀外，陶弘景還編撰了《真誥》、《周氏冥通記》、《登真隱訣》、《養性延命錄》、《洞玄靈寶真靈位業圖》等茅山宗經典，完善修煉理論和神仙譜系。上清派修煉以存神為主，輔以誦真經、積功德止惡行等。陶弘景在繼承和發揚的同時，提出形神雙修、佛道雙修，其《答朝士訪仙佛兩法體相書》說：

> 今且談其正體，凡質象所結，不過形神。形神合時，是人是物；形神若離，則是靈是鬼。〔註40〕

在他看來，生命形式乃是「形」與「神」之和合統一，於是，他強調修煉應從煉形、養神入手。煉形需「飲食有節，起居有度」〔註41〕，他專門編

〔註36〕（日）吉川忠夫、麥谷邦夫編，朱越利譯《真誥校注》，中國社會科學出版社2006年版，第366頁。

〔註37〕（日）吉川忠夫、麥谷邦夫編，朱越利譯《真誥校注》，中國社會科學出版社2006年版，第376頁。

〔註38〕錢鍾書曾批評說：「陶弘景《授陸敬游十賚文》。按全仿《九錫文》之體，……方外高士，忘情人爵，何故喬坐朝作此官樣文章？巢由外臣云乎哉！山中自有小朝廷，於無君處稱尊耳。」見錢鍾書《管錐編》（第四冊），中華書局1999年版，第1427頁。

〔註39〕陶弘景《華陽陶隱居集》卷上，見《道藏》第二十三冊，643頁上。

〔註40〕陶弘景《華陽陶隱居集》卷上，見《道藏》第二十三冊，646頁下。

〔註41〕陶弘景《養性延命錄》卷上，見《道藏》第十八冊，477頁上。

撰《養性延命錄》，闡述日常生活與養生有關之理論、實踐、禁忌等，作為煉形指南。養神則主張「遊心虛靜，息慮無為」〔註42〕，希望修煉者無欲無求，摒除一切俗念，「專道註真，情無散念」〔註43〕。即要求學道者心無旁騖，集中注意力，近似達到莊子「心齋」、「坐忘」之境。質而言之，煉形養神強調的還是修道主體的主觀能動性，所謂「仙者心實學」〔註44〕。

陶弘景佛道雙修雖有蕭梁崇佛的時代背景，但從其具體行為看，也體現了他的包容胸襟。他在《茅山長沙館碑》開篇即說：

　　　　夫萬象森羅，不離兩儀之育；百法紛湊，無越三教之境。〔註45〕

倡導「崇教惟善，法無偏執」〔註46〕，曾賜給弟子陸敬游僧人才會使用的筇竹錫杖，還在華陽館西邊立佛塔。據《南史·陶弘景傳》載陶弘景晚年「曾夢佛授其菩提記云，名為勝力菩薩。乃詣鄮縣阿育王塔自誓，受五大戒」〔註47〕，臨終遺令「通以大袈裟覆衾蒙首足。……道人、道士並在門中，道人左，道士右」，身體力行兼習佛道。

《洞玄靈寶真靈位業圖》的編撰標誌著富有濃鬱茅山宗特色神仙譜系終於編修完成。他把神仙分為七個等級，每一等級安排一位主神，兩旁分列左位、右位以及女真位、散位、地仙散位等，將天上人間七百多位神仙安排妥當，被譽為「道教的曼陀羅」〔註48〕。值得注意的是，譜系吸納各類人物熔為一爐，既有上清派的魏華存，也有強調金丹的葛玄、葛洪，還有天師道的張道陵，連歷史上出現的帝王將相、儒家人物甚至劫盜〔註49〕也被列入其中。元始天尊被尊為最高神，三清輪廓逐漸清晰。從排列的形式來看，仿「天子七廟，三昭三穆」人間等級明顯。按照作者自己的說法是「搜訪人綱，

〔註42〕陶弘景《〈養性延命錄〉序》，見《道藏》第十八冊，474頁下。
〔註43〕（日）吉川忠夫、麥谷邦夫編，朱越利譯《真誥校注》，中國社會科學出版社2006年版，第227頁。
〔註44〕（日）吉川忠夫、麥谷邦夫編，朱越利譯《真誥校注》，中國社會科學出版社2006年版，第484頁。
〔註45〕陶弘景《華陽陶隱居集》卷下，見《道藏》第二十三冊，651頁下。
〔註46〕陶弘景《華陽陶隱居集》卷上《授陸敬游十賚文》，見《道藏》第二十三冊，643頁中。
〔註47〕李延壽等撰《南史》，中華書局1975年版，第1899頁。
〔註48〕轉引自卿希泰主編《道教與中國傳統文化》，福建人民出版社1990年版，第55頁。
〔註49〕如《洞玄靈寶真靈位業圖》載：「朱犹，陳留人，昔作劫盜。」見《道藏》第三冊，279頁上。

究朝班之品序，研綜天經，測真靈之階業」〔註50〕，「正欲以世間之官位爵祿換取天上之『真靈位業』」〔註51〕。譜系雖有不甚完美之處，但由於他的整理結束了道教神仙系統紛亂無序的狀態，充實了道教內涵。

經過陶弘景不懈努力，茅山宗正式形成。從陶弘景授道者絡繹不絕，僅齊梁間，侯王公卿授道者凡數百人，「梁高祖太子從（陶）而受道，梁簡文、邵陵諸王、謝覽、沈約、阮忻、虞權並服膺師事之」〔註52〕。《許長史舊館壇碑陰記》後還附錄二十八人的長名單，包括入室弟子，「王侯、朝士、刺史、二千石過去見在受經法者」〔註53〕，所謂「遠近宗稟不可具記」〔註54〕。誠如柳存仁所言，陶弘景儼然已為「上清的巨擘」〔註55〕，為接下來「茅山為天下學道之所宗」〔註56〕之顯赫地位奠定了堅實的基礎。

二、隋至安史亂前茅山宗之興盛

安史亂前，國家統一已逾一百五十年，政治經濟高度發展。特別是唐初幾位帝王勵精圖治，先後開創「貞觀之治」、「開元盛世」之盛況，「百餘年間未災變」〔註57〕，中國封建社會達到繁盛的巔峰。政治穩定、經濟繁榮也為宗教特別是道教的發展提供了堅實的保障。茅山宗作為此時道教主流〔註58〕，進入了歷史發展的最佳時期。

隋及唐初的幾位帝王對茅山高道優渥有加，從入隋的王遠知開始，之後的潘師正、司馬承禎直至李含光，均被皇帝召入宮廷、饋贈財物、賜予封號。有些帝王不惜紆尊降貴拜茅山高道為師。隋煬帝楊廣為晉王鎮守揚州之時，隆禮迎請王遠知。登基後，又派遣散騎員外郎崔鳳舉齎敕書迎接至涿郡之臨朔宮，以師禮待之，並令至中嶽修齋。回京之後，還為他在東都洛陽修建「玉

〔註50〕陶弘景《〈洞玄靈寶真靈位業圖〉序》，見《道藏》第三冊，272 頁上。

〔註51〕錢鍾書《管錐編》（第四冊），中華書局 1999 年版，第 1428 頁。

〔註52〕李昉等撰《太平御覽》（第三冊），中華書局 1985 影印，3032 頁上。

〔註53〕劉大彬《茅山志》卷二〇，見《道藏》第五冊，634 頁下。

〔註54〕劉大彬《茅山志》卷八，見《道藏》第五冊，590 頁中。

〔註55〕柳存仁《道教史探源》，北京大學出版社 2000 年版，第 136 頁。

〔註56〕劉大彬《茅山志》卷二三顏真卿《茅山玄靜先生廣陵李君碑銘並序》，見《道藏》第五冊，647 頁上。

〔註57〕杜甫《憶昔二首》其二，見仇兆鰲注《杜詩詳注》，中華書局 1999 年版，第 1163 頁。

〔註58〕詳見卿希泰主編《中國道教史》（第二卷），四川人民出版社 1996 年版，第 139 頁。

清玄壇」供其清修。「茅山道與李唐帝室所具秘密的關係，也實肇因於王遠知與李唐創業的一段因緣」〔註59〕。隋朝統治不到四十年，在那「人人皆云楊氏將滅，李氏將興」〔註60〕的情勢下，王遠知準確研判天下形勢，知隋之將亡，於是在唐高祖李淵龍潛之時，即密告符命而獲得上層支持，被封為朝散大夫，並賜「金縷冠」和「紫絲霞帔」。崇尚文治的太宗李世民所好「惟在堯、舜之道，周、孔之教」〔註61〕，禮敬玄奘，對王遠知也非常客氣，贈賜勝過其父：

> （貞觀九年）勅潤州於舊山造觀一所，賜田，度道士七七人以
> 為侍者。貞觀九年四月至山，勅文遣太史令薛頤、校書郎張道本、
> 太子左內率長史桓法嗣等送香油、鎮綵、金龍、玉璧於觀所，為國
> 祈恩。復遣朝散郎蕭文遠齎璽書慰問，並賜衲帔、几杖等。……勅
> 又遣桓法嗣送香，八月十三日至觀。〔註62〕

贈予的香油，根本用不完，以至於「分四近諸觀，廣供齋講，冀能感徹」。太宗敕建的潤州太平觀更是窮極全國之力：

> 斧斤始就，前刺史辛君昌與五縣官人爰集山所，定方準極。八
> 桂運於瑤阜，五杏伐於緇林。塹荊峰而求寶玉，決河宮而取珠貝。
> 郢人負其塗器，般匠獻其奇斤。百姓子來，四方悅服。□非若堵，
> 錙動如雲。商略雲崖，考量泉石。迺於積金洞門之右、太元降真之
> 地，……式摹大壯，建其精宇。〔註63〕

王遠知生前曾對身邊親近說：「國家為吾造觀，恩德極重。自惟徵應，恐不見其成。」〔註64〕高宗時又被追贈為太中大夫，諡「昇真先生」。

之後的「中嶽之隱几」〔註65〕潘師正也受到了高宗的禮敬，五年之內三

〔註59〕（臺灣）李豐楙《六朝隋唐仙道類小說研究》，臺灣學生書局1986年版，第319頁。

〔註60〕司馬光編著、胡三省音注《資治通鑑》（第六冊），中華書局2008年版，第5708頁。

〔註61〕吳兢編集，姜濤點校《貞觀政要》，齊魯書社2000年版，第205頁。

〔註62〕劉大彬《茅山志》卷二二江旻《唐國師昇真先生王法主真人立觀碑》，見《道藏》第五冊，640頁中～下。

〔註63〕劉大彬《茅山志》卷二二江旻《唐國師昇真先生王法主真人立觀碑》，見《道藏》第五冊，641頁上。

〔註64〕劉大彬《茅山志》卷二二江旻《唐國師昇真先生王法主真人立觀碑》，見《道藏》第五冊，641頁上。

〔註65〕衛昇《唐王屋山中巖臺正一先生廟碣》，見《道藏》第十九冊，706頁下。

次被召見，「以乘輿步輦，致師於洛城西宮」〔註66〕。太子則側席齋宮，虛襟宣室，儼然為王者師。高宗甚至親臨嵩山逍遙谷，與潘尊師討論道教經法〔註67〕，並為其在逍遙谷內敕建崇唐觀和精思院。《舊唐書・隱逸傳》載：「高宗天后，訪道山林，飛書岩穴，屢造幽人之宅，堅回隱士之車。」〔註68〕看來是符合實際的。

司馬承禎先後被武則天、睿宗、玄宗三代君主迎請入京。睿宗「深尚道教，屢加尊異」〔註69〕，問以陰陽術數和治國之道，並賜寶琴及霞紋帳等物。同時，重建天台山桐柏觀供他居住，規定「禁封內四十里，毋得樵採，以為禽獸草木生長之地」〔註70〕。玄宗更是從其受上清經法，並於京師附近的王屋山新置壇室，親題「陽臺觀」額。開元十五年，又命玉真公主及光祿卿韋縚隨其修金籙齋，同時接受司馬的建議，於五嶽「別立齋祠之所」〔註71〕。逝世後，親撰碑文，贈「銀青光祿大夫」，並賜「貞一先生」謚號，極盡哀榮。柯睿以為司馬承禎是「將玄宗的興趣轉向道教神秘事務的最有影響力的人物」〔註72〕。

玄宗對其弟子李含光也是極為敬重。在兩人來往書函中，多次以弟子自稱，並以之為度師，賜號「玄靜先生」。在茅山高道中，玄宗與李含光的通信最多，《茅山志》卷二載有玄宗賜李含光敕書二十四通、贈詩三首〔註73〕，李含光上玄宗《表奏十三通》。在玄宗的支持下，李含光得以投入全部精力經營和發展茅山宗。一方面搜尋經誥真蹟。據《茅山玄靜先生廣陵李君碑銘並序》記載當時「茅山靈蹟罦焉將墜，真經秘籙亦多散落」〔註74〕，特別是許長史、

〔註66〕王適《體玄先生潘尊師碣》，見董誥《全唐文》（第三冊），中華書局 2001 年影印，2856 頁下。

〔註67〕《道藏》第二十四冊《〈道門經法相承次〉序》乃高宗問道潘師正之真實對話錄，主要涉及道教經法名義相關問題。不題撰者，朱越利認為此書可能撰於唐高宗時（《道藏分類解題》，華夏出版社 1996 年版，第 351 頁）。而《道藏提要》稍顯謹慎，以為「當出唐人之手」（任繼愈《道藏提要》，中國社會科學出版社 1995 年版，第 876 頁），可見，大致出於唐人之手應該沒有問題。

〔註68〕劉昫等撰《舊唐書》，中華書局 1975 年版，第 5116 頁。

〔註69〕張君房纂輯、蔣力生等校注《雲笈七籤》，華夏出版社 1996 年版，第 711 頁。

〔註70〕《天台山志》，見《道藏》第十一冊，92 頁下。

〔註71〕劉昫等撰《舊唐書》，中華書局 1975 年版，第 5128 頁。

〔註72〕（美）柯睿著、白照傑譯《李白與中古宗教文學研究》，齊魯書社 2017 年版，第 35 頁。

〔註73〕分別是《詩送玄靜先生赴金壇並序》《詩送玄靜先生暫還廣陵並序》及《詩送玄靜先生歸廣陵並序》三詩，亦見《全唐詩續拾》卷一四。

〔註74〕劉大彬《茅山志》卷二三，見《道藏》第五冊，646 頁中。

楊君、陶隱居的自寫經法，已多散逸無遺。李含光請歸茅山纂修經法，「悉備其蹟而進上之」，還以楷書上經十三紙，以補遺闕，使茅山經籍得以流傳至今；另一方面營造茅山本山。隋末大亂，茅山建築破壞嚴重，「瑤壇舊觀，餘址尚存」〔註75〕。玄宗為李含光「維新舊館，再易華題」〔註76〕，將華陽觀改建為紫陽觀供其居住，並具體指導紫陽觀建設，「所置紫陽觀大院內，更不須著人居止。但作虛廊四合，清潔殿堂，以修香火，用候雲駕，其道眾等別院安置」〔註77〕。即便是小細節玄宗也非常注意，據《修造紫陽觀勑牒》載：「院宇雖則華壯，松竹先多欠少，比為非時，未由種植。請至開春專令栽蒔，並於南池種藕，庶望周徧。」〔註78〕特別要求南池種藕。同時下令自今以後，禁止在茅山附近採捕漁獵，食葷血者不得入，「如有事式申祈禱，當以香藥珍饈，亦不得以牲牢等物」〔註79〕。天寶七載八月，又下詔規定「紫陽觀取側近百姓二百戶，太平、崇元（應為『玄』）兩觀各一百戶，並蠲免租稅差科，長充修葺灑掃者」〔註80〕。免除紫陽觀、太平觀、崇玄觀三觀附近人家徭役以備修葺灑掃，解決了三觀後顧之憂。可以說，玄宗對於李含光的恩寵甚至超過了其師司馬承禎，真是「優游句曲，鬱為王者之師；出入明庭，特寵肩輿之貴」〔註81〕。

　　茅山宗不僅得到上層階層的支持，而且在民間也擁有眾多信徒，特別是對於當時的文士同樣具有相當大的吸引力，他們大都與茅山高道保持著千絲萬縷的聯繫，或酬唱贈答，或寫作詩文以示景仰。比如司馬承禎的活動備受時人關注，與名士多有往還。司馬承禎還山，武則天遣麟臺監李嶠餞之於洛橋之東，李嶠、宋之問、薛曜等人皆有賦詩送別。睿宗朝入京還山則是公卿百官、文人學士三百餘人賦詩相送，常侍徐彥伯選三十餘首編成《白雲記》

〔註75〕劉大彬《茅山志》卷二《玄宗賜李玄靜先生勑書》，見《道藏》第五冊，555頁中。

〔註76〕劉大彬《茅山志》卷二四徐鉉《茅山紫陽觀碑銘並序》，見《道藏》第五冊，652頁下。

〔註77〕劉大彬《茅山志》卷二《玄宗賜李玄靜先生勑書》，見《道藏》第五冊，556頁上。

〔註78〕劉大彬《茅山志》卷二，見《道藏》第五冊，558頁下。

〔註79〕劉大彬《茅山志》卷二《玄宗賜李玄靜先生勑書》，見《道藏》第五冊，555頁下。

〔註80〕劉大彬《茅山志》卷二《玄靜先生等表奏附》，見《道藏》第五冊，559頁中。

〔註81〕劉大彬《茅山志》卷二三顏真卿《茅山玄靜先生廣陵李君碑銘並序》，見《道藏》第五冊，647頁上。

刊行於世，盛傳一時。他還與陸餘慶、趙貞固、盧藏用、陳子昂、杜審言、宋之問、畢構、郭襲微、史懷一結為「方外十友」〔註82〕，這是「初唐一群愛好方外之遊的文人的代表」〔註83〕。宋之問《寄天台司馬道士》中的「舊遊惜疏曠」〔註84〕，表明昔日確有遊玩。盧藏用《宋主簿鳴皋夢趙六予未及報而陳子雲亡今追為此詩答宋兼貽平昔遊舊》：「坐憶平生遊，十載懷嵩丘。題書滿古壁，採藥遍岩幽。子微化金鼎，仙笙不可求。榮哉宋與陸，名宦美中州。」〔註85〕不無深情地回憶昔日方外之遊。司馬承禎嘲諷盧藏用隱居為「終南捷徑」，還成為後世借隱居出仕的代稱。據《大唐新語》卷一〇載：

> 盧藏用始隱於終南山中，中宗朝累居要職。有道士司馬承禎者，睿宗迎至京，將還，藏用指終南山謂之曰：「此中大有佳處，何必在遠！」承禎徐答曰：「以僕所觀，乃仕宦捷徑耳。」〔註86〕

此事《資治通鑑》卷二一〇亦載。作為唐初詩文革新開拓者的陳子昂曾「林嶺吾棲，學神仙而未畢」〔註87〕。他在《送中嶽二三真人序》中明確敘及與司馬承禎之交往：「登玉女之峰，窺石人之廟，見司馬子微。」〔註88〕甚至應司馬之邀為其師潘師正撰寫《續唐故中嶽體玄先生潘尊師碑頌》。《歷世真仙體道通鑑》卷二五還載陳子昂與司馬承禎、盧藏用、宋之問、王適、畢構、李白、孟浩然、王維、賀知章為「仙宗十友」〔註89〕。唐初的陳子昂、盧藏用、宋之問與盛唐的李白、孟浩然、王維明顯不在一個時代，無交往可能，「當然是出於後人的拼湊，但確實反映了當時文人好道尚仙的環境和傾向」〔註90〕。

張九齡奉命至南嶽衡山祈福靈嶽，返回前拜謁司馬承禎，有《登南嶽事畢謁司馬道士》詩，記載謁見經過，流露出了由衷的敬意。李白三十歲左右

〔註82〕歐陽修、宋祁等撰《新唐書》，中華書局1975年版，第4239頁。

〔註83〕葛曉音考定「方外十友」交遊的時間在公元685～696這十年間。見葛曉音《從「方外十友」看道教對初唐山水詩的影響》，載《學術月刊》1992年第4期。

〔註84〕彭定求《全唐詩》，中華書局1979年版，第636頁。

〔註85〕彭定求《全唐詩》，中華書局1979年版，第1003頁。

〔註86〕劉肅撰、許德楠、李鼎霞點校《大唐新語》，中華書局1984年版，第157～158頁。

〔註87〕陳子昂《暉上人房餞齊少府使入京府序》，見徐鵬校點《陳子昂集》，中華書局1962年版，第162頁。

〔註88〕徐鵬校點《陳子昂集》，中華書局1962年版，第157頁。

〔註89〕《道藏》第五冊，246頁下。

〔註90〕孫昌武《道教與唐代文學》，人民文學出版社2001年版，第187頁。

在江陵亦曾見過司馬承禎,司馬承禎說他有「仙風道骨,可與神遊八極之表」,因而作「《大鵬遇希有鳥賦》以自廣」〔註91〕,以希有鳥比司馬承禎,自比大鵬。李白與司馬承禎同門吳筠也過往甚密,曾詩篇酬和,逍遙泉石。據《舊唐書‧李白傳》載:「天寶初,客遊會稽,與道士吳筠隱於剡中。既而玄宗詔筠赴京師,筠薦之於朝,遣使召之,與筠俱待詔翰林。」〔註92〕因吳筠之薦,李白得以待詔翰林〔註93〕。吳筠是茅山道門中出色的詩人,留居江浙期間,還參與了嚴維、顏真卿等人組織的詩歌聯會。《中元日鮑端公宅遇吳天師聯句》和《登峴山觀李左相石尊聯句》即是很好的證明。

除司馬承禎師兄弟外,李白還借與元演同遊隨州之機拜訪李含光弟子胡紫陽,「紫陽之真人,邀我吹玉笙。餐霞樓上動仙樂,嘈然宛似鸞鳳鳴」〔註94〕,胡紫陽在居住的凔霞樓內設宴款待,兩人結為神仙之交。後又與元丹丘、元演向其學道,「飽飡素論,十得其九」〔註95〕。元丹丘,胡紫陽弟子,被譽為「道門龍鳳」,與李白為異姓兄弟,為李白一生中交往最為密切的茅山高道,屢見於李白詩文中〔註96〕。也許是李白關係,杜甫也與元丹丘有過交往,其《玄都壇歌寄元逸人》刻畫的就是元丹丘絕塵高樓的隱仙形象。借助文士的詩文,茅山高道更易引其世人注目,在一定程度上也促進了茅山宗的大發展大繁榮。

〔註91〕李白《大鵬賦並序》,見王琦注《李太白全集》,中華書局1999年版,第2頁。

〔註92〕劉昫等撰《舊唐書》,中華書局1975年版,第5053頁。

〔註93〕根據《新唐書‧李白傳》記載,推薦李白者為賀知章。而魏顥《〈李翰林集〉序》云:「與丹丘因持盈法師達,白亦因之入翰林。」似乎玉真公主也推薦過李白。對此問題,今人多有考證:李生龍《李白與吳筠究竟有無交往》(《李白研究論叢》第二輯)及許嘉甫《吳筠薦李白說微補》(《臨沂師專學報》1995年第4期)以為吳筠推薦李白於朝並俱待詔翰林,完全有此可能。詹鍈《李白詩文繫年》懷疑「當時吳筠薦之於先,賀知章復言之於後」,李寶均《吳筠薦舉李白入長安辨》(《文史哲》1981年第1期)則認為吳筠推薦李白不符合歷史事實,「傾向於認為不一定是由於某一人物的薦舉」。郁賢皓《吳筠薦李白說辨疑》(《南京師大學報》社會科學版1981年第1期)明確說明李白入翰林是玉真公主的推薦而非吳筠。

〔註94〕李白《憶舊遊寄譙郡元參軍》,見王琦注《李太白全集》,中華書局1999年版,第663頁。

〔註95〕劉大彬《茅山志》卷二四李白《唐漢東紫陽先生碑銘》,見《道藏》第五冊,656頁下。

〔註96〕與元丹丘的交遊貫穿了李白生命的整個過程,李白贈答元丹丘詩甚多,達數十首,其他詩歌裏也多次提及元丹丘,情款深篤,最為後世稱道。

　　總之，此時茅山宗傳播地域較之前有很大拓展。如果說陶弘景時期茅山宗的傳播區域僅限於以茅山為中心的南方地區的話，那麼，此時茅山宗的發展空間逐漸深入北方，影響遠播大江南北〔註97〕。

三、安史亂後至五代茅山宗之衰弱

　　始於天寶十四載（755）十一月的安史之亂，直至代宗寶應元年（762）才告結束，前後持續八年之久，民生凋敝，國庫空虛，人口銳減，僅「京畿戶口，減耗大半」〔註98〕。據羅宗強統計，「從安史亂起至乾元三年（760 年），僅五年時間，全國人口就從五千二百八十八萬銳減至一千六百九十九萬」〔註99〕，生產力遭受嚴重破壞，經濟面臨崩潰邊緣，從此唐王朝一蹶不振，盛世不再。同時，這場大亂也「帶走了唐代社會完整的活力和生機，它使一個百年帝國從外貌到精神嚴重的殘缺」〔註100〕，進而直接導致唐代社會由盛而衰的轉變。隨著唐代社會的這種轉變，茅山宗的發展前景也因此受到了一定影響。

　　直至五代，茅山宗再未出現此前那樣輝煌顯赫的局面，究其原因，不外乎自身和外部兩方面原因。

　　從其自身方面來說，一方面由於世道有變，加之個性使然，茅山高道與帝王接觸明顯減少。如安史亂後至五代時期的六位茅山高道：韋景昭、黃洞元、孫智清、吳法通、劉得常、王棲霞，其中只有四位為帝王修齋行道或被召見賜號。黃洞元，德宗歎異，贈先生號；孫智清於武宗會昌元年被召修生神齋，敕建九層寶壇行道因而被賜號，是他「重建了長期中斷的茅山道團與皇室的直接聯繫」〔註101〕；吳法通被僖宗尊稱為度師，賜先生號；王棲霞被南唐烈祖李昪召至金陵，館於玄真觀，賜金印紫綬，封為「玄博大師」，中主李璟又加封「貞素先生」。除孫智清、吳法通兩位茅山高道外，其他幾位未被徵召入朝。無論是交往的密度還是深度都無法與此前茅山高道屢次被召入京，帝王親受法籙、執弟子之禮相比。據統計，有唐一代有國師頭銜的茅山高道共五位：王遠知（唐國師金紫光祿大夫）、潘師正（唐國師太中大

〔註97〕詳參汪桂平《唐代的茅山道》附錄「唐代茅山道士活動區域表」，載《文史知識》1995 年第 1 期。
〔註98〕劉昫等撰《舊唐書》，中華書局 1975 年版，第 292 頁。
〔註99〕羅宗強《唐詩小史》，百花文藝出版社 2008 年版，第 103 頁。
〔註100〕石雲濤《安史之亂──大唐盛衰記》，中華書局 2007 年版，第 269 頁。
〔註101〕鍾國發《茅山道教上清宗》，東大圖書公司 2003 年版，第 145 頁。

夫）、司馬承禎（唐國師銀青光祿大夫）、李含光（唐國師正議大夫）及吳法通（唐國師希微先生），其中前四位主要生活於安史亂前，僅吳法通活動於這一時期。於此可見，茅山高道在帝王心中的地位有所下降，而且他們不重社交，不問世事，大多選擇遠離俗世，埋首於個人清修。比如韋景昭「肅代以來，天下喪亂，師獨以道為己任」〔註 102〕，陸長源《華陽三洞景昭大法師碑》說他「一居山觀（太平觀），三紀於茲」〔註 103〕，直至逝世；吳法通繼孫智清之後，推進了茅山道團與皇室的關係，但預知世道有變，即「潛入岩洞，不知所往」〔註 104〕；劉得常則是「居紫陽觀二十年，不踰戶閾」〔註 105〕。普遍採取逃避的方式以應對政治風雲的變化，給人一種身為高道卻不願意沾染茅山教務的感覺，完全沒有了安史亂前茅山宗身上的那種積極干世的風貌。

另一方面，茅山宗派內部出現了新的動向。一是在嗣教問題上的遲遲未決。一段時期內，茅山「沒有一個全面負責的當家人」〔註 106〕，不利於教門穩定。黃洞元除早年遊華陽及晚年住下泊宮八年外，其他時間幾乎都在外雲遊，住茅山的時間相當有限，黃氏心腹門人想來不會太多，不利於繼承人的培養，也威脅教門的穩定。黃去世四十年後，孫智清才於唐文宗太和六年（832）被任命為實際管理茅山道務的「山門威儀」，下一年，奏請重禁採捕，獲准立法。值得深思的是他的籍貫及解化年月均未詳，在歷代茅山高道歷史上是不多見的。同樣，王棲霞於南唐保大壬子歲（953）夏四月甲寅去世後，弟子成延昭直至宋太祖開寶八年（975）才「為茅山威儀兼昇州道正」〔註 107〕，這時距王棲霞去世已二十多年。二是由茅山分出的衡山和天台山兩個傳道基地異軍突起，此時相對活躍，無形中削弱了茅山的影響力。南嶽和天台山兩個傳道基地的開創源於司馬承禎「自海山（疑為『上』）乘桴煉真南嶽，結庵於觀（九真觀）北一里」〔註 108〕及其門人自衡嶽「東入天台」〔註 109〕弘

〔註 102〕劉大彬《茅山志》卷一一，見《道藏》第五冊，602 頁下。

〔註 103〕劉大彬《茅山志》卷二三，見《道藏》第五冊，648 頁中。

〔註 104〕劉大彬《茅山志》卷一一，見《道藏》第五冊，603 頁中。

〔註 105〕劉大彬《茅山志》卷一一，見《道藏》第五冊，603 頁下。

〔註 106〕鍾國發《茅山道教上清宗》，東大圖書公司 2003 年版，第 145 頁。

〔註 107〕劉大彬《茅山志》卷一一，見《道藏》第五冊，604 頁上。

〔註 108〕陳田夫《南嶽總勝集》，見《道藏》第十一冊，117 頁上。

〔註 109〕趙道一《歷世真仙體道通鑒》卷四〇，見《道藏》第五冊，328 頁上。

教傳道。劉咸炘《道教徵略》以南嶽天台派稱之〔註110〕。有學者提出異議，認為「稱之為道派或可商榷，因為他們自己並沒有創造新的授籙方法，所傳的依然是上清派的經籙、秘法，而且司馬承禎本身為上清派宗師，他匆需開闢新的道派。故從地域來看，或可叫做上清派南嶽天台系」〔註111〕。不管怎樣，由茅山分出的這一支派發展至此影響不斷擴大，備受帝王恩寵。如憲宗屢徵田虛應、馮惟良不出；敬宗賜徐靈府所居為「方瀛山居」；宣宗賜劉處靜「廣成先生」號；唐懿宗詔賜葉藏質山居為「玉霄觀」；唐僖宗、前蜀王建、王衍對杜光庭優渥有加，儼然一名高級顧問，參與政治決策；南唐君主不斷召見、賜號王棲霞等。除此之外，還注意吸引民間信徒以擴大聲勢。如應夷節時「吳越之人瞻風稽首，願侍巾几者，莫知其數」〔註112〕；劉處靜「弟子數百人，有自遠方來謁者無虛日」〔註113〕；閭丘方遠有弟子 200餘人；聶師道有弟子 500 餘人，可見其影響力不亞於作為本山的茅山。

從外部因素來說，安史亂後至五代，社會動盪不安，戰亂不斷。據《新唐書·藩鎮傳序》載：

> 安、史亂天下，至肅宗大難略平，君臣皆幸安，故瓜分河北地，付授叛將，護養孽萌，以成禍根。亂人乘之，遂擅署吏，以賦稅自私，不朝獻於廷。效戰國，肱髀相依，以土地傳子孫，脅百姓。加鋸其頸，利怵逆污，遂使其人自視由羌狄然。一寇死，一賊生，訖唐亡百餘年，卒不為王土。〔註114〕

朝廷將河北之地授給安史叛將，這一失誤決策直接導致河北諸藩鎮反覆叛亂，終成朝廷的肘腋之患。河北之地，儼然國中之國。憲宗朝雖有短暫的元和中興，但也發生了元和九年（814）淮西鎮吳元濟叛亂，不僅藩鎮割據叛亂，隨之而來的還有各地頻頻爆發的起義：宣宗大中十三年（860）浙東裘甫起義；懿宗咸通九年（868）龐勳起義；僖宗乾符元年（874）王仙芝起義，次年（875）黃巢起義，特別是黃巢之亂前後達十年之久。之後，直至五代十

〔註110〕傳承世系見卿希泰主編《中國道教史》（第二卷，四川人民出版社 1996 年版，第 405 頁）、陳國符《道藏源流考》（中華書局 1985 年版，第 29～30 頁）、劉咸炘《道教徵略》（外 14 種，上海科學技術文獻出版社 2010 年版，第 12 頁）。
〔註111〕袁清湘《徐靈府與上清派南嶽天台系》，《中國道教》2009 年第 6 期，第 41 頁。
〔註112〕趙道一《歷世真仙體道通鑑》卷四〇，見《道藏》第五冊，329 頁下。
〔註113〕陳性定《仙都志》卷上，見《道藏》第十一冊，81 頁中。
〔註114〕歐陽修、宋祁等撰《新唐書》，中華書局 1975 年版，第 5921 頁。

國，五十四年間「天下大亂，中國之禍，篡弒相尋」〔註115〕。在此背景之下，為應對各地叛亂，唐王朝投入大量財力物力。誠如趙翼所言：「伐叛討逆，國家固不可惜費，而如唐之驕藩鎮，則國力為之敝。」〔註116〕相應地國家給予茅山的支持極為有限，不可能保持唐初幾位帝王的水平與規模，何況戰亂燒毀的道觀在相當長的時期內難以恢復。杜光庭《道教靈驗記》裏記載了很多道觀遭遇平民、官吏甚至佛教徒的有意破壞或侵佔。安祿山把洛陽的太微宮當成馬廄，拋棄裏面供奉的唐帝王神位，後來史思明乾脆一把火整個燒毀。這麼高級別的道觀尚且成為叛亂者的破壞對象，更遑論其他普通道觀。道教典籍也是四處散落，損失慘重，特別是「兩京祕藏，多遇焚燒」〔註117〕。總之，戰亂對各地道教設施造成了不同程度的破壞，凡此，均需大量的財力進行修復。這對風雨飄搖的李唐王朝來說，是筆很大的開支，對於其日漸捉襟見肘的財政來說更是難以承擔。

另外，對佛教的重視和投入，在財政有限的情況下，對茅山的支持無疑亦會相對減少。安史亂後，雖然整體上還是崇尚道教、扶持道教，特別是茅山宗南嶽天台一系備受帝王歡迎，但也出現了幾位帝王有尚佛之舉：肅宗「常使僧數百人為道場於內，晨夜誦佛」〔註118〕；代宗「深信之，常於禁中飯僧百餘人，有寇至則令僧講《仁王經》以禳之，寇去則厚加賞賜。胡僧不空，官至卿監，爵為國公，出入禁闥，勢移權貴，京畿良田美利多歸僧寺。敕天下無得箠曳僧尼。造金閣寺於五臺山，鑄銅塗金為瓦，所費巨億，繒給中書符牒，令五臺僧數十人散之四方，求利以營之。載等每侍上從容，多談佛事，由是中外臣民承流相化，皆廢人事而奉佛，政刑日紊矣」〔註119〕。之後的唐憲宗和唐懿宗更為崇信，花費大量錢財迎取佛骨舍利。韓愈曾因上《諫迎佛骨表》勸諫憲宗，差點被殺；懿宗「奉佛太過」〔註120〕，咸通十四年迎佛骨

〔註115〕歐陽修等撰《新五代史》，中華書局1974年版，第762頁。

〔註116〕趙翼《廿二史劄記》卷二〇「方鎮兵出境即仰度支供饋」條，見王樹民校證《廿二史劄記校證》（訂補本），中華書局2001年版，第431頁。

〔註117〕杜光庭《無上黃籙大齋後述》，見董誥《全唐文》（第十冊），中華書局2001影印，9810頁下。

〔註118〕司馬光編著、胡三省音注《資治通鑒》（第八冊），中華書局2008年版，第7024頁。

〔註119〕司馬光編著、胡三省音注《資治通鑒》（第八冊），中華書局2008年版，第7196～7197頁。

〔註120〕劉昫等撰《舊唐書》，中華書局1975年版，第4625頁。

入京盛況空前，極其奢華，場面和花費較元和憲宗迎佛骨更加奢靡〔註121〕。

除此之外，肇始於玄宗天寶年間的太清宮祭祀制度〔註122〕，使得一部分道士供職太清宮，居於獨特地位，得以「頻然往還周旋於帝王、宰臣、公卿、百官之間，以獲官職、得封號者，代有其人。……得居太清宮者，頗為當時道流所矚目」，以至於「肅、代二朝後，唐道教茅山宗漸衰，聲勢已漸為太清宮此一『雜宗』所奪」〔註123〕。這在一定程度上，也成為促使此時茅山宗發展相對消沉的一個重要原因。

為了論述清楚，特列茅山宗傳承簡表如下：

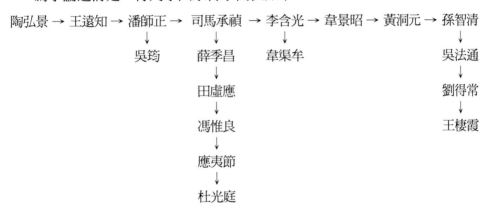

第二節 茅山宗之教派特點與高道素養

茅山宗作為道教之一派，除有道教共有的特徵外，亦有自己的獨特特點。認識和把握這些特點，既有利於全面深入地認識茅山宗，也有助於辨別它與其他道派之區別。

一、存想思神、男女雙修之修道方式

茅山宗的修道較為精緻，基本上以清修為主，比較有特點的是他們輕視金丹而以存想思神（或簡稱存思）為主要法門，鄙棄天師道黃赤之道而提倡茅山式的男女雙修上道。

金丹，亦名「金液還丹」或「金液大丹」，古代方士認為服食可以長生不

〔註121〕詳參湯用彤《隋唐佛教史稿》，江蘇教育出版社 2007 年版，第 24～25 頁。
〔註122〕詳參臺灣丁煌《唐代道教太清宮制度考》，載丁煌《漢唐道教論集》，中華書局 2009 年版。
〔註123〕（臺灣）丁煌《漢唐道教論集》，中華書局 2009 年版，第 127 頁。

老，羽化成仙。葛洪認為仙丹金液為仙道之極，提出「假求於外物（金丹）以自堅固」〔註124〕的理念，並分升仙之藥（上）、養性之藥（中）、除病之藥（下）三品，由此成為金丹成仙說之集大成者。與葛洪態度截然不同是，茅山宗對於金丹之道較為輕視甚至鄙棄，認為僅靠服食金丹難以成仙。有過尋訪仙藥經歷的陶弘景，主動為梁武帝煉丹，在前後二十年時間裏進行了七次煉丹實驗，最後宣告成功，並獻給蕭衍，但他卻對金丹持懷疑態度，也不願再為此花費太多精力。更可注意的是，他曾以「吾寧學少君邪」〔註125〕答蕭衍，說明他不願淪為李少君之流，多少也流露出了他對於金丹的不屑。

茅山宗選擇的是一種經濟方便的修煉方式——存思，也就是存想思神，屬於一種內觀修煉法門。司馬承禎解釋「存謂存我之神，想謂想我之身」〔註126〕，「存思之時，皆閉目內視，人體多神，必以五臟為主。主各料其事，事各得其成。成正則一而不二，不二則隱顯無邪，無邪則眾如可見，見則與聖符同，同聖即可弘，積學自然感會。是以朝夕存思，不可懈怠」〔註127〕。要求修煉者端坐閉目，聚氣凝神沉思。在茅山宗看來，這才是成仙之道。傳為魏華存所撰的《黃庭經》宣揚人身各部位皆有神主宰，「六腑五臟神體精，皆在心內運天經，晝夜存之自長生」〔註128〕，認為晝夜存神六腑五臟可以長生。《無上秘要》卷五「身神品」則統計出人身上有三萬六千神，「日日存之，時時相續，念念不忘，長生不死」〔註129〕。與金丹之道相較，存思之術「既不用花費什麼成本，也不用擔心服食金丹中毒的後果，並且簡單易行，有利於推廣，更為重要的是存思存神內斂自守的修道方式，更迎合了當時士大夫的精神旨趣」〔註130〕。這種修煉方式似乎也具有後世內丹修煉的性質。

茅山宗另一個獨特的修道方式就是它的男女雙修。茅山宗之前，道教把天師道的黃赤之道，也就是寇謙之聲稱要除去的「男女合氣之術」視為一種修煉方式，認為它有助於得道成仙，如若不然，反而會帶來疾病，危及生命。《抱朴子內篇·微旨》云：「人不可以陰陽不交，坐致疾患。」〔註131〕《釋滯

〔註124〕王明《抱朴子內篇校釋》，中華書局1985年版，第71頁。

〔註125〕賈嵩《華陽陶隱居內傳》卷中，見《道藏》第五冊，505頁中。

〔註126〕司馬承禎《天隱子》，見《道藏》第二十一冊，700頁上。

〔註127〕張君房纂輯、蔣力生等校注《雲笈七籤》，華夏出版社1996年版，第248頁。

〔註128〕《太上黃庭內景玉經》，見《道藏》第五冊，909頁中。

〔註129〕《道藏》第二十五冊，16頁下。

〔註130〕張崇富《上清派修道思想研究》，巴蜀書社2004年版，第10頁。

〔註131〕王明《抱朴子內篇校釋》，中華書局1985年版，第129頁。

篇》亦云：「人復不可都絕陰陽，陰陽不交，則坐致壅閼之病，故幽閉怨曠，多病而不壽也。」〔註132〕然而，在茅山宗看來，這樣一種修煉方式雖是長生之秘要，但乃是得生之下術，「非上宮天真流軿晏景之夫所得言也。此道在長養分生而已，非上道也」〔註133〕，所以陶弘景在《真誥》中大力批判黃赤之道，如卷二借清虛真人之口表示：「黃赤之道，混氣之法，是張陵受教施化為種子之一術耳，非真人之事也。吾數見行此而絕種，未見種此而得生矣。」〔註134〕而且還不厭其煩地告誡修道之士：「求仙，勿與女子交，一交而傾一年之藥。若無所服而行房內，減算三十年。」〔註135〕相較而言，茅山宗提倡的男女雙修方式，有夫婦之名而無夫婦之實。誠如《真誥》卷二所云：「夫真人之偶景者，所貴存乎匹偶，相愛在於二景，雖名之夫婦，不行夫婦之跡也，是用虛名以示視聽耳。」〔註136〕「偶景」帶有男女雙修意味〔註137〕。兩者根本區別是「色觀謂之黃赤，上道謂之隱書」〔註138〕，也可稱之為隱書上道。朱越利《六朝上清經的隱書之道》認為隱書之道包括男女雙修秘術。《真誥》內敘述的羊權與愕綠華、楊羲與九華真妃、許謐與雲林右英夫人三對的「自相儔會」並最終實現男女（仙）雙修可作代表。他們「有偶對之名」，永為仙眷，卻未「循世中之弊穢，而行淫濁之下跡」〔註139〕。這裡的女性（女仙）助凡男修道，起到了「賢內助」的作用。這種既不同於傳統黃書赤道把女性當男性修仙鼎爐從而成犧牲品〔註140〕，亦有別於俗世纏綿繾綣的男女情愛，是具有茅山宗特色的男女雙修方式。張崇富認為這是茅山宗運用虛化、語言及情調化

〔註132〕王明《抱朴子內篇校釋》，中華書局1985年版，第150頁。

〔註133〕（日）吉川忠夫、麥谷邦夫編，朱越利譯《真誥校注》，中國社會科學出版社2006年版，第43頁。

〔註134〕（日）吉川忠夫、麥谷邦夫編，朱越利譯《真誥校注》，中國社會科學出版社2006年版，第43頁。

〔註135〕（日）吉川忠夫、麥谷邦夫編，朱越利譯《真誥校注》，中國社會科學出版社2006年版，第341頁。

〔註136〕（日）吉川忠夫、麥谷邦夫編，朱越利譯《真誥校注》，中國社會科學出版社2006年版，第43頁。

〔註137〕詳參朱越利《六朝上清經的隱書之道》，載《宗教學研究》2001年第2期。

〔註138〕（日）吉川忠夫、麥谷邦夫編，朱越利譯《真誥校注》，中國社會科學出版社2006年版，第43頁。

〔註139〕（日）吉川忠夫、麥谷邦夫編，朱越利譯《真誥校注》，中國社會科學出版社2006年版，第37頁。

〔註140〕詳見鍾來因《長生不死的探求——道經〈真誥〉之謎》，文匯出版社1992年版，第126頁。

三策略改造舊天師道黃赤之道的結果〔註141〕。而李豐楙以為這種獨特的「陰陽雙修的方法，正是上清經派精緻化的新房中觀」〔註142〕。

二、三教並包、不拘一格之宗派意識

茅山宗襟懷寬廣，思想開放，倡導「崇教惟善，法無偏執」，兼容並包，不避儒佛。杜光庭《墉城集仙錄・王奉仙》中有段話非常有意思：

> 夫天尊，行化天下，教人以道，延人以生，主宰萬物，覆育周遍，如世人之父也。釋迦行化世上，勸人止惡，誘人求福，如世人之母也。
>
> 仲尼儒典，行於人間，示以五常，訓以百行，如世人之兄也。〔註143〕

將道、佛、儒比作父、母、兄，雖有尊儒揚道的立場，但三教融為一體不可偏廢的態度似乎也很明顯。事實上，三教並包，陸修靜已開其端，其齋醮儀式已將儒家仁義之教與佛教「三業清淨」之說〔註144〕融貫其間，可視為三教融合之結果。作為他的再傳弟子——陶弘景沿循其舊，提出「百法紛湊，無越三教之境」。他的《答朝士訪仙佛兩法體相書》討論仙道則以佛為輔，旁擷儒家。

茅山宗不光這麼說，還身體力行。大部分茅山高道受儒影響很大，入道前實為地地道道的儒士，入道後也未完全脫掉端委章甫。比如陶弘景曾訓詁七經，《華陽陶隱居內傳》載他在世所著書包括《孝經論語序注》、《三禮序》、《注尚書毛詩序》等，立義又異於前賢先儒。陶的《洞玄靈寶真靈位業圖》還專門為許多儒門經生與儒雅文人排定了仙位。有人甚至稱他為「道家之尼父」〔註145〕。今天流傳最完整的《鬼谷子注》，相傳也出於陶弘景之手。這表明，陶弘景不恪守道家的狹隘圈子，而是包容兼蓄，力圖把各家思想融入茅山宗主張內，這就豐富了茅山宗的思想內涵。唐代的吳筠就更不用說，「弱冠涉儒墨」〔註146〕，與其他儒生一樣，有著功名之想。《舊唐書・吳筠傳》直接稱他為魯中儒士，也

〔註141〕詳見張崇富《上清派修道思想研究》，巴蜀書社 2004 年版，第 96～109 頁。
〔註142〕（臺灣）李豐楙《仙境與遊歷：神仙世界的想像》，中華書局 2010 年版，第 78 頁。
〔註143〕張君房纂輯、蔣力生等校注《雲笈七籤》，華夏出版社 1996 年版，第 731 頁。
〔註144〕陸修靜《洞玄靈寶齋說光燭戒罰燈祝願儀》中的「齋戒十要求」及提到的「守仁」、「守貞」、「讓義」等明顯留有儒佛痕跡，見《道藏》第九冊，821 頁上～823 頁下。
〔註145〕賈嵩《〈華陽陶隱居傳〉序》，見《道藏》第五冊，499 頁下。
〔註146〕孫望《全唐詩補逸》卷一八吳筠《酬劉侍御過草堂》，見陳尚君輯校《全唐詩補編》，中華書局 1992 年版，第 297 頁。

許是仕途蹭蹬才棲遲嵩潁，與巢由為鄰。他的《覽古》十四首還有多首反映儒家兼濟天下思想，所以有學者認為吳筠是外道內儒的傑出代表〔註147〕。茅山道院內甚至還供奉著儒家孔子。據賈餗《崇元聖祖院碑》載，唐寶曆二年（826）八月，李德裕於大茅峰下、崇玄觀之前新建聖祖院。院內「像設崇嚴，殿宇沉邃；神仙儀衛，左右森列。並按舊史氏得仲尼問禮、關尹請著書之象，咸備於前」〔註148〕。《三聖記碑》亦載李德裕「於茅山崇元觀南敬造老君殿院，及造老君、孔子、尹真人像三軀，皆按史籍遺文，庶垂不朽」〔註149〕。

儒道產生於同一文化土壤內，彼此兼容還可理解，而佛教作為外來宗教，自其傳入中國以來，一直受到猛烈攻擊，佛道鬥爭異常激烈。比如樓觀道通過神化老子、宣傳老子化胡，與佛教進行了針鋒相對的鬥爭。相反，同為道教一支的茅山宗，除吳筠「所著文賦，深詆釋氏」〔註150〕外，其他高道對於佛教態度較為溫和，基本上看不到激烈鬥爭，部分茅山高道甚至援佛入道，佛道雙修。陶弘景曾皈依佛教，並在茅山大造佛像、佛塔，常讀佛經，「以敬重佛法為業，但逢眾僧，莫不禮拜」〔註151〕。《和約法師臨友人詩》反映了他與佛教人物的深厚交情。王家葵推斷：「此必慧約以詩悼沈約，弘景和之也。」〔註152〕與此同時，他還將佛教哲學中的某些觀念直接引入自己的著作之中，比如「種罪天網上，受毒地獄下」〔註153〕之地獄說。同卷的「芥子忽萬頃，中有須彌山。大小故無殊，遠近同一緣」〔註154〕也是如此。有時直接引用佛典原文，如《真誥》卷六《甄命授第二》的「人為道亦苦，不為道亦苦。惟人自生至老，自老至病，護身至死，其苦無量。心惱積罪，生死不絕，其苦難說，況多不終其天年之老哉」〔註155〕，與《四十二章經》第三十五章相差

〔註147〕詳參黃世中《唐詩與道教》，灕江出版社1998年版，第5～14頁。

〔註148〕劉大彬《茅山志》卷二三賈餗《崇元聖祖院碑》，見《道藏》第五冊，649頁中。

〔註149〕劉大彬《茅山志》卷二三李德裕《三聖記碑》，見《道藏》第五冊，650頁上。

〔註150〕劉昫等撰《舊唐書》，中華書局1975年版，第5130頁。

〔註151〕法琳《辯正論·九箴篇》「內異方同制八」，見道宣《廣弘明集》，上海古籍出版社1991影印，191頁下。

〔註152〕王家葵《陶弘景叢考》，齊魯書社2003年版，第32頁。

〔註153〕（日）吉川忠夫、麥谷邦夫編，朱越利譯《真誥校注》，中國社會科學出版社2006年版，第104頁。

〔註154〕（日）吉川忠夫、麥谷邦夫編，朱越利譯《真誥校注》，中國社會科學出版社2006年版，第84頁。

〔註155〕（日）吉川忠夫、麥谷邦夫編，朱越利譯《真誥校注》，中國社會科學出版社2006年版，第205頁。

無幾。朱熹因此批評「《甄命篇》卻是竊佛家《四十二章經》為之」〔註156〕。胡適進一步考證得出「四十二章之中，有二十章整個兒的被偷到《真誥》裏來了」〔註157〕的結論。雖然有失偏頗，但從一個側面也說明了《真誥》對佛教典籍的借鑒力度是頗大的。之後的茅山高道也是如此，無論是潘師正的「真則湛然常住，不滅不生」〔註158〕、「於一切法，照了通達，於佗心行，分別巨細，無有差失，利益無量，入空有際」〔註159〕，亦或是司馬承禎《坐忘論》「惟滅動心，不滅照物。不依一物，而心常住」〔註160〕，《太上昇玄消災護命妙經頌》中的空色無礙等論述都明顯襲自佛教。

　　同時，茅山宗並未侷限於本門本派，而是不斷學習借鑒各派之所長為己所用。他們基本上轉益多師，不拘一派，採取開放的態度。從上清派第一代太師魏華存開始就是如此，她曾為天師道女祭酒。據《登真隱訣》卷下載：「正一真人三天法師張諱告南嶽夫人口訣。」〔註161〕張道陵親自教授魏夫人口訣。許翽能委形冥化，也是因為從天師道系師張魯學習夜解的結果〔註162〕。另據《舊唐書·司馬承禎傳》載：「（司馬承禎）事潘師正，傳其符籙及辟穀導引服餌之術。師正特賞異之，謂曰：『我自陶隱居傳正一之法，至汝四葉矣。』」〔註163〕可知，陶弘景雖開創了茅山宗，但也兼習天師道正一之法，並一直傳承不息。丁煌以為陶弘景能兼行正一法，源於當時張陵後裔有寄居於茅山者〔註164〕。永明八年，

〔註156〕永瑢等撰《四庫全書總目》（下冊），中華書局 2008 影印，1251 頁上。

〔註157〕胡適《陶弘景的〈真誥〉考》，載鍾來因《長生不死的探求——道經〈真誥〉之謎》，文匯出版社 1992 年版，第 264 頁。

〔註158〕《〈道門經法相承次〉序》卷上，見《道藏》第二十四冊，786 頁上。

〔註159〕《〈道門經法相承次〉序》卷上，見《道藏》第二十四冊，786 頁下。

〔註160〕吳曾《能改齋漫錄》卷五《辨訣》下「滅動心不滅照心」條引洪興祖跋《天隱子》說：「司馬子微得天隱子之學，其著《坐忘論》云：『惟滅動心，不滅照物。不依一物，而心常住。有事無事，常若無心，此謂真定。定不求慧，而慧自生，此謂真慧。慧而不用，心與道冥。行而久之，自然得道。』其所造如此，豈復較同異於名字之間邪！」後吳曾按摘錄了《洞玄靈寶定觀經》內與之相似的句子，認為洪興祖忘記《坐忘論》乃是取自於此。見吳曾《能改齋漫錄》，上海古籍出版社 1979 年版，第 132 頁。

〔註161〕王家葵《登真隱訣輯校》，中華書局 2011 年版，第 65 頁。

〔註162〕《真誥·運象篇第四》：「保命告云『許子遂能委形冥化，從張鎮南之夜解也。』」見（日）吉川忠夫、麥谷邦夫編，朱越利譯《真誥校注》，中國社會科學出版社 2006 年版，第 154 頁。

〔註163〕劉昫等撰《舊唐書》，中華書局 1975 年版，第 5127 頁。

〔註164〕臺灣丁煌《漢唐道教論集》之《葉法善在道教史上地位之探討》注42云《真誥》卷十四「稽神樞第四」：「張祖常者，彭城人也。吳時，從北來，得入此

他還遍訪江浙名山尋訪真經，請教多處「宿舊道士」，其中包括累世侍奉天師道的婁惠明與杜京產家族。《真誥》卷一二陶注還有陶弘景與杜京產之詩歌詠歎：「錢唐杜徵士京產，先與隱居共有詩詠，以讚述斯德，別在集中。」〔註165〕可惜，詩早已不存。此外，王遠知初師重玄學的臧矜，吳筠也有就馮齊整受正一之法經歷。可見，茅山宗注重融匯吸收各道派教義教法是其一貫的主張。

茅山宗還有一點與眾不同之處是特別重視女仙，而其他道派沒有崇尚女仙意識。例如茅山華陽洞天中有易遷館和含真臺兩座仙館，皆為女仙居住。易遷館「都有八十三人」〔註166〕；「含真臺是女人已得道者，隸太元東宮中，近有二百人」〔註167〕；「保命府多女官，司三官。官署有七人，四女三男明晨侍郎七人」〔註168〕，保命府丞趙威伯曾受教於女仙范丘林〔註169〕。《真誥》亦載有眾多女仙事蹟，出場的 38 位神仙中，女仙 15 位，有些被杜光庭節入女仙傳記《墉城集仙錄》。崇尚女仙觀念的形成，女子入道修真也便水到渠成，被奉為上清派第一代祖師的魏華存是女性，孫遊嶽收女弟子，據《真誥》卷二〇載：「唯以傳東陽孫遊嶽及女弟子梅令文。」〔註170〕陶弘景也收女弟子〔註171〕，曾至始寧請教女師鹽官鍾義山。李唐時期，女子入道之風

室。祖常託形墮車而死，故隱身幽館，而修守一之業，師事上黨鮑察者，漢司徒鮑宣五世孫也，察受道於王君。」此大抵係天師道降曹魏後，陵之後裔，首奔南方，依於茅山文獻記載中最早者也。降曹魏後，張氏天師教權漸崩解，南北期間，其子孫散往多處，吳、越、贛、蜀皆有之。居茅山亦有其人。

〔註165〕（日）吉川忠夫、麥谷邦夫編，朱越利譯《真誥校注》，中國社會科學出版社2006 年版，第 388 頁。

〔註166〕（日）吉川忠夫、麥谷邦夫編，朱越利譯《真誥校注》，中國社會科學出版社2006 年版，第 393 頁。

〔註167〕（日）吉川忠夫、麥谷邦夫編，朱越利譯《真誥校注》，中國社會科學出版社2006 年版，第 394 頁。

〔註168〕（日）吉川忠夫、麥谷邦夫編，朱越利譯《真誥校注》，中國社會科學出版社2006 年版，第 389 頁。

〔註169〕《茅山志》卷一三趙威伯「少受業於邯鄲張先生，行挹日月之景，服九靈明鏡之華。晚在中嶽受《玉佩金璫經》於范丘林。丘林，迺是漢樓船將軍衛行道婦也」。見《道藏》第五冊，612 頁上～中。

〔註170〕（日）吉川忠夫、麥谷邦夫編，朱越利譯《真誥校注》，中國社會科學出版社2006 年版，第 581 頁。

〔註171〕《茅山志》卷一五：「錢妙真，晉陵女子也。辭家學道於隱居。普通年中，獨處幽巖誦《黃庭經》，時年十九。所居燕口洞，積三十年而仙。將去，手裁書並詩七首與隱居，別一日佩白練隱形入洞，勑其地為燕洞宮，至今女官奉祠。」見《道藏》第五冊，617 頁上。

大盛，有些皇族成員甚至捨身修道，睿宗女金仙、玉真二公主於景雲年間入道。玉真公主「進號上清玄都大洞三景師」〔註 172〕，曾隨司馬承禎修金籙齋。玄宗寵愛的楊貴妃為女道士，號「太真」。李林甫女李騰空後入廬山為道士，李白有《送內尋廬山女道士李騰空》二首，其中云：「多君相門女，學道愛神仙。」〔註 173〕龔自珍《上清真人碑書後》云：「唐世武曌、楊玉環，皆為女道士，而至真公主（當為玉真公主）奉張真人〔註 174〕為尊師。一代妃主，凡為女道士，可考於傳記者四十餘人。」〔註 175〕唐代 207 位公主「有十二位入道，竟無一為尼」〔註 176〕。當時天下供女性修道的場所據《大唐六典》卷四統計：「凡天下觀總一千六百八十七所，一千一百三十七所道士，五百五十所女道士。」〔註 177〕僅兩京地區的女性修道場所就有五十四、五所。除去重複的，長安約四十二、三所，洛陽約十二所〔註 178〕，女子入道數相當可觀。孫昌武在《道教與唐代文學》中說：「唐代道教發展的一個重要特點是女仙崇拜的興盛……結果出現了大批女道士，並建立起一批專門的女冠觀。女冠的活躍從而成為唐代道教的一大特徵。」〔註 179〕

三、兼綜文儒之高道素養

兼綜文儒，指的是茅山高道合文人與儒士特點為一之素養。他們的文人特點，主要是因為他們當中不少人有文采，善屬文，著述等身。試以陶弘景為例略作分析。據《華陽隱居先生本起錄》載，陶弘景出身官宦世家，其祖上均有過不同程度的為官經歷。高祖「器幹高奇，以文被黜」〔註 180〕；曾祖「多才藝」；祖父「便鞍馬，善騎射，好學，讀書善寫，兼解藥性，常行拯救為務」；父親精於騎射，善寫隸書，博涉子史，亦好文章，曾撰《遊歷

〔註 172〕歐陽修、宋祁等撰《新唐書》，中華書局 1975 年版，第 3657 頁。
〔註 173〕彭定求《全唐詩》，中華書局 2003 年版，第 1884 頁。
〔註 174〕按：史載玉真公主先師葉法善，後師史崇玄，未見師張真人之記載。
〔註 175〕龔自珍《龔自珍全集》，上海人民出版社 1975 年版，第 297～298 頁。
〔註 176〕（臺灣）李豐楙《憂與遊：六朝隋唐仙道文學》，中華書局 2010 年版，第 170 頁。
〔註 177〕李隆基撰、李林甫注《大唐六典》，三秦出版社 1991 年版，101 頁下。
〔註 178〕（臺灣）李豐楙《憂與遊：六朝隋唐仙道文學》，中華書局 2010 年版，第 176 頁。
〔註 179〕孫昌武《道教與唐代文學》，人民文學出版社 2001 年版，第 360～361 頁。
〔註 180〕張君房纂輯、蔣力生等校注《雲笈七籤》，華夏出版社 1996 年版，第 661 頁。

記》並詩數千字，多為貴勝所激賞。這樣的家族背景及尚文傳統對於陶弘景的成長自然產生了不小影響，以至於他六歲能解書、屬文。七歲讀《孝經》、《論語》、《毛詩》，才學漸為世人所知。尤其是文采出眾，任宜都王侍讀期間，表現出傑出的文學才華，於宴會之中即興創作的《水仙賦》，備受時人稱讚，連「竟陵八友」中的沈約、任昉讀完後都不禁發出「如清秋觀海，第見澶漫，寧測其深」〔註181〕之歎。曾兩次向皇帝拜表獻頌：一次為賀青溪宮成而獻，得到了皇帝褒獎，並欲刻於石碑之上，直至大臣王儉勸諫才止；另一次為賀武進宮而獻，《本起錄》稱其「體制爽絕，倍勝舊格」〔註182〕。由「齊世侍讀任皆總知記事，手筆事選須有文才者」〔註183〕的慣例，可知陶弘景儀禮表章以及箋疏啟牒，莫不絕眾，以致「數王書佐、典書，皆承授以為準格」。李渤《真系》稱其「文不空發，成即為體」〔註184〕。《華陽陶隱居集》內收錄的詩文賦等文學作品，風格清秀，具有較高的藝術水準。他的著作可考者80餘種〔註185〕，可惜大都散佚失傳，流傳下來的主要有《真誥》、《登真隱訣》、《周氏冥通記》、《養性延命錄》、《洞玄靈寶真靈位業圖》、《本草經集注》、《華陽陶隱居集》等。阮元認為「宏景在道家亦號學者，其著述與抱朴抗衡，所謂列仙之儒也」〔註186〕。

又如唐代的吳筠，是典型的文人兼道士，在唐代道教詩人中知名度較高，詩名頗大，而且歷來受到人們的讚賞。《舊唐書·吳筠傳》評價：「詞理宏通，文采煥發，每製一篇，人皆傳寫。雖李白之放蕩，杜甫之壯麗，能兼之者，其唯筠乎！」〔註187〕《新唐書·吳筠傳》則云：「所善孔巢父、李白，歌詩略相甲乙。」〔註188〕評價非常高。其他如李含光「博覽群書，長於撰著。嘗以《本草》書精明藥物，事關性命，難用因循，著《音義》兩卷。又以《老》、

〔註181〕賈嵩《華陽陶隱居內傳》卷上，見《道藏》第五冊，502頁中。

〔註182〕張君房纂輯、蔣力生等校注《雲笈七籤》，華夏出版社1996年版，第662～663頁。

〔註183〕張君房纂輯、蔣力生等校注《雲笈七籤》，華夏出版社1996年版，第662頁。

〔註184〕張君房纂輯、蔣力生等校注《雲笈七籤》，華夏出版社1996年版，第25頁。

〔註185〕魏世民《陶弘景著作考述》考證陶弘景著作共77種，現存11種；王家葵《陶弘景叢考》考證陶弘景著作共85種，現存13種；文英玲《陶弘景與道教文學》考證陶弘景著作共91種，現存11種。

〔註186〕阮元撰、鄧經元點校《揅經室集》，中華書局1993年版，第1210頁。

〔註187〕劉昫等撰《舊唐書》，中華書局1975年版，第5130頁。

〔註188〕歐陽修、宋祁等撰《新唐書》，中華書局1975年版，第5605頁。

《莊》、《周易》為潔靜之書，著《學記》、《義略》各三篇、《內學記》二篇，以續仙家之遺事，皆名實無遺，詞旨該博」〔註189〕；胡紫陽「文非夙工，時動雕龍之作」〔註190〕；劉得常十七歲作《大道歌》，後又有《冷泉吟》，可惜現在我們無法讀到了；五代的杜光庭詩、文、小說皆精，特別是他的小說創作成績突出，不僅數量可觀，居茅山宗師首位，而且就質量而言，絲毫不遜色於文人創作。臺灣李豐楙認為其《虬髯客》（《神仙感遇傳》卷四）「已儼然唐人小說的規模」〔註191〕。

除能文外，茅山高道琴棋書畫樣樣精通，表現出多才多藝的一面，深具文人風範。例如陶弘景，六歲時的書法已「方幅成就」〔註192〕，隸書骨體勁媚，別具一格。謝瀹認為他的書法「得古今法」〔註193〕。袁昂稱許「陶隱居書如吳興小兒，形容雖未成長，而骨體甚駿快」〔註194〕。後人甚至還認為他創作了著名的《瘞鶴銘》〔註195〕，可見其書法造詣之深。同時，他還是一位頗為出色的書法鑒賞家。《華陽陶隱居集》卷上錄有《上梁武帝論書啟》五篇，鑒別王羲之作品真偽。《真誥》中也多次出現鑒別一楊二許筆跡文字，比如他說楊羲書法「最工，不今不古，能大能細。大較雖祖效郗（愔）法，筆力規矩並於二王。而名不顯者，當以地微，兼為二王所抑故也」〔註196〕；許翽書法「乃是學楊，而字體勁利，偏善寫經畫符，與楊相似。鬱勃鋒勢，殆非人功所逮」；許謐書法「章

〔註189〕劉大彬《茅山志》卷二三顏真卿《茅山玄靜先生廣陵李君碑銘並序》，見《道藏》第五冊，647 頁中。

〔註190〕劉大彬《茅山志》卷二四李白《唐漢東紫陽先生碑銘》，見《道藏》第五冊，656 頁下。

〔註191〕（臺灣）李豐楙《六朝隋唐仙道類小說研究》，臺灣學生書局 1986 年版，第 1 頁。

〔註192〕陶翊《華陽隱居先生本起錄》，見張君房纂輯、蔣力生等校注《雲笈七籤》，華夏出版社 1996 年版，第 662 頁。

〔註193〕謝瀹《陶先生小傳》，載張君房纂輯、蔣力生等校注《雲笈七籤》，華夏出版社 1996 年版，第 661 頁。

〔註194〕袁昂《古今書評》，見張彥遠《法書要錄》，遼寧教育出版社 1998 年版，第 34 頁。

〔註195〕關於《瘞鶴銘》的作者問題，從宋代開始就已爭論不休，「舉起要者有王羲之、陶弘景、顏真卿、顧況、王瓚、皮日休諸說，……宋黃伯思《東觀餘論》首將《瘞鶴銘》的書撰之功歸於陶弘景，後人多附和其說」（《陶弘景叢考》），其實根據並不充分。王家葵以為出於唐人皮日休之手較為合理。詳見王家葵《陶弘景叢考》，齊魯書社 2003 年版，第 276～312 頁。

〔註196〕（日）吉川忠夫、麥谷邦夫編，朱越利譯《真誥校注》，中國社會科學出版社 2006 年版，第 569 頁。

草乃能，而正書古拙，符又不巧，故不寫經也」。關於他的畫，記載很少，只有《南史・陶弘景傳》載其面對梁武帝高調禮聘，「唯畫作兩牛，一牛散放水草之間，一牛著金籠頭，有人執繩，以杖驅之」〔註197〕。可見，他的畫惟妙惟肖，非常傳神，要不然武帝看後也不會笑說「此人無所不作，欲斅曳尾之龜，豈有可致之理」之類的話。他還「善琴棋」〔註198〕，晚年什麼事都不做，「唯聽吹笙而已」〔註199〕。同時代的蕭綸評價他說：「淮南鴻寶之訣、隴西地動之儀、太乙遁甲之書、九章曆象之術、幼安銀鈎之敏、允南風角之妙、太倉素問之方、中散琴操之法，咸悉搜求，靡不精詣。」〔註200〕天文地理無所不能，接著又說：「羿射、荀棋、蘇卜、管筮，一見便曉，皆不用心。張華之博物、馬均之巧思、劉向之知微、葛洪之養性，兼此數賢，一人而已。」江總《〈華陽陶隱居集〉序》亦有「孔空四科，經術深長，鄭門六藝，丹陽陶先生備斯矣」〔註201〕之類的話，從不同的側面說明陶弘景博學多才，無異於百科全書式的天才人物〔註202〕。

司馬承禎也是如此，精通書法，擅長篆隸，自創「金剪刀書」體。唐玄宗曾請其以三種字體抄寫《老子》，刊正文句。《茅山貞白先生碑陰記》可視之為他的書法作品〔註203〕。他的《上清含象劍鑒圖》、《上清天地宮府圖經》、《上清侍帝晨桐柏真人真圖贊》等「披纂經文，據立圖象」〔註204〕，圖文並茂，知其能畫〔註205〕。他曾自製琴、曲，據《素琴傳》載：「（司馬承禎）以癸卯歲居靈墟，至丙午載，有桐生於墀前。……爾乃取其元幹，不暇待其孫枝，以甲寅年，手操斤斧，自勤斫削。……自餘改制，頗殊舊式。七月丙戌朔七日壬辰造畢。於是施軫珥，調宮商，叩其音韻，果然清遠。……先奏《幽

〔註197〕李延壽等撰《南史》，中華書局1975年版，第1899頁。
〔註198〕李延壽等撰《南史》，中華書局1975年版，第1897頁。
〔註199〕李延壽等撰《南史》，中華書局1975年版，第1898頁。
〔註200〕劉大彬《茅山志》卷二一蕭綸《梁解真中散大夫貞白先生陶隱居碑銘》，見《道藏》第五冊，637頁下。
〔註201〕《道藏》第二十三冊，640頁下。
〔註202〕王明盛讚他是「一個多才多藝的傑出的道教學者」，見王明《道家和道教思想研究》，中國社會科學出版社1984年版，第80頁。
〔註203〕《茅山志》卷二三《茅山貞白先生碑陰記》題下小注云：「天台華峰白雲道士河內司馬道隱子微述並書。」見《道藏》第五冊，644頁下。
〔註204〕司馬承禎《〈天地宮府圖〉序》，載張君房纂輯、蔣力生等校注《雲笈七籤》，華夏出版社1996年版，第153頁。
〔註205〕《歷代名畫記》卷九錄其傳，並載：「（司馬承禎）嘗畫於屋壁，……採眾藝皆類於隱居焉。」詳參張彥遠《歷代名畫記》，中華書局1985年版，第300頁。

蘭》、《白雪》，中彈《蓬萊操》、《白雪引》，此二弄自造者。」〔註206〕《新唐書・禮樂志》亦云玄宗曾「詔道士司馬承禎製《玄真道曲》」〔註207〕。他還「因援琴而作《坐忘引》。又每調弦愛作商聲，以其清泛疏越，故歌《白雲引》，明其道號耳」〔註208〕。睿宗曾賜其寶琴一張。可見，他不僅擅長音樂，而且精通製器及曲，甚至連鑄鏡、劍也精通。

在生活情趣上，茅山高道鍾情山水，性喜遊歷，交通文人，與傳統文人無異。自古以來，文人墨客怡山樂水，與山水結下了不解之緣。嵇康「遊山澤，觀魚鳥，心甚樂之」〔註209〕；陶淵明「少無適俗韻，性本愛丘山」〔註210〕；謝靈運「修營別業，傍山帶江，盡幽居之美」〔註211〕；李白「一生好入名山遊」〔註212〕。在文人眼裏，山水作為一種客觀存在，既是怡情悅性、安頓心靈的理想場所，又是取之不盡、用之不竭的素材淵藪。多情的文人遇到秀麗的山川，藝術靈感和創作激情瞬間被全部激發，無數名篇佳作由此而生。作為修道之士，進入山林可斷絕與凡俗之徒的交往，安心修道。誠如《抱朴子內篇・登涉》所言：「為道者多在山林。」〔註213〕而且和藥也必入山林，如此，山林成了理想的修道場所。不過茅山宗並非任務般地進出山林，而是類似傳統文人發自內心之沉迷。比如陶弘景性愛山水，曾聽人說永嘉山水甚美，於是隨人度嶠至郡，直奔永嘉投靠永寧令陸襄〔註214〕，而且「每經澗谷，必坐臥其間，吟詠盤桓，不能已已。……特愛松風，庭院皆植松，每聞其響，欣然為樂。有時獨遊泉石，望見者以為仙人」〔註215〕。徜徉山水之間，真正體

〔註206〕董誥《全唐文》（第十冊），中華書局2001影印，9638頁上～頁下。

〔註207〕歐陽修、宋祁等撰《新唐書》，中華書局1975年版，第476頁。

〔註208〕蔣克謙輯《琴書大全》卷一二，見《續修四庫全書》，上海古籍出版社2002影印，130頁上。

〔註209〕嵇康《與山巨源絕交書》，見戴明揚《嵇康集校注》，人民文學出版社1962年版，第123頁。

〔註210〕陶淵明《歸園田居》五首其一，見逯欽立《陶淵明集》，中華書局1979年版，第40頁。

〔註211〕沈約等撰《宋書》，中華書局1974年版，第1754頁。

〔註212〕李白《廬山謠寄盧侍御虛舟》，見彭定求《全唐詩》，中華書局2003年版，第1773頁。

〔註213〕王明《抱朴子內篇校釋》，中華書局1985年版，第313頁。

〔註214〕《周氏冥通記》卷一載陶弘景「欲停永康，忽值永嘉人，談述彼山水甚美。復相隨度嶠至郡，投永寧令陸襄」。見（日）麥谷邦夫、吉川忠夫編，劉雄峰譯《〈周氏冥通記〉研究》（譯注篇），齊魯書社2010年版，第3頁。

〔註215〕李延壽等撰《南史》，中華書局1975年版，第1897～1898頁。

會到了山水的美妙，仙風道骨形象呼之欲出。這種獨特的山水情結，還促成他完成了《詔問山中何所有賦詩以答》與《答謝中書書》那樣的山水名篇。其他茅山高道也是如此，司馬承禎「獨坐山中兮對松月」〔註216〕。吳筠芝耕雲臥，逍遙泉石，聲利不入，「愛會稽山水，往來天台、剡中」〔註217〕，並通過詩歌表達了山水帶給他的具體感受：見終南山「岧嶢凌太虛」〔註218〕；面對廬山「目醉心悠哉」〔註219〕；登縉雲嶺則「我愛山前深」〔註220〕。元丹丘「自愛丘壑美」〔註221〕，極為注重居住環境，他的隱居之地「北倚馬嶺，連峰嵩丘。南瞻鹿臺，極目汝海。雲巖映鬱，有佳致焉」〔註222〕。胡紫陽甚至把山水引入居所以期日月相伴，「所居苦竹院，置飡霞之樓，手植雙桂，棲遲其下」〔註223〕，李白描繪飡霞「樓疑出蓬海，鶴似飛玉京。松雪窗外曉，池水階下明」〔註224〕，人為營造山水聖境，足見其山水品位之高。

他們還經常遊歷名山勝水。如陶弘景遍遊江浙一帶名山，始往茅山，東行浙越，會稽大洪山、餘姚太平山及始寧崑山、始豐天台山、永嘉楠江青嶂山、霍山等無不遊歷，甚至還於「（天監）七年暫遊南嶽」〔註225〕；司馬承禎從潘師正得法後即告別師門漫遊各地，「遊句曲，步華陽之天；棲桐柏，入靈墟之洞。尋大霍，採金瓶之實；登衡山，窺石廩之祕」〔註226〕，最後止足於天台

〔註216〕宋之問《冬宵引贈司馬承禎》，見彭定求《全唐詩》，中華書局2003年版，第629頁。

〔註217〕傅璇琮主編《唐才子傳校箋》（第一冊），中華書局1987年版，第150頁。

〔註218〕吳筠《翰林院望終南山》二首其一，見彭定求《全唐詩》，中華書局2003年版，第10038頁。

〔註219〕吳筠《秋日彭蠡湖中觀廬山》，見彭定求《全唐詩》，中華書局2003年版，第10039頁。

〔註220〕吳筠《題縉雲嶺永望館》，見彭定求《全唐詩》，中華書局2003年版，第9662頁。

〔註221〕李白《題元丹丘山居》，見彭定求《全唐詩》，中華書局2003年版，第1873頁。

〔註222〕李白《題元丹丘潁陽山居並序》，見彭定求《全唐詩》，中華書局2003年版，第1873頁。

〔註223〕劉大彬《茅山志》卷二四李白《唐漢東紫陽先生碑銘》，見《道藏》第五冊，656頁中。

〔註224〕李白《題隨州紫陽先生壁》，見彭定求《全唐詩》，中華書局2003年版，第1873頁。

〔註225〕劉大彬《茅山志》卷二一蕭綸《梁解真中散大夫貞白先生陶隱居碑銘》，見《道藏》第五冊，637頁中。

〔註226〕衛凭《唐王屋山中巖臺正一先生廟碣》，見《道藏》第十九冊，707頁上。

山玉霄峰；吳筠南遊金陵，東遊會稽，足跡遍及浙越名山大川；胡紫陽「南抵朱陵，北越白水」〔註227〕；焦靜真「五嶽遍曾居」〔註228〕等等。

值得注意的是，茅山宗對於山水的態度，既不同於東漢馬第伯《封禪儀記》對山水敬畏有餘而欣賞不足，也迥別於其他道士如葛洪完全視山林為道之載體（或修道場所）而忽視其本身之審美。他們試圖找尋山水本身之情趣所在，看山是山，見水是水，將滿腔熱情和滿腹才情投入到對山水的欣賞與讚美之中，真正把山水作為客觀的審美對象，突出山水帶給他們的審美感受。此外，他們漫遊名山大川之際，傾心結交天下名士，並與之保持適度的聯繫，後來逐漸成為茅山宗內一大傳統而被歷代茅山高道所沿襲。茅山宗之所以能快速發展，至唐成為道教主流，與其文人化有很大關係，這一點前已論及，此不贅述。總之，茅山宗具備濃重的文人氣，這是毋庸置疑的。

儒士的特點則主要表現在他們對於現實的密切關注上。道教本來有關注現實之傳統，從張道陵創教開始就是如此。張魯居漢中，還實行政教合一的統治。對陶弘景影響極大的葛洪就內外兼修。《茅山志》記載的眾多茅山神真皆是如此。比如「矯志蕭抗，獨味清虛」〔註229〕的茅固還曾「入恒山北谷學儒俗之業」〔註230〕，所謂「儒俗之業」就是儒家積極用世之術。其弟開始留戀塵世官職，後來才學道成仙。《茅山志‧仙曹屬篇》所列上清群仙，絕大多數好行陰德，有濟窮之功：右理中監劉翊「少好道德，常能周施而不以為惠，洫（疑為『恤』）死救窮，非一人矣」〔註231〕；保命府女官周爰支、張桃枝皆好行陰德；童初府上帥劉文饒「仕漢，位至司徒太尉，好行陰德，拯寒困，萬民悅而附之如父母焉」〔註232〕；易遷宮眾女仙「有仁行令聞，並得在洞中」〔註233〕。還有韓崇在仙道與仕途之間遊刃有餘，其師王瑋玄說的更有意思：「子行此道，亦可以出身仕宦，無紡（應為「妨」）仙舉也。」〔註234〕後來他「仕

〔註227〕劉大彬《茅山志》卷二四李白《唐漢東紫陽先生碑銘》，見《道藏》第五冊，656頁下。

〔註228〕王維《贈東嶽焦鍊師》，見彭定求《全唐詩》，中華書局2003年版，第1288頁。

〔註229〕劉大彬《茅山志》卷五，見《道藏》第五冊，576頁上。

〔註230〕劉大彬《茅山志》卷五，見《道藏》第五冊，576頁下。

〔註231〕劉大彬《茅山志》卷一三，見《道藏》第五冊，611頁上。

〔註232〕劉大彬《茅山志》卷一三，見《道藏》第五冊，613頁上。

〔註233〕劉大彬《茅山志》卷一三，見《道藏》第五冊，614頁中。

〔註234〕劉大彬《茅山志》卷一三，見《道藏》第五冊，611頁上。

至宛陵令，遷汝南太守，秩中二千石。在郡積十以年，化政洽著，舉天下最」。茅山宗創立者陶弘景「未嘗忘卻現實」〔註235〕，特別熱衷政治，他的走入茅山也是「必期四十左右作尚書郎，出為浙東一好名縣」〔註236〕受挫後的結果而已。即使隱居茅山也是「銜書必青鳥，佳客信龍鑣」〔註237〕，書問不絕，冠蓋相望，拜訪者絡繹不絕。到了唐代，茅山高道被帝王召請入京請教治國安邦之策者代不乏人，已如前述。正如《茅山志敘錄》所載：「梁唐尊尚之篤，真人道士代為帝者師。」〔註238〕權德輿也說「梁貞白陶君以此道授昇玄王君，王君授體玄潘君，潘君授馮君。自陶君至於先生，凡五代矣。皆以陰功救物，為王者師」〔註239〕。由此可見，茅山宗具有儒士強烈的用世參政意識。

而且，他們對于天下形勢之分析、判斷均超越常人，善於觀察政治動向，採取應對措施。天下大亂，政權不知歸向何處之時他們「躲進小樓成一統」，戒言戒行；大勢將定，賢主即將問鼎天下之際他們就指點江山，為新政權製造輿論。如陶弘景在永明政局方亂之時，上表辭祿，投身茅山，實為明哲保身，「若非永明十年及時抽簪，恐亦不免捲入政治漩渦之中」〔註240〕。他自己也說：「永明中求祿，得輒差舛；若不爾，豈得為今日之事。豈唯身有仙相，亦緣勢使之然。」〔註241〕當齊梁易代之際，蕭衍展現出問鼎天下實力，陶弘景又入世助蕭，派弟子戴猛之假道迎接，並獻圖讖，定國號，宣傳造勢，可謂蕭梁的開國功臣。唐初的王遠知也是如此，隋朝岌岌可危，風雨飄搖，就躲起來不見蹤影，連隋煬帝徵召也不赴，可太原李氏有當王之勢時，王遠知又出來密告李唐符命而被封為銀青光祿大夫，足見他們極有政治遠見。

不過，茅山宗始終游離於出塵與入世之間，並未將全部身心投入現實政治，而是採取適度參與的靈活策略，巧妙地周旋於世俗政權周圍，並與之保持一種微妙的關係。比如陶弘景雖幫助蕭衍成就帝業，「國家每有吉凶征討大事，無不

〔註235〕劉躍進《門閥士族與永明文學》，三聯書店1996年版，第282頁。

〔註236〕陶翊《華陽隱居先生本起錄》，見張君房纂輯、蔣力生等校注《雲笈七籤》，華夏出版社1996年版，第663頁。

〔註237〕沈約《華陽先生登樓不復下贈呈詩》，見逯欽立輯校《先秦漢魏晉南北朝詩》，中華書局1983年版，第1638頁。

〔註238〕《道藏》第五冊，549頁下。

〔註239〕權德輿《〈宗玄先生文集〉序》，見《道藏》第二十三冊，653頁上。

〔註240〕王家葵《陶弘景叢考》，齊魯書社2003年版，第8頁。

〔註241〕李延壽等撰《南史》，中華書局1975年版，第1898頁。

前以諮詢。月中常有數信，時人謂為『山中宰相』」〔註242〕。然而這只能表明蕭衍對他的尊敬而已，最多只是「不任職而論國事」〔註243〕，而非披著道服的俗氣十足的官僚。面對梁武帝的屢次徵召，陶弘景婉轉拒絕，繪「二牛圖」明志以保持自己獨立的人格。實際上，這裡頗有點道家「功遂身退」〔註244〕的味道，所以史家常把茅山宗視為隱逸之士，如《南史》卷七六《隱逸傳》收錄陶弘景傳，《舊唐書》卷一九二《隱逸傳》收入王遠知、潘師正、司馬承禎、吳筠等傳，而把張果、葉法善等人放入《方伎傳》〔註245〕，側重的就是茅山宗這種特性。茅山宗嚴守方內方外界限，保證了茅山宗的獨立性，避免世俗政治對於宗教的過度干預，也使得他們在充滿殺機的政治格鬥場中得以幸免，並在一定程度上解決了士人個性與現實仕途難以圓融之難題。

第三節　宋前茅山高道之文學創作情況略考

　　根據《真系》、《茅山志》、《歷世真仙體道通鑒》的有關記載，並借鑒劉咸炘《道教徵略》、陳國符《道藏源流考》及卿希泰《中國道教史》（第二卷）中的相關研究成果，共梳理出宋前茅山高道81人，其中40人屬南嶽天台一支。在這些成員中，有文學著述的17人，其中錢妙真、黃洞元、劉得常三人之文學著述已佚。現將他們的生平、文集及作品存世情況略考如下。至於各家詩歌、辭賦、散文、小說諸體的具體篇什，後面各章有詳細考辨，此不具列。

陶弘景（456～536）

　　字通明，丹陽秣陵（今屬南京）人。一生越宋、齊、梁三朝，中年自號「華陽隱居」，仙逝後梁武帝賜諡為「貞白先生」。因三十六歲始為六品文官「奉朝請」，「四十左右作尚書郎，出為浙東一好名縣」的理想落空，於是「脫朝服，掛神虎門」〔註246〕，隱居茅山四十多年，宣道傳教，為茅山宗開派祖師。生平見蕭綸《梁解真中散大夫貞白先生陶隱居碑銘》（《茅山志》卷二一）、

〔註242〕李延壽等撰《南史》，中華書局1975年版，第1899頁。
〔註243〕馬非百注釋《鹽鐵論簡注》，中華書局1984年版，第84頁。
〔註244〕陳鼓應《老子注譯及評介》，中華書局2003年版，第93頁。
〔註245〕與《舊唐書》稍有不同，《新唐書》卷二〇四《方技傳》把王遠知與張果、葉法善同歸入其中，潘師正、司馬承禎、吳筠則收入卷一九六《隱逸傳》。
〔註246〕陶翊《華陽隱居先生本起錄》，見張君房纂輯、蔣力生等校注《雲笈七籤》，華夏出版社1996年版，第663頁。

陶翊《華陽隱居先生本起錄》（《雲笈七籤》卷一〇七）、《梁書》卷五一、《南史》卷七六、賈嵩《華陽陶隱居內傳》（《道藏》第五冊）等。

今存文集：《華陽陶隱居集》上下兩卷。小說 3 種：《真誥》二十卷、《周氏冥通記》四卷及《夢記》一卷，其中《夢記》已佚。《先秦漢魏晉南北朝詩·梁詩》卷一五存其詩 6 首。《華陽陶隱居內傳》卷上載其獻頌 2 篇，今並佚，卷中又錄殘詩 2 句。《華陽隱居先生本起錄》收 1 文，《廣弘明集》卷五、卷一三各收 1 文，《茅山志》卷二〇、卷二一各收 1 文，《太平御覽》卷六六六收 1 文。《道藏》第三冊、第十八冊及《百川學海》第四十三冊各收 1 文。

桓法闓（生卒年未詳）

字彥舒，東海丹徒（今江蘇丹徒）人。陶弘景弟子，「任事緣多緒，有廢研修」〔註247〕，為茅山清遠館館主〔註248〕。事蹟參《茅山志》卷一五。

今存詩 1 首，載《茅山志》卷二八，《先秦漢魏晉南北朝詩·梁詩》卷三〇亦收。

周子良（497～516）

字元龢，本豫州汝南郡汝南縣（今河南汝南縣）人，生於餘姚明星里，寓居丹陽建康（今南京市）。一歲為姨媽徐寶光所收養。十歲隨姨母至永嘉。十二歲在永嘉青嶂山拜陶弘景為師。十六歲隨陶至茅山，直至二十歲服食丹藥而亡。生平見《周氏冥通記》卷一。

《周氏冥通記》卷二、卷四共錄其詩 6 首，《先秦漢魏晉南北朝詩·梁詩》卷三〇亦收。

錢妙真（生卒年不詳）

據《茅山志》卷一五稱其為晉陵女子，「辭家學道於隱居。普通年中，獨處幽巖誦《黃庭經》，時年十九。所居燕口洞，積三十年而仙。將去，手裁書並詩七首與隱居」〔註249〕。事蹟略見《茅山志》卷一五。

《茅山志》云其作「詩七首」，未見流傳。

〔註247〕劉大彬《茅山志》卷一五，見《道藏》第五冊，617 頁上。
〔註248〕清遠館為梁南平王蕭偉所造，據《茅山志》卷二一《華陽隱居真蹟帖》載：「（朱陽館）東又有南平王蕭偉所造清遠之館，即弘景弟子桓清遠所居。」
〔註249〕《道藏》第五冊，617 頁上。

吳筠（705〔註250〕～778）

字貞節，華州華陰（今陝西華陰）人，一說魯中人〔註251〕。從小通曉儒家經典，十五歲篤志於道，隱居南陽倚帝山。後入嵩山為道士，師事馮齊整受正一之法〔註252〕。玄宗聞其名，令其待詔翰林。大曆中，卒於宣城，弟子私諡為「宗玄先生」。《舊唐書》卷一九二、《新唐書》卷一九六有傳，但其中所載也有疑問，可參權德輿《宗玄先生文集〉序》及今人研究成果。

吳筠多才多藝，工楷隸，善詩文，一生創作凡 450 篇。吳筠卒後二十五年，御史丞太原王顏將其遺文按類編為 30 編，「別有辯析世惑之論，不列於此編」〔註253〕。《新唐書‧藝文志》著錄「道士《吳筠集》十卷」〔註254〕，之後的《郡齋讀書志》、《直齋書錄解題》和《文獻通考》亦著錄《宗玄先生集》十卷。今僅存《宗玄先生文集》三卷，「合詩、賦、論僅一百十九篇，則非完書矣」〔註255〕，《正統道藏》（第二十三冊）皆收。《全唐詩》卷八五三錄詩一卷 118 首，卷七八八顏真卿《登峴山觀李左相石尊聯句》中錄 1 句，卷七八九嚴維《中元日鮑端公宅遇吳天師聯句》中錄 1 句，卷八八八《補遺》七又錄 6 首。《全唐詩補編》之《全唐詩補逸》卷一八補 2 首，《全唐詩續補遺》卷三補充 1 首，《全唐詩續拾》卷一六輯殘詩 2 句。《全唐文》存文兩卷，見卷九二五、九二六。

〔註250〕吳筠生年，史無明載，李生龍《李白與吳筠究竟有無交往》考證生於中宗神龍元年（705），而許嘉甫《吳筠薦李白說徵補》認為生在神龍二年（706），今從李說。

〔註251〕吳筠籍貫，史載兩說：《吳尊師傳》、《茅山志》卷一五、《全唐文》卷九二五小傳及《舊唐書》卷一九二說是魯中人；《宗玄先生文集〉序》、《歷世真仙體道通鑒》卷三七、《全唐詩》卷八五三小傳、《新唐書》卷一九六、《唐詩紀事》卷二三「吳筠」及《唐才子傳》卷一「吳筠」以為是華陰人。許嘉甫《吳筠薦李白說徵補》認為吳筠是臨沂人；盧仁龍《吳筠生平事蹟著作考》則認為「吳筠詩文中無有涉及魯中事者」，因此屬華陰人，郁賢皓《吳筠薦李白說辨疑》、周祖譔主編的《中國文學家大辭典‧唐五代卷》「吳筠」條也採華陰人說。事實上，在無足夠文獻可徵的情況下，我們「很難找出確證說吳筠一定是華陰人而不是魯中人《李生龍《李白與吳筠究竟有無交往》，第 253 頁）。因此，本文存兩說。

〔註252〕詹石窗認為「他的真正度師應是潘師正，所以，受度為道士的時間至遲當在嗣聖元年，也就是公元 684 年，而『正一之法』則又是由『馮君』傳授的」。參詹石窗《吳筠師承考》，載《中國道教》1994 年第 1 期。

〔註253〕權德輿《宗玄先生文集〉序》，見《道藏》第二十三冊，653 頁下。

〔註254〕歐陽修、宋祁等撰《新唐書》，中華書局 1975 年版，第 1615 頁。

〔註255〕永瑢等撰《四庫全書總目》（下冊），中華書局 2008 影印，1284 頁中。

司馬承禎（647～735）

　　字子微，法號「道隱」，又號「白雲子」，河內溫縣（今河南溫縣）人。師嵩山道士潘師正受上清經法，後遍遊名山，居天台紫霄峰，為唐代南嶽天台派道教創始人。道行高深，武則天、睿宗、玄宗三代君主先後親降手敕，諮詢道術，其中玄宗親受法籙，稱其為「道兄」〔註256〕。後居王屋山，卒，玄宗贈「銀青光祿大夫」，並賜「貞一先生」謚號，極盡哀榮。弟子70餘人，以李含光、薛季昌最著。與陳子昂、賀知章、李白均有往來。《舊唐書》卷一九二、《新唐書》卷一九六有傳。另衛阮《唐王屋山中巖臺正一先生廟碣》（《道藏》第十九冊，《全唐文》卷三〇六署名衛憑）、李渤《王屋山貞一司馬先生傳》（《全唐文》卷七一二）、《續仙傳》卷下（《雲笈七籤》卷一一三下）、杜光庭《天壇王屋山聖迹記》（《道藏》第十九冊）、《太平廣記》卷二一、《玄品錄》卷四、《歷世真仙體道通鑒》卷二五、《茅山志》卷一一對其生平事蹟多有記載。

　　《全唐詩》卷八五二存詩1首，《全唐詩補編》之《全唐詩續拾》卷一〇補詩37首。文一卷，見《全唐文》卷九二四。

李含光（682～769）

　　本姓宏，因避李弘諱而改姓李，廣陵江都（今江蘇揚州）人。開元十七年（729），司馬承禎於王屋山傳其大法，號「玄靜先生」。大曆四年（769），遁化於茅山，門人赴喪而至者凡數千人。兩《唐書》無傳，生平見顏真卿《茅山玄靜先生廣陵李君碑銘並序》（《茅山志》卷二三）、柳識《茅山紫陽觀玄靜先生碑》（《全唐文》卷三七七）及李渤《茅山玄靜李先生傳》（《全唐文》卷七一二）。

　　著《學記》、《義略》各三篇，《內學記》兩篇，以續仙家之遺事，均已散佚不存。《全唐文》卷九二七存其《表奏十三通》及《〈太上慈悲道場消災九幽懺〉序》。

韋渠牟（749～801）

　　牟又作侔，盧綸舅父，自號「北山子」，行二十四，京兆萬年（今陝西西安）人。十一歲賦《銅雀臺》絕句，李白見而大駭，授以古樂府之學。後為道士，師李含光，道名為「遺名子」，復又轉為僧，法名「塵外」，大曆末

還俗。貞元十二（796）年，辯論三教，「上（德宗）謂其講綸有素，聽之意動。數日，轉秘書郎，奏詩七十韻；旬日，遷右補闕、內供奉，僚列初不有之」〔註257〕。後官太府卿，終太常卿，卒贈刑部尚書，諡曰忠。生平見權德輿《唐故太常卿贈刑部尚書韋公墓誌銘並序》（《全唐文》卷五〇六）、《舊唐書》卷一三五、《新唐書》卷一六七。

據權德輿《〈右諫議大夫韋君集〉序》（《全唐文》四九〇）載，韋渠牟曾獻《七百字詩》一章，又著《天竺寺六十韻》、《臥疾二十韻》、《聖誕日麟德殿三教講論詩》，「所著凡三百篇」〔註258〕，以類相從，結集「凡十卷」。此詩集應是《新唐書・藝文志》著錄的《韋渠牟詩集》十卷，今佚。《全唐詩》卷三一四存其詩21首，卷七八八顏真卿《登峴山觀李左相石尊聯句》中又錄1句，署名「釋塵外」。《全唐詩補編》之《全唐詩續拾》卷一九補詩題1首，《全唐詩》卷三一四已收錄此時，題作《贈竇五判官》。《全唐文》卷六二三存其文1篇。

黃洞元（698～792）

元又作源，南嶽（今湖南衡陽）人。據《茅山志》卷一一載，黃洞元早遊華陽，與玄靜先生李含光為師友。後入武陵，住桃源觀。建中元年（780），自武陵卜居廬山紫霄峰，壽九十五卒，德宗贈「洞真先生」號。事見《茅山志》卷一一。

《茅山志》卷二四錄《下泊宮記》，題下注「桃源黃洞元撰」〔註259〕，存名而闕文。

孫智清（生卒年里不詳）

《茅山志》卷一一稱其「在襁褓時，畏聞腥膻。及解事，唯進以酒，辭家入山，師洞真先生。大（應作太）和六年，為山門威儀」〔註260〕。唐武宗會昌元年（841），賜號「明玄先生」。兩《唐書》無傳，事蹟略見《茅山志》卷一一。

今存《請重賜敕禁止樵蘇狀》，載《全唐文》卷九二八、《茅山志》卷二。

劉得常（生卒年不詳）

金陵（今江蘇南京）人。兩《唐書》無傳，事蹟略見《茅山志》卷一一、

〔註257〕劉昫等撰《舊唐書》，中華書局1975年版，第3728～3729頁。
〔註258〕董誥《全唐文》（第五冊），中華書局2001影印，5001頁上。
〔註259〕《道藏》第五冊，657頁上。
〔註260〕《道藏》第五冊，603頁上。

《十國春秋》卷一四。

　　據《茅山志》卷一一載，劉得常十七歲作《大道歌》見吳法通。後又作《冷泉吟》，「由是再拜，執弟子禮，得其道，居紫陽觀二十年，不踰戶閾」〔註261〕。《大道歌》與《冷泉吟》今已不存。

陳寡言（生卒年未詳）

　　字大初，越州暨陽（今屬浙江）人。從田虛應學道，隱居玉霄峰，與馮惟良、徐靈府為煙蘿友。年六十四卒。兩《唐書》無傳，事蹟略見《歷世真仙體道通鑒》卷四〇、《三洞群仙錄》卷六。

　　有詩十卷，已佚。今存詩3首，見《全唐詩》卷八五二。

徐靈府（生卒年不詳）

　　號「默希子」，錢塘天目山（今屬浙江）人。師田虛應，居天台雲蓋峰虎頭巖石室中數十年，以修煉自樂。唐會昌初，武宗徵召不赴。後絕粒而卒，年八十二。事見《歷世真仙體道通鑒》卷四〇、《三洞群仙錄》卷六。

　　《全唐詩》卷八五二錄詩3首，《唐文拾遺》卷五〇收其《天台山記》一卷。《道藏》第十六冊存其《〈通玄真經〉序》。另有《〈寒山子詩〉序》，亡佚。

劉處靜（801～873）

　　字道遊，彭城（今江蘇徐州）人。師事陳寡言，與應夷節、葉藏質為林泉友，居天台山，自號「天台耕人」。事蹟略見《仙都志》卷上。

　　《全唐文》卷八一二存其文2篇。《道藏》第六冊《洞玄靈寶三師記並序》三篇署名「廣成先生劉處靜撰」，然此「廣成先生」應為杜光庭而非劉處靜，《道藏》誤〔註262〕。

杜光庭（850～933）

　　字賓聖〔註263〕，號「東瀛子」，又自稱「華頂羽人」〔註264〕、「天姥峰羽

〔註261〕《道藏》第五冊，603頁下。

〔註262〕詳考見第五章第一節。

〔註263〕按：其字史載有三說：一說字「賓聖」，此說見諸《蜀檮杌》卷上、《宣和書譜》卷五、《道門通教必用集》卷一、《歷世真仙體道通鑒》卷四〇；一說字「聖賓」，見《赤城志》卷三五、《全唐詩》卷八五四；一說字「賓至」，見《說郛》卷五十四、《十國春秋》卷四七、《全唐文》卷九二九。三說之中，以「賓聖」較為可靠，除史有多載外，《太上黃籙齋儀》卷五七《八天真文》自署為「賓聖」。

衣」〔註265〕，處州縉雲（今浙江麗水）人〔註266〕。晚唐五代著名的茅山宗高道、文學家、齋醮科儀集大成者。唐懿宗時賦萬言不中，乃奮然入天台山為道士，拜應夷節為師。僖宗召見，賜以紫服象簡，充麟德殿文章應制，為道門領袖。後又深受前蜀王建、王衍禮遇，地位顯赫，被王建賜號為「廣德先生」、「廣成先生」。當時流輩讚譽其「學海千尋，辭林萬葉，扶宗立教，海內一人而已」〔註267〕。晚年隱居青城山白雲溪，潛心修道，著書立說。事見《舊五代史》卷一三六、《五代史補》卷一、《蜀檮杌》卷上、《宣和書譜》卷五及《歷世真仙體道通鑒》卷四〇。

《全唐詩》卷八五四收其詩一卷，其中 11 首又作鄭遨詩。《全唐詩補編》之《全唐詩續補遺》卷一三補 1 首又 1 句。《全唐詩續拾》卷五一「蜀上」輯錄 154 首又 3 句，「其中一部分錄自其整理之道教典籍，不一定為其所撰」〔註268〕。文集有《廣成集》三十卷，今存十七卷〔註269〕，僅收表和齋醮詞兩種文體。《全唐文》卷九二九至九四四存其文十六卷。《唐文拾遺》卷五〇補文 4 篇。另有傳記體小說《墉城集仙錄》十卷（今存六卷）、《神仙感遇傳》十卷（今存六卷）、《仙傳拾遺》四十卷（今已散佚不存，《太平廣記》、《三洞群仙錄》錄有部分佚文）、《王氏神仙傳》（殘存）、《洞玄靈寶三師記》三篇、《毛仙翁傳》一篇。地理博物體小說《洞天福地嶽瀆名山記》一卷、《天壇王屋山聖迹記》一卷。雜記體小說《錄異記》十卷（今存八卷）、《道教靈驗記》二十卷（今存十五卷）、《歷代崇道記》一卷。

程紫霄（生卒年里不詳）

五代時道士，師閭丘方遠。後唐同光初，曾召入內殿講論。事見《避暑錄話》卷下、《類說》卷一二及《全五代詩》卷一〇。

〔註264〕見《〈洞天福地嶽瀆名山記〉序》（《道藏》第十一冊，55 頁中）：「天復辛酉（901 年）八月四日癸未，華頂羽人杜光庭於成都玉局編錄。」

〔註265〕見《太上黃籙齋儀》卷五七《八天真文》（《道藏》第九冊，371 頁下）：「天復元年（901）辛酉十月五日癸未，天姥峰羽衣杜光庭賓聖序。」

〔註266〕按：杜光庭的出生地有括蒼、處州、縉雲、天台、長安等五種說法。

〔註267〕桂第子譯《宣和書譜》，湖南美術出版社 2005 年版，第 99 頁。

〔註268〕周祖譔主編《中國文學家大辭典》（唐五代卷），中華書局 1992 年版，第 250 頁。

〔註269〕其中卷一《賀黃雲表》、《賀雅川進白鵲表》、《賀天貞軍進嘉禾表》，卷二《賀獲神劍進詩表》、《賀鶴鳴化枯樹再生表》，卷三《宣進天竺僧二十韻詩表》，六篇表文後皆云陳詩一首，惜現已不存。

《全唐詩》卷八五五收其詩 1 首，又卷八七一收其《與釋惠江互謔》詩 1 句。

王棲霞（891～952）

字元隱。七歲神童及第。十五歲博綜經史。天祐時，避亂南渡為道士，問政先生聶師道見而奇之，授以法籙。後又從威儀鄧起遐受大洞真法。南唐李昇「恩禮殊重，加金印紫綬，號元（應為玄，下同）博大師」〔註270〕。之後還山，又加「貞素先生」之號。生平事蹟見徐鉉《唐故道門威儀元博大師貞素先生王君碑》（《全唐文》卷八八五）、《茅山志》卷一一。

著有《靈寶院記》，見《全唐文》卷九二八，又見《茅山志》卷二四。

第四節　宋前茅山高道與文人之交往

茅山宗自陶弘景創宗立派以來，發展迅速，聲勢日益壯大，不僅得到了上層階層的支持，而且在文人、學士及普通民眾中也擁有眾多信徒。很多文人與茅山高道保持著或多或少的聯繫〔註271〕，主要表現在以下幾個方面。

一、茅山高道與文人相互詩文贈答

從茅山宗開派祖師陶弘景開始，便與文人過往甚密，「竟陵八友」中的沈約、范雲、任昉等人皆以他為師。陶弘景對他們「提引不已」〔註272〕，彼此之間往往以詩文贈答的形式進行溝通交流。沈約與陶弘景的詩文往來最為頻繁，不僅有書信、贈詩，還有論文〔註273〕。《還園宅奉酬華陽先生詩》最能反映他與陶弘景的深厚友情：

〔註270〕徐鉉《唐故道門威儀元博大師貞素先生王君碑》，見董誥《全唐文》（第九冊），中華書局 2001 影印，9249 頁下。

〔註271〕詳見附錄《宋前茅山高道交遊考》。

〔註272〕賈嵩《華陽陶隱居內傳》卷中，見《道藏》第五冊，509 頁中。

〔註273〕按：現存沈約寫給陶弘景的詩文作品共 6 篇，包括《與陶弘景書》、《酬華陽陶先生詩》、《還園宅奉酬華陽先生詩》、《華陽先生登樓不復下贈呈詩》、《奉華陽王外兵詩》以及《答陶隱居難〈均聖論〉》。而陶弘景《華陽陶隱居集》中未見有寫給沈約的詩文作品，僅《廣弘明集》卷五收錄《難鎮軍沈約〈均聖論〉》一文，針對沈約《均聖論》發難。據《華陽陶隱居集·尋山志》後注：「先生去世後，久無人編錄文集，至陳武帝貞明二年（應為禎明二年 588）敕令侍中、尚書令江總始撰文集，先生以梁大同二年（536）解駕，至是五十三載矣，文章頗多散落。」或許贈答給沈約的作品就是「散落」中的一部分，也未可知。

早欲尋名山，期待婚嫁畢。二事雖云已，此外復非一。忽聞龍圖至，仍覩榮光溢。副朝首八元，開壤賦千室。冠纓曾弗露，風雨未嘗櫛。鳴玉響洞門，金蟬映朝日。慚無小人報，徒叨令尹秩。豈忘平生懷，靡鹽不遑恤。〔註274〕

沈約是當時的文壇領袖，「少好百家之言，身為四代之史」〔註275〕，但他「骨子裏所遵奉的卻仍然是道」〔註276〕。在天台桐柏山的金庭館作過道士〔註277〕，與陶弘景的師傅孫遊嶽有過直接的接觸，還曾明確表示要「一舉凌倒景，無事適華嵩」〔註278〕，「願受金液方，片言生羽翼。渴就華池飲，饑向朝霞食」〔註279〕。《還園宅奉酬華陽先生詩》正說明了這一點。詩題中之「園宅」，可能是《梁書·沈約傳》中的「立宅東田，矚望郊阜」〔註280〕之所。「華陽先生」即陶弘景。這是作者返回郊居之後有感而發，酬答給陶弘景的明志之作。首句「早欲尋名山」表明心願，而之所以未能如願，是為俗事所累，心繫兒女婚事。若兒女「婚嫁畢」，便別無所求，唯有求仙而已。接四句回憶齊梁易代之際，協助蕭衍成就帝業，以致身居高位卻慚無所報，然平生之懷從未忘記，只是為了王事而疲於奔命，無暇顧及，心裏有太多無奈卻已是身不由己。從內容和語氣來看，顯然不再是一般的泛泛之交，而是交情深厚。詩人完全是在向對方袒露痛苦、矛盾的內心世界，可視為其思想狀況的一種集中體現，具有鮮明的個性特點，既不同於《酬華陽陶先生詩》那樣的應酬之作，也有別於《華陽先生登樓不復下贈呈詩》多讚頌、攀附之詞，更不是針對一般朋友的《奉華陽王外兵詩》。

與沈約同助蕭衍成就大業的范雲〔註281〕，「好節尚奇」〔註282〕，與陶弘

〔註274〕逯欽立輯校《先秦漢魏晉南北朝詩》，中華書局 1983 年版，第 1638 頁。

〔註275〕姚思廉等撰《梁書》，中華書局 1973 年版，第 487 頁。

〔註276〕陳慶元《〈沈約集校箋〉前言》，見陳慶元《沈約集校箋》，浙江古籍出版社 1995 年版，第 6 頁。

〔註277〕詳參沈約《金庭館碑》，見陳慶元《沈約集校箋》，浙江古籍出版社 1995 年版，第 209～212 頁。

〔註278〕沈約《遊沈道士館詩》，見逯欽立輯校《先秦漢魏晉南北朝詩》，中華書局 1983 年版，第 1637 頁。

〔註279〕沈約《赤松澗詩》，見逯欽立輯校《先秦漢魏晉南北朝詩》，中華書局 1983 年版，第 1639 頁。

〔註280〕姚思廉等撰《梁書》，中華書局 1973 年版，第 236 頁。

〔註281〕按：《南史·沈約傳》載：「我（蕭衍）起兵於今三年矣，功臣諸將實有其勞，然成帝業者乃卿二人（沈約與范雲）也。」

景的交情也不錯。他寫過一首《答句曲陶先生詩》：

> 終朝吐祥霧，薄晚孕奇煙。洞澗生芝草，重崖出醴泉。中有懷
> 真士，被褐守沖玄。石戶棲十祕，金壇謁九仙。乘鴉方履漢，蠻鶴
> 上騰天。〔註283〕

詩是答詩，惜未見陶之寄詩，或許是未編輯《華陽陶隱居集》前已「散落」〔註284〕。詩人全以想像結構全篇，將陶弘景隱居的周邊環境及修道生活描繪得極為神奇美麗，特別是以「中有懷真士，被褐守沖玄」、「乘鴉方履漢，蠻鶴上騰天」幾句刻畫陶弘景之形象，其飄逸脫俗、若有神仙之態躍然可見。全詩充滿了濃鬱的神仙氣息，但又給人極具人間實景之感。

《禮記·曲禮上》有云：「禮尚往來，往而不來，非禮也；來而不往，亦非禮也。」〔註285〕文人贈之以詩，具有較高文學素養的茅山高道同樣以詩回贈。雖然陶弘景寫給文人的詩作沒能留下來，不過，另一位茅山高道司馬承禎的答作至今猶存。如他的《答宋之問》：

> 時既暮兮節欲春，山林寂兮懷幽人。登奇峰兮望白雲，悵緬邈
> 兮象欲紛。白雲悠悠去不返，寒風颼颼吹日晚。不見其人誰與言，
> 歸坐彈琴思逾遠。〔註286〕

宋之問是初唐時期一位有名的「御用文人」，也是一位傑出的詩人。早年向道，曾隱居嵩山，師潘師正，「昔事潘真人，北岑採薇蕨。倚巖顧我笑，謂我有仙骨」〔註287〕。與潘徒弟司馬承禎同為「方外十友」之一，兩人還曾結伴遠遊，可見交情匪淺。宋之問有一首題為《冬宵引贈司馬承禎》，對司馬在天台的生活情景進行各種合理的想像和猜測，如見其人，如臨其境，表達了詩人對友人之無盡思念。司馬便以此詩作答，首先交代天台「欲春」時節人煙稀少，山林空寂，由此烘托出司馬的孤寂，不禁有所懷念，於是登奇峰、望白雲，希望看見遠方的友人。然山川緬邈、物象紛亂而使人悵惘，白雲悠閒自在，一去不返；寒風颼颼，吹至日晚。隨著時間的推移，仍看不到「幽

〔註282〕姚思廉等撰《梁書》，中華書局1973年版，第231頁。

〔註283〕逯欽立輯校《先秦漢魏晉南北朝詩》，中華書局1983年版，第1545頁。

〔註284〕《道藏》第二十三冊，641頁中。

〔註285〕孫希旦撰，沈嘯寰、王星賢點校《禮記集解》，中華書局2007年版，第11頁。

〔註286〕彭定求《全唐詩》，中華書局2003年版，第9636頁。

〔註287〕宋之問《臥聞嵩山鐘》，見陶敏、易淑瓊校注《沈佺期宋之問集校注》，中華書局2001年版，第583頁。

人」，思念之情越發濃鬱，唯有回家撫琴，以期思緒隨琴聲遠逸友人身邊。不難發現，詩人對宋之問也同樣充滿了深深的思念與期盼，同時，為我們展現了他真實的天台山林生活——恬淡而寂寥。全詩語言樸實無華，多用騷句，顯得高潔雅致。

　　還有的茅山高道直接參加文人的詩歌聯唱，以詩會友。比如吳筠「在剡與越中文士為詩酒之會」〔註288〕，先參與浙東會稽嚴維組織的聯唱，有《中元日鮑端公宅遇吳天師聯句》，參與者包括嚴維、鮑防、謝良輔、杜弈、李清、劉蕃、鄭概、陳元初、樊珣、丘丹、呂渭、范淹、謝良弼及吳筠本人。後又到浙西參加顏真卿組織的湖州詩會，有《登峴山觀李左相石尊聯句》。當時參與唱和的還有劉全白、裴循、張薦、強蒙、范縉、王純、魏理等，作者凡 29 人，官員、隱士、道士、僧侶等各種人物都有。韋渠牟參與文士詩會也是十分積極，先後預顏真卿的湖州詩會與韓滉的浙西文會。可以說，這種以詩會友、以友傳情的社交往來也是當時茅山宗與文人交往的一項重要內容。

二、文人主動尋訪茅山高道

　　茅山宗與文人之間除了互贈詩文進行精神交流外，有些文人甚至親自前往他們的修行之所登門拜訪，目的各不相同，或拜師為徒，如皇甫冉「師事少君年歲久，欲隨旄節往層城」〔註289〕、王貞白「我願去浮名，隨師歸三清」〔註290〕，分別希望追隨李含光與聶師道；或祈求仙藥，于鵠「願示不死方，何山有瓊液」〔註291〕，曾向黃洞元祈求不死之方；或談道論佛，沈佺期「聞有參同契，何時一探討」〔註292〕、李白「朗悟前後際，始知金仙妙」〔註293〕；甚至有的誠心請教，如被譽為「七絕聖手」、「詩家天子」的王昌齡，他有一

〔註288〕劉昫等撰《舊唐書》，中華書局 1975 年版，第 5129 頁。

〔註289〕皇甫冉《張道士歸茅山謁李尊師》，見彭定求《全唐詩》，中華書局 2003 年版，第 2831 頁。

〔註290〕孫望《全唐詩補逸》卷一四王貞白《禮聶先生新安重圍先生能通兩軍之好及城開民皆復全也》，見陳尚君輯校《全唐詩補編》，中華書局 2003 年版，第 250 頁。

〔註291〕于鵠《山中訪道者》一作《入白芝溪尋黃尊師》，見彭定求《全唐詩》，中華書局 2003 年版，第 3509 頁。

〔註292〕沈佺期《同工部李侍郎適訪司馬子微》，見彭定求《全唐詩》，中華書局 2003 年版，第 1023 頁。

〔註293〕李白《與元丹丘方城寺談玄作》，見彭定求《全唐詩》，中華書局 2003 年版，第 1852 頁。

首《就道士問〈周易參同契〉》，真實記錄了他向茅山高道虛心求教的過程：

> 仙人騎白鹿，髮短耳何長。時余採菖蒲，忽見嵩之陽。稽首求
> 丹經，乃出懷中方。披讀了不悟，歸來問嵇康。嗟余無道骨，發我
> 入太行。〔註294〕

詩人早年曾居嵩山，詩當作於此時，故「其內容頗具隱居之情趣」〔註295〕。「道士」疑為焦靜真，長期修道於嵩山，王維、李頎、李白等人均有詩寄贈，如「先生千歲餘，五嶽遍曾居」〔註296〕、「常胎息絕穀，居少室廬，遊行若飛，倏忽萬里」〔註297〕之類。王昌齡曾拜謁過焦鍊師，「豈意石堂裏，得逢焦鍊師」〔註298〕，並「拜受長年藥」。這首詩寫他「稽首」向焦靜真求取煉丹之書——《周易參同契》。那虔誠的態度，與儲光羲「余亦苦山路，洗心祈道書」〔註299〕一樣，令人感動，以至道士「乃出懷中方」。對這部被後來言爐火者視為鼻祖的典籍〔註300〕，王昌齡「披讀了不悟」，難以讀懂，故向道士尋求點撥。所謂「問嵇康」源於《神仙傳》之「王烈」條，謂問焦靜真。由於根基淺薄，終無有所悟，唯有感歎「余無道骨」。最後兩句同用王烈典，語意雙過，希望焦引導其進入求仙的行列，也有詩人慾離嵩山、北上太行之意。除請教《周易參同契》外，王昌齡還請教過《易》的問題：

> 齋心問《易》太陽宮，八卦真形一氣中。仙老言餘鶴飛去，玉
> 清壇上雨濛濛。〔註301〕

詩人首貶嶺南後又「不護細行，貶龍標尉」〔註302〕，途經武陵之時，因

〔註294〕彭定求《全唐詩》，中華書局 2003 年版，第 1431 頁。

〔註295〕詹石窗《道教文學史》，上海文藝出版社 1992 年版，第 241 頁。

〔註296〕王維《贈東嶽焦鍊師》，見彭定求《全唐詩》，中華書局 2003 年版，第 1288 頁。

〔註297〕李白《贈嵩山焦鍊師並序》，見彭定求《全唐詩》，中華書局 2003 年版，第 1739～1740 頁。

〔註298〕王昌齡《謁焦鍊師》，見彭定求《全唐詩》，中華書局 2003 年版，第 1440 頁。

〔註299〕儲光羲《貽鍊師》，見彭定求《全唐詩》，中華書局 2003 年版，第 1377 頁。

〔註300〕按：《四庫全書總目》卷一四六云：「後來言爐火者，皆以是書（《周易參同契》）為鼻祖。」

〔註301〕王昌齡《武陵龍興觀黃道士房問〈易〉因題》，見彭定求《全唐詩》，中華書局 2003 年版，第 1447 頁。

〔註302〕歐陽修、宋祁等撰《新唐書》，中華書局 1975 年版，第 5780 頁。按：王昌齡貶龍標的時間不可確考，有人推測大約在天寶七、八年間。《唐才子傳校箋》以為貶龍標在天寶二年（743）或三年之後，詳見傅璇琮主編《唐才子傳校箋》（第一冊），中華書局 1987 年版，第 256 頁。

對《易》有所疑惑，於是特意去龍興觀拜訪請教，希望釋疑解惑。詩題中的「黃道士」即黃洞元，時正居武陵桃源，直至建中元年（780）才由武陵卜居廬山紫霄峰。王昌齡還有《武陵開元觀黃鍊師院》三首也是寫給他的。「齋心」語本《莊子‧人間世》之「心齋」，指使心達到絕對自由之境界，此指詩人態度極其認真、虔誠，問教之前還潔身淨心。詩人的問題其實很簡單，「八卦真形一氣中」，為何天地萬物皆包含在混沌之氣中。或許是身遭貶謫，內心鬱悶而無法排解，於是才有此一問，試圖尋找解脫之法。黃並未直接回答，而是預言詩人定能駕鶴飛上龍興觀中之玉清壇。似乎答非所問，不過細讀詩人《趙十四兄見訪》中的「晚來常讀《易》，頃者欲還嵩。世事何須道，黃精且養蒙」〔註303〕句，知詩人晚年常讀《易》，還想回嵩山隱居，不問世事只服食黃精，修煉養性。可見，黃洞元是以間接的方式給予了回答，如若繼續如此，定能有所成就。

實際上，並不是每一位親臨名山道觀拜訪的文人都能如願以償見到茅山高道，有時恰巧主人外出未歸，文人高興而至，失望而歸，於是通過尋之不遇或題詩留言的方式記錄自己的尋訪歷程。如崔曙「高棲少室山中」〔註304〕，廣交方外，曾拜訪嵩山馮齊整不遇，留下《嵩山尋馮鍊師不遇》一詩：「青溪訪道凌煙曙，王子仙成已飛去。更值空山雷雨時，雲林薄暮歸何處。」〔註305〕詩人從天明開始訪道，直到傍晚都還未見到馮鍊師，而此時又遇雷鳴雨泄，以至於「薄暮」無所歸，實則暗示其將繼續等候。「九華山人」杜荀鶴訪聶師道不遇，則明確表明擇日再來，「寂寂白雲門，尋真不遇真。祇應松上鶴，便是洞中人。藥圃花香異，沙泉鹿跡新。題詩留姓字，他日此相親」〔註306〕。

三、文人相約賦詩送別茅山高道

「黯然銷魂者，唯別而已矣」〔註307〕。對於古代文人而言，送別友朋，敘說別愁的最佳表達方式莫過於賦詩。面對茅山高道的離別，文人大多「且

〔註303〕彭定求《全唐詩》，中華書局2003年版，第1433頁。
〔註304〕傅璇琮主編《唐才子傳校箋》（第一冊），中華書局1987年版，第278頁。
〔註305〕彭定求《全唐詩》，中華書局2003年版，第1601頁。
〔註306〕杜荀鶴《訪道者不遇》，見彭定求《全唐詩》，中華書局2003年版，第7925頁。
〔註307〕胡之驥注，李長路、趙威點校《江文通集匯注》，中華書局1984年版，第35頁。

將詩句代離歌」〔註308〕，先後被武則天、睿宗、玄宗三代君主召請入京的司馬承禎還山之際，朝野轟動，文人相約賦詩送別，武則天遣麟臺監李嶠餞之於洛橋之東，李嶠、宋之問、薛曜就各有詩送別：

> 蓬閣桃源兩處分，人間海上不相聞。一朝琴裏悲黃鶴，何日山頭望白雲。〔註309〕

> 羽客笙歌此地違，離筵數處白雲飛。蓬萊闕下長相憶，桐柏山頭去不歸。〔註310〕

> 洛陽陌上多離別，蓬萊山下足波潮。碧海桑田何處在，笙歌一聽一遙遙。〔註311〕

這次送別時間當在聖曆元年（698）十月之前〔註312〕。受送別對象的限制，無論是在意象的選擇還是藝術的構思上，三詩都具有許多相似之處。古以秘書省為蓬萊閣，當時李嶠官麟臺監即秘書監，宋之問曾為東臺詳正學士（屬秘書省），薛曜曾為正議大夫（屬秘書省〔註313〕），故三人詩皆以蓬閣為說，難免給人雷同之感。「白雲」、「笙歌」意象也是重複出現。「白雲」當用陶弘景詩典（「嶺上多白雲」），又《莊子·天地》：「乘彼白雲，至於帝鄉。」〔註314〕是以「白雲」代指仙者。「笙歌」一可理解為送別時現場演奏之歌，二是笙需合則歌，此為分別，由此更增離別之惆悵。又都是七絕，然並無應景的痕跡，細細品讀，各有其特色。李詩並無一字言及餞別情景，而是重在敘離別之「悲」，好像好友真的駕鶴飛去，從此不再回來，完全把他當作神仙來寫。宋詩稍具人間送別的味道，從「羽客」即將離別開始，再到餞別宴席上

〔註308〕杜荀鶴《別四明鍾尚書》，見彭定求《全唐詩》，中華書局2003年版，第7963頁。

〔註309〕李嶠《送司馬先生》，見彭定求《全唐詩》，中華書局2003年版，第729頁。

〔註310〕宋之問《送司馬道士遊天台》，見彭定求《全唐詩》，中華書局2003年版，第656頁。

〔註311〕薛曜《送道士入天台》，見彭定求《全唐詩》，中華書局2003年版，第870頁。

〔註312〕按：李嶠神功元年（697）十月自鳳閣舍人知天官選事，聖曆元年十月，自麟臺少監拜相，詳參陶敏、易淑瓊校注《沈佺期宋之問集校注》，中華書局2001年版，第400～401頁。

〔註313〕按：顏真卿《秘書省著作郎夔州都督長史上護軍顏公神道碑》（《全唐文》卷三四一）說顏勤禮「從太宗平京城，授朝散大夫勳，解褐秘書省校書郎」。故知正議大夫與秘書省相關。

〔註314〕曹礎基《莊子淺注》，中華書局2002年版，第166頁。

空的白雲四處飛散，皆是實寫送別場面並烘托氣氛。之後是想像司馬此去天台不會回來，唯有「長相憶」。唐汝詢《唐詩解》卷二五云：「『白雲』起下相憶意，『去不歸』者，冀其登仙也。」〔註315〕還未分別，便已開始回憶，而此時送行者的所感所想等等一概捨去，皆作「暗場」處理了，可見其內心是多麼的眷戀不捨。與李、宋二人不同的是，薛曜似乎以置之事外的心態從容敘述，由對送者如潮的客觀描繪，最後轉入對世事變化之感慨，較少個人感情的流露。不過，詩人之關切與思念也是浸潤於字裏行間的，一個「多」字，也可見唐人隆重祖送的社會風俗。

睿宗朝司馬承禎還山，公卿百官、文人學士三百多人賦詩送別〔註316〕，場面頗為壯觀。當時文士，無不屬和，「中朝詞人贈詩者百餘首」〔註317〕，「散騎常侍徐彥伯撮其美者三十一首，為製序，名曰《白雲記》，見傳於代」〔註318〕。張說、沈如筠的同題詩歌《寄天台司馬道士》以及崔湜的《寄天台司馬先生》即是這次臨別送行之作。試讀崔湜詩：

> 聞有三元客，祈仙九轉成。人間白雲返，天上赤龍迎。尚惜金
> 芝晚，仍攀琪樹榮。何年緱嶺上，一謝洛陽城。〔註319〕

詩一開始，便點出了送別的對象，所謂「三元客」也就是司馬承禎。「九轉」，九次提煉。道教謂丹的煉製時間越久，次數越多，效果越佳，成仙更快，有一至九轉之別，而以九轉為貴，「九轉之丹，服之三日得仙」〔註320〕。作者完全把司馬當成是服食九轉仙丹而成的仙人，從人間返回，還有赤龍迎接，很是羨慕，這分明是自己夢寐以求的理想。接著很自然地由送別轉為對神仙的嚮往：可惜向道修行太晚，即便如此，「仍攀琪樹榮」，希望有朝一日修道成仙辭別洛陽城。不可否認，司馬承禎本人對於詩人的神仙之思頗有榜樣的作用，之後的玄宗深加禮待，親受道籙並「呼為道兄」〔註321〕，請還天台，玄宗親賦《王屋山送道士司馬承禎還天台》詩送別，體現了其對司馬承禎放

〔註315〕《四庫全書存目叢書》，齊魯書社1997年版，14頁上。
〔註316〕按：計有功《唐詩紀事》卷九「李适」條載：「睿宗時，道士司馬承禎還天台，
　　　　（李）适贈詩，詞甚美，朝士屬和三百餘人，徐彥伯編為《白雲記》。」見計
　　　　有功《唐詩紀事》，上海古籍出版社1987年版，第115頁。
〔註317〕張君房纂輯、蔣力生等校注《雲笈七籤》，華夏出版社1996年版，第27頁。
〔註318〕劉肅撰，許德楠、李鼎霞點校《大唐新語》，中華書局1984年版，第158頁。
〔註319〕彭定求《全唐詩》，中華書局2003年版，第664頁。
〔註320〕王明《抱朴子內篇校釋》，中華書局1985年版，第77頁。
〔註321〕李沖昭《南嶽小錄》，見《道藏》第六冊，863頁中。

棄繁華都市而甘願返回深山「幽棲」的理解和尊重。像這類送別茅山高道的詩篇還有不少，此不一一贅述。

四、文人寄詩哀悼茅山高道

茅山高道去世後，與之結下深厚友誼的文人往往寫詩哀悼，以表懷念之情。如李德裕《遙傷茅山縣孫尊師》三首〔註322〕：

> 蟬蛻遺虛白，蛻飛入上清。同人悲劍解，舊友覺衣輕。黃鵠遙將舉，斑麟儼未行。惟應鮑靚室，中夜識琴聲。（其一）

> 金格期初至，飆輪去不停。山摧武擔石，天隕少微星。弟子悲徐甲，門人泣蔡經。空聞留玉舄，猶在阜鄉亭。（其二）

> 空宇留丹灶，層霞被羽衣。舊山聞鹿化，遺舄尚鳧飛。數日奇香在，何年白鶴歸。想君遊下泊，方款里閭扉。（其三）

「孫尊師」，孫智清，黃洞元弟子。唐敬宗長慶四年（824），李德裕上《奏銀粧具狀》，其中說到「昨奉五月二十三日詔書，令訪茅山真隱，將欲師處謙守約之道，敦務實去華之美」〔註323〕，這裡提到的「茅山真隱」即應為孫智清。二人交情匪淺，李德裕曾與孫一起重建茅山靈寶院，並「尊師之，嘗有詩贈」〔註324〕，如《寄茅山孫鍊師》、《又二絕》、《尊師是桃源黃先生傳法弟子常見尊師稱先師靈迹今重賦此詩兼寄題黃先生舊館》等。會昌元年（841），唐武宗召孫入京修生神齋，並敕建九層寶壇行道，賜號「明玄先生」。詩題「遙傷」，表明李德裕並未在現場。在他看來，尊師「蟬蛻」、「入上清」、「數日奇香」云云，完全視其為得道成仙，而非是一位普通人的去世，所以看不到詩人過多的悲傷。不過，詩人心裏還是充滿了對他的無比想念，「想君遊下泊，方款里閭扉」，想像尊師駕鶴歸來遊覽下泊宮，正敲門扉之情景。三詩運用了大量的道教典故和詞彙，渲染了神仙氣氛，也反映了作者深厚的道教文化底蘊。

五、文人應茅山高道之請作文

茅山高道有時會邀請當世著名的文人為其作文，如邵冀玄曾邀請時望與文名都很高的權德輿為其師父吳筠文集作序，「門弟子有邵冀玄者，率籲其徒，

〔註322〕彭定求《全唐詩》，中華書局 2003 年版，第 5396 頁。

〔註323〕董誥《全唐文》（第七冊），中華書局 2001 影印，7241 頁上。

〔註324〕劉大彬《茅山志》卷一一，見《道藏》第五冊，603 頁中。

寧神於天柱西麓，從其命也。冀玄偏得先生之道，如槁木止水，刳心遺形。太原王顏，嘗悅先生之風，自先生化去二十五歲，顏為御史丞，類斯遺文為三十編，拜章上獻，藏在祕府。厥後冀玄得其本，以授予請序，引其巡庭，庶傳永久」〔註325〕。對吳筠詩文也多有稱讚，「近古遊方外而言六義者，先生實主盟焉」。他的《〈右諫議大夫韋君集〉序》則是應韋渠牟本人之請而撰，「自貞元五年，始以晉公（韓滉）從事至京師，迨今十年。所著凡三百篇，嘗因休沐，悉以見示。德輿鄙昧，不能言詩，徒以披垣之寮，辱命為序」〔註326〕。

　　有的應邀為道觀創作題記，如唐文宗太和年間，徐靈府重修桐柏觀，完工後，乞請當時的會稽廉防使元稹撰寫《重修桐柏觀記》：「歲太和己酉（829年），修桐柏觀訖事，道士徐靈府以其狀乞文於余。」〔註327〕詳載桐柏觀的歷史沿革、盛況及重修歷程，既提高了道觀的知名度，也起到很好的宣傳作用。還有的應茅山高道之請撰寫碑文，如王適《體玄先生潘尊師碣》很可能是受潘師正弟子司馬承禎請託而作，陳子昂也應邀作《續唐故中嶽體玄先生潘尊師碑頌》。兩篇可視為一整體，對潘師正一生行跡敘述頗詳。顏真卿《茅山玄靜先生廣陵李君碑銘並序》，乃是李含光弟子韋景昭轉託劉明素乞請顏真卿撰寫的，重點介紹李含光的家世、性行、功德。記敘中夾以議論抒情，嚴謹而不刻板，其中還敘及作者與碑主之間的交往，「真卿乾元二年，以昇州刺史充浙江西節度，欽承至德，結慕玄微，遂專使致書茅山以抒誠懇。先生特令韋鍊師景昭復書，真卿恩眷綢繆，足勵超然之志。……洎大曆六年，真卿罷刺臨川，旋舟建業，將宅心小嶺，長庇高蹤。而轉刺吳興，事乖夙願，徘徊郡邑，空懷尊道之心；瞻望林巒，永負借山之託。而景昭洎郭閎等，以先生茂烈芳猷，願銘金石，廼邀道士劉明素求託斯文。真卿與先生門人中林子殷淑、遺名子韋渠牟嘗接採真之遊」〔註328〕。這類作品還有于敬之的《桐柏真人茅山華陽觀王先生碑銘》、陸長源的《華陽三洞景昭大法師碑》、徐鍇的《茅山道門威儀鄧先生碑》等。

　　通過上述分析可知，茅山高道與文人之間的交往方式多種多樣。他們之間的密切往來，不僅擴大了茅山宗影響，同時也激發了文人的創作激情。

〔註325〕權德輿《〈宗玄先生文集〉序》，見《道藏》第二十三冊，653 頁中～頁下。
〔註326〕董誥《全唐文》（第五冊），中華書局 2001 影印，5001 頁上。
〔註327〕董誥《全唐文》（第七冊），中華書局 2001 影印，6646 頁下。
〔註328〕《茅山志》卷二三顏真卿《茅山玄靜先生廣陵李君碑銘並序》，見《道藏》第五冊，647 頁中。

第二章　宋前茅山宗詩歌創作

　　道教與詩歌，很早就結下了不解之緣，早在創教之初，道教就開始重視運用詩歌闡釋教義、記載修道思想和方法。道教開教經典《太平經》屬口語化較強的語錄體著作，詩體句式也時有使用，其中包括數量可觀的七言詩句（九十四句），如：

　　　　五守己強不死亡，安貧樂賤可久長。賤反求貴道相妨，尊官重

　　　祿慎無望。強求官位道即亡，不若除臥久安牀。〔註1〕

　　對塵世浮名浮利一無所貪，不屑一顧，棄之如敝屣。詩味雖稍顯不足，但句句押韻，可視為我國七言詩之雛形〔註2〕。其他闡釋修煉丹術的重要著作如《周易參同契》、《太上黃庭內景玉經》、《太上黃庭外景玉經》等基本上用詩歌寫成，可以說，道教與詩歌有著很深的淵源。茅山宗詩歌數量可觀，質量上乘，取得了不俗的成績。

第一節　詩歌留存狀況

　　為了更為直觀、全面地考察宋前茅山宗詩歌創作面貌，擬以《雲笈七籤》、《先秦漢魏晉南北朝詩》、《全唐詩》為主要參考，附以《周氏冥通記》〔註3〕、《華陽陶隱居集》、《宗玄先生文集》、《茅山志》等，從時期、作者、篇名及

〔註1〕王明《太平經合校》，中華書局 1979 年版，第 306 頁。
〔註2〕詳參伍偉民《太平經與七言詩的雛形》，載《上海道教》1989 年第 3～4 期合刊。
〔註3〕《周氏冥通記》內的詩歌，沒有具體篇名，這裡列舉的基本上根據《先秦漢魏晉南北朝詩》擬定的篇名。

出處四個方面對現存宋前茅山宗詩歌作如下統計：

時期	作者	篇名	出處
南朝梁	陶弘景 21首 殘詩2句	《詔問山中何所有賦詩以答》、《題所居壁》、《寒夜愁》、《胡笳篇》、《告逝篇》、《和約法師臨友人詩》	前四首見《華陽陶隱居集》卷上、第五首見卷下，《先秦漢魏晉南北朝詩·梁詩》卷一五全部收錄。
		《華陽頌》十五首〔註4〕	《華陽陶隱居集》卷上、《真誥》卷一三。
		願為雙白羽，長拂鼀前塵。	《華陽陶隱居內傳》卷中。
南朝梁	桓法闓 1首	《初入山作》。	《茅山志》卷二八，《先秦漢魏晉南北朝詩·梁詩》卷三〇題作《初入山作詩》。
南朝梁	周子良 6首	《五仙詩》五首：《保命府丞授詩》、《馮真人授詩》〔註5〕、《張仙卿授詩》、《洪先生授詩》、《華陽童授詩》，《彭先生歌》	前五首見《周氏冥通記》卷二、最後一首見卷四，《先秦漢魏晉南北朝詩·梁詩》卷三〇全部收錄。
唐朝	司馬承禎 38首	《答宋之問》	《全唐詩》卷八五二。
		《太上昇玄消災護命妙經頌》三十七首	《道藏》第五冊、《全唐詩補編》之《全唐詩續拾》卷一〇。
唐朝	吳筠 128首 殘詩4句 聯句4句	《遊仙詩》二十四首、《步虛詞》十首、《登北固山望海》、《建業懷古》、《經羊角哀墓作》、《過天門山懷友》、《舟中遇柳伯存歸潛山因有此贈》二首、《舟中夜行》、《晚到湖口見廬山作呈諸故人》、《苦春霖作寄友》（《宗玄先生文集》卷中作《苦春霖作》）、《酬葉縣劉明府避地廬山言懷詒鄭錄事昆季苟尊師兼見贈之》	《宗玄先生文集》卷中、《全唐詩》卷八五三。

〔註4〕鍾國發說《華陽頌》名為「頌」，實是十五首對仗工整的四句式五言詩組合，從十五個方面分別讚述「華陽洞天」，宗教性大於文學藝術性。見鍾國發《陶弘景評傳》，南京大學出版社2006年版，第421頁。

〔註5〕《周氏冥通記》卷二為「洪真人」，見（日）麥谷邦夫、吉川忠夫編，劉雄峰譯《〈周氏冥通記〉研究》（譯注篇），齊魯書社2010年版，第90頁。

		《覽古》十四首、《高士詠有序》（《宗玄先生文集》卷下作《覽古詩》十四首、《高士詠》）	《宗玄先生文集》卷下、《全唐詩》卷八五三。
		《聽尹鍊師彈琴》、《題龔山人草堂》、《遊廬山五老峰》、《登廬山東峰觀九江合彭蠡湖》、《元日言懷因以自勵詒諸同志》、《同劉主簿承介建昌江泛舟作》、《緱山廟》、《胡無人行》、《別章叟》、《題縉雲嶺永望館》、《題華山人所居》	《全唐詩》卷八五三。
		《遊倚帝山》二首、《翰林院望終南山》二首、《秋日彭蠡湖中觀廬山》、《秋日望倚帝山》	《全唐詩》卷八八八之補遺七。
		《酬劉侍御過草堂》、《又》	《全唐詩補編》之《全唐詩補逸》卷一八。
		《龍虎山》	《全唐詩補編》之《全唐詩續補遺》卷三。
		家住青山下，時向青山上。垂花臨碧潤，清翠依丹巇。	《全唐詩補編》之《全唐詩續拾》卷一六。
		維舟陪高興，感昔情彌敦。	《全唐詩》卷七八八顏真卿《登峴山觀李左相石尊聯句》
		何意迷孤性，含情戀數賢。	《全唐詩》卷七八九嚴維《中元日鮑端公宅遇吳天師聯句》
唐朝	韋渠牟 21 首 聯句 2 句	《步虛詞》十九首、《覽外生盧綸詩因以示此》、《贈竇五判官》	《全唐詩》卷三一四。
		閒路躡雲影，清心澄水源。	《全唐詩》卷七八八顏真卿《登峴山觀李左相石尊聯句》
唐朝	陳寡言 3 首	《山居》二首、《臨化示弟子》	《全唐詩》卷八五二。
唐朝	徐靈府 3 首	《言志獻浙東廉訪辭召》、《自詠》二首	《全唐詩》卷八五二。

唐末五代	杜光庭182首殘詩30句	《初月》、《題仙居觀》、《題鴻都觀》、《題都慶觀》、《贈將軍》（首聯殘）、《題鶴鳴山》、《題空明洞》、《題北平沼》、《題平蓋沼》、《題本竹觀》、《題福唐觀》二首、《題莫公臺》、《讀書臺》、《贈人》、《贈蜀州刺史》、《題劍門》、《題龍鵠山》、《紀道德》、《懷古今》、《句》（殘詩18句〔註6〕）。以下十一首一作鄭遨詩：《富貴曲》、《詠西施》、《傷時》、《題霍山秦尊師》、《偶題》、《思山詠》、《景福中作》、《招友人遊春》、《山居》三首	《全唐詩》卷八五四。《紀道德》（《全唐文》卷九二九題作《紀道德賦》）、《懷古今》也被《全唐文》卷九二九收入。
		《題天壇》、《上清宮》（殘詩2句）	《全唐詩補編》之《全唐詩續補遺》卷一三。
		《寓玉局山寺感懷》、《詩》、《生死歌訣》、《壽鄧將軍》二首、《太陽真君咒》、《太陰真君咒》、《木德星君咒》、《火德星君咒》、《金德星君咒》、《水德星君咒》、《土德星君咒》、《羅睺星君咒》、《計都星君咒》、《紫氣星君咒》、《月孛星君咒》、《本命咒》、《賀府主令公甘雨應祈》、《詩》、《通玄贊》八首、《授經贊》、《廣明贊》、《真人贊》六首、《奉戒贊》、《受送頌》、《天壇王屋山聖迹頌》、《句》（殘詩4句）、《步虛詞》〔註7〕、《三塗五苦頌》八首、《解壇頌》、《辭三師頌》三首、《七真贊》八首、《小學仙贊》、《明燈頌》、《啟堂頌》、	《全唐詩補編》之《全唐詩續拾》卷五一「蜀上」，共輯錄杜詩151首又4句〔註8〕。

〔註6〕按：其中有四句為《壽鄧將軍》二首第二首中之兩聯，另有六句為《山居百韻》斷句（見《鑒誡錄》卷五）。

〔註7〕《步虛詞》二十二首主要從杜光庭《太上黃籙齋儀》中輯出，故下文引用直接注明該書及卷數，方便查找。

〔註8〕陳尚君強調說這些「從《道藏》中杜光庭編撰整理諸書中錄出的詩歌，雖未必皆為杜光庭之作，但皆可信為唐或唐以前人之作。今姑錄存於杜光庭名下，祈讀者引用時有以注意之」。詳參陳尚君輯校《全唐詩補編》，中華書局1992年版，第1535頁。

五代		《出堂頌》、《投龍頌》、《送神頌》、《還戒頌》、《三啟頌》三首、《楚詞頌》、《六十甲子歌》六十首	
五代	程紫霄 1首 殘詩1句	《示守庚申眾》	《全唐詩》卷八五五。
		《與釋惠江互謔》（1句）	《全唐詩》卷八七一

統計上表，共得詩人 10 家，詩歌 404 首，殘詩 37 句，聯句 6 句，其中吳筠與杜光庭詩歌數量占總數的一半以上。梁、陳、隋、唐能詩者眾，詩壇眾星炳煥，正所謂「帝王、將相、朝士、布衣、童子、婦人、緇流、羽客，靡弗預矣」〔註9〕，尤其到了唐代，迎來我國詩歌發展史上的一個高峰。在這樣的詩歌大繁榮背景下，茅山宗詩歌不僅呈現出不同於其他詩歌派別的特質，而且取得了較高的藝術成就。

從體式看，茅山宗不僅有宗教味濃厚而文學色彩略顯不足的韻語如訣、咒、贊、頌等，而且還有五古、五絕、五律、七絕、七律等真正意義上的詩歌。從內容看，這些詩歌是茅山宗思想、情感及生活狀態的直接反映，涉及社會生活的方方面面，既有對方內凡俗之人情習性的自然流露，也有對方外隱逸之灑脫恬淡的無限嚮往，還有對神仙世界之美妙多彩的反覆詠歎，當然還有其他內容侷限於闡發宗教教理教義、具有鮮明宗教特點的作品。概言之，茅山宗詩歌形式多樣且內容豐富。

第二節　遊心方內、馳神方外的複雜情懷

宋前茅山宗詩歌總數超過四百首，且題材廣泛，內容複雜，除涉及宗教外，非關宗教的也不少。大致而言，主要有以下幾方面。

一、方內之懷

茅山宗雖處方外，但畢竟有過方內生活經歷，而且身為社會的一份子，要完全做到超然物外幾乎是不可能的。他們「有人的情感，有人的事務，他們不可能拋卻人類的共性，去過一種純粹的、飄飄然的世外生活」〔註10〕，因此，他們的詩歌中常流露出方內凡塵的情懷，而最能體現這一情懷的莫過

〔註9〕胡應麟《詩藪》，上海古籍出版社 1958 年版，第 157 頁。
〔註10〕張松輝《唐宋道家道教與文學》，湖南師範大學出版社 1998 年版，第 141 頁。

於那些反映親情、友情、愛情以及匡時救世之情的作品。

（一）親情

茅山宗內唯一一首表現親情的是韋渠牟的《覽外生盧綸詩因以示此》，詩云：

> 衛玠清談性最強，明時獨拜正員郎。關心珠玉曾無價，滿手瓊瑤更有光。謀略久參花府盛，才名常帶粉闈香。終期內殿聯詩句，共汝朝天會柏梁。〔註11〕

「外生」即外甥，《世說新語·排調》云：「桓豹奴是王丹陽外生，形似其舅。」〔註12〕詩是韋閱覽外甥盧綸詩作後所寫，時盧「拜正員郎」，即尚書省戶部郎中。詩人稱讚外甥才華若瓊瑤、謀略參花府，並寄予了內殿聯詩、共會柏梁的殷切期望。蔣寅以為這無疑是暗示韋「將援引盧綸入朝」〔註13〕，後來韋確實向德宗推薦了自己的外甥，據《舊唐書·盧簡辭傳》載：「太府卿韋渠牟得幸於德宗，綸即渠牟之甥也，數稱綸之才，德宗召之內殿，令和御製詩，超拜戶部郎中。」〔註14〕由於舅父的推薦，盧綸才被德宗召見，「超拜戶部郎中」，結束了長達十二年的「參花府」經歷。韋任太府卿在貞元十三年（797）至十四年間，《唐故太常卿贈刑部尚書韋公墓誌銘並序》載韋渠牟於貞元十二年「歷右補闕左諫議大夫，……閒一歲遷太府卿，錫以命服。又閒一歲遷太常卿」〔註15〕。知詩當作於此時。作為回應，盧綸以《敬酬大府二十四舅覽詩卷因以見示》作答：

> 郗公憐蕙亦憐愚，忽賜金盤徑寸珠。徹底碧潭滋涸溜，壓枝紅豔照枯株。九門洞啟延高論，百辟聯行把大儒。顧己文章非酷似，敢將幽劣俟洪爐。〔註16〕

岑仲勉《唐人行第錄》考定「大府」應作「太府」〔註17〕。陶敏《全唐

〔註11〕 彭定求《全唐詩》，中華書局 2003 年版，第 3533 頁。

〔註12〕 徐震堮《世說新語校箋》，中華書局 2001 年版，第 434 頁。

〔註13〕 蔣寅《大曆詩人研究》，中華書局 1995 年版，第 266 頁。

〔註14〕 劉昫等撰《舊唐書》，中華書局 1975 年版，第 4268 頁。

〔註15〕 董誥《全唐文》（第五冊），中華書局 2001 年影印，5146 頁上～頁下。按：《舊唐書·德宗本紀》下載：「（貞元十六年十一月）戊申，以太府卿韋渠牟為太常寺卿。」將韋任太府卿的時間往後推了兩年。不過，墓誌銘係韋二子請託憲宗朝名相權德輿所撰，真實性較高，故從其說。

〔註16〕 彭定求《全唐詩》，中華書局 2003 年版，第 3144 頁。

〔註17〕 岑仲勉《唐人行第錄》（外三種），上海古籍出版社 1978 年版，第 88 頁。

詩人名匯考》則云：「『大』乃『太』之訛。二十四舅，韋渠牟，有《覽外生盧綸詩因以示此》詩。……《南部新書》丁卷：『韋夏卿善知人，道逢再從弟執誼、從弟渠牟及丹，三人皆第二十四，並為郎官。』」〔註18〕盧詩首以郄鑒疼愛外甥周翼喻韋對自己關愛有加，其《送姨弟裴均尉諸暨》亦云：「相悲得成長，同是外家恩。」〔註19〕以金盤上放置徑寸珠喻舅贈詩之精美異常。一個「憐」字，突出了舅父的身居高位與自己的沉淪下僚，將自己置於弱勢。接著以「徹底碧潭」、「壓枝紅豔」盛讚舅父德行、才學及顯達，而以「涸溜」、「枯株」自比才小易竭、窮困失魄。如此貶低自己，不無取悅之嫌，要知史書是以「姦佞」評論韋渠牟〔註20〕。最後，詩人為了回應舅詩「終期」、「共汝」之望，表明即使不如舅，也當錘鍊「幽劣」，似有望舅助己之考量。

（二）友情

「嚶其鳴矣，求其友聲」〔註21〕。友誼之求一直是我國古典詩歌領域常詠不衰之主題，幾千年來，眾多詩人留下了數量可觀的抒寫友朋之間真摯友情的詩篇，「通盤計算，關於友朋交誼的比關於男女戀愛的還要多，在許多詩人的集中，贈答酬唱的作品，往往占其大半」〔註22〕。在茅山宗詩歌中，詩人對友情之禮讚是通過不同類型的詩歌表現出來，或觸發於追悼詩，如陶弘景《和約法師臨友人詩》：

> 我有數行淚，不落十餘年。今日為君盡，併灑秋風前。〔註23〕

此詩所臨之「友人」，逯欽立題下注曰：「《詩紀》云：《歷代吟譜》云：慧約字德素，有哭范荀詩云云。」以之為范荀，不過，本人更傾向於贊成「此必慧約以詩悼沈約，弘景和之也」的推斷〔註24〕。對於友人沈約的去世，陶弘景無比哀痛，情感猶如火山噴發一瀉千里，十年之淚為之盡灑。讀之可感受那痛徹心扉之哭泣、撕心裂肺之呼喊，令人為之悲愴、動容。

或寄之於留別詩，吳筠《別章叟》應是其中較為動人的一首：

〔註18〕陶敏《全唐詩人名匯考》，遼海出版社2006年版，第539～540頁。
〔註19〕彭定求《全唐詩》，中華書局2003年版，第3125頁。
〔註20〕《舊唐書·陽城傳》載：「於是裴延齡、李齊運、韋渠牟等以姦佞相次進用，誣譖時宰，毀訕大臣，陸贄等咸遭枉黜，無敢救者。」
〔註21〕程俊英、蔣見元《詩經注析》，中華書局1999年版，第454頁。
〔註22〕朱光潛《朱光潛全集》（第三卷），安徽教育出版社1996年版，第75頁。
〔註23〕逯欽立輯校《先秦漢魏晉南北朝詩》，中華書局1983年版，第1815頁。
〔註24〕王家葵《陶弘景叢考》，齊魯書社2003年版，第32頁。

平昔同邑里，經年不相思。今日成遠別，相對心悽其。〔註25〕

詩人遠行之際，留別同住一邑但多年不曾相思的章叟。或許是無法預知日後有無再見之期，今日遠別實同永訣，言念於此，不覺感傷、悽愴。詩人雖未具體狀寫離別之場景，但一字一句，無不帶有不捨與感傷，非親歷者實難體會。明人楊慎評此「能道人情，亦前人未說破也」〔註26〕。

或託之於懷遠詩，如吳筠《過天門山懷友》：

　　舉帆遇風勁，逸勢如飛奔。縹緲凌煙波，崩騰走川原。兩山夾
　　滄江，豁爾開天門。須臾輕舟遠，想像孤嶼存。歸路日已近，怡然慰
　　心魂。所經多奇趣，待與吾友論。一日如三秋，相思意彌敦。〔註27〕

這是一首懷人之作，所懷之人，詩未具體說明。詩寫作者乘船經過天門山附近，風勁水急輕舟速，眼看歸路日近，即將見到闊別已久的友人，心情異常愉快，打算將沿途所經之奇趣全部告訴友人。一句「一日如三秋」，實是情至之語，化用《詩經·王風·采葛》其意而有所轉移，所懷之人雖有所不同，而情意之真摯與思念之殷切卻是相通的。又如《苦春霖作寄友》：

　　應龍遷南方，靈雨備江干。俯望失平陸，仰瞻隱崇巒。陰風斂
　　暄氣，殘月淒已寒。時鳥戢好音，眾芳亦微殘。萬流注江湖，日夜
　　增波瀾。數君曠不接，悄然無與歡。對酒聊自娛，援琴為誰彈。彈
　　為愁霖引，曲罷仍永歎。此歎因感物，誰能識其端。寫懷寄同心，
　　詞極意未殫。〔註28〕

陰雨連綿不晴，以至於長時間未能與老朋友們相見，思友之情更加濃重。在無友與歡的情況下，詩人只好借酒自娛，彈琴抒懷以念友，不料更增惆悵，只能寫詩將「愁心」寄於「同心」，訴說衷腸。詩人內心充滿了憂傷和孤獨。寫法上，與李白的《聞王昌齡左遷龍標遙有此寄》有異曲同工之妙。

茅山宗描寫友誼更多的還是彼此之間的贈答酬唱之作，試讀司馬承禎《答宋之問》：

　　時既暮兮節欲春，山林寂兮懷幽人。登奇峰兮望白雲，悵緬邈
　　兮象欲紛。白雲悠悠去不返，寒風颼颼吹日晚。不見其人誰與言，

〔註25〕彭定求《全唐詩》，中華書局 2003 年版，第 9662 頁。
〔註26〕王仲鏞《升菴詩話箋證》，上海古籍出版社 1987 年版，第 291 頁。
〔註27〕彭定求《全唐詩》，中華書局 2003 年版，第 9650 頁。
〔註28〕彭定求《全唐詩》，中華書局 2003 年版，第 9651 頁。

歸坐彈琴思逾遠。〔註29〕

彈琴思遠不由讓人想到前引吳筠《苦春霖作寄友》。「不見其人誰與言」，明顯針對宋之問《冬宵引贈司馬承禎》「此情不向俗人說」而發，可見二人友誼之深厚，交往之密切。兩詩採用騷體形式，別有一番滋味。語言親切自然，不加修飾，其樸實之真情一覽無遺。與司馬承禎借贈答酬唱表達對友人綿綿思念不同，韋渠牟卻以之來詠贊友人，如《贈竇五判官》：

> 故舊相逢三兩家，愛君兄弟有聲華。文輝錦綵珠垂露，逸興江
> 天綺散霞。美玉自矜頻獻璞，真金難與細披沙。終須撰取新詩品，
> 更比芙蓉出水花。〔註30〕

「竇五判官」即竇庠，亦有《酬謝韋卿二十五兄俯贈輒敢書情》酬答。韋詩重點介紹竇氏兄弟之「聲華」，極盡讚美之能事。江天散霞、芙蓉出水均化用前人詩句，流暢自然，如同己出，全無斧鑿之痕。

同為修道之士，贈答同道之人在所難免，杜光庭《贈人》云：「靜神凝思仰青冥，此夕長天降瑞星。海上昨聞鵬羽翼，人間初見鶴儀形。」〔註31〕根據詩人「靜神凝思仰青冥」之描述，所贈之人應是道門中人。也許是初次見面，所以他才有「人間初見鶴儀形」之句，盛讚對方具有仙風道骨。

（三）愛情

男女愛情在茅山宗詩歌中也多有真情吐露，如陶弘景《寒夜愁》：

> 夜雲生，夜鴻驚，悽切嘹唳傷夜情。空山霜滿高煙平，鉛華沈
> 照帳孤明。寒月微，寒風緊，愁心絕，愁淚盡。人情不勝怨，思來
> 誰能忍？〔註32〕

上承漢魏樂府之遺風，下雜南北朝民歌之況味，然而，從形式上看，更像一首詞〔註33〕。通過雲、鴻、月、風等意象，營造了氣冷、景淒的氛圍，突出夜之寂寞，讓人自然想到寒蟬淒切，哀聲悲鳴。在此環境之下，人之思念愈發濃烈難耐，所謂：「人情不勝怨，思來誰能忍？」至於為何而思，不得

〔註29〕彭定求《全唐詩》，中華書局 2003 年版，第 9636 頁。
〔註30〕彭定求《全唐詩》，中華書局 2003 年版，第 3533 頁。
〔註31〕彭定求《全唐詩》，中華書局 2003 年版，第 9665 頁。
〔註32〕《道藏》第二十三冊，643 頁下。
〔註33〕楊慎《〈詞品〉序》云：「詩詞同工而異曲，共源而分派。在六朝，若陶弘景之《寒夜怨》，梁武帝之《江南弄》，陸瓊之《飲酒樂》，隋煬帝之《望江南》，填詞之體已具矣。」

而知。我們只能推測，也許是思念遠方的友人，但更像是思念永遠也無法見面的摯愛。

（四）匡時救世之情

茅山宗對於現實社會有著較為清醒的認識，他們身處方外卻一直關注社會，關心政治，對政治局勢的把握比較精準，一個明顯表現就是他們留下了帶有預言性質的詩歌，比如陶弘景的《題所居壁》：

> 夷甫任散誕，平叔坐談空。不言昭陽殿，忽作單于宮。〔註34〕

據《南史·陶弘景傳》云：「弘景妙解術數，逆知梁祚覆沒，預製詩云……。詩秘在篋裏，化後，門人方稍出之。大同末，人士競談玄理，不習武事，後侯景篡，果在昭陽殿。」〔註35〕乃陶弘景預測梁亡於侯景之亂。李豐楙曾解釋道士前知、預言之能力時表示：「道士之能見微知著者，表現宗教修行者在長期的存思修行中所獲致的特異能力外，更重要的是反映紛紜時局中的集體意識，將現實世界的挫折感、無力感，借滿紙荒唐言抒發其潛存於意識深處的理想與願望，成為道士之所以被視為智慧者的造型。」〔註36〕但是也有學者認為「此詩實傳統詠史之題，所言為劉曜入洛陽、長安事，如此而已」〔註37〕。鍾國發甚至對作者也提出了質疑：「我們很難保此詩一定是陶弘景生前所作，但當時需要有這樣的藝術作品來反映時代的特徵和人們的心聲，人民認為陶弘景應該作這樣的事，而且陶弘景最有資格這樣作，所以不管是不是有他的門徒冒名的可能，人們寧願相信這就是陶弘景的遺作。」〔註38〕

與世人一樣，茅山宗內很多人未入道前是「弱冠涉儒墨」，希望通過科舉躋身仕途，施展才能，進而兼濟天下。只是因為命運多舛，仕途偃蹇，不得已才「歸道真」。理論上，茅山宗失去了贏取生前身後功名之條件和機會，但他們當中的多數人卻身隱而心不隱，並未徹底拋棄用世之心，於方外專心清修，而是時刻關注方內，胸懷「康濟業」。這一點，在吳筠詠史懷古詩作裏表現的較為突出，如他的《覽史》十四首〔註39〕：

〔註34〕《道藏》第二十三冊，643頁下。
〔註35〕李延壽等撰《南史》，中華書局1975年版，第1900頁。
〔註36〕（臺灣）李豐楙《仙境與遊歷：神仙世界的想像》，中華書局2010年版，第343頁。
〔註37〕曹道衡、沈玉成《中古文學史料叢考》，中華書局2003年版，第561頁。
〔註38〕鍾國發《陶弘景評傳》，南京大學出版社2006年版，第425頁。
〔註39〕彭定求《全唐詩》，中華書局2003年版，第9644～9646頁。

聖人重周濟，明道欲救時。孔席不暇暖，墨突何嘗緇。興言振頹綱，將以有所維。（其一）

侈靡竟何在，荊榛生廟堂。（其三）

閒居覽前載，惻彼商與秦。所殘必忠良，所寶皆凶嚚。昵諛方自聖，不悟禍滅身。箕子作周輔，孫通為漢臣。洪範及禮儀，後王用經綸。（其四）

讒佞亂忠孝，古今同所悲。姦邪起狡猾，骨肉相殘夷。（其五）

魯侯祈政術，尼父從棄捐。漢主思英才，賈生被排遷。始皇重韓子，及覿乃不全。武帝愛相如，既微復忘賢。貴遠世咸爾，賤今理共然。方知古來主，難以效當年。（其七）

晁錯抱遠策，為君納良規。削彼諸侯權，永用得所宜。姦臣負舊隙，乘釁謀相危。世主竟不辨，身戮宗且夷。漢景稱欽明，濫罰猶如斯。比干與龍逢，殘害何足悲。（其九）

李生龍曾分析中國隱士說道：「由於他們沒有直接從政，同統治者保持著一定的疏離，因而他們能用局外人的姿態和眼光來觀察現實，比身在廬山看廬山的當權者顯得更為冷靜、理性、深刻；由於他們的地位接近平民百姓，因而他們考慮問題時也更加貼近平民。他們沒有在位者那份急功近利、膚淺浮躁，卻有著對平民百姓要求、願望的深切理解。」〔註40〕這樣一番分析同樣適用於兼有隱士性格的茅山宗。面對歷史的滄桑巨變，人世沉浮，吳筠比居廟堂之高的「肉食者」思考更透徹、更深遠，大有不在其位卻謀其政之嫌。讀其詩鑒古知今，於治道大有裨益。同時，從他品評歷史、感慨人事變遷之中，我們也能感受詩人對現實社會的強烈關注及深深憂慮，用意當世之意非常明顯。無論是「常言宇宙泰，忽邁雲雷屯。極目梁宋郊，茫茫晦妖氛。安得倚天劍，斬茲橫海鱗」〔註41〕，還是「河洛初沸騰，方期掃虹霓」〔註42〕，皆是對「妖氛」、「虹霓」欲除之而後快，極富政治責任感；哪裏還有道士的修真影子，分明是一個穿著道袍的愛國文士的自我表白，與李白「安得倚天劍，跨海斬長鯨」〔註43〕的慷

〔註40〕李生龍《隱士與中國古代文學》，湖南教育出版社 2003 年版，第 151 頁。
〔註41〕吳筠《建業懷古》，見彭定求《全唐詩》，中華書局 2003 年版，第 9649 頁。
〔註42〕吳筠《酬葉縣劉明府避地廬山言懷詒鄭錄事昆季苟尊師兼見贈之》，見彭定求《全唐詩》，中華書局 2003 年版，第 9651 頁。
〔註43〕李白《臨江王節士歌》，見彭定求《全唐詩》，中華書局 2003 年版，第 420 頁。

慨意氣是一樣的。杜光庭也是如此，試看他的《景福中作》：

> 悶見戈鋌匝四溟，恨無奇策救生靈。如何飲酒得長醉，直到太平時節醒。〔註44〕

「景福」為唐昭宗年號（892～893），「能誅戮清流之朋，莫如唐昭宗之世」〔註45〕。李唐末季，戰事紛起，世道早不太平。詩人無濟時救世之策，寧願借酒長醉直至中原太平，內心之苦悶、痛苦可想而知，字裏行間透露出的是憂家復憂國的儒者擔當。他的《富貴曲》、《詠西施》乃至《懷古今》，流露著懷古傷今的濃濃情懷，表現出某種強烈的現實批判意識。此外，他還不時通過對出將入相者的激情頌揚來表達自己雖為道士而不失濟時用世之心、憂國憂民之志。這樣的詩歌有四首：

> □□□□□□□，□□□□□□□。八表順風驚雨露，四溟隨劍息波濤。手扶北極鴻圖永，雲卷長天聖日高。未會漢家青史上，韓彭何處有功勞。〔註46〕

> 再扶日月歸行殿，卻領山河鎮夢刀。從此雄名壓寰海，八溟爭敢起波濤。〔註47〕

> 文星一夜動天關，此日真仙降世間。千里光華蟾影滿，九臯空闊鶴情閑。臨戎暫許分憂寄，入相看隨急詔還。自愧嘉辰無異禮，祇將吟詠祝崇山。〔註48〕

> 當年五百合生賢，自入青雲更不還。嶽氣此時來世上，文星今日到人間。降因天下思姚宋，出為儒門繼閔顏。惟有感恩無路報，一生傾酒祝南山。〔註49〕

前兩首雖未明所贈之人，不過據詩意推測，當是寫給王建無疑。詩人用

〔註44〕彭定求《全唐詩》，中華書局 2003 年版，第 9667 頁。

〔註45〕歐陽修《朋黨論》，見李逸安點校《歐陽修全集》，中華書局 2001 年版，第 298 頁。

〔註46〕杜光庭《贈將軍》（首聯殘），見彭定求《全唐詩》，中華書局 2003 年版，第 9664 頁。

〔註47〕杜光庭《贈蜀州刺史》，見彭定求《全唐詩》，中華書局 2003 年版，第 9666 頁。

〔註48〕陳尚君《全唐詩續拾》卷五一杜光庭《壽鄧將軍》兩首其一，見陳尚君輯校《全唐詩補編》，中華書局 1992 年版，第 1513 頁。

〔註49〕陳尚君《全唐詩續拾》卷五一杜光庭《壽鄧將軍》兩首其二，見陳尚君輯校《全唐詩補編》，中華書局 1992 年版，第 1513 頁。

飽含深情的筆墨歌頌了王氏於亂世之中劍息波濤，手扶北極，救危拯難，挽狂瀾於既倒，扶大廈之將傾，並認為其卓著功勳遠在彭越、韓信之上。考慮到詩人處於「天下大亂，中國之禍，篡弒相尋」〔註50〕的時代，因為王建才止息干戈，暫歸太平，這樣的話也不失為同時人的真心之言。詩多溢美之詞，但更多的卻是期許，希望他能「再扶日月」，繼續作為李唐王朝的中流砥柱，立不朽之功名。後兩首所壽之鄧將軍不知為何人，不過從「入相看隨急詔還」、「文星今日到人間」等句看，這位鄧將軍亦非等閒之輩。詩人以之媲美玄宗時期名相姚崇、宋璟及孔門俊傑閔子騫、顏回，近乎吹噓拍馬，然而「也反映了杜光庭對姚宋一流賢相的呼喚，對和平安寧的太平盛世的嚮往」〔註51〕。

二、隱逸之趣

與其他道教徒一樣，茅山宗「遠彼腥膻，而即此清淨」〔註52〕，出入山林，埋首清修，「甘與鳥雀群」〔註53〕，「隱括自為美」〔註54〕，因此，表現隱逸之趣自然成為其詩歌的另一重要內容，主要通過兩方面的內容加以體現。一是對隱逸山林之嚮往，如陶弘景《詔問山中何所有賦詩以答》：

> 山中何所有，嶺上多白雲。只可自怡悅，不堪持寄君。〔註55〕

誠如前述，茅山宗對於社會現實較為關注，而且由於自身的文化素質及其政治活動能力，一般都是名聞於世，成為帝王將相極力延攬以為我所用之主要對象。此詩乃是陶弘景巧答齊明帝蕭鸞徵其出山時所作〔註56〕。明帝猜

〔註50〕歐陽修等撰《新五代史》，中華書局1974年版，第762頁。

〔註51〕王瑛《杜光庭詩歌考析》，載《蜀學》2010年第5期。

〔註52〕王明《抱朴子內篇校釋》，中華書局1985年版，第187頁。

〔註53〕吳筠《高士詠·長沮桀溺》，見彭定求《全唐詩》，中華書局2003年版，第9654頁。

〔註54〕吳筠《高士詠·韓康》，見彭定求《全唐詩》，中華書局2003年版，第9659頁。

〔註55〕《道藏》第二十三冊，643頁下。

〔註56〕《太平廣記》卷二〇二引《談藪·陶弘景》云：「齊高祖問之曰：『山中何所有？』弘景賦詩以答之，詞曰：『山中何所有？嶺上多白雲。只可自怡悅，不堪持寄君。』高祖賞之。」逯欽立題下注曰：「答齊高帝詔。」齊無「高祖」之稱，而齊高帝「蕭道成在位時陶弘景僅是不入流品的小小侍從，絕不可能有詩文酬答之緣」（鍾國發《陶弘景評傳》，422頁注釋①），「高祖」應為齊明帝蕭鸞「高宗」廟號之訛。不過，也有學者認為這是「陶弘景回答梁武帝詔請出山的一首五言古詩」，見李金坤《「欲界仙都」的詩意棲居——陶弘景及其茅山詩文經典審美》，載《中國文學研究》2011年第3期，第6頁。

忌嗜殺，史載「明帝之為人，似有心疾而失其常度」〔註57〕。活躍於蕭齊政治舞臺上的陶氏對此應該看得非常清楚，故以怡悅山中白雲婉拒明帝詔請，隱遁之志躍然紙上。詩以「答」命題，但陶氏卻未給與直接回答，所答非所問，基本上是「問余何意栖碧山，笑而不答心自閒」〔註58〕，完全沒有「脫朝服，掛神虎門」的瀟灑與乾脆。不過，不做具體回答其實亦可說是一種最好地回答，只要問答雙方彼此清楚明白就行。陶氏此舉實給自己留下了一定的迴旋餘地，既可明哲保身，免於明帝之害，也深藏暫時隱居以待明主之考慮，是不得已而為之的明智之舉。

相比陶弘景的曖昧、迂迴，吳筠則較為明快直接：

> 弱冠涉儒墨，壯懷歸道真。棲遲嵩潁間，得與巢由鄰。豺狼亂天紀，流蕩江海濱。江海非吾土，所賴吾同人。築堂依絕巘，閉關從隱淪。一過囂紛境，臥病逾三旬。皇靈垂矜卹，正氣澄心神。但感適起居，何暇答蒼旻。策羸返巖壑，情抱豁已伸。霜候變林薄，不能改松筠。彌見攝生理，邈然超世塵。寫懷簡同志，終古無緇磷。〔註59〕

詩人「弱冠涉儒墨」，也曾表示「山間非吾心，物表冀所託」〔註60〕，志不在山間，而在魏闕。只是仕途無望後才「竊慕隱淪道，所歡巖穴居」〔註61〕，或許正因為此，他才義無反顧地選擇隱逸山林。從某種角度而言，隱逸山林是一種「無形的抗議」〔註62〕，表明其對世事人生的看透。對於吳筠來說，這方面的感慨不可謂不深，正是因為有了弱冠干世、壯年歸道、棲息嵩潁、安史避亂、臥病三旬等不尋常的坎坷經歷，故其隱逸山林之志才更為堅定、徹底，誓言終古不改其志。全詩言簡意賅，對於詩人的人生歷程進行了高度濃縮，藝術概括力強，具有自傳性質。同時，他還歌詠歷代隱逸高士，盛讚他們的隱逸風範，藉以自況，以《高士詠》五十首最為典型，例如其中說：

〔註57〕呂思勉《兩晉南北朝史》，上海古籍出版社2011年版，第391頁。
〔註58〕李白《山中問答》，見彭定求《全唐詩》，中華書局2003年版，第1813頁。
〔註59〕孫望《全唐詩補逸》卷一八吳筠《酬劉侍御過草堂》，見陳尚君輯校《全唐詩補編》，中華書局1992年版，第297頁。
〔註60〕吳筠《遊倚帝山》二首其一，見彭定求《全唐詩》，中華書局2003年版，第10038頁。
〔註61〕吳筠《翰林院望終南山》二首其一，見彭定求《全唐詩》，中華書局2003年版，第10038頁。
〔註62〕（英）李約瑟著、陳立夫主譯《中國古代科學思想史》，江西人民出版社2006年版，第101頁。

董京依白社，散髮詠玄風。心出區宇外，跡參城市中。囂塵不
能雜，名位安可籠。匿影留雅什，精微信難窮。〔註63〕

郭生在童稚，已得方外心。絕跡遺世務，棲真入長林。元和感
異類，猛獸懷德音。不憶固無情，斯言微且深。〔註64〕

吾重陶淵明，達生知止足。怡情在樽酒，此外無所欲。彭澤非
我榮，折腰信為辱。歸來北窗下，復採東籬菊。〔註65〕

　　董威輦、郭文舉、陶徵君皆為歷史上有名的隱逸人物，陶徵君還被稱為
「古今隱逸詩人之宗」〔註66〕，頌揚他們有意林泉，顯然是為抒己之隱逸情
懷張目，表達了欲追步前賢之決心。即使對有過直接接觸的明哲賢良亦是著
重突出他們的心懷遁思：

（劉明府）從此罷飛鳧，投簪辭割雞。……鄭公解簪紱，華萼
曜松溪。賢哉苟徵君，滅跡為園畦。〔註67〕

世人負一美，未肯甘陸沉。獨抱匡濟器，能懷真隱心。結廬邇
城郭，及到雲木深。滅跡慕潁陽，忘機同漢陰。啟戶面白水，憑軒
對蒼岑。但歌《考槃》詩，不學《梁父吟》。茲道我所適，感君齊素
襟。勗哉龔夫子，勿使囂塵侵。〔註68〕

　　「當時還有一種流行的風氣，把科舉和隱逸看做是進入政治舞臺兩種不
同的道路，科舉考試固然是干祿的正途，隱居山林同樣也是成名獵官的捷徑，
有了這種思想的趨向，以及社會所重的背景，於是隱逸之風盛極一時」〔註69〕。
顯然，詩人崇尚的是真正意義上的隱逸，而非「放利之徒，假隱自名」〔註70〕，
依靠隱士的頭銜博取社會聲譽，以隱釣名，以隱求仕，所以他高度讚揚龔氏

〔註63〕吳筠《高士詠·董威輦》，見彭定求《全唐詩》，中華書局2003年版，第9660頁。
〔註64〕吳筠《高士詠·郭文舉》，見彭定求《全唐詩》，中華書局2003年版，第9661頁。
〔註65〕吳筠《高士詠·陶徵君》，見彭定求《全唐詩》，中華書局2003年版，第9661頁。
〔註66〕曹旭《詩品集注》，上海古籍出版社1996年版，第260頁。
〔註67〕吳筠《酬葉縣劉明府避地廬山言懷詒鄭錄事昆季苟尊師兼見贈之》，見彭定求《全唐詩》，中華書局2003年版，第9651頁。
〔註68〕吳筠《題龔山人草堂》，見彭定求《全唐詩》，中華書局2003年版，第9648頁。
〔註69〕劉大杰《中國文學發展史》，上海古籍出版社1982年版，第444頁。
〔註70〕歐陽修、宋祁等撰《新唐書》，中華書局1975年版，第5594頁。

父子「能懷真隱心」。即便是在扁舟上新結識的朋友，當得知對方正「歸潛山曲」時，也予以真誠、熱情之歌頌：

> 澆風久成俗，真隱不可求。何悟非所冀，得君在扁舟。目擊道已存，一笑遂忘言。況觀絕交書，兼覿箴隱文。〔註71〕

> 見君浩然心，視世如浮空。君歸潛山曲，我復廬山中。形間心不隔，誰能嗟異同。他日或相訪，無辭馭冷風。〔註72〕

徐靈府同樣也是如此：

> 野性歌三樂，皇恩出九重。那煩紫宸命，遠下白雲峰。多愧書傳鶴，深慚紙畫龍。將何佐明主，甘老在巖松。〔註73〕

武宗會昌年間曾徵召徐氏。此詩應是推辭武宗之召後向浙東廉訪使表明「甘老在巖松」心跡，態度非常明確、堅決。杜光庭《偶題》也體現了這種態度：

> 似鶴如雲一箇身，不憂家國不憂貧。擬將枕上日高睡，賣與世間榮貴人。〔註74〕

又《思山詠》云：

> 因賣丹砂下白雲，鹿裘惟惹九衢塵。不如將耳入山去，萬是千非愁殺人。〔註75〕

「不如」二字明確表達了詩人慾棲遁山林、高蹈世外，「不憂家國不憂貧」的志趣。

二是對隱逸生活之描繪，如吳筠《遊倚帝山》二首其二：

> 茲山何獨秀，萬仞倚昊蒼。晨躋煙霞趾，夕憩靈仙場。俯觀海上月，坐弄浮雲翔。松風振雅音，桂露含晴光。不出六合外，超然萬累忘。信彼古來士，巖棲道彌彰。〔註76〕

具體展現詩人棲息倚帝山時的閒適安逸、不為物累，體現了詩人淡泊高

〔註71〕吳筠《舟中遇柳伯存歸潛山因有此贈》二首其一，見彭定求《全唐詩》，中華書局 2003 年版，第 9650 頁。

〔註72〕吳筠《舟中遇柳伯存歸潛山因有此贈》二首其二，見彭定求《全唐詩》，中華書局 2003 年版，第 9650 頁。

〔註73〕徐靈府《言志獻浙東廉訪辭召》，見彭定求《全唐詩》，中華書局 2003 年版，第 9639 頁。

〔註74〕彭定求《全唐詩》，中華書局 2003 年版，第 9666 頁。

〔註75〕彭定求《全唐詩》，中華書局 2003 年版，第 9667 頁。

〔註76〕彭定求《全唐詩》，中華書局 2003 年版，第 10038 頁。

遠的精神境界。其《登廬山東峰觀九江合彭蠡湖》則是寫出了放情山水的逍遙：

> 百川灌彭蠡，秋水方浩浩。九派混東流，朝宗合天沼。寫心陟
> 雲峰，縱目還縹緲。宛轉眾浦分，差池群山繞。江妃弄明霞，彷彿
> 呈窈窕。而我臨長風，飄然欲騰矯。昔懷滄洲興，斯志果已紹。焉
> 得忘機人，相從洽魚鳥。〔註77〕

詩人廬山遠望，湖光山色盡收眼底，「山杳水匝，樹雜雲合。目既往還，心亦吐納」〔註78〕，發之為詩，歌之詠之，自然也觸發了詩人隱逸之思。同樣是廬山，《秋日彭蠡湖中觀廬山》也是如此：

> 泛舟太湖上，廻瞰茲山隈。萬頃滄波中，千峰鬱崔嵬。涼煙發
> 爐嶠，秋日明帝臺。絕巘凌大漠，懸流瀉昭回。窅崇石梁引，岈豁
> 天門開。飛鳥屢隱見，白雲時往來。超然契清賞，目醉心悠哉。董
> 氏出六合，王君升九垓。誰言曠遐祀，庶可相追陪。從此永棲託，
> 拂衣謝浮埃。〔註79〕

泛舟太湖，回望廬山，美景自相映發，應接不暇。落筆全無塵俗之氣，以至目醉心悠。吳筠與廬山的關係有類李白與敬亭山，「相看兩不厭，只有敬亭山」〔註80〕。詩人似乎把筆下的山水美境當成了傾訴對象，基本上按照自己的理想來選取物象，進行勾勒，使眼前之景略帶詩人個性氣質，所謂「物皆著我之色彩」，自然山水與主體情感的結合自然、貼切、協調，全無謝靈運的互不相融，支離割裂之病，實為一首山水佳作。

又如陳寡言《山居》二首〔註81〕：

> 照水冰如鑑，掃雪玉為塵。何須問今古，便是上皇人。（其一）

> 醉臥茅堂不閉關，覺來開眼見青山。松花落處宿猿在，麋鹿群
> 群林際還。（其二）

元和十年（815），詩人隱居天台山玉霄峰「華林」，詩當作於此時。兩詩不到六十個字，卻非常傳神地描繪了詩人山居時的生活狀態，特別是「醉臥茅堂不閉關，覺來開眼見青山」一聯極為輕鬆有趣，感受到的是陳氏的神仙

〔註77〕彭定求《全唐詩》，中華書局 2003 年版，第 9649 頁。
〔註78〕范文瀾《文心雕龍注》，中華書局 1962 年版，第 695 頁。
〔註79〕彭定求《全唐詩》，中華書局 2003 年版，第 10039 頁。
〔註80〕李白《獨坐敬亭山》，見彭定求《全唐詩》，中華書局 2003 年版，第 1858 頁。
〔註81〕彭定求《全唐詩》，中華書局 2003 年版，第 9638 頁。

般瀟灑與無比愜意，包含了一種優游自得的從容心態，也顯示了逍遙世外之放逸心情，完全不見山居的單調乏味。再讀杜光庭的《山居》三首〔註82〕：

> 悶見有人尋，移庵更入深。落花流澗水，明月照松林。醉勸頭陀酒，閒教孺子吟。身同雲外鶴，斷得世塵侵。（其一）

> 冥心棲太室，散髮浸流泉。採柏時逢麞，看雲忽見仙。夏狂衝雨戲，春醉戴花眠。絕頂登雲望，東都一點煙。（其二）

> 不求朝野知，臥見歲華移。採藥歸侵夜，聽松飯過時。荷竿尋水釣，背局上巖棋。祭廟人來說，中原正亂離。（其三）

完全就是詩人隱居山林的自我寫照。詩人怕人尋見，於是移居至更為幽深隱蔽之庵。這裡有落花、流水、明月、松林，環境清幽，居於其間，猶如雲外之鶴，完全斷絕了世塵之侵擾，連中原亂離都是聞之於祭廟人。於質樸無華的敘述中，可見詩人自甘寂寞，「不求聞達於諸侯」的心志，不過也有人提出了質疑，如道士張令問作詩云：「試問朝中為宰相，何如林下作神仙。」〔註83〕一邊做著朝廷高官，一邊還想成為林下神仙，如何能實現？言外之意，詩人並非「不求朝野知」，對於世事也還是關心的，猶如「翩然一隻雲間鶴，飛去飛來宰相衙」〔註84〕，似有學習前輩陶弘景成為新一代「山中宰相」的打算。

三、仙遊之樂

輕舉成仙是道教的基本信仰，也是道士追求的終極目標。嵇康《養生論》云：「夫神仙雖不目見，然記籍所載，前史所傳，較而論之，其有必矣。」〔註85〕深信世有神仙。葛洪也有「不見鬼神，不見仙人，不可謂世間無仙人」〔註86〕之說，其《抱朴子內篇》中的《論仙》即是為論神仙實有而作。茅山宗亦深信神仙確實存在，司馬承禎《天隱子》第一篇總論「神仙之道」〔註87〕。吳筠專門撰寫《神仙可學論》極力宣傳神仙實有、神仙可學，認

〔註82〕彭定求《全唐詩》，中華書局2003年版，第9667頁。

〔註83〕張令問《寄杜光庭》，見彭定求《全唐詩》，中華書局2003年版，第9729頁。

〔註84〕蔣士銓《臨川夢·隱奸》，見周妙中點校《蔣士銓戲曲集》，中華書局1993年版，第222頁。

〔註85〕戴明揚《嵇康集校注》，人民文學出版社1962年版，第144頁。

〔註86〕王明《抱朴子內篇校釋》，中華書局1985年版，第21頁。

〔註87〕《道藏》第二十一冊，699頁上。

為神仙「古初不得而詳，羲軒已來，廣成、赤松、令威、安期之徒，何代不有？遠則載於竹帛，近則接於見聞」〔註88〕，就是自己所處的時代，成仙者也不乏其人，「劉慶雲舉於蜀土，韋俊龍騰於嵩陽，……其餘晦跡遁世得道輕舉者，不可勝紀」〔註89〕。正因為此，所以他們不甘凡塵，欲離世尋仙：

> 願言策煙駕，縹緲尋安期。揮手謝人境，吾將從此辭。〔註90〕

> 那將人世戀，不去上清宮。〔註91〕

對神仙世界充滿了嚮往和期待，於是「立節慕高舉」〔註92〕、「暗入白雲鄉」〔註93〕自然就成為了他們的努力方向。具體來說，這一主題主要是通過兩方面內容來表現。一是突出仙遊的無拘無束、漫無邊際，如吳筠《遊仙詩》二十四首〔註94〕中寫到：

> 吾方遺諠囂，立節慕高舉。（其二）

> 仙經不吾欺，輕舉信有徵。（其五）

> 予因詣金母，飛蓋超西極。（其十）

> 九龍何蜿蜿，載我升雲綱。（其十一）

> 予昇至陽元，欲憩明霞館。（其十四）

> 予招三清友，迴出九天上。（其二十二）

詩人做了一次輕鬆愉快的逍遙之旅。詩中「真童已相迓，為我清宿霧。海若寧洪濤，羲和止奔馭」〔註95〕、「八威先啟行，五老同我遊」〔註96〕之類

〔註88〕《道藏》第二十三冊，661 頁下。
〔註89〕吳筠《宗玄先生玄綱論》，見《道藏》第二十三冊，682 頁上。
〔註90〕吳筠《登北固山望海》，見彭定求《全唐詩》，中華書局 2003 年版，第 9648頁。
〔註91〕韋渠牟《步虛詞》十九首其一，見彭定求《全唐詩》，中華書局 2003 年版，第 3530 頁。
〔註92〕吳筠《遊仙詩》二十四首其二，見彭定求《全唐詩》，中華書局 2003 年版，第 9641 頁。
〔註93〕韋渠牟《步虛詞》十九首其三，見彭定求《全唐詩》，中華書局 2003 年版，第 3531 頁。
〔註94〕彭定求《全唐詩》，中華書局 2003 年版，第 9641～9644 頁。
〔註95〕吳筠《遊仙詩》二十四首其八，見彭定求《全唐詩》，中華書局 2003 年版，第 9642 頁。
〔註96〕吳筠《遊仙詩》二十四首其二十三，見彭定求《全唐詩》，中華書局 2003 年版，第 9644 頁。

的描寫與屈原遠逝神遊之「前望舒使先驅兮，後飛廉使奔屬。鸞皇為余先戒兮，雷師告余以未具。吾令鳳鳥飛騰兮，繼之以日夜」〔註 97〕有明顯的淵源關係，只是心境有別而已。「屈原是不見容於現實世界，憤而遊仙，吳筠則純出於一個道教徒的信仰。他用自己遊天時受到的禮遇向世人昭示神仙世界的美好和神仙們對熱切嚮往它的人的真誠歡迎」〔註 98〕。

優游仙境，同樣也是韋渠牟《步虛詞》十九首重點抒寫的內容：

西海辭金母，東方拜木公。雲行疑帶雨，星步欲凌風。羽袖揮丹鳳，霞巾曳彩虹。飄颻九霄外，下視望仙宮。〔註 99〕

玉樹雜金花，天河織女家。月邀丹鳳鳥，風送紫鸞車。霧縠籠綃帶，雲屏列錦霞。瑤臺千萬里，不覺往來賒。〔註 100〕

前一首寫西辭金母，東拜木公，飄颻九霄外，一覽仙宮小。第二首已至織女家，不是月邀就是風送，有類上清派楊羲筆下的「鸞唱華蓋間，鳳鈞導龍轄。八狼攜絳旌，素虎吹角簫」〔註 101〕，洋溢著濃鬱的道家情趣，讀之使人「飄飄有凌雲之氣，似遊天地之間意」〔註 102〕。蔣寅曾指出韋渠牟的《步虛詞》十九首與吳筠有著某種淵源關係，只是「韋渠牟的作品遠不能與吳筠相比，吳筠的十首都是可讀的詩，韋渠牟的十九首除十五、十六兩首外，都似咒語道訣，像道士的冠服一樣讓人討厭」〔註 103〕。在蔣先生看來，韋十九首步虛辭唯有上述兩首可讀。

二是極力展現仙界之美好與神仙生活之多彩。仙遊的最終目的無非是探訪仙境結交神仙。在茅山宗的筆下，仙境到底如何？在分析茅山宗塑造的仙境之前，我們先來看一看上清派的仙境。試將楊羲詩中〔註 104〕涉及仙界的詩

〔註 97〕洪興祖《楚辭補注》，中華書局 1983 年版，第 28～29 頁。

〔註 98〕楊建波《道教文學史論稿》，武漢出版社 2001 年版，第 202 頁。

〔註 99〕韋渠牟《步虛詞》十九首其十五，見彭定求《全唐詩》，中華書局 2003 年版，第 3532 頁。

〔註 100〕韋渠牟《步虛詞》十九首其十六，見彭定求《全唐詩》，中華書局 2003 年版，第 3532 頁。

〔註 101〕楊羲《紫微王夫人詩》十七首之《紫微作》，見逯欽立輯校《先秦漢魏晉南北朝詩》，中華書局 1983 年版，第 1105 頁。

〔註 102〕司馬遷《史記》（下冊），中華書局 2005 年版，第 2332 頁。

〔註 103〕蔣寅《大曆詩人研究》，中華書局 1995 年版，第 322 頁。

〔註 104〕關於《真誥》中仙真降授楊、許諸人詩歌作者歸屬問題，逯欽立直接歸於被降者名下，本文所引詩歌基本上以逯先生為準。不過，也有學者表示了不同的看法，趙益認為將絕大部分《真誥》內詩歌歸於楊羲名下有一定道理，不

句略加列舉如次：

> 雲闕暨空上，瓊臺鬱鬱羅。紫宮乘綠景，靈觀藹峩峩。琅軒朱
> 房內，上德煥絳霞。〔註105〕

> 雲墉帶天構，七氣煥天馮。瓊扉啟晨鳴，九音絳樞中。紫霞興
> 朱門，香煙生綠窗。〔註106〕

> 紫空朗玄景，玄宮帶絳河。濟濟上清房，雲臺煥峩峩。〔註107〕

> 雲臺鬱峩峩，闉闍秀玉城。晨風鼓丹霞，朱煙灑金庭。綠蘂粲
> 玄峯，紫華巖下生。慶雲纏丹爐，鍊玉飛八瓊。〔註108〕

> 遙觀蓬萊閒，屹屹衝霄冥。五芝被絳巖，四階植琳瓊。紛紛靈
> 華散，晃晃煥神庭。〔註109〕

作者用「闕」、「臺」、「宮」、「觀」、「軒」、「房」、「門」、「窗」、「河」、「城」、「庭」等具體可感的形象，通過諸如「雲」、「瓊」、「紫」、「靈」、「琅」、「煙」、「綠」、「玄」、「朱」等道教常用詞彙渲染點綴，描繪出一幅幅虛無縹緲、光怪陸離、似真還幻、奇異瑰麗而又美不勝收的仙境圖畫。

吳筠對於仙界的描述也不失精緻細膩：

> 碧海廣無際，三山高不極。金臺羅中天，羽客恣遊息。霞液朝
> 可飲，虹芝晚堪食。嘯歌自忘心，騰舉寧假翼。保壽同三光，安能

過也不完全正確，「作者肯定是上清系的創作者即楊羲和許氏家族中的一批人，但不能固定於某一個人。……主要的作者可能是楊羲、許邁和許謐，但也不排除茅山道館或建康會稽王府邸中上清創教者集體創作的可能性」（參看趙益《六朝南方神仙道教與文學》，279～280 頁）。臺灣李豐楙指出：「從降真詩降出的立場言，羊權、楊羲只是一個書法能書者，為靈媒性質的中介身份，只是將他所接遇的女仙的旨意以五言詩的形式，借由他的手跡作為媒介而書寫下來。」因此類似的仙詩都是仙人所作，作者應是女仙本人（參看李豐楙《憂與遊：六朝隋唐仙道文學》，94 頁）。

〔註105〕楊羲《九華安妃見降口授作詩》，見逯欽立輯校《先秦漢魏晉南北朝詩》，中華書局 1983 年版，第 1097 頁。

〔註106〕楊羲《方丈臺昭靈李夫人詩》三首其一，見逯欽立輯校《先秦漢魏晉南北朝詩》，中華書局 1983 年版，第 1101 頁。

〔註107〕楊羲《紫微王夫人詩》十七首之《九月九日紫微夫人喻作因許示郗》，見逯欽立輯校《先秦漢魏晉南北朝詩》，中華書局 1983 年版，第 1104 頁。

〔註108〕楊羲《紫微王夫人詩》十七首之《紫微夫人作》，見逯欽立輯校《先秦漢魏晉南北朝詩》，中華書局 1983 年版，第 1105 頁。

〔註109〕楊羲《夢蓬萊四真人作詩》四首之《許玉斧作》，見逯欽立輯校《先秦漢魏晉南北朝詩》，中華書局 1983 年版，第 1115 頁。

紀千億。〔註110〕

　　高情無侈靡，遇物生華光。至樂無簫歌，金玉音琅琅。或登明
真臺，宴此羽景堂。杳靄結寶雲，霏微散靈香。天人誠邈曠，歡泰
不可量。〔註111〕

　　一氣呵成，「想像奇麗不讓屈原，飄逸豪放不差李白，確為道教文學中的上
品」〔註112〕。從「霞液朝可飲，虹芝晚堪食。嘯歌自忘心，騰舉寧假翼」來看，
吳筠比較注重個人的主觀體驗：既有物質層面的享受又有精神世界的愉悅。從
表面上看是在讚美仙人，細摩詞意，這又是「其內心追求的表露」〔註113〕，蘊
含了得道成仙的憧憬。又如韋渠牟的《步虛詞》十九首其十四：

　　珠佩紫霞纓，夫人會八靈。太霄猶有觀，絕宅豈無形。暮雨裝
回降，仙歌宛轉聽。誰逢玉妃輦，應檢九真經。〔註114〕

　　韋渠牟曾為道士、僧徒，後又入仕為官，於方內、方外不斷變化身份。
然其對仙界、神仙的渴望沒有一絲減弱，他創作的步虛詞數量實為茅山宗之
冠，「懷仙章句，而不復賦人間之事」〔註115〕，所言皆為神仙之屬。從上引詩
可見，韋氏羨仙意識顯豁不藏，把希望逢仙成仙的情懷張揚無遺。杜光庭《太
上黃籙齋儀》中收錄的大量步虛詞同樣也是反映這方面的詩作，如：

　　旋步雲綱上，天風颯爾吹。飄裾凌斗柄，秉拂揖參旗。獅子銜
丹綬，麒麟導翠輪。飛行周八極，幾見發春枝。〔註116〕

　　華夏吟哦遠，人聲自抑揚。沖虛歸道德，曲折合宮商。殿閣沉
檀散，樓臺月露涼。至誠何以祝，多稼永豐穰。〔註117〕

　　這些描寫與其說是描繪仙界、詠歎神仙，還不如說是對道士升壇做法的

〔註110〕吳筠《遊仙詩》二十四首其七，見彭定求《全唐詩》，中華書局 2003 年版，
　　　　第 9642 頁。
〔註111〕吳筠《步虛詞》十首其八，見彭定求《全唐詩》，中華書局 2003 年版，第 9647
　　　　頁。
〔註112〕陳耀庭、劉仲宇《道、仙、人——中國道教縱橫》，上海社會科學院出版社
　　　　1992 年版，第 207 頁。
〔註113〕詹石窗《道教文學史》，上海文藝出版社 1992 年版，第 209 頁。
〔註114〕彭定求《全唐詩》，中華書局 2003 年版，第 3532 頁。
〔註115〕權德輿《〈右諫議大夫韋君集〉序》，見董誥《全唐文》（第五冊），中華書局
　　　　2001 年影印，5001 頁上。
〔註116〕杜光庭《太上黃籙齋儀》卷二七，見《道藏》第九冊，256 頁下。
〔註117〕杜光庭《太上黃籙齋儀》卷四〇，見《道藏》第九冊，297 頁中。

幻境記錄，體現了當時宗教儀式的真實形態。特別是「多稼永豐穰」明顯帶有祈福祝願色彩，其目的也早已不是對仙界、神仙的單純讚頌，而是深藏著一位宗教家的普世情懷，即希望以此來解決塵世面臨的各種現實問題〔註118〕。正如葛兆光所說：「歌頌神界無非表達了凡人發自內心的悲哀、期望與理想，即超越生命的意願。」〔註119〕

第三節　意象紛陳、風格多樣的藝術特色

作為道教詩歌群體，茅山宗詩歌形成了自己的特殊風格，在藝術上亦有其獨特之處。

一、精美獨異之意象

「意象」謂意想中之形象，是「人心營構之象」〔註120〕。朱立元以為「意」是詩人主體理性與感情的複合或「情結」，「象」是形象的呈現，兩者缺一不可〔註121〕。袁行霈說：「中國詩歌藝術的發展，從一個側面看來就是自然景物不斷意象化的過程。」〔註122〕茅山宗詩歌與其他詩歌的一個很大不同就在於對意象的選擇和運用上，他們的詩歌中形成了特有的意象群。這些豐富的意象主要表現在仙人、仙駕、仙花仙草仙樹三個方面。

1、仙人

茅山宗詩歌中出現的仙人非常多，各種各樣，有金母、木公、上元、真童、海若、江妃等等。這些仙人具有與凡人大致相同的外形，如「羽服參煙霄，童顏皎冰雪」〔註123〕、「霞冠將月曉，珠佩與星連」〔註124〕、「綠鬢巍丹幘，青霞絡羽衣」〔註125〕。容貌與衣著雖無特別之處，卻具有凡人所不能及

〔註118〕參看孫亦平《杜光庭評傳》南京大學出版社2005年版，第454頁。

〔註119〕葛兆光《想像力的世界：道教與唐代文學》，現代出版社1989年版，第120頁。

〔註120〕章學誠著、葉瑛校注《文史通義校注》，中華書局1985年版，第18頁。

〔註121〕朱立元《當代西方文藝理論》，華東師範大學出版社1997年版，第21頁。

〔註122〕袁行霈《中國詩歌藝術研究》，北京大學出版社1987年版，第3頁。

〔註123〕吳筠《遊仙詩》二十四首其十八，見彭定求《全唐詩》，中華書局2003年版，第9643頁。

〔註124〕韋渠牟《步虛詞》十九首其二，見彭定求《全唐詩》，中華書局2003年版，第3531頁。

〔註125〕杜光庭《太上黃籙齋儀》卷二七，見《道藏》第九冊，256頁下。

之非凡本領，如仙童、海神能「清宿霧」、「寧洪濤」〔註126〕，成仙後的蘇耽（蘇仙公）「命風驅日月，縮地走山川」〔註127〕。

仙人的飲食也較為獨特，引霞食虹是家常便飯，似乎他們的大部分時間都是在優游赴宴、歌舞吟唱：「寢宴含真館，高會蕭閑宮。」〔註128〕「天人何濟濟，高會碧堂中。列侍奏雲歌，真音滿太空。」〔註129〕即使是不知名的小仙也非常快樂：「青童歌妙曲，玄女唱清詞。」〔註130〕

茅山宗詩人們在詩中盡情地表達對仙人之渴望，希望遺棄世務，盡脫凡俗，譬如吳筠之「揮手謝人境，吾將從此辭」、韋渠牟之「暗入白雲鄉」。他們甚至想像與神交往，「結駕從之遊，飄飄出天垂」〔註131〕、「八威先啟行，五老同我遊」〔註132〕、「帝心浩以舒，錫吾《太靈篇》」〔註133〕、「應須絕巖內，委曲問皇人」〔註134〕、「西海辭金母，東方拜木公」〔註135〕。在他們的筆下，那些遙不可及的神仙不是與之稱朋道友，載歌載舞，就是結伴出遊，賜贈仙書。

2、仙駕

雖然仙人不需要借助任何憑藉便可隨心所欲遨遊天空，但是多數神仙還是「鼓翮清塵，風馳雲軒」〔註136〕，舒展雙翅翱翔於天空，以長風為馬，以雲彩為車，「仰凌紫極，俯棲崑崙」。茅山宗筆下的仙人也多是如此，他們常

〔註126〕吳筠《遊仙詩》二十四首其八，見彭定求《全唐詩》，中華書局 2003 年版，第 9642 頁。

〔註127〕韋渠牟《步虛詞》十九首其五，見彭定求《全唐詩》，中華書局 2003 年版，第 3531 頁。

〔註128〕陶弘景《華陽陶隱居集》卷上《華陽頌·遊集》，見《道藏》第二十三冊，642 頁中。

〔註129〕吳筠《遊仙詩》二十四首其二十，見彭定求《全唐詩》，中華書局 2003 年版，第 9643 頁。

〔註130〕陳尚君《全唐詩續拾》卷五一杜光庭《奉戒贊》，見陳尚君輯校《全唐詩補編》，中華書局 1992 年版，第 1519 頁。

〔註131〕吳筠《遊仙詩》二十四首其六，見彭定求《全唐詩》，中華書局 2003 年版，第 9642 頁。

〔註132〕吳筠《遊仙詩》其二十三，見彭定求《全唐詩》，中華書局 2003 年版，第 9644 頁。

〔註133〕《道藏》第九冊，265 頁上。

〔註134〕韋渠牟《步虛詞》十九首其七，見彭定求《全唐詩》，中華書局 2003 年版，第 3531 頁。

〔註135〕韋渠牟《步虛詞》十九首其十五，見彭定求《全唐詩》，中華書局 2003 年版，第 3532 頁。

〔註136〕王明《抱朴子內篇校釋》，中華書局 1985 年版，第 15 頁。

託身於各式各樣的駕具上天入地，盡情飛翔。根據仙駕屬性，大致可分為以下三種：

第一種是天上飛的龍、鳥之屬。傳說中的龍、鸞（鳳）、鶴等神鳥聖物經常被作為仙人坐騎，茅山宗也一樣。吳筠《遊仙詩》二十四首其一「龍駕朝紫微，後天保令名」〔註137〕，乘龍駕去天帝所居。他還幻想自己駕九龍飛向雲端：「九龍何蜿蜿，載我升雲綱。」〔註138〕與曹操「駕六龍，乘風而行」〔註139〕極為相似。杜光庭亦有「嚴我九龍駕，乘虛以逍遙」〔註140〕，韋渠牟甚至是「龍行還當馬，雲起自成車」〔註141〕。還有的乘鸞（鳳）駕鶴，如「吾將乘鸞龍」〔註142〕、「轡鶴復驂鸞」〔註143〕、「鸞鶴自飄三蜀駕」〔註144〕。除了以上這些，羽、翮也時有運用，像韋渠牟《步虛詞》十九首其二「羽駕正翩翩」〔註145〕，杜光庭《真人贊》六首其二「控翮王母家」〔註146〕等。

第二種是空中漂浮的雲、煙之屬。作為自然界常見之物，雲漂浮不定，自由自在，可隨意於空中飄來蕩去，富有神仙氣息，自然是較為理想的仙人乘駕。早在《莊子·逍遙遊》中的仙人已經是「乘雲氣」遨遊四方八極，郭璞《遊仙詩》云：「靈溪可潛盤，安事登雲梯。」〔註147〕認為仙人昇天，可憑雲梯而上。吳筠在《遊仙詩》二十四首其十五說：「排景羽衣振，浮空雲駕來。」〔註148〕想像騰空駕雲參加「玉清臺」之宴，極富浪漫色彩。有時候茅山宗以輕盈多變

〔註137〕彭定求《全唐詩》，中華書局 2003 年版，第 9641 頁。

〔註138〕吳筠《遊仙詩》二十四首其十一，見彭定求《全唐詩》，中華書局 2003 年版，第 9642 頁。

〔註139〕曹操《氣出唱》三首其一，見夏傳才《曹操集注》，中州古籍出版社 1986 年版，第 27 頁。

〔註140〕杜光庭《太上黃籙齋儀》卷八，見《道藏》第九冊，203 頁上。

〔註141〕韋渠牟《步虛詞》十九首其十一，見彭定求《全唐詩》，中華書局 2003 年版，第 3532 頁。

〔註142〕吳筠《遊廬山五老峰》，見彭定求《全唐詩》，中華書局 2003 年版，第 9648 頁。

〔註143〕韋渠牟《步虛詞》十九首其十九，見彭定求《全唐詩》，中華書局 2003 年版，第 3533 頁。

〔註144〕杜光庭《題鴻都觀》，見彭定求《全唐詩》，中華書局 2003 年版，第 9663 頁。

〔註145〕彭定求《全唐詩》，中華書局 2003 年版，第 3531 頁。

〔註146〕陳尚君《全唐詩續拾》卷五一，見陳尚君輯校《全唐詩補編》，中華書局 1992 年版，第 1518 頁。

〔註147〕蕭統編、李善注《文選》（第三冊），上海古籍出版社 1986 年版，第 1019 頁。

〔註148〕彭定求《全唐詩》，中華書局 2003 年版，第 9643 頁。

的「煙」代替「雲」作為仙人駕御之物。一縷青煙，嫋嫋升起，在給人不一樣感覺的同時也增添了幾分神秘與莫測，如吳筠的「願言策煙駕」〔註149〕、「乘煙遊閬風」〔註150〕等。在茅山宗詩歌中還有仙人乘風而起，將之作為飛昇遠去之載體，如沖虛真人「未知風乘我，為是我乘風」〔註151〕，表明其曾乘風而行。吳筠《舟中遇柳伯存歸潛山因有此贈》二首其二中「他日或相訪，無辭馭冷風」〔註152〕句又道出以「冷風」為駕。屈原《離騷》將日神羲和作為駕馭太陽車之神，到了茅山宗筆下，則是以日光作為仙人的飛行器，如「控景朝太真」〔註153〕、「駕景還太虛」〔註154〕、「馭景必能趨日域」〔註155〕等。

　　第三種是活動於地上的車、獸之類。凡是人間用以代步的出行工具，茅山宗詩歌中的仙人也以之為仙駕，如輕便的馬車「軺」，有「仰攜高真士，凌空馭綠軺」〔註156〕。有帷蓋的輜車「軿」，如「雲迅八景輿，風廻匡綠軿」〔註157〕。還有「輪」、「蓋」，均是車之一部分代指車，像周子良的「太霞鬱紫蓋，景風飄羽輪」〔註158〕，吳筠的「扶桑誕初景，羽蓋凌晨霞」〔註159〕，以羽毛作為修飾，突出了氣氛之神秘，亦增強了美感。韋渠牟筆下還有仙人騎白虎上紫微天：「一朝騎白虎，直上紫微天。」〔註160〕

〔註149〕吳筠《登北固山望海》，見彭定求《全唐詩》，中華書局 2003 年版，第 9648 頁。

〔註150〕吳筠《遊仙詩》二十四首其二十，見彭定求《全唐詩》，中華書局 2003 年版，第 9643 頁。

〔註151〕吳筠《高士詠·沖虛真人》，見彭定求《全唐詩》，中華書局 2003 年版，第 9653 頁。

〔註152〕彭定求《全唐詩》，中華書局 2003 年版，第 9650 頁。

〔註153〕周子良《五仙詩》五首之《馮真人授詩》，見逯欽立輯校《先秦漢魏晉南北朝詩》，中華書局 1983 年版，第 2193 頁。

〔註154〕吳筠《高士詠·混元皇帝》，見彭定求《全唐詩》，中華書局 2003 年版，第 9652 頁。

〔註155〕彭定求《全唐詩》，中華書局 2003 年版，第 9669 頁。

〔註156〕周子良《五仙詩》五首之《保命府丞授詩》，見逯欽立輯校《先秦漢魏晉南北朝詩》，中華書局 1983 年版，第 2193 頁。

〔註157〕陳尚君《全唐詩續拾》卷五一杜光庭《真人贊》六首其五，見陳尚君輯校《全唐詩補編》，中華書局 1992 年版，第 1518 頁。

〔註158〕周子良《五仙詩》之《馮真人授詩》，見逯欽立輯校《先秦漢魏晉南北朝詩》，中華書局 1983 年版，第 2193 頁。

〔註159〕吳筠《步虛詞》十首其五，見彭定求《全唐詩》，中華書局 2003 年版，第 9647 頁。

〔註160〕韋渠牟《步虛詞》十九首其五，見彭定求《全唐詩》，中華書局 2003 年版，第 3531 頁。

3、仙花仙草仙樹

茅山宗詩歌還出現了不少花草樹木意象，如杜光庭《太上黃籙齋儀》卷五「逍遙太上京，相與坐蓮華」〔註161〕。蓮花乃佛之象徵，茅山宗以之為座，烘托氣氛之餘，也不失為援佛入道之表現。吳筠《步虛詞》十首其五中「碧津湛洪源，灼爍敷荷花」〔註162〕，那清麗脫俗的氛圍，更易激發信徒輕舉飛昇之望。此外，還有若華意象，如吳筠《遊仙詩》二十四首其十云：「若華拂流影，不使白日匿。」〔註163〕意思與曹植《感節賦》「折若華之翳日，庶朱光之常照」〔註164〕一樣，感歎生命時光的流逝，在這裡，若華成為了留住時間的仙界神花。

不僅仙花為茅山宗所喜愛援之入詩，仙草也進入了他們的視野，成為詩中重要意象之一，如「熒芝可燭夜，田泉嘗瀹塵」〔註165〕。「熒芝」即「熒火芝」，「大如豆形，紫華，夜視有光」〔註166〕。又如「頂藏青玉髓，腰隱紫金芝」〔註167〕，杜氏以金芝布滿山腰來渲染王屋山主峰——天壇山的奇異詭譎，讀之怎能不令人有飄飄出塵之想，頓生向道之心。此外，還有能醫治百病的瑤草，如「玉膏正滴瀝，瑤草多豐茸」〔註168〕。

除仙花、仙草外，仙樹意象的運用亦較頻繁，如吳筠筆下的「煙中見杉松」〔註169〕、「森森列松桂」〔註170〕、「松風振雅音，桂露含晴光」〔註171〕等。杉松蒼枝翠葉，鬱鬱蔥蔥，經冬不凋，具有頑強的生命力，與神仙真人

〔註161〕《道藏》第九冊，195頁上。

〔註162〕彭定求《全唐詩》，中華書局2003年版，第9647頁。

〔註163〕彭定求《全唐詩》，中華書局2003年版，第9642頁。

〔註164〕趙幼文《曹植集校注》，人民文學出版社1998年版，第502頁。

〔註165〕陶弘景《華陽陶隱居集》卷上《華陽頌·物軌》，見《道藏》第二十三冊，642頁中。

〔註166〕（日）吉川忠夫、麥谷邦夫編，朱越利譯《真誥校注》，中國社會科學出版社2006年版，第413頁。

〔註167〕童養年《全唐詩續補遺》卷一三杜光庭《題天壇》，見陳尚君輯校《全唐詩補編》，中華書局1992年版，第499頁。

〔註168〕吳筠《遊廬山五老峰》，見彭定求《全唐詩》，中華書局2003年版，第9648頁。

〔註169〕吳筠《遊廬山五老峰》，見彭定求《全唐詩》，中華書局2003年版，第9648頁。

〔註170〕吳筠《緱山廟》，見彭定求《全唐詩》，中華書局2003年版，第9661頁。

〔註171〕吳筠《遊倚帝山》二首其二，見彭定求《全唐詩》，中華書局2003年版，第10038頁。

不懼死亡災變類似。桂樹姿態優美，高潔典雅。其花馥郁芬芳，清可絕塵，很容易讓人想到仙人避世隱遁的特徵。還有「以八千歲為春，八千歲為秋」〔註172〕的椿樹運用也較多，像「綿綿慶不極，誰謂椿齡多」〔註173〕、「永享無期壽，萬椿奚足多」〔註174〕等，基本上都是以椿樹象徵時間長久。另外，茅山宗還喜用絳樹、騫樹等仙界神樹。《淮南子·地形訓》云：「（崑崙山）上有木禾，其修五尋。珠樹、玉樹、琁樹、不死樹在其西，沙棠、琅玕在其東，絳樹在其南，碧樹、瑤樹在其北。」〔註175〕吳筠《步虛詞》十首有說「鸞鳳吹雅音，棲翔絳林標」〔註176〕、「絳樹結丹實，紫霞流碧津」〔註177〕的描寫。騫樹也是神話傳說中的仙樹：「月中樹名騫樹，一名藥王。」〔註178〕杜光庭有「騫樹圓景園，煥爛七寶林」〔註179〕句，表達了他對此樹的喜愛。

茅山宗筆下那光怪陸離、美妙異常的神仙世界，在很大程度上得益於仙花仙草仙樹意象的運用。誠如詹石窗所言：「樹木花草的栽培固然有其觀賞的意義，但更重要的是它們在道人心目中乃是神仙的象徵。」〔註180〕不可否認，它們也是茅山宗神仙故事的不可缺少的重要組成部分。

二、諸體兼備與偏好組詩

茅山宗詩歌眾多的詩歌體式，可分兩方面分析。一方面是文學色彩較為濃厚的詩歌。既有古體詩中的五古與雜言，也有今體詩中的五絕、五律、七絕、七律等，唐前茅山宗基本上都用五古。唐代的吳筠也偏愛五古，如其大部分組詩如《遊仙詩》二十四首、《步虛詞》十首、《覽古》十四首及《高士詠》五十首等均用五古寫成。據筆者統計，五古占其詩歌總數的 95%。雜言詩僅陶弘景《寒夜愁》及杜光庭的《紀道德》與《懷古今》三首，其中《寒

〔註172〕曹礎基《莊子淺注》，中華書局 2002 年版，第 4 頁。

〔註173〕吳筠《步虛詞》十首其七，見彭定求《全唐詩》，中華書局 2003 年版，第 9647 頁。

〔註174〕《道藏》第九冊，195 頁上。

〔註175〕劉康德《淮南子直解》，復旦大學出版社 2001 年版，第 175 頁。

〔註176〕吳筠《步虛詞》十首其六，見彭定求《全唐詩》，中華書局 2003 年版，第 9647 頁。

〔註177〕吳筠《步虛詞》十首其十，見彭定求《全唐詩》，中華書局 2003 年版，第 9648 頁。

〔註178〕張君房纂輯、蔣力生等校注《雲笈七籤》，華夏出版社 1996 年版，第 41 頁。

〔註179〕《道藏》第九冊，200 頁下。

〔註180〕詹石窗《道教文化十五講》，北京大學出版社 2003 年版，第 354 頁。

夜愁》間雜三、五、七言，形式上更像詞。杜光庭的《紀道德》與《懷古今》，由一字逐漸增至十五字，外形如寶塔，謂寶塔詩。這種詩體此前元積也有創作，如其《茶》，僅是由一字逐句遞增至七字。杜光庭增至十五字，規模大一倍。儘管這類詩體有類文字遊戲，但此體並不多見，偶而為之，還是給人以新鮮之感。五絕不多，僅六首。七絕、七律，杜光庭的創作相對較為成熟，接近30首。相對而言，茅山詩歌五古多於雜言，七絕多於五絕，五律多於七律。

　　另一方面是文學色彩略顯不足的宗教性韻語如訣、咒、贊、頌等，多為五言、七言及雜言。筆者對此作了統計，現列表如下：

作品	體式
《生死歌訣》	七言二百三十六句
杜光庭十二首咒	五言八句
《通玄贊》八首、《光明贊》、《奉戒贊》	五言十六句
《授經贊》	五言十四句
《真人贊》六首	其一、二、六為五言十八句，其三為五言二十句，其四為五言十四句，其五為五言十六句
《七真贊》八首	其一、二為五言十句，其三、四、六、八為五言十四句，其五為五言十句，其七為五言十六句
《小學仙贊》	五言六句
《華陽頌》十五首、《太上昇玄消災護命妙經頌》三十七首	五言四句
《受送頌》	五言八句
《天壇王屋山聖迹頌》	七言四句
《三塗五苦頌》八首	其一至其五為五言八句，其六、八為五言十句，其七為五言六句
《解壇頌》	五言十六句
《辭三師頌》三首	其一、三為五言八句，其二為五言十句
《明燈頌》、《啟堂頌》《投龍頌》、《三啟頌》三首	五言八句
《出堂頌》	五言四句
《送神頌》《還戒頌》	五言十六句
《楚詞頌》	五言十二句
《六十甲子歌》六十首	雜言

從上表可知，這些宗教性韻語絕大部分採用五言詩體，句數不等。訣與頌中的《天壇王屋山聖迹頌》是七言，雜言為《六十甲子歌》。其中《六十甲子歌》大多為八句，也有十句，均是第一句三言，後幾句五言。六十年一年一首，共 60 首，描述了蝗疫橫生，猛獸結群，旱災頻仍的亂世場景，形式較為新穎，能新人耳目。就此類詩歌中茅山宗喜用五言，李豐楙曾解釋道：「道教之所以分別選擇性地運用了四言和五言體制，主要的原因就在它可與道教儀式密切結合，完全視其儀式需求而配合使用，以之進行聖事中不同的程序、動作以溝通人神。」〔註181〕或可備一說。

　　茅山宗還偏好組詩形式。綜觀茅山宗 10 家詩人，8 家有組詩留存於世，未採用組詩形式的只有桓法闓與程紫霄。較之單篇，組詩的創作難度要大很多，因為「各篇必須以某一共同的創作主旨為指導，各篇所詠主題必須限制在一個特定的範圍，而不是漫無邊際或互不連屬，應具有相聯性」〔註182〕。根據創作主體與詩題的不同，茅山宗組詩主要有以下兩種情況：一是同作者的同題組詩，如司馬承禎《太上昇玄消災護命妙經頌》三十七首，吳筠《遊仙詩》二十四首、《舟中遇柳伯存歸潛山因有此贈》二首、《覽古》十四首、《遊倚帝山》二首、《翰林院望終南山》二首，徐靈府《自詠》二首，杜光庭《題福唐觀》二首、《壽鄧將軍》二首、《通玄贊》八首、《真人贊》六首、《七真贊》八首、《三塗五苦頌》八首、《辭三師頌》三首、《三啟頌》三首、《六十甲子歌》六十首等。還有一種較為特殊的情況是在同一個總題下每首又分別命題，如陶弘景《華陽頌》十五首與吳筠《高士詠》五十首。前者「讚述此山洞（華陽洞）內外事，庶以標誠靈府，永垂遠世」〔註183〕。總題為《華陽頌》，每一首又被重新冠以樞域、質象、形位、標貫、區別、迹號、類附、物軌、遊集、才英、學稟、業運、挺契、機萌、誠期十五個詩名。拆開可獨立成篇，合在一起又構成組詩形式。後者主要讚頌「隱居以求其志，行義以達其道」〔註184〕的高蹈之士，始於混元皇帝，終於陶徵君，以人為題，一人一

〔註181〕（臺灣）李豐楙《憂與遊：六朝隋唐仙道文學》，中華書局 2010 年版，第 85 ～86 頁。

〔註182〕韋春喜、張影《論唐代道士吳筠的詠史組詩》，載《宗教學研究》2006 年第 4 期。

〔註183〕（日）吉川忠夫、麥谷邦夫編，朱越利譯《真誥校注》，中國社會科學出版社 2006 年版，第 433 頁。

〔註184〕楊伯峻《論語譯注》，中華書局 1982 年版，第 177 頁。

首，規模超前。二是不同作者在不同時空中的同題組詩，如以《山居》為題，中唐陳寡言與晚唐杜光庭分別有組詩《山居》二首、《山居》三首。此外，還有如備言仙真縹緲輕舉之美的《步虛詞》創作，吳筠、韋渠牟、杜光庭三人雖生活在不同時期，卻都創造了數量不等的《步虛詞》。這些原本就是組詩，組合在一起又構成了規模更為龐大的組詩群，為後世大型組詩的創造提供了可資借鑒的寶貴經驗。

三、或清麗或隱晦之語言

　　詩歌其實就是一種語言藝術，詩人創作特色最終是通過語言的運用得以具體、完美呈現。茅山宗詩歌中一部分作品語言清麗，還有一部分較為隱晦難懂。

　　語言清麗的茅山宗詩歌，主要體現在色彩字的廣泛運用，可謂「爛七彩之照耀，漫五色之氳氳」〔註185〕，為讀者展現了一幅幅五彩斑斕的奇風異景。例如紫：

　　　　太霞鬱紫蓋，景風飄羽輪。〔註186〕

　　　　遙欣紫氣浮，果驗真人至。〔註187〕

　　　　頂藏青玉髓，腰隱紫金芝。〔註188〕

　　在道教，紫色的使用頻率是很高的。作為道教人士最為喜歡、看重的一種顏色，也頗為茅山宗所喜用。試想上述幾句，若去掉各句中的「紫」字，不但色彩感頓失，而且道教氣息亦是全無。李豐楙在論析曹唐《小遊仙詩》時說過紫色「因其原始即與北極、紫極信仰有關，乃是北極光所形成的自然天象，被當作自然崇拜後，就出現眾多與紫有關的辭匯，凡有紫微宮、紫微書；紫皇；紫霞衣、紫衣裳；紫瓊枝、紫羽；紫瑤軓，紫柴及紫水。道教特別崇尚紫辰，而修練時臻於至高之境時也現出紫氣、紫色，所以乃在道書中

〔註185〕江淹《丹砂可學賦並序》，見胡之驥注，李長路、趙威點校《江文通集匯注》，中華書局 1984 年版，第 48 頁。

〔註186〕周子良《五仙詩》五首之《馮真人授詩》，見逯欽立輯校《先秦漢魏晉南北朝詩》，中華書局 1983 年版，第 2193 頁。

〔註187〕吳筠《高士詠·文始真人》，見彭定求《全唐詩》，中華書局 2003 年版，第 9654 頁。

〔註188〕童養年《全唐詩續補遺》卷一三杜光庭《題天壇》，見陳尚君輯校《全唐詩補編》，中華書局 1992 年版，第 499 頁。

成為一種特異之色，為道教中人所喜愛」〔註189〕。這也就能解釋為何茅山宗偏愛紫色。

從色彩角度來看，青屬冷色，為「五色」之一。最初，青色主要指藍色，「隨著歷史的發展，青色不僅指藍色，還有了綠色，甚至黑色等所指，並且多指綠色」〔註190〕。茅山宗詩歌中也時有採用，如：

　　煌煌青琳宮，粲粲列玉華。〔註191〕

　　鴻飛入青冥，虞氏罷繒弋。〔註192〕

　　靜神凝思仰青冥，此夕長天降瑞星。〔註193〕

　　綠鬢巍丹幘，青霞絡羽衣。〔註194〕

「青琳宮」乃是神仙居所，「青冥」指青天，「青霞」與杜審言「青霞斷絳河」〔註195〕、張說「朱闕青霞斷」〔註196〕中的「青霞」一樣，均是形容仙界中升騰彌漫之霞氣。由於「青」字的加入使得籠而統之的宮殿、天空、霞氣變得形象可感，確有點鐵成金之妙。

自古以來，紅色即有富貴吉祥的意蘊。依康定斯基的理論，紅色「常常給人以刺激感，它像默然燃燒的激情，這是對自己力量的自信」〔註197〕。茅山宗詩歌中的丹（朱）指的就是紅色，例如：

　　方壇垂密葉，澈水渡朱鱗。〔註198〕

〔註189〕（臺灣）李豐楙《憂與遊：六朝隋唐仙道文學》，中華書局 2010 年版，第 339 頁。

〔註190〕宋鳳娣《青色與中國傳統民族審美心理》，載《山東大學學報》（哲學社會科學）2001 年第 1 期，第 100 頁。

〔註191〕吳筠《步虛詞》十首其五，見彭定求《全唐詩》，中華書局 2003 年版，第 9647 頁。

〔註192〕吳筠《晚到湖口見廬山作呈諸故人》，見彭定求《全唐詩》，中華書局 2003 年版，第 9650 頁。

〔註193〕杜光庭《贈人》，見彭定求《全唐詩》，中華書局 2003 年版，第 9665 頁。

〔註194〕杜光庭《太上黃籙齋儀》卷二七，見《道藏》第九冊，256 頁下。

〔註195〕杜審言《七夕》，見彭定求《全唐詩》，中華書局 2003 年版，第 736 頁。

〔註196〕張說《寄天台司馬道士》，見彭定求《全唐詩》，中華書局 2003 年版，第 955 頁。

〔註197〕（俄）康定斯基著，李政文、魏大海譯《藝術中的精神》，中國人民大學出版社 2003 年版，第 79 頁。

〔註198〕桓法闓《初入山作詩》，見逯欽立輯校《先秦漢魏晉南北朝詩》，中華書局 1983 年版，第 2192 頁。

　　　　靈風扇紫霞，景雲散丹暉。〔註199〕

　　　　入門披綵服，出谷杖紅藜。〔註200〕

　　　　三仙一一駕紅鸞，仙去雲閒繞古壇。〔註201〕

　　由於紅色的修飾，畫面曼妙而鮮活。除此之外，還有玄、金、黛、白、黃等色彩字也時有出現，如「刊石玄窗上，顯誠曲堦門」〔註202〕、「日初金光滿，景落黛色濃」〔註203〕、「玉簡真人降，金書道籙通」〔註204〕、「始銜朱顏麗，俄悲白髮侵」〔註205〕、「六真分左右，黃霧繞軒廊」〔註206〕等，使詩歌蒙上了一層浪漫飄逸的道教色彩。

　　還有一部分茅山詩歌之所以隱晦難懂，原因有二：一是運用了大量具有宗教意味的語言。如陶弘景去世前，留給門人近似遺囑式的《告逝篇》：「性靈昔既肇，緣業久相因。即化非冥滅，在理淡悲欣。冠劍空衣影，鑣轡乃仙身。去此昭軒侶，結彼瀛臺賓。儻能踵留轍，為子道玄津。」〔註207〕兼有佛、道詞彙。其中「緣業」是佛教用語，也稱業緣，丁福保《佛學大辭典》解釋為「善業為招樂果之因緣，惡業為招苦果之因緣。一切有情盡由業緣而生」〔註208〕，說的是陶氏與眾弟子之緣分。「化」指道士之羽化。「冠劍」言道教尸解，茅山宗有劍解之法，「真人去世，多以劍代，五百年後，劍亦能靈化」〔註209〕，只留下寶劍等物。詩主要是陶弘景交代葬事，並鼓勵弟子繼續努力修道。如果不明了上述詞彙，那麼整篇詩歌的意思很難說通、說準，也容易搞錯。陳寡言也是如此，其《臨化示弟子》「輪迴債負今還畢，

〔註199〕周子良《五仙詩五首》之《洪先生授詩》，見逯欽立輯校《先秦漢魏晉南北朝詩》，中華書局 1983 年版，第 2193 頁。

〔註200〕吳筠《酬葉縣劉明府避地廬山言懷詒鄭錄事昆季苟尊師兼見贈之》，見彭定求《全唐詩》，中華書局 2003 年版，第 9651 頁。

〔註201〕杜光庭《題都慶觀》，見彭定求《全唐詩》，中華書局 2003 年版，第 9664 頁。

〔註202〕陶弘景《華陽陶隱居集》卷上《華陽頌·誠期》，見《道藏》第二十三冊，642 頁下。

〔註203〕吳筠《遊廬山五老峰》，見彭定求《全唐詩》，中華書局 2003 年版，第 9648 頁。

〔註204〕韋渠牟《步虛詞》十九首其一，見彭定求《全唐詩》，中華書局 2003 年版，第 3530 頁。

〔註205〕杜光庭《懷古今》，見彭定求《全唐詩》，中華書局 2003 年版，第 9668 頁。

〔註206〕杜光庭《太上黃籙齋儀》卷二七，見《道藏》第九冊，256 頁下。

〔註207〕陶弘景《華陽陶隱居集》卷下，見《道藏》第二十三冊，651 頁中。

〔註208〕丁福保編纂《佛學大辭典》，文物出版社 1984 年版，第 1176 頁。

〔註209〕李昉等編《太平廣記》（第五冊），中華書局 1986 年版，第 1755 頁。

搔首翛然歸上清」〔註210〕中的「輪迴」，使用佛教概念，意思是眾生在天堂、地獄、人間等六處循環不已。「上清」言道教仙境。此外，程紫霄《示守庚申眾》中的「不守庚申亦不疑」、「任汝三彭說是非」〔註211〕，所謂「守庚申」為道教外丹術語，謂學道者日夜不睡。據《真誥》載，庚申之日是「尸鬼競亂精神躁穢之日也，不可與夫妻同席及言語面會。當清齋不寢，警備其日，遣諸可欲」〔註212〕，「三彭」即三尸，道教說人體有三尸神，掌察人之過失。

二是隱語間雜其間。美國著名人類學家、語言學家薩丕爾在其代表作《語言論》中說過：「說一種語言的人是屬於一個種族（或幾個種族）的，也就是說，屬於身體上具有某些特徵而不同於別的群的一個群。」〔註213〕茅山宗詩歌中的部分語言基本上不為外人熟知而僅能為本「群」明瞭之隱語。在我們讀者看來，其語言隱秘晦暗，有些地方無異於接頭暗號，讀起來疙疙瘩瘩，甚至還給人文理不通之感。如吳筠的「百關彌調暢，方寸益清越」〔註214〕、「帝一集絳宮，流光出丹玄」〔註215〕、「真氣溢絳府，自然思無邪」〔註216〕等，完全不能單純照字面意義來理解和思考而「必須看到這些意象『隱說』的含義」〔註217〕。實際上，這裡的「百關」為人體各個部位，「絳宮」與「絳府」一樣皆指人之心臟，「丹玄」在道書中代表心神。通曉了這些，整首詩從晦澀不明一下子變得豁然開朗。又如詩歌中還經常出現「紫漢」、「紫虛」等名詞，如「懸臺凌紫漢，峻階登絳雲」〔註218〕、「獨自授金書，蕭條詠紫

〔註210〕彭定求《全唐詩》，中華書局 2003 年版，第 9638 頁。

〔註211〕彭定求《全唐詩》，中華書局 2003 年版，第 9673 頁。

〔註212〕（日）吉川忠夫、麥谷邦夫編，朱越利譯《真誥校注》，中國社會科學出版社 2006 年版，第 336 頁。

〔註213〕（美）愛德華・薩丕爾著，陸卓元譯，陸志韋校訂《語言論》，商務印書館 2007 年版，第 186 頁。

〔註214〕吳筠《遊仙詩》二十四首其三，見彭定求《全唐詩》，中華書局 2003 年版，第 9641 頁。

〔註215〕吳筠《步虛詞》十首其四，見彭定求《全唐詩》，中華書局 2003 年版，第 9647 頁。

〔註216〕吳筠《步虛詞》十首其五，見彭定求《全唐詩》，中華書局 2003 年版，第 9647 頁。

〔註217〕曹林娣、梁驥《論茅山上清派宗師楊羲的道教詩歌》，載《蘇州大學學報》（哲學社會科學版）2003 年第 3 期，第 80 頁。

〔註218〕周子良《五仙詩》五首之《華陽童授詩》，見逯欽立輯校《先秦漢魏晉南北朝詩》，中華書局 1983 年版，第 2194 頁。

虛」〔註219〕等，實為天空之象徵。

　　宗教語言與隱語在茅山宗詩歌中的使用，一定程度上確實收到了言此及彼、意在言外的效果，給人以模糊、朦朧之感，以至於讀者無法讀懂進而鑒賞詩歌。不過，同時也使得「詩歌避免陷入流俗的淺薄和平淡，更因為這些古奧的文字和典雅的辭語，它所具有悠久歷史和豐富內涵的字詞，可以向讀者暗示作者的知識與身份」〔註220〕，有利于宣道崇教。

〔註219〕韋渠牟《步虛詞》十九首其十一，見彭定求《全唐詩》，中華書局 2003 年版，第 3532 頁。
〔註220〕葛兆光《中國宗教與文學論集》，清華大學出版社 1998 年版，第 61 頁。

第三章　宋前茅山宗辭賦與齋醮詞（駢文）創作

除詩歌外，茅山宗也有數量不多的辭賦留存。創作者主要是陶弘景與吳筠兩位，齋醮詞僅杜光庭一人。因齋醮詞多用駢體，四、六字句兩兩相對，使事用典，文辭華美，故與辭賦放在一起討論。

第一節　仙風道氣：陶弘景之賦

馬積高《賦史》在談及齊梁辭賦作家時指出：「除了沈約、江淹等外，尚有一批作品不多的辭賦作家。他們中值得注意的有孔稚圭、卞彬、吳均、何遜等人。」〔註1〕未言及陶弘景。曹道衡《漢魏六朝辭賦》同樣沒有關注陶氏賦作，認為南朝一百多年的辭賦除鮑照、庾信、江淹等當時的辭賦大家外，「其他辭賦似亦不甚為人稱道」〔註2〕。事實上，陶弘景的辭賦創作頗有特色，並為世人稱道，如他二十七歲時，以宜都王侍讀身份隨蕭鏗參加了桂陽王蕭鏗舉行的雙霞臺之會，席間即興創作《水仙賦》，為他獲得了巨大的聲譽。曾兩次向皇帝拜表獻頌〔註3〕：

〔註1〕馬積高《賦史》，上海古籍出版社 1987 年版，第 227 頁。

〔註2〕曹道衡《漢魏六朝辭賦》，上海古籍出版社 2011 年版，第 157 頁。

〔註3〕按：從《本期錄》的敘述看，作者陶翊時而稱頌，時而稱賦，基本上將二者混為一體。事實上，賦、頌混用，《漢書・藝文志》也是如此，「從《漢書・藝文志》的著錄情況看，頌在當時乃賦之別名，是賦的一個組成部分。」（詳參程章燦《魏晉南北朝賦史》，江蘇古籍出版社 2001 年版，第 6 頁）筆者推測陶氏所獻之頌乃賦體文，故視其為賦。

年二十九，清溪宮新成，帝宴樂之，先生拜表獻頌，又有伏曼容亦上賦。於是敕遣中書省舍人劉係宣旨褒贊，並敕豫舊宮金石會。於時上意欲刻此頌於石碑，王儉沮議而止。時獻賦者五人，惟以先生為最。……帝欲幸武進宮，先生復作頌，頌成而車駕事廢，不復得奏云。此頌體制爽絕，倍勝舊格。〔註4〕

一次為祝賀清溪宮成——齊武帝蕭賾出生地，於是拜表獻《清溪宮賦》。當時獻賦者五人，以陶弘景最佳，得到了皇帝褒獎，並欲刻於石碑之上，直至大臣王儉勸諫才止。另一次是蕭賾欲駕臨武進宮，他又精心結撰《武進宮頌》。此頌「體制爽絕，倍勝舊格」，只是巡幸事廢，未能奏獻。令人遺憾的是，兩賦皆已散佚，僅存《尋山誌》〔註5〕、《水仙賦》、《雲上之仙風賦》三篇，均為短製〔註6〕。與漢賦文辭侈靡、誇耀帝國聲威的長篇巨製大異其趣，也非「嘲風月，弄花草」之類。總體而言，三篇賦作儘管內容不盡相同，但只要我們用心細細體味，「不難發現三者共同之處——抒發對道教境界的嚮往，並且或隱或顯地表現矢志修道的決心」〔註7〕，彌漫著濃厚的仙風道氣。

《尋山誌》題下注曰：「年十五作。」《內傳》卷上亦載先生「十五自南州還，作《尋山誌》」〔註8〕。王京州《陶弘景集校注》據此繫之於宋明帝泰始六年（470）。潘雨廷未指明具體時間，但以為「其年雖未必正確，然為早年作品無疑」〔註9〕。不過，仔細尋繹開篇語氣和文筆的老到，實不像十五歲人的口氣〔註10〕。「倦世情之易撓，乃杖策而尋山」中之「倦世」即倦於人間之世，應有所感而發，而陶十三歲後隨父居住在淮南，直至十五歲歸都

〔註4〕陶翊《華陽隱居先生本起錄》，見張君房纂輯、蔣力生等校注《雲笈七籤》，華夏出版社1996年版，第662～663頁。

〔註5〕按：題名雖標明「誌」，但純用賦筆，鋪陳直言，對偶精工，通篇無句不對，音韻和諧，實為駢賦，因此列入賦類予以討論。

〔註6〕《尋山誌》690字，《水仙賦》498字，《雲上之仙風賦》僅114字。前兩篇載於《華陽陶隱居集》卷上，另一篇載於卷下。

〔註7〕（香港）文英玲《陶弘景與道教文學》，聚賢館文化有限公司1998年版，第297頁。

〔註8〕《道藏》第五冊，501頁上。

〔註9〕潘雨廷《道藏書目提要》，上海古籍出版社2003年版，第66頁。

〔註10〕鍾國發抱謹慎態度，認為「現存文本未必是他十五歲所作的原樣，說不定經過父輩當時或他自己後來加工潤色，不過很可能保留了他自己『年十五作』的大模樣」。見鍾國發《陶弘景評傳》，南京大學出版社2006年版，第416頁。

〔註11〕，無論是年齡還是經歷而言，「出世之思如此濃烈，對於他來說未免太早了一些」〔註12〕，而且從「杖策」（拄杖）以及下文的「及榆光之未暮，將尋山而採芝」（「榆光」即桑榆，一般比喻晚年，「採芝」為養壽）來看，也不應是十五歲，極有可能是晚年之作。

從題目來看，以尋山為志，突出反映了陶弘景對於「寂寞之鄉」、「塵埃之外」的嚮往和追求。全篇分三個層次逐步展開他的尋山歷程。首先開宗明義指出「尋山」之由：

> 倦世情之易撓，乃杖策而尋山。既沿幽以達峻，實窮阻而備艱。眇遊心其未已，方際夕乎雲根。欣夫得志者忘形，遺形者神存。於是散髮解帶，盤旋其上。心容曠朗，氣宇條暢。玄雖遠其必存，累無大而不忘。害馬之弊既去，解牛之刀乃王。物我之情雖均，因已濟吾之所尚也。〔註13〕

促使作者杖策尋山，乃是厭倦世情擾亂，所謂「人間紛紛臭如帑」〔註14〕，與《遠遊》以「悲世俗之迫厄，願輕舉而遠遊」〔註15〕開篇近似。尋山之途，艱辛難免，但一入山藪，便獲得了解脫，以至「忘形」、「遺形」，尤其是「散髮解帶，盤旋其上」，簡單的動作能讓心靈飛揚，胸襟開闊，足見其鬱悶、壓抑程度。「害馬之弊既去，解牛之刀乃王」中的「害馬」語出《莊子·徐无鬼》，本指損害馬的自然本性，此指妨害真性的塵世嗜欲。「解牛」源於《莊子·養生主》中的庖丁解牛，借指善養生者。這裡與孫綽《遊天台山賦》中的「害馬已去，世事都捐。投刃皆虛，目牛無全」〔註16〕類似，用典也一樣。尋山給予作者的與遊天台給予孫綽的一樣，是身心的愉悅，心靈的淨化，更有對世俗的超越。之後的「輕死重氣，名貴於身，迷真晦道，余所弗丞」、「傳氏百王，流芳世緒，負德叨榮，吾未敢許」，表明功名利祿不足以令其傾心。繼而描述尋山經歷以及隨之而來的感受：

〔註11〕 《本起錄》載陶弘景年「十三，父貽宅席捲，隨吏部尚書劉秉之淮南郡。十五歸都，寓憩中外徐胃舍，後仍立別宅，從此不復還舊廬。」見張君房纂輯、蔣力生等校注《雲笈七籤》，華夏出版社1996年版，第662頁。

〔註12〕 鍾國發《陶弘景評傳》，南京大學出版社2006年版，第62頁。

〔註13〕 陶弘景《華陽陶隱居集》卷上，見《道藏》第二十三冊，640頁下～641頁上。

〔註14〕 《太上黃庭內景玉經》，見《道藏》第五冊，911頁上。

〔註15〕 洪興祖《楚辭補注》，中華書局1983年版，第163頁。

〔註16〕 蕭統編、李善注《文選》（第二冊），上海古籍出版社1986年版，第499頁。

爾乃荊門晝掩，蓬戶夜開。室迷夏草，逕惑春苔。庭虛月映，琴響風哀。夕鳥依簷，暮獸爭來。時復歷近壟，尋遠壑，坐盤石，望平原。日負嶂以共隱，月披雲而出山。風下松而含曲，泉漱石而生文。草蓊蓊以拂露，鹿颯颯而來群。捫虛蘿以入谷，傍洪澤而比清。照石壁以端色，攀桂枝而齊貞。亟扈蘭而佩蕙，及春鴃之未鳴。且含懷以屏氛，待惠風而舒情。乃乘興而遂往，遵巖路以遠遊。竮天維而漂思，憿怳惚而莫求。眺回江之淼漫，眩疊嶂之相稠。日斜雲而色黛，風過水而安流。觸嶔巖而起巘，值闊達而成洲。石孤聳而獨絕，岸懸天而似浮。緣隥道其過半，魂眇眇而無憂。悟伯昏之條宕，躡千仞而神休。遂乃凌巖峭，至松門，背通林，面長源。右聯山而無際，左憑海而齊天。竹泫泫以垂露，柳依依而迎蟬。鷗雙雙而赴水，鷺軒軒而歸田。赴水兮泛濫，歸田兮翱翔。〔註17〕

遊山歷壟凌岩，幾乎把整座山遊遍了。不知此山是否有所指，或許是作者歷險披荒之後，著意刻畫的人間仙境。這裡「沒有兩晉玄談之晦奧，也看不到齊宋的政治壓抑感」〔註18〕，不過就描繪的景物而言，極似《答謝中書書》中的「山川之美」，可說是一篇優秀的山水賦。作者詠歎山水，多為六字韻語，兩兩相對，毫無滯澀之感，加之音韻和諧，讀來抑揚頓挫，令人神清目爽。特別是中間四句：「荊門晝掩，蓬戶夜開。室迷夏草，逕惑春苔。庭虛月映，琴響風哀。夕鳥依簷，暮獸爭來。」最為出色，猶如一幅秀麗透徹的水墨畫，又像一首優美清新的抒情詩。「竹泫泫以垂露，柳依依而迎蟬。鷗雙雙而赴水，鷺軒軒而歸田」，四組八個疊字將搖曳之竹柳與飛動之鷗鷺逼真再現，如臨其境，足見其遣詞造句的深厚功力。如果說如上是實寫遊山歷水即實際尋山的話，那麼之後則轉入「漂思」，即精神尋山：

願敷袵以遠訴，思松朝而陳辭。至赤城兮一憩，遇王子而宿之。仰彭涓兮弗遠，必長年兮可期。及榆光之未暮，將尋山而採芝。去採芝兮入深澗，深澗幽兮路窈窕。窈窕路兮終無曙，深澗深兮未曾曉。高松上兮亟停雲，低蘿下兮屢迷鳥。鳥迷蘿兮繽紛，雲停松兮欲紛紛。停雲遊兮安治，離鳥棲兮索群。嗟群泊其無所，思參差而誰聞。既窮目以無闋，問漁人以前路，指示余以蓬萊曰：「果爾以尋

〔註17〕陶弘景《華陽陶隱居集》卷上，見《道藏》第二十三冊，641頁上～頁中。
〔註18〕譚家健《中國古代散文史稿》，重慶出版社2006年版，第265頁。

山之志，館爾以招仙之臺。就瀛水以通懷，謂萬感其已會。」亦千

念而必諧，竟莫知其所躋。反無形於寂寞，長超忽乎塵埃。〔註19〕

　　陶弘景雖人在尋山，但心已至赤城：遇仙人王子喬而宿之，彭祖、涓子也是近在咫尺，長壽完全可以期待，何不趁著榆光未暮而去尋山採芝（養壽）。歷險披荒，身臨深澗，「採芝」之途並不順利，直至「問漁人以前路，指示余以蓬萊」，才告結束。漁人告之「蓬萊」可遂尋山之志、登招仙之臺。言外之意，要想長壽唯有求仙悟道，很明顯，作者有意借尋山來宣揚神仙思想。最後以「反無形於寂寞，長超忽乎塵埃」收束全篇，再次表明自己的神仙追求。形式上，偶用騷體句式，兼有駢文與賦之特點，不僅是一種形式上的創新，更「是當時抒情文學空前發達，人們企圖打破各種抒情文體的界限以便更自由地表達自己的情感的一種嘗試」〔註20〕。通篇文辭清麗，韻味雋永，看上去「像一篇形式齊整的駢體遊山賦」〔註21〕。

　　三賦中唯一的命題之作是《水仙賦》，據《華陽陶隱居內傳》卷上載：「桂陽王登雙霞臺，置酒召宗室侯王兼其客，先生從宜都預焉。桂陽採名頒號，各令為賦，置十題器中。先生探獲水仙，大愜意。沈約、任昉讀之，歎曰：『如清秋觀海，第見澶漫，寧測其深。』其心伏如此。」〔註22〕這次即興作賦，陶弘景表現出色，援筆立就，文不加點，沈約、任昉深所推挹。文曰：

森漫八海，沨泊九河。中天起浪，分地瀉波。東卷長桑日窟，西斡龍築月阿。遮者潼關不壅，石門已開。導江出漢，浮濟達淮。漳渠水府，包山洞臺。娥英之所遊往，琴馮是焉去來。或窮髮逸鵬，咸池浴日。隨雲濯金漿之汧，追霞採建木之實。弄珠於淵客之庭，卷綃乎鮫人之室。此真夐矣。至於碧巖無霧，綠水不風。飛軒絅鳳，遊軫駕鴻。上朝紫殿，還觀青宮。進麾八老，顧拂四童。拊洞陰之磬，張玄圃之璈。酌丹穴之酎，薦麟洲之饈。安期奉棗，王母送桃。錦旌麗日，羽衣拂霄。又其英矣。及秋水方至，層濤架山。各巡封隩，來賮王言。選奇於河侯之府，出寶於驪龍之川。夜光燭月，洪貝充輦。亦其瑰矣。若夫曾城瑤館，縉雲瓊閣，黃帝所以觴百神池

〔註19〕陶弘景《華陽陶隱居集》卷上，見《道藏》第二十三冊，641頁中。

〔註20〕馬積高《賦史》，上海古籍出版社1987年版，第214頁。

〔註21〕程章燦《魏晉南北朝賦史》，江蘇古籍出版社2001年版，第256頁。

〔註22〕《道藏》第五冊，502頁上～頁中。

（應為「也」）。塗山石帳，天后翠幕，夏禹所以集群臣也。岷嶓交錯，上貫井絡。穹漢碉磳，橫帶玉繩。浸湯泉於桂渚，涌沸塈於金陵。崩沙轉石，驚湍走沫。絕壁飛流，萬丈懸瀨。奔激芒碭之間，馳騖壺口之外。逮乎璇綱運極，九六數翻。用謀西漢，受事龍門。少周姒後，初會媧前。平陰鉅鹿，再化為淵。清河渤海，三成桑田。撫二儀以惻愴，哀萬兆以流漣。僉自安於蚴蝨，緬無羨於鵠年。皆松下之一物，又奚足以語仙。嗟乎！循有生之造物，固莫靈於在人。寧不踵武於象帝，入妙門而自賓。苟淪形於無曉，與螻蟻而為塵。亦有先覺之秀，獨往之英。窺若士於蒙穀，求呂梁於石城。從務光於砥柱，索龍威於洞庭。迎九玄於金闕，謁三素於玉清。更天地而彌固，終逍遙以長生。〔註23〕

　　本賦之「水仙」乃是水中之仙，而非植物水仙，具體為何水之仙，似無特指。賦文開篇寫道：「淼漫八海，汯泊九河。中天起浪，分地瀉波。東卷長桑日窟，西斡龍築月阿。廼者潼關不壅，石門已開。導江出漢，浮濟達淮。」波濤洶湧，聲勢震天，滾滾向前，迅疾遠逝。語句簡潔凝練，而由此構造的藝術空間卻博大非常，為我們再現了水之驚心動魄、勢不可擋的聲勢。接著調轉筆鋒，以「娥英之所遊往，琴馮是焉去來」一句自然轉入水中之仙，然後分「此真夐矣」、「又其英矣」、「亦其瑰矣」三個層次依此展示平時、無風、漲水時的水仙生活，將絢麗多彩的水仙生活狀態鋪敘得令人心旌搖曳，浮想聯翩，可謂極盡想像、誇張之能事，極大地喚起了讀者對於水仙生活的嚮往和熱愛。繼而轉入對水的客觀描繪，似乎回到了文章開頭，將我們的思緒也拉回到了原點，而「逮乎璇綱運極，九六數翻。用謀西漢，受事龍門。少周姒後，初會媧前。平陰鉅鹿，再化為淵。清河渤海，三成桑田」，又將我們直接引向現實人生。「撫二儀以惻愴，哀萬兆以流漣」，在感慨歷史滄桑巨變之餘，作者明顯不滿於「僉自安於蚴蝨，緬無羨於鵠年」，而應「更天地而彌固，終逍遙以長生」。由此可見，陶弘景並未以詠贊水仙為目的，只不過是藉此以表明對神仙生活的嚮往，從而突出其隱逸向道之情懷、以脫塵俗之志向，這點與《尋山誌》極為相似。南朝駢賦盛行，《尋山誌》實屬駢賦，雖也受到駢文影響，但還是保持了賦之本色。語言並未駢儷整飾，通篇也未拘泥於整齊劃一的駢偶句式，而是在文後雜以散句，顯得活潑生動，富於變化。

〔註23〕陶弘景《華陽陶隱居集》卷上，見《道藏》第二十三冊，641頁下～642頁上。

　　《雲上之仙風賦》，為一曲優美的風之讚歌，可惜的是因賦文殘缺而難以窺其全貌。《道藏》存有殘文：

> 縹緲遙裔，亘碧海而颺朝霞，凌青煙而溥天際。出龍門而激水，度蔥關以飛雪。於是漢區動御，月軌驚文。浮虛入景，登空泛雲。一舉萬里，曾不浹辰。此列子有待之風也。若乃綿括宇宙，苞絡天維。周流八極，迴環四時。氣值節而動律，位涉巽而離箕。徒見去來之緒，莫測終始之期。此太虛無為之風也。〔註24〕

　　陶氏比較「列子有待之風」與「太虛無為之風」兩種仙風，似有借鑒宋玉《風賦》分風為「大王之雄風」與「庶人之雌風」的寫作模式。從現存的文字來看，作者明顯傾向於「徒見去來之緒，莫測終始之期」的太虛仙風。據筆者推測，此賦與《水仙賦》一樣，談仙風應不是其主要目的，隱遁逍遙才是他的最終追求。

第二節　奇采逸響：吳筠之賦

　　吳筠現存 8 篇賦，數量不多，卻是唐代茅山高道中存賦最多的一位，獨具特色，備受辭賦選家們的重視。宋初李昉奉敕編的《文苑英華》，收入唐賦逾 1300 篇，吳筠賦 4 篇。稍後姚鉉編的《唐文粹》，收錄唐賦 60 餘篇，吳筠賦 1 篇。清陳元龍《歷代賦匯》8 篇全部收入，入選比例是相當高的。馬積高《賦史》認為「唐代釋子、道士多能詩，賦則首推吳筠」〔註25〕，評價很高，然而，與他的詩歌、道術的研究相較，研究者對其賦的研究顯然關注不夠，理應引起我們足夠的重視〔註26〕。

一、內容豐富多彩

　　吳筠的賦作主要收錄在他的文集《宗玄先生文集》卷上、卷中，就其題材內容而論，大致可分為四類：一是企慕隱逸，有《巖棲賦》、《逸人賦》和《登真賦》三篇；二是感時憂世，如《思還淳賦》；三是詠物言志，如《竹賦》、《廬山雲液泉賦》和《玄猿賦》；四是自敘傳記，如《洗心賦》。

〔註24〕陶弘景《華陽陶隱居集》卷下，見《道藏》第二十三冊，651 頁下。
〔註25〕馬積高《賦史》，上海古籍出版社 1987 年版，第 303 頁。
〔註26〕本節部分內容曾以《吳筠辭賦略論》為題發表於《湖南科技大學學報》（社會科學版）2012 年第 2 期。

　　最能代表吳賦特色的當為歌頌山林隱逸的《巖棲賦》、《逸人賦》和《登真賦》。三賦具體創作時間不可考，據賦作內容分析，皆應是早年應舉不第，隱居倚帝山所作。《巖棲賦》以「即逍遙之靈墟」開篇，之後簡筆描摹了巖棲之處的自然環境：「繚崇巒，橫峻谷，激泌泉，羅森木。後巍巍以縈紆，前參差而簪伏。」如此幽雅超絕，實是理想隱居之所。巖棲的生活則是：「追陰壑之夏涼，偎陽崖之冬燠。美勁節於松筠，翫幽芳於蘭菊。虛籟清耳，閑雲瑩目。因海鶴以警夜，任鷗雞以知旭。慮靜於無擾，神恬於寡欲。」這樣的生活遠離俗世的喧囂，充滿了高雅的情趣。吳筠以為巖棲「遠浮俗之艱險，消毀譽之損益」，充分肯定巖棲的積極作用。賦末所謂「心常依於古人」、「敢韜精於隱淪」，則進一步突出了主旨，表達了作者希望超脫塵世的束縛，嚮往澹心契道的隱居生活。從這個意義上來說，可媲美陶弘景的《尋山誌》。

　　稍晚於《巖棲賦》的《逸人賦》，在吳筠所有賦作中篇幅最長。作者假託真隱先生與玩世公子以傳統主客問答的形式闡述了其對隱逸的高度讚揚。真隱先生是一位「體曠容寂，神清氣沖。迴出塵表，深觀化宗。偎太和之室，詠玄古之風」、「以道德為林囿，永逍遙乎其中」的隱士。玩世公子向真隱先生詢問出處異同，並認為「靜為物軌，動為人則。可見故不隱，可言故無默」，士就應該服務社會，造福大眾，「分人之土，執人之珪」，直接明確地反對隱逸山林。真隱先生回答的中心是「韜精保真」，反覆強調的是隱逸不仕，主觀上雖「以鴻名為糟粕，以大寶為塵垢」，追求「意適林藪」，不願「違天而殺身」，但客觀上卻是整個社會環境並不適合士人的發展。因此，只能「守嘉遯之元吉，從少微之隱淪」，作者是藉此以表達對當時社會的不滿。對於「沽名於白賁，銜跡於青山。覬蒲輪於谷口，希束帛於雲關」的假隱士，吳筠也給與了嚴厲的批評。在立意構思上，《逸人賦》與葛洪《抱朴子外篇・嘉遯》篇借懷冰先生與赴勢公子主客問答來申說其主張的合乎道義的隱遁一脈相承，吳筠希求的「託松涓以結友，忽駕景而飛去」、「或琴書以自娛，或澹漠以無營」，與《抱朴子》強調的「至人無為，棲神沖漠」〔註27〕、「優游以自得」〔註28〕如出一轍。在《登真賦》裏，吳筠則試圖向我們說明神仙實有，仙學可致，體現了吳筠對道教神仙信念的真誠與實踐。全賦基本上是按其「登真」行程上的所見所感來展開筆墨：

〔註27〕楊明照《抱朴子外篇校箋》（上），中華書局 1997 年版，第 23 頁。
〔註28〕楊明照《抱朴子外篇校箋》（上），中華書局 1997 年版，第 27 頁。

龍鸞竦兮，升我於玄都，流玉音於至寂，散金光於太無。星官後從，雲將前驅，使八威於六領，盪遺袄於天衢。麾百魔以震伏，總萬靈以遊娛。十絕紛紛兮，拂重霄而凌屬。入閶闔之九關，過太微而一憩。倚華蓋而招真，登紫庭而謁帝。飲予以沆瀣，樂予以玄鈞。左盼夫鬱儀，右瞻乎結璘。信巍巍以蕩蕩，肅肅而振振。享讌斯徹，遨嬉未已。泛虵河之廣流，折搴木之芳蕤。靈香靄而八衝，寶雲沓而四起。諒茲境之足悅，乃此情之匪留。揚玉輪以遒進，更冉冉而上浮。控三氣而高舉，何萬夫之足越。觀元始於玉晨，謁虛皇於金闕。真朋森而無算，咸顧予以致悅。〔註29〕

這樣的仙遊歷程，從形式、風格再到內容，與屈原《離騷》、《遠遊》都很相似。作者驅遣神真，暢遊天界，呈現給我們的是一個五彩繽紛、絢麗多姿的神仙世界。在遊仙境界和場面的描寫上，明顯繼承了《真誥》寫法，把仙鄉塑造得比現實人間還美妙多彩。在吳筠看來，「登真」需經過不同階層，每一階層有著不同的生活場景，只有達到「觀元始於玉晨，謁虛皇於金闕」的最後階段，「動不因心，飛不假翼。與浩劫而靈長，視萬椿為一息」，才算是真正成「真」，生活也將更為逍遙自由。

創作於安史亂前的《思還淳賦》，內容主要是「深詆釋氏」〔註30〕，類似一篇抨擊佛教的戰鬥檄文。針對當時日益激烈的三教鬥爭，吳筠站在儒道的立場上，感時憂世，議論古今，指出佛教自傳入中國後，「噬儒吞道」、「華夏之禮廢，邊荒之風扇」，並從政治、經濟、文化等方面逐一列舉了佛教帶來的弊端：

侮君親，蔑彝憲，髡跣貴，簪裾賤。事竭思以徼福，劣含疑而懼譴。上發跡於侯王，下無勞於獎勸。尊贔屭之金狄，列崢嶸之紫殿。伐千畝之竹，不足紀荒唐寓言；傾九府之財，焉能充悃款誠願？於是寶樹瓊軒凌雲照日，鏗鍠窈窕不可談悉。越章華之宏壯，羅區宇而櫛比。棟宇已來，未有儔匹。重貝葉訛謬，輕先王典籍。欽刑殘鄙夫，宴廣廈精室。使白屋終勞，緇門永逸。自國至家，祈虛喪實。〔註31〕

〔註29〕吳筠《宗玄先生文集》卷中，見《道藏》第二十三冊，658頁中。
〔註30〕劉昫等撰《舊唐書》，中華書局1975年版，第5130頁。
〔註31〕吳筠《宗玄先生文集》卷中，見《道藏》第二十三冊，656頁下～657頁上。

他還特別指出佛教「抑帝掩王」，歷史上崇佛之主「靡不興之者滅，廢之者昌」，於慨歎歷史成敗興廢之中似乎流露出對唐王朝潛伏的政治危機的擔憂。面對這樣的社會狀況，吳筠提出了自己的解決之道，認為「盪遺祅於千載」必須借助道教的威力，然後「人倫可以順化，神道可以永貞。變訛僻之俗，為雍熙之甿」。吳筠的這種退佛之法，毫無疑問是一種不切實際的幻想。他批佛，是帶著明顯的排斥異教情緒，所批的也只是佛教對當時社會的衝擊，並未能深入到佛教義理，結果與唐初太史令傅奕在《請廢佛法表》裏所希望的「胡佛邪教，退還天竺，凡是沙門，放歸桑梓」〔註32〕一樣，完全行不通。儘管如此，吳筠的排佛在當時還是頗有影響，激起了佛教人士如神邕的極力抗爭，眾沙門更是聯合佛教徒高力士「短筠於上前」〔註33〕，逼得他不得不求還山林。

吳筠的三篇詠物小賦，於體貌寫物中抒情言志，具有鮮明的個性特點。如早年創作的《竹賦》，將竹子的生長特點、功能作用和人格節操完美結合，既可見竹之狀，又可見人之品。賦末「靡不勁堅其性，蔥蒨厥色。不規而圓，不揉而直」，作者儼然以「一個守節、堅貞、高尚凜然、正直耿介的士大夫形象和清廉自制、堅強不屈的隱士」〔註34〕自許，表現了吳筠性情高潔、不耐流俗的人格精神。據《簡寂先生陸君碑》載，天寶末年，吳筠與友人避地廬山，知《廬山雲液泉賦》應是公元 755 年後所作。賦前小序，篇幅不長，內容包括泉水位置、特點、命名及寫作緣由，猶如一篇簡短的內容提要。在作者的筆下，雲液泉「沍寒不為之增」；水則「侔玄玉之膏，得乃雲華之液」，有蠲疾益生之功效，與「神山之漢，帝臺之漿」無異。最後，對雲液泉發出了「真可謂靈而長」的由衷禮讚，摯愛之情充盈篇末。作者特別突出了雲液泉即使在「汪汪洪波久已竭，耿耿瀑布今亦絕」的情況下也能潝潝不絕，不減平時，表面上看來是讚美泉水湧流不竭，實際上卻是把一種閒逸舒展、泰然自若的隱士心態蘊含在對雲液泉的描寫之中，並以此作為自己的為人處事之道。馬積高指出此賦「頗多從容閒適之趣，文辭則清新自然，頗與李白相類」〔註35〕，見解極為精當。另一篇《玄猿賦》，從文中「筠自入廬嶽」、「且多難已來，庶品凋敗」等句子來看，賦應創作於安史亂後，此時吳筠仍然避居廬山。賦寫玄猿春食英，秋食實，不犯稼穡，深棲山林，「壽同靈鶴，性合

〔註32〕董誥《全唐文》（第二冊），中華書局 2001 年影印，1345 頁下。
〔註33〕劉昫等撰《舊唐書》，中華書局 1975 年版，第 5130 頁。
〔註34〕蔣振華《唐宋道教文學思想史》，嶽麓書社 2009 年版，第 185 頁。
〔註35〕馬積高《賦史》，上海古籍出版社 1987 年版，第 304 頁。

君子」，刻畫的是具有君子性情的玄猿。我以為其主要目的還是在於表現老莊不慕名利、樂在山林的處世理念。

　　權德輿《〈宗玄先生文集〉序》云：「疏瀹澡雪，使無落吾事，則有《洗心賦》、《巖居賦》。」〔註36〕《巖居賦》應是前面提到的《巖棲賦》。「疏瀹澡雪」源自《莊子・知北遊》：「疏瀹而心，澡雪而精神。」意為去除心中欲念，使之保持純正。《洗心賦》反映的是吳筠不斷滌蕩心靈而遠離塵世以求長生的過程。作者雖以「洗心」歷程為線索，但自己不尋常的人生經歷卻也一一展現出來，帶有明顯的自傳性質。如寫感於前修「反俗於壯齒，捐區中之末駕，騁方外之逸軌，收當世之所遺，賤時人之所偉」，則「遠塵境，棲雲岑。潔其形，清其心。方冀覿杳冥之狀，聞虛寂之音」，開始了「諷靈篇以自怡」的山林修道生活。誰料遭遇安史之亂，逆虜干紀，集兵洛師，不得不倉皇出逃，投跡江南，專心修道，如今，十年時間轉瞬即逝，回首往昔唯有「惜流光之不駐，鑒華髮以興悲」，感歎時光流逝，逝者如斯。賦末「哀眾人淪胥以徂謝，吾方獨務於長生」，可說是畫龍點睛之筆。從賦中內容看應是大曆元年（766）前後的作品，這是吳筠最晚創作的一篇賦。

　　通過以上對八篇賦作題材內容的分析，不難看出，吳筠的賦就其主要方面而言，不外乎歸隱慕仙，高尚其志，歌頌了閒適恬淡的隱居生活，展現了崎嶇坎坷的修道歷程，對現實世界往往也具有批判的精神。

二、意蘊儒道兼有

　　首先，吳賦充分體現了儒家文化的意蘊。吳筠自幼深受儒家文化的薰陶，「弱冠涉儒墨」、「既懷康濟業」，深諳儒家之道，並深懷建功立業、大濟蒼生的人生抱負。或許是後來「舉進士不第」才轉而修道求仙的，已為道士的吳筠，仍然無法忘懷儒家修齊治平的人生理想。這集中體現在其賦作中富含的以天下為己任的儒家情懷。他的《思還淳賦》，為抨擊佛教而揭露的社會流弊發人深省：「侮君親，蔑彝憲，髡跣貴，簪裾賤。事竭思以徼福，劣含疑而懼譴。……使白屋終勞，緇門永逸。自國至家，祈虛喪實。」面對澆薄的世風與衰頹的時政，即使隱居山林，吳筠也有著深刻的針砭、深沉的感慨乃至憤怒，「遐想理古以哀世道」〔註37〕，深具儒者憂患意識。「爰自晉宋，迄於齊

〔註36〕《道藏》第二十三冊，653頁中。
〔註37〕權德輿《〈宗玄先生文集〉序》，見《道藏》第二十三冊，653頁中。

梁，靡不興之者滅，廢之者昌」，感慨的雖是自晉宋以至齊梁君主因為崇佛導致了王朝的滅亡，但作者對國家前途的深度憂慮顯然寄遇其中。「考往哲之所經，資忠孝與仁義，保存歿之令名」〔註38〕、「上有淫君，下彰忠臣……祇足以增惡聲於闇主，竭惠澤於生民」〔註39〕，體現了儒家忠孝、仁義、憂世的觀念。特別是他的《廬山雲液泉賦》開篇描寫泉水「處蒙險而難知，猶井渫之不食。我搜靈泌，載披載登，見其地僻至潔，源深有恆」〔註40〕，點出泉水所處非常，水質潔淨而飲者無人，既是作者不隨流俗、傲視獨立的自我寫照，實際上，字裏行間也隱約寄寓著胸懷天下卻懷才不遇的儒者之慨。

其次，吳賦蘊含著豐富的道教文化意蘊。主要表現為嚮往山林、追求逍遙自由及希求延命升仙。葛洪《抱朴子》云：「道士山居，棲岩庇岫。」〔註41〕又說「為道者多在山林」、「避亂隱居者，莫不入山」。山林有奇花異草，珍禽異獸，它清靜、空曠，「具有的自然美可以陶冶性情，增進美德，完善自我，安頓心靈，為人生提供一個寧靜的港灣。在這個港灣里，人們可以淡化功利，洗滌塵垢，忘懷世俗，撫平傷痕，忘情自我，自得其樂」〔註42〕，往往是「道士」或「避亂隱居者」修道求仙的理想場所。德國社會學家馬克斯·韋伯在其著名的《儒教與道教》說過：「對於政治上不得志的士大夫來說，脫離政治的正常形式是隱居，而不是自殺或申請處分。」〔註43〕所以陶弘景仕途不順就「倚巖棲影，依林遁迹，交柯結宇，劃徑為門，……逍遙閒曠，放浪丘陵」〔註44〕。身為道者的吳筠也曾隱居倚帝山，過著逍遙自在的神仙生活。在《登真賦》裏，他描繪了《逍遙遊》式的絕對自由境界，「出存亡之表，遠四野之冥冥，近三辰之皎皎」、「控三氣而高舉，何萬夫之足越」，任隨己意，神遊無方，洋溢著無限生機與活力，以及對自由生活的嚮往與追求。山林的淳樸、寧靜使之終於醒悟，「已親而名踈」〔註45〕、「名踈而體親」

〔註38〕吳筠《宗玄先生文集》卷中《洗心賦》，見《道藏》第二十三冊，657頁中～頁下。
〔註39〕吳筠《宗玄先生文集》卷上《逸人賦》，見《道藏》第二十三冊，655頁中。
〔註40〕吳筠《宗玄先生文集》卷中，見《道藏》第二十三冊，658頁下。
〔註41〕王明《抱朴子內篇校釋》，中華書局1985年版，第307頁。
〔註42〕李生龍《隱士與中國古代文學》，湖南教育出版社2003年版，第188頁。
〔註43〕（德）馬克斯·韋伯著、王容芬譯《儒教與道教》，商務印書館1996年版，第228頁。
〔註44〕劉大彬《茅山志》卷二一蕭綸《梁解真中散大夫貞白先生陶隱居碑銘》，見《道藏》第五冊，637頁上。
〔註45〕吳筠《宗玄先生文集》卷上《巖棲賦》，見《道藏》第二十三冊，654頁上。

〔註46〕，甚至「以鴻名為糟粕，以大寶為塵垢」〔註47〕，名利終歸是虛無縹緲的，唯有隱逸山林，心靈自由才是人間長策。作為道士，修道的最終目標是長生成仙，吳筠也不例外。他希望在登真尋仙中，獲得神仙的逍遙和長生，「何至樂之靡極，永逍遙以為常」〔註48〕、「哀眾人淪胥以徂謝，吾方獨務於長生」〔註49〕。在他的筆下，即便是泉水，青竹、玄猿都具有神仙的特徵。即使以「登真」為主的《登真賦》，字裏行間也深深地貫注著神仙實有，仙學可致的理念。與此同時，他有著強烈的生命意識，對於生命的短暫、易逝非常敏感。這在他晚年創作的《洗心賦》裏體現得尤為明顯：「遂荏苒以忘返，將十年而迨茲。惜流光之不駐，鑒華髮以興悲。」〔註50〕一方面是感歎人生易老，時光不再；另一方面難免沒有功名不立而逝者如斯的感慨。

　　吳賦對當時的假隱之風也進行了批判。吳賦 8 篇，篇篇言隱，涉及的隱士遠比神仙多。在他看來隱能潔行清心，能全身避禍，但趨利之徒卻假隱來邀取聲名，以之作為仕途之階，進而「達到列身於官僚生活的目的」〔註51〕。正如魯迅所言，隱逸山林也是「噉飯之道」〔註52〕。據《新唐書·隱逸傳序》云：「放利之徒，假隱自名，以詭祿仕，肩相摩於道，至號終南、嵩少為仕途捷徑，高尚之節喪焉。」〔註53〕假隱士「肩相摩於道」，可見人數之多。盧藏用就是當時的典型，據《新唐書·盧藏用傳》載：「始隱山中時，有意當世，人目為『隨駕隱士』。晚乃徇權利，務為驕縱，素節盡矣。司馬承禎嘗召至闕下，將還山，藏用指終南曰：『此中大有嘉處。』承禎徐曰：『以僕視之，仕宦之捷徑耳。』藏用慚。」〔註54〕通過終南捷徑，盧藏用最終獲得了官職。吳筠對這類「身在江湖之上，心遊魏闕之下，詫薜蘿以射利，假巖壑以釣名」〔註55〕的假隱士有相當深刻地認識。他在《逸人賦》末說道：「若沽名於白賁，銜跡於青山，覬蒲輪於谷口，希束帛於雲關。非巖泉之養正，寔丘壑之藏奸。

〔註46〕吳筠《宗玄先生文集》卷中《登真賦》，見《道藏》第二十三冊，658 頁上。
〔註47〕吳筠《宗玄先生文集》卷上《逸人賦》，見《道藏》第二十三冊，655 頁中。
〔註48〕吳筠《宗玄先生文集》卷中《登真賦》，見《道藏》第二十三冊，658 頁下。
〔註49〕吳筠《宗玄先生文集》卷中《洗心賦》，見《道藏》第二十三冊，658 頁上。
〔註50〕吳筠《宗玄先生文集》卷中，見《道藏》第二十三冊，658 頁上。
〔註51〕卿希泰主編《道教與中國傳統文化》，福建人民出版社 1992 年版，第 493 頁。
〔註52〕魯迅《且介亭雜文二集·隱士》，見《魯迅全集》（第六卷），人民文學出版社 2005 年版，第 232 頁。
〔註53〕歐陽修、宋祁等撰《新唐書》，中華書局 1975 年版，第 5594 頁。
〔註54〕歐陽修、宋祁等撰《新唐書》，中華書局 1975 年版，第 4375 頁。
〔註55〕劉昫等撰《舊唐書》，中華書局 1975 年版，第 5115 頁。

繫末世之鄙薄，曷清流之可攀？」認為沽名白賈、銜跡青山，卻覬覦蒲輪谷口、束帛雲關，這是山林養奸，末世應為之鄙薄。有人因此得以幸運顯達，實是禍害的開始，甚至會「殄殲其子孫」，後果不可謂不嚴重。在《逸人賦》裏，他還歌頌了許多不慕名利、淡泊其懷的歷代真隱士，希望矯正世風。值得注意的是，吳筠早年《遊倚帝山》二首其一：「山間非吾心，物表冀所託。」也有借隱居以重名聲，希望得到一官半職的意思，只是舉業失敗後才徹底失望。由此可見，當時的假隱之風對吳筠也有影響。

總之，吳賦蘊含的豐富儒道文化意蘊，充分顯示了他「絕不是純粹的道徒，而是外以道名而內實儒術的士大夫」〔註56〕。

三、藝術特色鮮明

吳筠的賦在藝術上最鮮明的特色是散發著濃鬱的道教色彩。吳筠之前，賦中彌漫著道教色彩的上乘佳作也不是說沒有，例如陶弘景的《水仙賦》，但像吳賦那樣每篇均散發出濃厚的道教色彩則並不多見。

在形象塑造方面，帶有明顯的道教特徵。由於道士身份，他筆下的形象多多少少披上了道士的青色素袍，洇染了道教的色彩，比如雲液泉，介紹它水白味甘乃是「雲母滋液所致」〔註57〕。道教向來視「雲母」為仙藥，由其滋潤，所以泉水在他們眼裏，無異於玉漿瓊汁，以至作者將之比作「神山之瀵，帝臺之漿。湧異域之表，湛無人之鄉。茲亦摽奇於絕境，真可謂靈而長也」，對雲液泉作了一番道教化處理，使之成為一種道教所推崇的人格形象。竹則「契道合虛」、「固列仙之攸翫，匪吾人之所從也」〔註58〕。玄猿活脫脫一個不食人間煙火的神仙形象：「動不踐地，居常在林。每泛泛而無據，亦熙熙而有心。霧嵐昏而共默，風雨霽而爭吟。使幽人之思清暢，羈客之涕霑襟。何必聆巇谷之管，對雍門之琴哉。歷千尋之喬木，俯萬仞之危嶠。弄遊雲之亂飛，嬉落日之橫照。連肱澗飲，命侶煙嶕。或聚而閑棲，或分而迥回趨。」〔註59〕

〔註56〕黃世中《唐詩與道教》，灕江出版社1998年版，第9頁。

〔註57〕吳筠《宗玄先生文集》卷中《廬山雲液泉賦》，見《道藏》第二十三冊，658頁下。

〔註58〕吳筠《宗玄先生文集》卷上《竹賦》，見《道藏》第二十三冊，654頁下。

〔註59〕吳筠《宗玄先生文集》卷中《玄猿賦》，見《道藏》第二十三冊，659頁上～頁中。

在語言表達方面，最大的特點是善於化用或引用前人語句、篇名入賦。如《玄猿賦》：「前者稱周穆王南征，君子變為猿鶴，小人變為蟲魚。」化用《抱朴子內篇・釋滯》：「三軍之眾，一朝盡化，君子為鶴，小人成沙。」《玄猿賦》：「時哉時哉。」直接引用《論語・鄉黨》。《竹賦》：「笙鏞以間，鳥獸蹌蹌。」也是直接引用了《尚書・益稷》。《巖棲賦》：「於是歌《考槃》於詩人，諷《嘉遯》於太《易》。」則引《詩經》篇名入賦等等。這樣的例子在他的賦裏俯拾皆是。此外，吳筠還特別注意運用具有濃厚道教色彩的詞語，如「玄風」、「八紘」、「逍遙」、「靈墟」、「忘機」、「神仙」、「道德」、「樸散」等，使賦作披上了一件色彩斑斕的道教外衣。

在賦的表現方式方面，吳筠善用比興手法。權德輿《序》稱其「屬詞之中，尤工比興」。的確，比興在吳筠的賦中特別是他的託物言志小賦中運用得較為普遍。如《竹賦》，賦予竹子以高尚的品德節操和生命理想，象徵清廉高潔、堅強不屈的隱士形象。《廬山雲液泉賦》以雲液泉無論水旱「毫纖無虧」，象徵自己處變不驚、泰然閒逸的為人處事之道。《玄猿賦》則以玄猿的不才、無用來讚頌不才為大才、無用為大用的老莊人生哲學。吳筠並未直接抒情，而是借所詠之物來代言情志，賦予物以人的個性和品格。

綜上所述，我們看到，吳筠的賦作，無論是題材內容、文化意蘊還是藝術特色，都具有自己獨特的個性，獲得了巨大的成功。《吳尊師傳》云：「凡為文，詞理宏通，文彩煥發，每製一篇，人皆傳寫。雖李白之放蕩、杜甫之壯麗，能兼之者，其唯筠乎？」〔註60〕給予吳「文」（當然也包括賦）以極高的評價。可以說，吳筠賦作代表了唐代道士的最高水平，在唐賦及唐代文學史上也應佔有一席之地。

第三節　文詞贍麗：杜光庭之齋醮詞

今人研究杜光庭，基本上集中在他的道教思想、齋醮科儀和神仙傳記等方面，對於他撰寫的大量齋醮詞也時有涉及。如成娟陽、劉湘蘭《論杜光庭的齋醮詞》，論析杜光庭的齋醮詞及其對宋代青詞創作的影響〔註61〕。吳真《從杜光庭六篇羅天醮詞看早期羅天大醮》，重點考察杜光庭的六篇羅天大

〔註60〕《道藏》第二十三冊，682頁下。
〔註61〕成娟陽、劉湘蘭《論杜光庭的齋醮詞》，載《中國文化研究》2006年第4期。

醮醮詞以圖呈現宋前羅天大醮的歷史形態及其儀式特點〔註62〕。臺灣周西波
《杜光庭青詞作品初探》，深入分析了杜光庭齋醮詞的美文形式及其對意境
的開拓〔註63〕。但這些研究尚有拓展空間，有必要加以探討。

一、齋醮詞與青詞、齋詞、醮詞之關係

　　杜光庭齋醮詞主要收在《廣成集》，《四庫全書總目》認為此書是「殘闕
之餘，已非完本」〔註64〕。《道藏》本今存十七卷〔註65〕，僅收表和齋醮詞兩
種文體，卷一至三為表文 56 篇，卷四至十七為齋醮詞 226 首，其中齋詞 39
首，醮詞 187 首。《全唐文》卷九三四至九四四亦收錄其齋醮詞。與《廣成集》
相較，除部分篇目編排次序時有不同外，又多收一首《黔南李令公安宅醮詞》。
這樣一來，現存杜光庭的齋醮詞共 227 首，詳細記載了杜光庭舉行的各類道
教法會情況。

　　齋醮詞是道教舉行齋醮儀式時獻給天帝神真的祈願文書，因朱書於青藤
紙上，又稱青詞。杜光庭之前，青詞、齋詞、醮詞是有所區別的。李肇《翰
林誌》云：

　　　　凡太清宮道觀薦告詞文，用青藤紙朱字，謂之青詞。〔註66〕

　　又《唐會要》卷五〇「尊崇道教」條：

　　　　（天寶）四載四月十七日敕：比太清宮行事官，皆具冕服，及
　　奏樂未易舊名，並告獻之時，仍陳策祝。既非事生之禮，皆從降神
　　之儀。且真俗殊倫，幽明異數，理有非便，亦在從宜。自今已後，
　　每太清宮行禮官，宜改用朝服，兼停祝版，改為青詞於紙上。〔註67〕

　　可知，青詞最早出現於天寶四載（745），使用範圍僅限太清宮。太清宮
前身為專祭老子的玄元廟。天寶二年（743）「西京玄元廟為太清宮，東京為

〔註62〕吳真《從杜光庭六篇羅天醮詞看早期羅天大醮》，載《中國道教》2008 年第 2
　　　　期。
〔註63〕收入鄭志明主編《道教的歷史與文學》，南華大學宗教文化研究中心 2000 年
　　　　版，第 1～25 頁；《中國典籍與文化論叢》第七輯亦收，作《論杜光庭青詞作
　　　　品之文學價值》，北京大學出版社 2002 年版，第 140～152 頁。
〔註64〕永瑢等撰《四庫全書總目》（下冊），中華書局 2008 年影印，1304 頁下。
〔註65〕按：《廣成集》今有董恩林先生的點校本（中華書局 2011 年版），故本文標點
　　　　皆有參考。
〔註66〕陶宗儀等編《說郛三種》（第五冊），上海古籍出版社 1989 年影印，2339 頁下
　　　　～2340 頁上。
〔註67〕王溥《唐會要》，中文出版社 1978 年版，第 867 頁。

太微宮，天下諸州為紫極宮。九月，譙郡紫極宮宜準西京為太清宮」〔註68〕。李唐諸帝視祭老子為國家大祀，並漸成常式，太清宮地位也水漲船高，「凡欲郊祀，必先朝太清宮，次日饗太廟，又次日祀南郊」〔註69〕，逐漸成為李唐王室舉行國家祭祀的重要場所。宋敏求《春明退朝錄》卷上云：「唐制，宰相四人，首相為太清宮使。」〔註70〕其規格之高，地位非比尋常〔註71〕。中唐以後，「青詞漸漸不限於太清宮專用了」〔註72〕，而是由宮廷官方走向了普通民眾，使用範圍擴大，在太清宮之外舉行齋醮儀式的上告文書亦可用青詞，指稱範圍逐步擴大，包括齋詞和醮詞。

齋詞和醮詞的劃分源於齋、醮兩種不同的祭祀儀式。齋原為古人祭祀前心清身潔，言規行矩，「齋潔心神，清滌思慮，專致其精而求交神明也」〔註73〕。醮，《說文解字》釋為：「冠娶禮祭。」〔註74〕即加冠和婚娶儀式，後來作為「祭之別名」〔註75〕。也就是說，齋發生在祭祀前，類似前期準備，而醮則是指整個祭祀過程，之後逐漸演變成兩種不同的道教祭祀儀式：

> 燒香行道，懺罪謝愆，則謂之齋；延真降聖，乞恩請福，則謂
> 之醮。齋醮儀軌，不得而同。〔註76〕

懺謝用齋，祈請用醮。不同的宗教功能，作為上章啟神中介的齋、醮詞相應的也會有不同：「齋中青詞，則求哀請宥，述建齋之所禱也。至於醮謝青詞，則敘齋修有闕，祈請蒙恩陳謝之辭也。」〔註77〕簡而言之，齋詞用於祈福，醮詞則是謝過。我們知道，北方寇謙之側重齋在仙法中的作用，「實質上就是把修仙的重點從物質性的技術問題轉向精神性的信仰與道德問題

〔註68〕 劉昫等撰《舊唐書》，中華書局1975年版，第926頁。

〔註69〕 劉昫等撰《舊唐書》，中華書局1975年版，第845頁。

〔註70〕 宋敏求《春明退朝錄》，中華書局1985年版，第12頁。

〔註71〕 杜光庭《道教靈驗記》卷一《亳州太清宮驗》：「亳州真源縣太清宮，聖祖老君降生之宅也……唐高祖、太宗、高宗、中宗、睿宗、明皇六聖御容，列侍於老君左右。兩宮二觀，古檜千餘樹，屋宇七百餘間，有兵士五百人鎮衛宮所。」（《道藏》第十冊，804頁中～下）亳州太清宮尚且如此，京師規模，定不遜於此。

〔註72〕 張海鷗、張振謙《唐宋青詞的文體形態和文學性》，載《文學遺產》2009年第2期，第48頁。

〔註73〕 杜光庭《道門科範大全集》卷七九，見《道藏》第三十一冊，945頁中。

〔註74〕 許慎《說文解字》，中華書局1998年版，312頁下。

〔註75〕 蔣叔與《無上黃籙大齋立成儀》卷一五，見《道藏》第九冊，464頁中。

〔註76〕 蔣叔與《無上黃籙大齋立成儀》卷一六，見《道藏》第九冊，478頁下。

〔註77〕 金允中《上清靈寶大法》卷二四，見《道藏》第三十一冊，498頁中。

了」〔註78〕。南方陸修靜完善靈寶齋法，以齋排醮，齋法風行江南，以至「在唐五代以前，齋法更居主流地位，醮或與之並列，或作為齋儀中的一個環節出現」〔註79〕。這裡表明，齋、醮尚有一定的區別，「但到了唐代時，齋醮就往往並稱，並以泛指道教的祭祀儀式了」〔註80〕。特別是晚唐杜光庭刪訂齋醮科儀，逐事考證「陸簡寂、張清都科中有毫髮之異同」〔註81〕，並實行齋後設醮，將齋、醮兩種儀式合二為一，同壇舉行。雖非其首創〔註82〕，不過經其完善倡導，形成了完整的科儀格式，相應地，齋、醮詞之間的界限也就逐漸模糊了。細讀杜光庭的齋詞與醮詞，除命名上的區別外，內容上實無大異，故放在一起討論。

二、涉及的道教法事及反映社會文化心理

金允中《〈上清靈寶大法〉總序》云：「祈請鎮禳，悉是中古之後，因事立儀，隨時定制。」〔註83〕唐末五代特別是杜光庭的齋醮詞，數量可觀，類型多樣。齋詞主要有明真、金籙、黃籙、報恩、受籙、三元等；醮詞基本上是為九曜、北帝、南斗、北斗、周天、安宅、本命、庚申等而作。涉及的道教法事內容歸納起來，主要有以下幾種。

一是純粹的祈福或禳禍。齋醮作為道教祭祀神靈、救苦濟世的重要宗教活動，為信徒祈福禳禍應是其基本的宗教功能。劉咸炘曾說：「六朝、唐人之科儀，多修道授籙之事，少祈禳之文。祈禳盛於杜廣成。」〔註84〕「祈禳」即祈福禳禍。《廣成集》中的齋醮詞多為此類之作，如《衛內宗夔本命醮詞》（卷八）：

> 今年三命之內，土木氣微；行運之中，命祿皆薄。天符臨官祿
> 之位，遊年當絕命之方。大運則土曜所加，小運乃元辰所主。計都

〔註78〕鍾國發《陶弘景評傳》，南京大學出版社 2006 年版，第 587 頁。

〔註79〕胡孚琛主編《中華道教大辭典》，中國社會科學院出版社 1995 年版，第 518 頁。

〔註80〕孫亦平《杜光庭評傳》，南京大學出版社 2005 年版，第 357 頁。

〔註81〕金允中《上清靈寶大法》卷二一，見《道藏》第三十一冊，472 頁上。

〔註82〕早在魏晉南北朝時期，已有齋後設醮之記載，如晉代道經《太上洞淵神咒經》卷一八：「設齋三日，散壇大醮一筵。」詳參張澤洪《道教齋醮科儀研究》，巴蜀書社 1999 年版，第 27～38 頁。

〔註83〕《道藏》第三十一冊，345 頁下。

〔註84〕劉咸炘《道教徵略》，上海科學技術文獻出版社 2010 年版，第 37 頁。

居鈍滯之宿，金星入乖背之鄉。旦夕憂兢，恐為災厄。……賜臣自新之澤，赦臣既往之非。解五行三命之災，銷列宿暗虛之厄。罪瑕清滌，冤債和平。〔註85〕

古人「總喜歡把天象同人間社會聯繫起來，相信冥冥之中有個什麼神靈，通過天象的變異向人間預示吉凶禍福」〔註86〕。從早期天師道開始，道教就把神靈信仰同星占理念聯繫在一起，許多星官如二十八宿、北斗七星都在他們的信仰、祈禱範圍之內。齋主在天象、年運於己不利的情況之下，希望設醮上章能解除災厄。杜光庭代人而作的齋醮詞，很大部分都是齋主身臨厄會或運值災期，祈禱無門，於是設齋建醮。可見，天象異常往往是誘發齋主舉行齋醮上章的一個重要因素。由天象及於人事，有些齋主祈禳源於天象異常引起的人事不順，如《李綰常侍九曜醮詞》（卷六）中的李綰常侍將眼疾的原因歸結為「陰陽年運遇此重災，宿曜循行成其困厄」〔註87〕，因而要精修醮禮，祈求「銷彼災纏，蠲除疾厄」。事實上，我們知道「天象的變異只是誘發人們恐懼之心的一個引子，對它的聯想的敏感來源於人們對社會問題的敏感，這種恐懼和敏感，可以稱之為是一種憂患意識。它時時潛藏在人們的心中，只要有所觸動，就立刻會誘發出來，產生凶多吉少的念頭。這種凶多吉少的念頭，越是亂世、衰世就越是嚴重」〔註88〕。杜光庭生當唐末五代衰亂之世，其齋醮詞自然也會折射出這種心理。身逢亂世，戰爭頻仍，人們本已誠惶誠恐，戰戰兢兢，天象的異變，更加重了原有的擔憂和恐懼，使得人們易發敏感而脆弱。此時唯一的救命稻草便是神靈，希望幫助他們逃離苦海，滿足現實生活無法解決的各種需求。

二是祭祀亡靈或特殊日子。「國之大事，在祀與戎」〔註89〕。在具有祭祀傳統的中國古代社會，對祖宗、亡靈的祭祀尤其重要。杜氏此類之作全在齋詞中，主要涉及黃籙齋、明真齋及三元齋。如父母忌辰，杜氏代人撰有《戶都張相公修遷拔明真齋詞》（卷四）：

今月二十五日，是臣先姚唐楚國夫人、蜀追封宋國太夫人劉氏忌辰。今月三十日，是臣先考唐丞相太子太師致仕、蜀追贈太尉忌

〔註85〕《道藏》第十一冊，268 頁中。
〔註86〕李生龍《占星術》，海南出版社 1993 年版，第 2 頁。
〔註87〕《道藏》第十一冊，258 頁下。
〔註88〕李生龍《占星術》，海南出版社 1993 年版，第 38～39 頁。
〔註89〕楊伯峻《春秋左傳注》，中華書局 1990 年版，第 861 頁。

辰。謹齋油燭香花供養之具，於成都府玉局化北帝院，奉修靈寶明
真道場一晝一夜。道士一十四人，三時行道，三時轉經。對乾象以
披心，馳香龍而上奏。〔註90〕

將父母的忌辰同壇舉行，希望先考妣「煉沐形魂，遷拔神爽」。古人相信
人死之後，只不過是肉體的死亡，靈魂則依然存在，或為鬼，或為神，生活
在人間之外的另外一個未知世界，所以，祈求靈魂能夠昇天為仙為神，不要
無所歸依，到處游離。這首齋詞表明，我國古代的祖先祭祀結合了血緣和鬼
神觀念，並有漸與道教祭祀結合發展的傾向。

卷一五《皇太子為皇帝生日醮詞》云：

臣聞玄穹廣覆，無勞仰祝之辭；碧海周涵，亦納涓添之露。敢
緣斯旨，輒罄明誠。某月日是皇帝生日，本命甲戌之辰。錫秘記於
先天，豫昭露貺；湧珍符於厚地，潛契明文。卜年開萬葉之榮，推
策彰百神之助。爰申大醮，虔俟鴻休。集三元萬聖之祥，永北極南
山之壽。昭明丹懇，恭望玄恩。臣某不任稽首虔祈激切之至。〔註91〕

這是代王衍為父親王建慶壽所撰寫之醮詞。凡是遇到特殊日子比如生辰，
道教也有與之對應的祈壽醮儀祈求長壽。道教崇奉南北二斗，認為南極主壽
命之期，北極司年齡之數，故祈願「永北極南山之壽」。這裡既是為父親又是
一國之君的帝王創作生日醮詞，所以遣詞造句，頗為費心，不過，整體而言，
完全流於程式化地祈求福祉而看不到父子深情。

三是祈求成功或順利。道教認為大興土木，可能上觸天星，旁犯眾神，
所以需要虔修醮儀，上章神靈。《廣成集》中的許多安宅醮詞，源於齋主隨
便營修，擔心「畚鍤所侵不知禁忌，穿鑿所及有犯神明」〔註92〕，所以才在
巨功既畢之後，準備焚修祈禱，寬恕驚擾之罪，祈求「居止寧泰，眷屬康安」
〔註93〕。民宅禁忌尚且如此，在具有靈驗色彩的道教場所內破土興建，尤其
慎重。如關於青城山丈人觀的擴建，動工前，杜氏撰有《告修青城山丈人觀
醮詞》（卷六）：

〔註90〕《道藏》第十一冊，246 頁上。
〔註91〕《道藏》第十一冊，302 頁中～頁下。
〔註92〕杜光庭《廣成集》卷一三《胡賢常侍安宅醮詞》，見《道藏》第十一冊，290
　　　　頁下。
〔註93〕杜光庭《廣成集》卷一一《川主醮五府石文詞》，見《道藏》第十一冊，281
　　　　頁中。

玄元之像設未陳，帝子之遺蹤宛在。輒欲興修祖殿，經始齋房，
永資焚謁之儀，克壯清虛之境。將施畚鍤，慮犯龍神。敢備醮筵，
虔伸昭告。〔註94〕

丈人觀外部工程完成後，在大殿之內施以彩繪，杜光庭特地撰寫《丈人觀畫功德畢告真醮詞》（卷六），祈求「降靈威於水德，流福澤於人寰」〔註95〕。丈人觀主殿全部竣工後，杜氏又創作《青城山丈人殿功畢安土地醮詞》（卷一七）：

俾天地山川，神明職秩，常加禎貺，大庇烝黎。〔註96〕

旨在安慰土中諸神，大庇天下。塑造神像安放在道觀中，也得「輒備聞告，爰命興功」〔註97〕。遠行也如是，啟程前多設醮祈求水陸行走順風順水、平安抵達。如《東院司徒孟春甲子醮》（卷一六）：

臣某伏念身遠庭闈，禮遙溫清，今茲迎侍，尚阻江山。況隴峽縈紆，江波溶險。惟憑神力，冀保畏途。伏惟五帝高尊、三官大聖、六十甲子，應感威神，俯迴盼蠁之靈，特降昭彰之祐。使輕舟利涉，萬里無虞。〔註98〕

水路最為快捷，但伴隨一定風險，因此，即便是解纜開船也得選辰撿日，潔誠致醮。如《鎮江侍中宗黯解纜醮水府詞》（卷一二），向神明陳述祈求理由後，希望：

迅浪皆期於利涉，驚湍盡變於安流。萬里通津，百神加祐。
〔註99〕

這種祭祀出行的儀式，應發源於先人的祭祀路神。應劭《風俗通義》引《禮傳》云：「共工之子曰修，好遠遊，舟車所至，足跡所達，靡不窮覽，故祀以為祖神。」〔註100〕司馬貞《史記・五宗世家》索隱：「祖者行神，行而祭之，故曰祖也。」〔註101〕之後這種祭祀較為流行，以至嵇含《〈祖賦〉序》有

〔註94〕《道藏》第十一冊，259頁下。
〔註95〕《道藏》第十一冊，261頁中～頁下。
〔註96〕《道藏》第十一冊，309頁中。
〔註97〕杜光庭《廣成集》卷一五《張道衡塑造北斗七星真君醮詞》，見《道藏》第十一冊，300頁下。
〔註98〕《道藏》第十一冊，306頁上。
〔註99〕《道藏》第十一冊，285頁下。
〔註100〕王利器《風俗通義校注》，中華書局1981年版，第381頁。
〔註101〕司馬遷《史記》（中冊），中華書局2005年版，第1668頁。

「祖之在，於俗尚矣，自天子至於庶人，莫不咸用」〔註102〕的說法，後來送別踐行也稱為「祖」。這裡，體現的是人們對神靈的小心謹慎，也折射出古人對自然的恐懼。對於神秘莫測的大千世界，人們不能全部理解認識，以為萬物有靈，冥冥之中自有某位人格化的神靈在主宰這一切。順之者福，逆之者禍。唯有虔誠膜拜，事事順從討好，才能避禍得福。

四是祈求自然現象的發生或不發生。久晴不雨與久雨不晴的發生，古人是無法預知，也是無法駕馭的，但它們對農業構成了嚴重威脅，以至於直接影響國家的農業收成。隨之而來的疾病瘟疫甚至社會動盪也會給人們的生活帶來災難。因此，道教相應地造作了祈雨、請晴科儀以滿足民眾的宗教訴求。祈雨，在農業社會裏是頭等大事。《廣成集》中錄有《蜀王青城山祈雨醮詞》、《蜀王葛仙化祈雨醮詞》（皆見卷一四）兩首祈雨醮詞，皆為杜光庭代蜀王王建撰寫的。前一首是杜氏代表王建在青城山舉行求雨醮儀而作。在這首醮詞中，杜光庭不僅稱讚王建勤於政事，還反映了當時「自青春屆序，甘雨愆期，農畝虧功，驕陽害物」之嚴重旱情及普通民眾「叩向無門」之無奈、「拜手仙峰」之虔誠，突出了人們對水之渴望與期待：

　　雨順風調，驅肥遺於窮荒，舞商羊於中境。〔註103〕

這次祈雨活動是在「歷申祭祀，遍告神明」之後，依然「密雲但布於西郊，膏雨未霑於南畝」的情況下採取的進一步行動。後一首是王建親自去本命山祈雨。也許是前一次的求雨不見效果，所以這一次王建親自參與以表誠意。從醮詞的描述看，旱情越來越嚴重：

　　粵自仲春，即愆時雨，塵侵壟畝，赫日騰威，風鑠郊原，油雲
　匿影。生靈歎息，懼失於農功；沼沚魚喁，將懸於枯肆。〔註104〕

旱情一直持續到了仲春二月。大量的禾苗枯萎，收穫無望，池塘裏的魚也呼吸困難，生存堪憂。旱情如此嚴重，作為一方霸主的王建憂心焦慮，於是準備了豐盛的祭禮，致雨消旱，「克致豐穰」。值得我們注意的是，王建將乾旱的原因歸結為賞刑乖當，撫字失和，「下有怨咨，上虧仁育」〔註105〕，即

〔註102〕《全晉文》卷六五，見嚴可均《全上古三代秦漢三國六朝文》，中華書局2009年版，1829頁下。

〔註103〕《道藏》第十一冊，296頁下。

〔註104〕《道藏》第十一冊，297頁上。

〔註105〕杜光庭《廣成集》卷一四《蜀王葛仙化祈雨醮詞》，見《道藏》第十一冊，297頁上。

自己的施政失當所致，而不從自然本身找原因，頗有《尚書・湯誥》「其爾萬方有罪，在予一人。予一人有罪，無以爾萬方」〔註106〕的責己味道，目的是取悅神靈以求保祐。

如果祈雨靈驗，還得專門建醮酬神，卷六《馬尚書北帝醮詞》，就是這樣的醮詞：

> 昨以公田既關，蓁麥初齊。遲遲之春日載陽，幕幕之油雲未布。眷茲農畝，正切憂惶。輒扣玄關，果垂鴻澤。爐香散處，便呈潤石之容；禁水嘆時，已變如膏之雨。遂使西成有望，東作無愆。可俟京坻，以豐川蜀。上聖之延祥既厚，下臣之報德何階。〔註107〕

涉及請晴的，只有一首《皇太子宴諸將祈晴感應靈寶齋詞》（卷五）。皇太子於六月二十二日，為即將出征的諸將士舉行宴會，「會諸將已上卜吉辰，方當暑雨之時，遂有晴明之禱」〔註108〕。那首「晴明之禱」詞不見《廣成集》。這首是祈晴成功後的感謝齋詞。從根本上來說，求雨請晴反映了古人渴望解決那些影響日常生產生活的自然現象的強烈意願。從科學角度而言，這些努力肯定毫無效果，但就心理層面來說，這又具有一定的積極作用：緩解焦慮緊張的情緒，慰藉恐懼不安的心理。「不可否認的是，有時人們精神上的踏實，確可轉化為肉體上的抵抗力，從而真的達到了消災避禍的目的」〔註109〕。

五是喜慶齋醮詞。遇有喜慶之事同樣可以陳設道場，呈上齋醮詞。前引《皇太子為皇帝生日醮詞》純粹是慶祝皇帝生日而作。而《洋州令公生日拜章詞》（卷一六）則在「虔膺綸詔，暫撫遠邊」〔註110〕的同時，恰逢生日，因而建齋祈福，祈願的重點便成了「戎遏成功，烽煙罷警」。這種情況，《廣成集》中還有不少，最後的祈願無一例外都是厭倦戰亂、渴望盡快結束動盪之類的文字。

符瑞的出現往往也會舉行重大的宗教儀式以示慶祝。杜光庭的齋醮詞中提到了四次事件：永平二年七月二十一日，漢州十邡縣百姓郭回芝發現讖語銅牌，上列蜀國王位繼承次序、名稱等，於是有《皇帝修符瑞報恩齋詞》、《皇

〔註106〕李學勤主編《十三經注疏・尚書正義》，北京大學出版社1999年版，第201頁。

〔註107〕《道藏》第十一冊，259頁上。

〔註108〕《道藏》第十一冊，256頁上。

〔註109〕鄭曉江主編《中國辟邪文化大觀》，花城出版社1994年版，第4頁。

〔註110〕《道藏》第十一冊，305頁下。

帝修靈符報恩醮詞》、《皇帝醮仙居山詞》、《皇帝醮仙居山章仙人詞》及《天
賜觀告封章李二真人醮詞》、《天賜觀告封章真人詞》、《封李真人告詞》等，
開始封山、建觀、易名。《蜀檮杌》卷上云：「八月（應為『七月』），什邡縣
獲銅牌、石記，有膺昌之文，改什邡為通計縣，改太子名為元膺。」〔註111〕
太子宗懿改名，亦有《皇太子醮仙居山詞》。永平四年八月，神仙顯靈利州，
有《紫霞洞修造畢告謝醮詞》。鶴鳴化枯柏再生，有《宣醮鶴鳴枯柏再生醮詞》、
《邛州刺史張太傅敬周為鶴鳴化枯柏再生修金籙齋》。靈鶴棲止雲峰，有《川
主大王為鶴降醮彭女觀詞》，王建對此欣喜若狂，並認為「聖主明王，必臻符
瑞；膺圖受籙，爰著謳歌」〔註112〕，不斷建齋設醮，也忙得杜光庭代他創造
了大量的齋醮詞。歐陽修曾感慨：「麟、鳳、龜、龍，王者之瑞，而出於五代
之際，又皆萃於蜀，此雖好為祥瑞之說者亦可疑也。」〔註113〕事實上，符瑞
頻現，反映王建割據一方的不自信，內心希望借助符瑞以宣傳其政權合法性，
鞏固自己的統治，結果除了心理踏實點外，無助於任何事情的解決。

　　六是還願齋醮詞。卷一一《張道衡還北斗願詞》云：

　　　　頃以大順二年，身陷危厄，性命是虞。輒瀝丹心，上祈玄造，
　　遂發誠願，奉錢十萬貫文。旋獲安寧，克蒙清雪。螻蟻之生已保，
　　真靈之澤未酬。……今則歸心靈化，稽首瑤壇，虔備香燈，精修醮
　　酹。自今年四月至今月，五度奏錢，滿十萬貫，兼於玉局化北帝殿，
　　塑造北斗真君八身功德，用申素懇，上答玄恩。〔註114〕

　　神靈的庇祐得以脫離險境，保住性命，因此還願感謝。另一首《越國夫
人為都統宗侃令公還願謝恩醮詞》（卷一二）：

　　　　妾夫王宗侃、男承肇等，去年以統戎伐叛，勤國勤王，俯迫孤
　　城，遽淹旬月。烽煙警急，音問寂寥。瞻襃沔以魂馳，望山川而目
　　斷。憂危徒切，祈叩無門。遂虔詣道宮，乞申章奏，嚴陳法席，降
　　請天兵，肹蠁感通，真靈保祐。俄開堅壁，大破兇狂，成掃蕩之功，
　　副聖明之獎。骨肉團聚，師旅凱還。剋平實自於睿謀，護助亦兼於

〔註111〕傅璇琮、徐海榮、徐吉軍主編《五代史書彙編》，杭州出版社 2004 年版，第
　　　　6076 頁。
〔註112〕杜光庭《廣成集》卷一四《皇帝醮仙居山詞》，見《道藏》第十一冊，294 頁
　　　　中。
〔註113〕歐陽修《新五代史》，中華書局 1974 年版，第 796 頁。
〔註114〕《道藏》第十一冊，283 頁中。

　　道力。輒因良日，昭答玄休。〔註115〕

　　丈夫、兒子討伐叛亂，音訊全無，齋主擔憂、焦急，故祈求天兵助祐。師旅凱旋，果如所願，因而選擇良日吉時上答玄恩。同卷的《張崇胤修廬山九天真君還願醮詞》還願則是因為曾經「謫宦九重，漂蓬一葉」〔註116〕，神靈的保祐使其「頌宣聖澤，棲憩蜀都」。可以說，還願醮儀的舉行皆導因於神靈昔日之保祐。這種以人格化的方式來處理人神之間的互動關係，人情味頗足，符合古人有恩必報、禮尚往來的心理。

　　綜上所述，一方面可以看出杜光庭齋醮詞涉及內容之豐富，不限於國家或地方大事，不只為前蜀高官顯貴服務，也有一般小吏或下層百姓。事無鉅細，人無貴賤。古人生產生活可能遇到的重要問題，杜光庭均給與了一定程度地關注，體現了他對天下蒼生的關懷。另一方面也可感知蜀中齋醮活動舉行之頻繁，崇道風氣之盛行，不失為一面透視晚唐五代社會生活的鏡子。

三、齋醮詞之文學特徵

　　齋醮詞作為道教信徒向神靈宣讀的「公文」，其形式亦如官府文書，採用駢文。這種文體講究對偶工整、隸事用典，追求文辭典雅，句式上多以四字或六字句為主，又被稱為「四六」。「在有唐一代，始終是一種流行文體，上至詔敕表章，下至碑誌書啟，多習用駢文」〔註117〕。杜光庭的齋醮詞即沿襲這一文體。一般而言，道教的這種「公文」較為程式化，文采不足，呆板有餘，大多缺乏真情實感，晦澀令人難以卒讀。而兼具道士與文人雙重身份的杜光庭，其齋醮詞被認為是「文體駢偶，詞章典雅，為道書中之上乘」〔註118〕。有些齋醮詞可視為文學作品，文學特徵明顯。

　　首先，想像力的馳騁。齋醮詞是齋主轉達祈願於神靈的特殊信件，齋主的無限虔誠必須要得到淋漓盡致地反映，否則無法打動神真。這就要求行文風格不可天馬行空，無限遐想，以免落下不敬或褻瀆神靈的嫌疑。其文「務在簡而不華，實而不蕪，切不可眩文贍飾繁藻，惟質樸為上」〔註119〕。杜光

〔註115〕《道藏》第十一冊，288頁上。
〔註116〕《道藏》第十一冊，288頁中。
〔註117〕馬積高、黃鈞主編《中國文學史》（修訂本），湖南文藝出版社2004年版，第255頁。
〔註118〕任繼愈主編《道藏提要》，中國社會科學出版社1995年版，第444頁。
〔註119〕蔣叔與《無上黃籙大齋立成儀》卷一一，見《道藏》第九冊，437頁下。

庭的齋醮詞卻並不如是，某些齋醮詞刻意通過大膽新奇的想像，以突出筆下景物之神奇莫測。如《醮閬州天目山詞》（卷一五）介紹天目山：

> 山鎮地心，洞開天目。含藏煙雨，韞蓄風雷。崖祕仙經，泉澄神沼。〔註120〕

把天目山想像的如此神奇瑰異，簡直就是一座神山。岷山也是如此：

> 窟宅神仙，含藏洞府。層峰疊巘，捧日月於雲間；積翠堆嵐，隔塵埃於人世。〔註121〕

有神仙，也有洞府。高以入雲，翠則疊嶂，乃天下之福庭。卷一六的《王宗玠宅弘農郡夫人降聖日修大醮詞》同樣構思奇特。寫老子降生，「垂太陽五色之華，駕旭日九龍之輦」、「陸地開蓮，初承玉步；虛庭涌井，瑩濯瓊姿」，更是神奇變化，形象生新。又如《皇帝醮仙居山章仙人詞》（卷一三），想像高真上士們「秉飆駕欻，坐有立無，昇汗漫以遊神，入鴻濛而隱景。或明符邦社，旁濟生民；或幽贊帝王，共清否塞」，神仙漫遊無邊，不知所之，有的協助人間帝王治國安邦，有的「揚鑣雲露，駕景星躔」〔註122〕。筆下的凡人，則是「躬披松檜，深躋雲霞」〔註123〕，如此反常想像，深具浪漫主義色彩。至於那些普普通通的物品，杜光庭也能將其非凡之想像付諸筆端，如卷五《飛龍使唐裔為皇太子降誕修齋詞》：「祥虹泛綵，寶電飛光。」將虹與電的狀態想像成彩、光的形態。卷一三《莫庭乂為安撫張副使生日周天醮詞》：「香雜溪雲，登和嶺月。」由香、燈兩種道教必備法器，想到那輕飄的溪邊之雲和朦朧的嶺上之月，畫面感十足。又如《又馬尚書南斗醮詞》（卷六）「駕燈吐焰，參差玉斗之光；龍霧飄香，散漫瑤池之色」及《親隨司空為大王醮葛仙化詞》（卷一二）「神燭夜飛」，「泉鳴深寶」等，無不力求新奇，極盡想像之能事。

其次，靈活多樣的情感發抒方式。杜光庭根據齋主的不同身份、祈求對象及內容，採取靈活多樣的情感發抒方式，主要包括直抒胸臆和借物抒懷兩

〔註120〕《道藏》第十一冊，299 頁下。

〔註121〕杜光庭《廣成集》卷一七《青城山丈人殿功畢安土地醮詞》，見《道藏》第十一冊，309 頁中。

〔註122〕杜光庭《廣成集》卷一三《太子為皇帝醮太一及點金籙燈詞》，見《道藏》第十一冊，292 頁中。

〔註123〕杜光庭《廣成集》卷九《鄭頊別駕本命醮詞》，見《道藏》第十一冊，275 頁中。

種。直抒胸臆就是直接傾吐內心的情感，不加掩飾，一吐為快。如卷五《飛龍使唐裔為皇太子降誕修齋詞》：

> 皇太子龍文鳳質，嶽固松貞，超漢盈周，賢扶一統，大同均化，
> 旁及黔黎。〔註124〕

發自內心，直接讚美太子的文治武功。《莫庭乂為安撫張副使生日周天醮詞》（卷一三）對張琳「穎鑒無私，忠貞不撓。推公奉主，虛懷同止水之明；御下恤人，從善有轉規之易」的美德及「連營貔虎，四時之犒賞皆豐；積歲干戈，千里之輓輸無闕」的才能也是採取真誠、直接、不做作地讚揚。稱讚人如此，懷念人亦然。卷五《興州王承休特進為母修黃籙齋詞》，其中云：

> 今則臣母竇氏，本命甲子某月日生，災運所纏，遂嬰疾苦。雖
> 勤服餌，未獲痊平。……曉夕憂惶，罔知救護。況臣主持王事，迢
> 遞道途，不得躬奉庭闈，親調藥膳。心馳萬壑，目斷千山。〔註125〕

母親竇氏為「災運所纏，遂嬰疾苦」，雖勤於服侍，也未能痊癒，然自己即將因王事而無法侍奉母親於床前，其關心和擔憂顯而易見。一句「心馳萬壑，目斷千山」，飽含深情，感人肺腑，焦急之情力透紙背。同卷的《宣勝軍使王讜為亡男昭胤明真齋詞》，悼念亡兒，字字彌漫悲傷：

> 亡男昭胤未及壯年，飄魂異境，憫其淪謝，悲痛尤深。〔註126〕

喪子之痛，不得不吐。文字不多，讀之如聞其泣，痛徹心扉。又如《溫江縣招賢觀眾齋詞》（卷五）：「尚拘世網，未脫樊籠。」直接抒發困於世俗，不得自由之無奈。《蜀王仙都山醮詞》（卷九）：「鳳札龍書，靡存於魯壁；虎符龜籙，難訪於秦坑。大教凌夷，所宜弘拯。」則是直接坦露振興道教之宏願。這類情感發抒方式《廣成集》裏俯拾皆是。相比之下，另一種借物抒懷則運用不多。從少數的幾例看，這種方式在文字中加入帶有情感的物象描寫，改變了原本刻板硬澀的齋醮體模式，情景交融，齋主的宗教情感得到了極大地宣洩。試看《犀浦劉殷費順黃籙齋詞》（卷五）：

> 滯骨飄魂，久悲風露；傷墳敗廟，常苦凋荒。〔註127〕

沒有多餘的描寫性語言，僅僅借助滯骨、飄魂、風露、傷墳、敗廟幾類物象的組合，就把那種衰敗、淒涼、枯寂的環境營造出來，而作者悲天憫人

〔註124〕《道藏》第十一冊，253頁下。
〔註125〕《道藏》第十一冊，254頁上。
〔註126〕《道藏》第十一冊，255頁中。
〔註127〕《道藏》第十一冊，253頁中。

之情懷於此也盡顯無餘。又如《晉公太白狼星醮詞》（卷七）的「臣封疆之內，
戈甲逾年。野廢農蠶，人罹塗炭。念茲冤抑，痛迫肺肝」，選擇性地選取亂世
幾類典型的物象：戰爭頻仍、農事破壞、民眾塗炭，稍加點染，無一不襯托
著作者對民瘼的關心及蒼生的憂傷，飽含濃濃的人性關懷。再如《醮瀘州安
樂山詞》（卷一一）中的「臣名拘簪黻，望切林泉。每憐素豹玄猿，常戲芝巖
桂岫，延頸企踵，跡滯神遊」，杜光庭厭倦紅塵，羨慕林泉皋壤之樂，希望嬉
戲於「芝巖桂岫」，作一個山間水澤式無俗事之累的隱士浪人。這樣的願望借
助於對「素豹玄猿」的刻畫被全面反映出來，從而使情感的發抒更具張力。

　　第三，賦的表現手法。賦作為表現手法，按照朱熹《詩集傳》的解釋是：
「敷陳其事而直言之者也。」〔註128〕簡而言之，就是「敷陳」和「直言」，即
直接鋪陳，不拐彎抹角。杜光庭善用此法，尤其是其中幾篇祭祀亡靈的齋醮
詞，以齋主的情感為主線，精心結撰。如其《黃齊為二亡男助黃籙齋詞》（卷
四）：

　　　　臣過咎夙彰，神明垂譴，纏逾一月，繼喪二男。憔悴中年，寂
　　寥孤影，痛蒸嘗之時絕，念冥漠以何依？懼彼營魂，尚為拘滯。伏
　　思遷拔，唯仗焚修。〔註129〕

　　直接表述連喪二子，顏色憔悴，蘊含著無限的哀傷。四、六字錯雜，疏
密有間，行文自然流暢。又如《李玄徹為亡女修齋詞》（卷五）：

　　　　過咎所鍾，女子殞逝。光陰遄往，傷痛難勝。但女於初笄之年，
　　歸於儀氏。夫歿之後，誓志道門。已造製法衣，繕寫經籙，永期頂
　　冠佩服，虔奉修持。值臣以王事征行，未果前願。俄嬰疾恙，奄此
　　淪亡。〔註130〕

　　近似女兒的簡單傳記。採用倒敘的手法，先寫由於自己的原因導致女兒
「殞逝」。接著介紹女兒出嫁、夫喪、奉道，直至染病去世。層層遞進，環環
相扣。寫出了人之常情，完全看不到宗教的影子。再如卷一七的《宣醮鶴鳴
枯柏再生醮詞》：

　　　　惟彼仙山，奠茲南土，雄盤厚地，秀拱穹旻。控綿洛之川原，
　　總岷峨之形勝。巖巒捧日，洞府棲真。連空之松檜扶踈，千載之威

〔註128〕朱熹《詩集傳》，中華書局1958年版，第3頁。
〔註129〕《道藏》第十一冊，250頁上。
〔註130〕《道藏》第十一冊，254頁中～頁下。

靈肅穆。果聞祥異，顯此福庭。垂至陽生化之功，變枯柏凋摧之質。

柔條迴茂，灑瑞露以飄香；密葉重榮，動晴風而裊翠。〔註131〕

也是採用賦的表現手法，將鶴鳴山的險峻形勢、再生枯柏的柔茂枝條刻畫的優美生動，深具漢賦之規模與壯闊。

第四，善用各種不同的修辭技巧。杜光庭的齋醮詞還善於運用多種文學化的修辭手法，如對偶、用典、比喻、擬人、誇張、檃栝等。

對偶是騈文的基本特點，也是一種常見的文學修辭。對偶的適當運用，可以產生富麗工整的效果，同時還能體現作者的才情。杜光庭的齋醮詞中，運用對偶之處較多，如「外禦寇仇，內綏疲瘵」〔註132〕，以「外」與「內」組成反對，表達了齋主內外交困，處境不順。「寇仇」和「疲瘵」，敘述了當下面臨的現實困難。齋主的處境就在這樣一組反對中得到了突出和強調。又如「霓幢鶴轡，優游松月之鄉；蕙郁蘭芬，瀟灑虛無之路」〔註133〕，「霓幢鶴轡」與「蕙郁蘭芬」，「優游」和「瀟灑」相對，使得「松月之鄉」與「虛無之路」有了生動的內容，充滿了詩情畫意。其他還有疊字對、數字對、色彩對等各種對偶形式。句式上則不限於四六，長短不一，錯落有致。

其用典巧妙而貼切。如《自到仙都山醮詞》（卷九）：「所期汜水〔註134〕橋邊，不獨傳於漢相；曲陽泉上，豈止授於干君。」用張良於圯上逢黃石公得兵書、於吉曲陽泉上遇老子得《太平經》典故，道韻深沉，符合自己的身份。但更具文學意味的多來自道教之外的文學經典或歷史人物，如《東院司徒孟春甲子醮》（卷一六）：「麋勞陟岵之吟，速遂綵衣之養。」「陟岵之吟」和「綵衣之養」分別見於《詩經》和《列女傳》。《詩經·魏風·陟岵》：「陟彼岵兮。瞻望母兮。」鄭玄箋曰：「此又思母之戒，而登岵山而望也。」「陟岵」乃思念母親之典。又《藝文類聚》卷二〇引《列女傳》曰：「老萊子孝養二親，行年七十，嬰兒自娛，著五色綵衣，嘗取漿上堂，跌僕，因臥地為小兒啼，或弄烏鳥於親側。」後來以「綵衣」為孝養父母之典。聯繫齋主當時「身遠庭闈」、「江波濬險」，杜氏此典非常貼切。再如卷一〇《川主相公周天

〔註131〕《道藏》第十一冊，306頁下。

〔註132〕杜光庭《廣成集》卷一〇《馬尚書本命醮詞》，見《道藏》第十一冊，277頁中。

〔註133〕杜光庭《廣成集》卷一七《宣再往青城安復真靈醮詞》，見《道藏》第十一冊，309頁下。

〔註134〕據《史記·留侯世家》載，張良於「下邳圯上」得黃石公授《太公兵法》，後以「圯上」特指張良受兵法事。杜光庭用「汜水橋邊」，疑誤。

后土諸神醮詞》：「難申嵇紹之忠，山川杳隔；空拭袁安之淚，扈衛無由。」
嵇紹、袁安皆為歷史上著名的忠臣，杜氏此文乃為王建而作。此文寫作於光
啟二年（886），僖宗再次離開長安之後。對於之前的幾次李唐變故，王建或
「力盡扶天，誠深報國，功宣匡復，以及廻鑾」，或「相繼克平，以安大駕」。
如今第二次出逃，雖然心極憂國、志切匡君，但山川杳隔，護衛無由，故以
「嵇紹之忠」與「袁安之淚」表現王建忠心護主卻又無可奈何。

　　比喻也是如此，例如《三會醮籙詞》（卷六）用「冰炭在懷」的文學比喻
來表達對災衰的憂懼。《楊鼎校書本命醮詞》（卷七）以「芒刺在躬」喻自己
「未答自天之澤」前的度日兢憂。《本命醮南斗詞》（卷七）以「功無塵芥，
過積丘山」比喻自己功微過著。擬人修辭的運用如卷一一《都監將軍周天醮
詞》的「豺豕欺天，氛霾蔽日」，將天下不臣李唐君主的亂臣賊子視為虎視眈
眈的豺豕，形象性和抒情性大為增強。同卷《醮瀘州安樂山詞》中的「素豹
玄猿」，賦予了描寫對象人的某些特徵。卷一四《威儀道眾玉華殿謝土地醮詞》
的「庭荒而綠草欺人」，「欺」字的妙用，恰如其分的表現了草生荒庭、人跡
罕至的狀態。誇張也有，比如卷一一《都監將軍周天醮詞》：「手捧天樞，身
排鯨浪。」適當誇大事實，增強表現力。又如《威儀道眾玉華殿謝土地醮詞》
（卷一四）：「崇樓戛漢，玉殿參雲。」形容樓、殿之高直逼雲、漢等等。檃
栝的修辭手法，杜氏亦偶而用之以增添文采，如《程德柔醮水府修堰詞》（卷
一一）：「且食乃民天，人為邦本。」前句檃栝《漢書・酈食其》：「王者以民
為天，而民以食為天。」後句檃栝《尚書・五子之歌》：「民惟邦本，本固邦
寧。」《天賜觀告封章李二真人醮詞》（卷一六）：「夕惕晝乾。」則是檃栝《周
易・乾》：「君子終日乾乾，夕惕若厲，无咎。」

　　在詞語修飾方面，杜光庭更是字斟句酌，特別重視色彩的點染，喜歡使
用富麗典雅的詞彙，造成絢麗的效果。如「丹崖翠巘，雖傳隕圮之聲；紺殿
彤軒，靡有震驚之變」〔註135〕、「今屬醮陳翠埤，詔降紫泥」〔註136〕、「飛閣
層樓，奪晨輝於峭壁；風窗雲棟，增異境於崇林」〔註137〕、「碑鏤天章，額題

〔註135〕杜光庭《廣成集》卷一〇《司徒青城山醮詞》，見《道藏》第十一冊，278頁
　　　　上。
〔註136〕杜光庭《廣成集》卷一六《漢州太尉於仙居醮詞》，見《道藏》第十一冊，304
　　　　頁上。
〔註137〕杜光庭《廣成集》卷一二《親隨司空為大王醮葛仙化詞》，見《道藏》第十一
　　　　冊，286頁下。

御筆。崇樓戛漢，玉殿參雲」〔註138〕。如此頗富文采的清詞麗句，即便是與六朝優秀的駢文之作相較，也毫不遜色。嚴格的《四庫全書總目》作者給與高度評價：「光庭駢偶之文，詞頗贍麗。」〔註139〕良有以也。

〔註138〕杜光庭《廣成集》卷一四《威儀道眾玉華殿謝土地醮詞》，見《道藏》第十一冊，295 頁中。

〔註139〕永瑢等撰《四庫全書總目》（下冊），中華書局 2008 年影印，1305 頁上。

第四章　宋前茅山宗散文創作

散文是茅山宗文學重要的組成部分，也是體現其文學成就的重要方面。不過，由於種種原因，學界對其研究甚少，專門的散文史如陳柱的《中國散文史》〔註1〕、郭預衡的《中國散文史》〔註2〕除對陶弘景散文進行概述性地評介外，其餘散文很少涉及，相當數量的文章，更是無人問津。實際上，無論是思想內容抑或是藝術成就，這些散文都頗值得注意。因此，有必要對它作全面研究，以提高茅山宗文學甚至道教文學研究的深度和廣度。

粗略統計，茅山宗散文今存 140 餘篇，數量可觀，包括序、表、啟、疏、狀、書、論、記、銘、碑、墓誌、贊等多種形式，其中序、碑及奏議類的文章較多。

第一節　宣教闡理之序文

作為一種文體，序文可謂源遠流長。任昉《文章緣起》云：「序起《詩大序》，序所以序作者之意，謂其言次第有序也。」吳訥《文章辨體序說》云：「序之體，始於《詩》之《大序》，首言六義，次言《風雅》之變，又次言《二南》王化之自。」二人均將《詩大序》的產生作為序文濫觴之標誌。《詩大序》成書年代目前尚有諸多爭論，不過，一般傾向於漢初，故序文也當肇興於此時。褚斌傑指出：「序的正式出現大約由漢開始。司馬遷的《史記》有《太史

〔註1〕將陶氏散文列為「寫景派之散文」，論述簡略，僅錄《謝中書書》一篇。詳見陳柱《中國散文史》，上海書店 1987 年版，第 186 頁。
〔註2〕僅提及陶氏書、序，詳參郭預衡《中國散文史》（上），上海古籍出版社 2000年版，第 517～518 頁。

公自序》，班固的《漢書》有《敘傳》，揚雄的《法言》有《法言序》。」〔註3〕

　　序文一般冠於著述之首，多是「說明書籍著述或出版意旨、編次體例和作者情況等的文章，也可包括對作家作品的評論和有關問題的研究闡發」〔註4〕，有助於讀者瞭解作者生平、思想及創作緣起、著作面貌等各方面情況，一定程度上可補史之缺，因此備受重視。清人王之績極為推崇：「概論詩文當先文而後詩。專以文論，又當先序而後及他文……自古迄今，文章用世，惟序為大，更無先於此者。」〔註5〕

　　一般而言，序文主要分為兩類：一是介紹詩文集之書序或稱著作序，指對著作「寫作緣由、內容、體例和目次，加以敘述，申說」〔註6〕，比如詩序、賦序等。二是酬贈友朋之贈序，「內容多推重、贊許或勉勵之辭」〔註7〕。相較書序，贈序出現較晚，由詩序演變而來。

　　茅山宗 38 篇序文基本不出書序範圍，其中包括論序、頌序、贊序、詩序、賦序、符序、經序等多種形式。具體情況如表所示：

作者	篇名	出處
陶弘景 8篇	《〈登真隱訣〉序》	《華陽陶隱居集》卷上
	《〈藥總訣〉序》	
	《〈肘後百一方〉序》	
	《〈本草〉序》	
	《〈洞玄靈寶真靈位業圖〉序》	《道藏》第三冊
	《〈養性延命錄〉序》	《道藏》第十八冊，《雲笈七籤》卷三二
	《〈古今刀劍錄〉序》	《百川學海》第四十三冊
	《〈相經〉序》	《華陽陶隱居集》卷下
司馬承禎 （8篇）	《〈天隱子〉序》	《道藏》第二十一冊，《全唐文》卷九二四
	《〈坐忘論〉序》	《道藏》第二十二冊，《雲笈七籤》卷九四，《全唐文》卷九二四

〔註3〕褚斌傑《中國古代文體概論》（增訂本），北京大學出版社 1990 年版，第 362～363 頁。

〔註4〕《辭海・文學分冊》，上海辭書出版社 1981 年版，第 245 頁。

〔註5〕王之績《鐵立文起》前編卷一「論序」，見《四庫全書存目叢書》，齊魯書社 1997 年版，700 頁上。

〔註6〕褚斌傑《中國古代文體概論》（增訂本），北京大學出版社 1990 年版，第 362。

〔註7〕《辭海・文學分冊》，上海辭書出版社 1981 年版，第 245 頁。

	《〈服氣精義論〉序》	《道藏》第十八冊，《雲笈七籤》卷五七
	《〈上清含象劍鑒圖〉序》	《道藏》第六冊，《全唐文》卷九二四題為《上清含象鑒圖序》
	《景震劍序》	《道藏》第六冊，《全唐文》卷九二四
	《〈太上昇玄消災護命妙經頌〉序》	《道藏》第五冊，《全唐文》卷九二四
	《〈地宮府圖〉序》	《雲笈七籤》卷二七，《全唐文》卷九二四
	《〈上清侍帝晨桐柏真人真圖贊〉序》	《全唐文》卷九二四，《道藏》第十一冊
吳筠 （5篇）	《〈形神可固論〉序》	《道藏》第二十三冊《宗玄先生文集》卷中，《全唐文》卷九二六
	《〈玄綱論〉後序》	《全唐文》卷九二五
	《〈高士詠〉序》	《全唐詩》卷八五三
	《〈廬山雲液泉賦〉序》、《〈玄猿賦〉序》	《道藏》第二十三冊《宗玄先生文集》卷中
李含光 （1篇）	《〈太上慈悲道場消災九幽懺〉序》	《道藏》第十冊，《全唐文》卷九二七
韋渠牟 （1篇）	《〈商山四皓畫圖贊〉序》	《全唐文》卷六二三
徐靈符 （1篇）	《〈通玄真經〉序》	《道藏》第十六冊
杜光庭 （14篇）	《〈洞玄靈寶三師記〉序》	《道藏》第六冊
	《〈道德真經廣聖義〉序》	《道藏》第十四冊，《全唐文》卷九三一
	《〈太上洞玄靈寶素靈真符〉序》	《道藏》第六冊，《全唐文》卷九三一
	《〈道德真經玄德纂〉序》	《道藏》第十三冊，《全唐文》卷九三一
	《〈太上洞神太元河圖三元仰謝儀〉序》	《道藏》第十八冊，《全唐文》卷九三一
	《〈天壇王屋山聖跡〉敘》	《道藏》第十九冊，《全唐文》卷九三一
	《〈墉城集仙錄〉序》	《雲笈七籤》卷一一四，《全唐文》卷九三二
	《〈錄異記〉序》	《道藏》第十冊，《全唐文》卷九三二
	《〈洞天福地嶽瀆名山記〉序》	《道藏》第十一冊，《全唐文》卷九三二

《〈太上洞元靈寶無量度人上品妙經〉序》	《全唐文》卷九三二
《〈玉函經〉序》	《全唐文》卷九三二
《〈洞淵神咒經〉序》	《道藏》第六冊作《〈太上洞淵神咒經〉序》,《全唐文》卷九三二
《〈道教靈驗記〉序》	《雲笈七籤》卷一一七,《道藏》第十冊,《全唐文》卷九三二
《無上黃籙大齋後述》〔註8〕	《全唐文》卷九四四

茅山宗文才出眾、擅長著述,表內序文多數是他們為自著或自編的著作而寫,未假手於他人。這也是茅山宗序類散文多書序之重要原因。

一、序文之內容

如前已述,序的基本功能主要是說明創作緣由、內容、體例等等,茅山宗的序文功能不止於此。他們除為詩、賦、小說等文學色彩教濃的作品作序外,還為道教類著作如經、符作序,其內容呈現出多樣化的特點。

(一)在序文中闡釋道教思想

宣傳教理教義以吸引信徒擴大影響是每一個宗教徒義不容辭之責任,茅山宗也不例外。他們借作序文時時不忘弘揚道教理念。

比如貴生思想。茅山宗認為人以生命最為珍貴,「萬物之中,人最為貴」〔註9〕。陶弘景在《〈養性延命錄〉序》中說:「夫稟氣含靈,唯人為貴。人所貴者,蓋貴為生。生者神之本,形者神之具。神大用則竭,形大勞則斃。若能遊心虛靜,息慮無為,服元氣於子後,時導引於閑室,攝養無虧,兼餌良藥,則百年耆壽是常分也。」陶氏將人之生命提升到了一個非常重要的位置,而要養好生命必須身心兼養、形神兼修。「不拘禮度,飲食無節,如斯之流」〔註10〕,難免「夭傷之患」。陶氏的這番表述「為道教最終形成修性與修命並重(養神煉形,形神兼養)、動靜結合、眾術合修的醫學養生模式打下了理論基石」〔註11〕。司馬承禎也把養生與修道聯繫在一起,認為:「夫人之所貴者,

---

〔註8〕即《太上黃籙齋儀》(《道藏》第九冊)卷五二《轉經》後小序。
〔註9〕張君房纂輯、蔣力生等校注《雲笈七籤》,華夏出版社1996年版,第9頁。
〔註10〕陶弘景《〈養性延命錄〉序》,《道藏》第十八冊,474頁下。
〔註11〕蓋建民《道教醫學》,宗教文化出版社2001年版,第97頁。

生也；生之所貴者，道也。……養生者慎勿失道，為道者慎勿失生。使道與生相守，生與道相保，二者不相離，然後乃長久。」〔註12〕一切生命要想長生都應體道悟道，與道須臾不離。

又如仙道多途。司馬承禎《〈上清侍帝晨桐柏真人真圖贊〉序》云：「夫得道成真，有隱有顯。躋神化質，多術多途。」說明成仙得道有各種各樣的方法與途徑。《〈服氣精義論〉序》也說：「登仙之法，所學多途。」杜光庭《〈墉城集仙錄〉序》則詳細記載了各種修道途徑及方法，提出：「神仙之道百數，非一途所限，非一法所拘。」要根據自身實際情況選擇合適的修道方法。

（二）宣示作者的某些文章理念

茅山宗親自參與文學創作，對於創作甘苦有著深刻體會，在他們的序文中體現了許多重要的文學理念。這些理念雖顯得零散，不夠系統全面，然而，吉光片羽，彌足珍貴。

比如主張作文尚簡。從先秦道家開始，就有尚簡傳統。《老子》五千言可為簡約典範，而莊子所謂「苟簡，易養也」〔註13〕，明確提出尚簡主張。道教經典《太平經》認為「文多使人眩冥，不若舉其一綱，使萬目自列而張」〔註14〕，強調作文以簡為貴，以一當十。茅山宗也尚簡，司馬承禎《天隱子》有《易簡》篇，以為「易簡者，神仙之謂也」。凡學神仙，要先知「易簡」，「使簡易而行」〔註15〕。杜光庭以之作為評判青詞優劣之標準，認為青詞「當直指其事，務在簡而不華，實而不蕪，切不可眩文贍飾繁藻，惟質朴為上」〔註16〕。茅山宗序文很好地體現了這一點，《〈坐忘論〉序》云：「勉尋經旨，事簡理直。」《〈太上昇玄消災護命妙經頌〉序》亦云：「文雖簡略，理實淵深。」倡導文以簡為憂。在《〈肘後百一方〉序》中陶弘景批評「方術之書，卷秩徒煩」，想要翻閱卻「回惑多端」，因此才編纂《肘後百一方》，以便「一披條領，無使過差」，反映文以繁為劣。有些序文甚至還明確說明其著述之趨簡避繁，如《〈養性延命錄〉序》：「略取要法，刪棄繁蕪。」《〈形神可固論〉序》：「略述大體是非之道，……迷為詞繁。」《〈太上慈悲道場消災九幽

〔註12〕司馬承禎《〈坐忘論〉序》，張君房纂輯、蔣力生等校注《雲笈七籤》，華夏出版社1996年版，第567頁。

〔註13〕曹礎基《莊子淺注》，中華書局2002年版，第214頁。

〔註14〕王明《太平經合校》，中華書局1979年版，第448頁。

〔註15〕司馬承禎《〈天隱子〉序》，見《道藏》第二十一冊，699頁上。

〔註16〕蔣叔與《無上黃籙大齋立成儀》卷一一，見《道藏》第九冊，437頁下。

懺〉序》：「撮其樞要。」《〈洞天福地嶽瀆名山記〉序》：「聊記所營郡縣及仙壇宮觀，大數而已。」

又如在序中宣揚文貴知音的理念。對於知音的重視，古人早有認識，《古詩十九首》云：「不惜歌者苦，但傷知音稀。」〔註17〕劉勰《文心雕龍》專闢《知音》篇，開章明義：「知音其難哉！音實難知，知實難逢，逢其知音，千載其一乎！」〔註18〕強調知音難遇。茅山宗亦重視知音，陶弘景《〈本草〉序》云：「雖未足追蹤前良，蓋亦一家撰製。吾去世之後，可貽諸知音爾。」司馬承禎《〈天隱子〉序》：「思欲傳之同志。」杜光庭《〈太上洞玄靈寶素靈真符〉序》：「冀將來同好，共知濟物之志焉。」告訴世人其著述不是遺留知音就是同志、同好。在《〈登真隱訣〉序》中，陶弘景輟書歎曰：「若使顧玄平在此，乃當知我心理所得，幾於天人之際。往矣如何，孰與言哉？方將寄之於玄會耳。」惜已無可與言，只能寄託於道。這與莊子「自夫子之死也，吾無以為質矣，吾無與言之矣」〔註19〕何其相似，說明了茅山宗重視知音的態度。

（三）介紹著述有關情況

主要包括以下幾項內容：

一是說明創作緣起、內容及體例。如陶弘景的《〈肘後百一方〉序》，開篇即說明因「見葛氏《肘後救卒》，殊足申一隅之思」，而且葛氏書有所闕漏，未盡其善，已經很不符合當時要求了，所以才「更採集補闕，凡一百一首，以朱書甄別，為《肘後百一方》，於雜病單治，略為用遍」。接著又說明寫作目的：「今余撰此，蓋欲衛輔我躬。」著墨不多卻將各方面情況交代得清清楚楚。通過這些敘述，讀者對於著作的基本情況已有大致瞭解。司馬承禎《〈坐忘論〉序》也是如此：

> 由此言之，修短在己，得非天與，失非人奪。捫心苦晚，時不少留。所恨朝菌之年，已過知命，歸道之要，猶未精通。為惜寸陰，速如景燭。勉尋經旨，事簡理直，其事易行。與心病相應者，約著安心坐忘之法，略成七條，修道階次，兼其樞翼，以編敘之。〔註20〕

這類文字類似新書推介說明書，為讀者瞭解該書提供了必要的信息。

〔註17〕馬茂元《古詩十九首初探》，陝西人民出版社1982年版，第62頁。
〔註18〕劉勰著、范文瀾注《文心雕龍注》，人民文學出版社1962年版，第713頁。
〔註19〕曹礎基《莊子淺注》，中華書局2002年版，第369頁。
〔註20〕張君房纂輯、蔣力生等校注《雲笈七籤》，華夏出版社1996年版，第567頁。

　　二是作者行跡或著述評介。作為修道之人，茅山宗隱居山林，倚岩棲影，少於塵俗之人接觸，因此，他們的生平資料非常之少，或史載不明，以至於他們當中有些人物的行跡及活動難以查考，給讀者認識茅山宗，解讀他們的作品帶來了極大不便。細審茅山宗序文，我們發現其中或詳或略嵌入作者生平行跡，為人們瞭解作者和作品提供某些重要的資料，可補史之不足。如陶弘景《〈登真隱訣〉序》：「頃巖居務靜，頗得恭潔。」《〈肘後百一方〉序》：「太歲庚辰，隱居曰：『余宅身幽嶺，迄將十載。』」《〈本草〉序》：「隱居在乎茅山巖嶺之上，以吐納餘暇，頗遊意方技。」《〈養性延命錄〉序》：「余因止觀微暇，聊復披覽《養生要集》。」綜合以上信息，即可明瞭陶弘景隱居茅山日常生活之大致狀況。

　　杜光庭《〈道德真經玄德纂〉序》是為他人著作寫的序，序末簡介作者：

> 弘農強思齊，字默越，濛陽人也。幼栖玄關，早探妙旨。卝歲
> 侍先師京金仙觀，講論大德，賜紫全真，居葛仙中宮。熉頌之餘，
> 服勤不怠，綽有聲稱，為時所推。僖宗皇帝順動六飛，駐蹕三蜀，
> 五月應天節，默起祝壽行殿，寵賜紫衣。高祖神武皇帝應曆開圖，
> 配天立極，二月壽春節，允承明命，賜號「玄德大師」。奕世棲心，
> 皆洽光寵，羽衣象簡，其何盛歟！每探討幽玄，發揮流俗，期以譚
> 講之力，少報聖明之恩。〔註21〕

　　介紹強思齊的為人、事蹟是為了讓讀者讀其書，知其人。對強氏所作《道德真經玄德纂》亦給予了肯定評價：「文約而義該，詞捷而理當……，庶乎攬之易曉，傳之無窮。」文字不多，卻很有說服力。

　　三是著述時間。有些茅山宗序文末還附以準確的著述時間，具有一定的史料價值。如徐靈符《〈通玄真經〉序》末云：「默希以元和四載，投跡衡峰之表，考室華蓋之前，迨經八稔。」明確交代了徐氏棲止衡山在公元809年，歷經八年即元和十一年（816）才注釋完《通玄真經》。後又「以元和十年（815），自衡岳移居台嶺，定室方瀛，至寶曆初歲（825），已逾再閏」〔註22〕。由此可知徐靈府注《通玄真經》始於衡山而成於天台山。

　　杜光庭的序文絕大多數都注明準確時間，如：

〔註21〕《道藏》第十三冊，357頁中～頁下。
〔註22〕《唐文拾遺》卷五〇徐靈府《天台山記》，見董誥《全唐文》（第十一冊），中華書局2001年影印，10948頁上。

時大順二年（891）辛亥八月三日庚辰，成都玉局化閱省科教，聊記云耳。〔註23〕

天復辛酉（901）八月四日癸未，華頂羽人杜光庭於成都玉局編錄。〔註24〕

天復元年（901）龍集辛酉九月十六日甲子序。〔註25〕

乾德二年（920）庚辰降聖節戊申日，廣成先生光祿大夫尚書戶部待郎上柱國蔡國公杜光庭序。〔註26〕

有唐龍集庚辰（920）中元日甲辰序。〔註27〕

根據序文時間，再結合有關歷史記載完全可為其著作編年，也可作為編輯杜氏年譜的重要依據。

四是著述之流傳情況。如陶弘景的《〈藥總訣〉序》開篇即云：「上古神農，作為《本草》。凡著三百六十五種，以配一歲，歲有三百六十五日，日生一草，草主一病。上應天文，中應人道，下法地理，調和五味，製成醪醴，以備四氣為弗服，欲其本立道生者也。當斯之時，人心素朴，嗜欲寡少，設有微疾，服之萬全。自此之後，世偽情澆，智慮日生，馳求無厭，憂患不息。故邪氣數侵，病轉深痼，雖服良藥不愈。其後雷公、祠（應為『桐』）君更增演《本草》，二家藥對，廣其主治，繁其類族。……三家所列疾病，互有盈縮，或物異而名同，或物同而名異，或冷熱乖違，甘苦背越，採取殊法，出處異所。」大致指出了《本草》的流傳狀況，並附有簡評。《〈本草〉序》也有關於《本草》流傳之記載：

至於桐、雷，乃著在於編簡。此書應與《素問》同類，但後人多更修飾之爾。秦皇所焚，醫方、卜術不預，故猶得全錄。而遭漢獻遷徙，晉懷奔迸，文籍焚靡，千不遺一。今之所存，有此四卷，是其本經。所出郡縣，乃後漢時制，疑仲景、元化等所記。又云有《桐君採藥錄》，說其花葉形色；《藥對》四卷，論其佐使相須。魏

〔註23〕杜光庭《無上黃籙大齋後述》，見董誥《全唐文》（第十冊），中華書局 2001年影印，9811 頁上。

〔註24〕杜光庭《〈洞天福地嶽瀆名山記〉序》，見《道藏》第十一冊，55 頁中～頁下。

〔註25〕杜光庭《〈道德真經廣聖義〉序》，見《道藏》第十四冊，310 頁中。

〔註26〕杜光庭《〈道德真經玄德纂〉序》，見《道藏》第十三冊，357 頁下。

〔註27〕杜光庭《〈洞玄靈寶三師記〉序》，見《道藏》第六冊，751 頁中。

晉已來，吳普、李當之等，更復損益。或五百九十五，或四百四十
一，或三百一十九，或三品混糅，冷熱舛錯，草石不分，蟲獸無辨，
且所主治，互有得失。〔註28〕

較之《〈藥總訣〉序》，敘述較為詳細。陶氏按照時間順序對《本草》的
發展脈絡進行了系統細緻的梳理，指出上古神農的《本草》，桐君、雷公才著
於編簡，結束了「識識相因」的傳承過程。秦皇焚書幸免於難，後又經過張
仲景、華佗、吳普、李當之等人的陸續增補附益，至今僅存四卷，且「醫家
不能備見」，於是「苞綜諸經，研括煩省」，注釋《本草》。

又如杜光庭《無上黃籙大齋後述》，不僅基本展示了杜氏之前道教典籍的
編纂、散佚、留存等情況，而且還反映了杜氏於唐末社會動盪、戰火連綿之
際，備涉艱難，搜集「經誥」三千卷的辛苦過程〔註29〕。再如他的《〈道德真
經廣聖義〉序》，詳載杜之前哲后明君、鴻儒碩學詮疏箋注《道德經》六十家
名單，是對唐前《道德經》注疏的全面總結，「能使人瞭解從《道德經》問世
以後到杜光庭為止的長時期中，歷代注解《道德經》的大致脈絡」〔註30〕，
無異於一份彌足珍貴的杜光庭時期研究《道德經》的必讀書目。值得我們注
意的是，由於其中相當一部分著作今已不存，賴此序文得知其名，不過，其
中所載也難免疏誤紕漏〔註31〕。

二、序文之論證方法、句式與語言風格

茅山宗序文特色可歸納為三點：

一是採用多種論證手法。一般來說，序文基本上是以議論和敘述為主要
表達方式，而茅山宗序文，多數是以議論為主。在議論的過程中，為增強說
服力，茅山宗序文採用了多種論證手法。

如舉例論證，陶弘景《〈登真隱訣〉序》為說明「非學之難，解學難」，
舉例說：

屢見有人得兩三卷書、五六條事，謂理盡紙上，便入山脩用，

〔註28〕陶弘景《華陽陶隱居集》卷上，見《道藏》第二十三冊，648頁上～頁中。
〔註29〕陳國符云：「至五季重建《道藏》，其可考者，一在蜀中，杜光庭建。一在天
　　　　台桐柏宮，吳越忠懿王建。後者宋金允中謂其甚多顛倒錯誤。」參看陳國符
　　　　《道藏源流考》，中華書局1985年版，第127～128頁。
〔註30〕卿希泰主編《中國道教史》(第二卷)，四川人民出版社1996年版，第436頁。
〔註31〕詳參孫亦平《杜光庭評傳》，南京大學出版社2005年版，第120頁。

動積歲月，愈久愈昏。此是未造門牆，何由眂其帷席。試略問麤處，
已自茫然，皆答言經說止如此，但謹依存行耳。乃頗復開動端萌，
序導津流。若值智尚許人，脫能欣爾感悟，詢訪是非。至於愚迷矜
固者，便徑道：「君何以穿鑿異同，評論聖文！」或有自執己見，或
云承舊法，永無肯發對揚之懷。此例不少，可為痛心。〔註32〕

通過舉例，加深了讀者對作者觀點的理解。其他如《〈養性延命錄〉序》、
《〈相經〉序》、《〈形神可固論〉序》、《〈墉城集仙錄〉序》、《〈洞淵神咒經〉
序》等等，都例舉了一定的事實來證明觀點，取得了較好的效果。

又如引用論證。大部分茅山宗序文都喜歡直接引用道教典籍。例如司馬
承禎《〈坐忘論〉序》引《妙真經》中的「人常失道，非道失人；人常去生，
非生去道」，說明道對於人的重要意義。又引《西升經》裏的「我命在我，不
屬於天」，強調人之生命，能由自我決定，不由天地掌握。吳筠《〈形神可固
論〉序》引《玄和經》中的「人絕十二多少，抱宗元一，可得長生」，又引《玉
京山經》中的「常念餐元精，煉液固形質。胎息靜百關，寥寥究三便。泥丸
洞明景，遂成金華仙」，來說明人如此才可「與天地齊壽，日月齊明」。有的
引用道門名人名言，司馬承禎《〈服氣精義論〉序》引黃帝曰：「食穀者智而
夭，食氣者神而壽，不食者不死。」又引真人曰：「夫可久於其道者，養生也；
常可與久遊者，納氣也。」用以證明服氣益處。陶弘景《〈肘後百一方〉序》
云：「葛氏序云：『可以施於貧家野居。』」則是間接引用葛洪《〈肘後備急方〉
序》。還有的援引儒家典籍或佛經，吳筠《〈高士詠〉序》：「夫子曰：『隱居以
求其志，行義以達其道。』」《〈玄猿賦〉序》：「昔夫子歎山梁雌雉曰：『時哉，
時哉。』」均引自《論語》。杜光庭《〈道教靈驗記〉序》云：「《書》曰：『不
獨親其親，天下皆親；不獨子其子，天下皆子。』……《書》曰：『惟上帝不
常，作善降之百祥，作不善降之百殃。』」前者不見《尚書》，可能是化用了
《禮記·禮運》裏的「故人不獨親其親，不獨子其子」，後者引自《尚書·伊
訓》原文。又陶弘景《〈肘後百一方〉序》：「且佛經云：『人用四大成身，一
大輒有一百一病。』」據《弘明集》卷五晉慧遠《明報應論》云：「夫四大之
體，即地、水、火、風耳，結而成身，以為神宅。」〔註33〕佛教以為人身由
此四大組成。陶氏所引「未必是某佛經的原文，而可能是他對佛教醫學理念

〔註32〕陶弘景《華陽陶隱居集》卷上，見《道藏》第二十三冊，647 頁上。
〔註33〕僧祐《弘明集》，上海古籍出版社 1991 年影印，34 頁上。

的轉述」〔註 34〕。

　　為使論說易於理解，具有形象性，茅山宗也採用譬喻論證，所謂「喻巧而理至」（《文心雕龍‧論說》）。如陶弘景《〈肘後百一方〉序》：「疾而不治，猶救火而不以水也。」用不以水救火比喻有病不治。又如《〈洞玄靈寶真靈位業圖〉序》：「若不精委條領，略識宗源者，猶如野夫出朝廷，見朱衣必令史；句驪入中國，呼一切為參軍。」用農夫入朝廷和外國入中國譬喻不知悉神仙條目要領及其淵源的後果，非常形象地說明了編排神仙譜系的必要性。再如司馬承禎《〈坐忘論〉序》：「人之有道，如魚之有水。涸轍之魚，猶希斗水。」以魚與水的關係比喻人與道，形象地論證了修道之重要。

　　另外，還有對比論證。茅山宗有時運用對比的論證方法來突出論述對象的獨特之處，如司馬承禎《〈服氣精義論〉序》記載說：

　　　　登仙之法，所學多途；至妙之旨，其歸一揆。或飛消丹液，藥效升騰；或齋戒存修，功成羽化。然金石之藥，實虛費而難求；習學之功，彌歲年而易遠。若乃為之速效，專之克成，虛無合其道，與神靈合其德者，其唯氣妙乎！〔註 35〕

　　通過比較，讀者對於三種「登仙之法」的認識更加深刻。丹藥成本太高，齋戒費時費力，服氣之速效便捷於此顯露無疑。

　　二是句式靈活多變。茅山宗序文大多以駢文為主，但有時並不刻意追求駢體句式，而是一任自然，根據行文需要時駢時散，靈活多變，讀來頗覺暢達、自然。如陶弘景《〈本草〉序》中的一段：

　　　　昔神農氏之王天下也，畫八卦以通鬼神之情，造耕種以省殺生之弊，宣藥療疾以拯天傷之命。此三道者，歷眾聖而滋彰。文王、孔子，象象繫辭，幽贊人天；后稷、伊尹，播厥百穀，惠被群生。歧（應為岐）、黃、彭、扁，振揚輔導，恩流含氣，並歲踰三千，民到於今賴之。但軒轅以前，文字未傳，如六爻指垂，畫像稼穡，即事成迹。至於藥性所主，當以識識相因，不爾，何由得聞？至於桐、雷，乃著在於編簡。此書應與《素問》同類，但後人多更修飾之爾。秦皇所焚，醫方、卜術不預，故猶得全錄。而遭漢獻遷徙，晉懷奔

〔註 34〕王京州《陶弘景集校注》，上海古籍出版社 2009 年版，第 119 頁。
〔註 35〕《道藏》第十八冊，447 頁中。

迸，文籍焚靡，千不遺一。〔註36〕

這段文字不全用四、六句式，偶而雜以二字或九字句，顯得疏密有致，富有變化，讀來抑揚頓挫，朗朗上口，猶如泉水叮咚，蜿蜒曲折而又舒緩流暢。又如杜光庭《〈太上洞玄靈寶素靈真符〉序》開篇云：

> 《素靈符》者，天師翟君乾祐乾元中自黃鶴山泝流入蜀，至巫山峽，耽翫林泉，周歷峰岫，躊躕歲餘。南至清江，北及上庸，周旋千餘里，神墟靈跡，巖岙洞室，靡不臨眺。一夕，夢真人長丈餘，素衣華冠，立於層崖之上，俯而視之，若有所命。君翼日登天尊峰，瞻仰禮謁，果見真人也。〔註37〕

基本上是散體，行文靈活，不拘長短，既沒有整齊劃一的駢文儷句，又沒有嚴格的對仗與諧韻，顯得活潑自然而不呆板停滯。其他如《〈登真隱訣〉序》、《〈養性延命錄〉序》、《〈形神可固論〉序》中也是屢有所見，此不復舉。

三是敘述簡約概括。茅山宗作文尚簡，因而他們的序文長則千餘字，短則幾十字，卻也井然有序，簡單明瞭。如陶弘景《〈古今刀劍錄〉序》僅五十餘字就清楚地說明了前王後帝重鑄刀劍卻略於記注的原因、編纂之由及意義，言簡意賅。又如為鍾武隸《相經》作的《〈相經〉序》：

> 相者，蓋性命之著乎形骨，吉凶之表乎氣貌。亦猶事究謀而後動，心先動而後應。表裏相感，莫知所以然。且富貴壽夭，各值其數。董賢甫在弱冠，便位過三公，貲半於國，而纔出三十，身摧家破。馮唐袴穿郎署，揚雄壁立高閣，而並至白首。或垂老玉食，而官不過尉史。或穎惠若神，僅至齠齔。或不辯菽麥，更保黃耇。此又明其偏有得也。〔註38〕

不到兩百字，卻簡要表達了三方面內容：其一認定相貌與人之命運、吉凶具有對應關係；其二又認為富貴壽夭均有天命，非人力所能控制；其三說明富貴與壽夭、聰慧與顯達不可兼得。

同時代的劉孝標亦為此書作過序，其文曰：

> 夫命之與相，猶聲之與響。聲動乎幾，響窮乎應。雖壽夭參差，賢愚不一，其間大較，可得聞矣。若乃生而神睿，弱而能言，八彩

〔註36〕陶弘景《華陽陶隱居集》卷上，見《道藏》第二十三冊，648頁上～頁中。
〔註37〕《道藏》第六冊，343頁中。
〔註38〕陶弘景《華陽陶隱居集》卷下，見《道藏》第二十三冊，652頁中。

光眉，四瞳麗目，斯實天姿之特達，聖人之符表。洎乎日角月偃之奇，龍樓虎踞之美，地靜鎮於城纏，天關運於掌策，金槌玉枕，磊落相望，伏犀起蓋，隱轔交映，井宅既兼，食匱已實，抑亦帝王卿相之明効也。及其深目長頸，頯顏蹙齃，虵行鶩立，貑喙鳥味，筋不束體，血不華色，手無春荑之柔，髮有寒蓬之悴，或先吉而後凶，或少長乎窮乏，不其悲歟！至如姬公凝負圖之容，孔父眇栖遑之迹，豈本知其有後，黃中明其可貴，其間或躍馬膳珍，或飛而食肉，或皂隸晚侯，或初形未正，銅巖無以飽生，玉饌終乎餓死。因斯以觀，何事非命！〔註39〕

認為相貌與命運如同聲與響一樣，互為因果，並列舉了一系列事實宣傳天命、天人相副。二序比較，陶序明顯語簡文省。再如司馬承禎《景震劍序》，開篇進行劍名釋義。接著描述劍之外表，「扐神代形之義，已覩於真規；收鬼摧邪之理，未聞於奇製」。短短幾句，即將劍之作用非常清楚地表達出來。

序文中有關人物事蹟敘述、評論的部分，茅山宗也是語極簡略卻並不顯單薄。如《〈本草〉序》敘及隱居茅山時的陶弘景「以吐納餘暇，頗遊意方技，覽《本草》藥性」。《無上黃籙大齋後述》記載杜光庭「漂寓成都，扈蹕還京，淹留未幾，再為搜訪，備涉艱難」。《〈洞淵神咒經〉序》評價王纂「常以陰功濟物，仁逮蠢類」。基本上都是寥寥數語，卻給人整體而鮮明的印象，產生了很好的藝術效果。

第二節　紀德敘哀之碑誌

劉勰《文心雕龍・誄碑》云：「碑者，埤也。上古帝皇，紀號封禪，樹石埤嶽，故曰碑也。周穆紀跡於弇山之石，亦古碑之意也。又宗廟有碑，樹之兩楹，事止麗牲，未勒勳績，而庸器漸缺，故後代用碑，以石代金，同乎不朽，自廟徂墳，猶封墓也。自後漢以來，碑碣雲起。」〔註40〕說明碑文乃刻於金石之上，興盛於東漢。葉昌熾亦云：「凡刻石之文皆謂之碑，當自漢以後始。」〔註41〕碑文的作用按照劉勰的說法是「標序盛德」、「昭紀鴻懿」，基本

〔註39〕劉峻著、羅國威校注《劉孝標集校注》，學苑出版社2003年版，第139～140頁。

〔註40〕劉勰著、范文瀾注《文心雕龍注》，人民文學出版社1962年版，第214頁。

〔註41〕葉昌熾撰、韓銳校注《語石校注》，今日中國出版社1995年版，第282頁。

上是以旌揚功業為主。可以說，所謂碑文就是刻於石碑之上以旌之不朽，流芳百世，帶有紀念性質的一類文字。徐師曾以為碑文「有山川之碑，有城池之碑，有宮室之碑，有橋道之碑，有壇井之碑，有神廟之碑，有家廟之碑，有古蹟之碑，有風土之碑，有災祥之碑，有功德之碑，有墓道之碑，有寺觀之碑，有託物之碑」十四種〔註42〕。葉昌熾《語石》按照功能又將碑文分述德、敘事、銘功、纂言四類。實際上，「按照其用途和內容大致可以分為三種：紀功碑文、宮室廟宇碑文和墓碑文」〔註43〕。茅山宗碑文現存10篇，主要是宮室廟宇碑文和墓碑文。

一、以館、壇為對象的宮室廟宇碑文

關於宮室廟宇碑文，褚斌傑說：「古代凡有重大的興建，往往也勒石立碑，除宮室、廟宇在興建、改建時往往立碑誌其緣由、經過以外，其他如開山、濬河、築域池、修橋道，也多建碑紀事。」〔註44〕這些皆可稱為宮室廟宇碑文。宋前茅山宗碑文中可歸入這一類的有《茅山曲林館銘》、《太平山日門館碑》、《茅山長沙館碑》、《許長史舊館壇碑》及《許長史舊館壇碑陰記》，均為陶弘景撰。為方便論述，我們根據撰寫對象的不同將這5篇碑文分為兩類。

第一類以館為對象，包括《茅山曲林館銘》、《太平山日門館碑》和《茅山長沙館碑》3篇。形式上，碑文一般由碑序和銘文兩部分組成。碑序記事，多用散文或駢文撰寫，篇幅較長，亦可稱之為序或志。銘文讚頌，多用詩賦體，文字簡短，卻「序事清潤」〔註45〕，所謂「銘兼褒贊，故體貴弘潤」〔註46〕，這部分更能體現作者才情。除《茅山長沙館碑》外，其他兩篇均是殘篇。《茅山曲林館銘》，張燮《七十二家集·陶隱居集目錄》題為《茅山曲林館碑銘》。從內容和形式看，所存應是讚頌性的銘文：

> 層嶺外峙，邃宮內映。仄穴旁通，紫泉遠鏡。尚德依仁，祈生翊命。且天且地，若凡若聖。連甍比棟，各謂知道。參差經術，跌

〔註42〕徐師曾著、羅根澤校點《文體明辨序說》，人民文學出版社1998年版，第144頁。
〔註43〕褚斌傑《中國古代文體概論》（增訂本），北京大學出版社1990年版，第417頁。
〔註44〕褚斌傑《中國古代文體概論》（增訂本），北京大學出版社1990年版，第420。
〔註45〕《〈文選〉序》，見蕭統編、李善注《文選》（第一冊），上海古籍出版社1986年版，第2頁。
〔註46〕劉勰著、范文瀾注《文心雕龍注》，人民文學出版社1962年版，第195頁。

宕辭藻。孰如曲林，獨為勁好。掩跡韜功，守茲偕老。〔註47〕

館為道教主要活動場所，建於山林之中，陳國符以為其源於張天師設立的二十四治，「山居修道者皆居山洞，即於其旁築有館舍。此即後世道館之始」〔註48〕。南朝修道場所多稱館，唐宋時期遂以觀代館。曲林館位於茅山，陶弘景曾居於此。銘文以簡括的文辭描述了曲林館周邊之山川形勝，其中云：「層嶺外峙，邃宮內映。仄穴旁通，縈泉遠鏡。」通過「嶺」、「宮」、「穴」、「泉」等幾個具體可感之物，著意其環境之幽靜。「連甍比棟，各謂知道」，既突出了曲林館宮觀樓宇鱗次櫛比，又頌揚了其神靈之處，以之為「聖」，並「參差經術」，通曉天地之道。明高似孫《〈真誥〉敘》云：「陶君銘茅山曲林館廼云：『祈生翊命，各謂知道。參差經術，跌宕辭藻。』是數語者，全為誥設。此翁一銘，猶足為山中無窮清風，況書乎？」〔註49〕

與《茅山曲林館銘》不同的是，《太平山日門館碑》僅有部分碑序：

日門館者，東霞啟暉，開巖引燭，以為名也。先是吳郡杜徵君，

聲高兩代，德冠四區；教義宣流，播乎數郡。拓宇太平之東，結架

菁山之北。爰以此處幽奇，別就基構。棲集有道，多歷世年。〔註50〕

清楚地交代了日門館命名緣由、建造者及地理位置。文中「吳郡杜徵君」即杜京產，據《南史‧杜京產傳》云：「永明十年，……表薦京產，徵為奉朝請，不至。於會稽日門山聚徒教授。」〔註51〕從殘留的這部分序文看，「其敘事也該而要，其綴采也雅而澤」〔註52〕，較好地體現了「碑披文以相質」〔註53〕的特點。

《茅山長沙館碑》是一篇完整的宮室廟宇碑文，前有碑序後亦有銘文。碑序並非《太平山日門館碑》以「日門館者，東霞啟暉，開巖引燭，以為名也」的方式直入主題，將筆端引入撰寫對象，而是以「夫萬象森羅，不離兩儀之育；百法紛湊，無越三教之境」的議論開篇。然後由一組對比：「搢紳之士，飾禮容於闡閣；耿介之夫，揚旌麾於山裔。」收束全篇，別開生面。僅

〔註47〕陶弘景《華陽陶隱居集》卷下，見《道藏》第二十三冊，652 頁上。

〔註48〕陳國符《道藏源流考》，中華書局 1985 年版，第 267 頁。

〔註49〕《道藏》第二十冊，490 頁中～頁下。

〔註50〕陶弘景《華陽陶隱居集》卷下，見《道藏》第二十三冊，651 頁下。

〔註51〕李延壽等撰《南史》，中華書局 1975 年版，第 1881 頁。

〔註52〕劉勰著、范文瀾注《文心雕龍注》，人民文學出版社 1962 年版，第 214 頁。

〔註53〕陸機《文賦》，見蕭統編、李善注《文選》（第二冊），上海古籍出版社 1986
　　　年版，第 766 頁。

僅五十餘字，既沒有敍述長沙館興建緣由、過程及周邊形勝，也不載其通神感應，而是通過碑序表明其三教立場。碑序之後用「銘曰」引起銘文：

> 大哉乾元，萬物資始。皇王受命，三才乃理。惟聖感神，惟神降祉。德被歌鍾，名昭圖史。友于兄弟，敬惟西宣。言追茂實，用表遺先。敢巡舊制，有革雜章。刊石弗朽，奕代留芳。〔註54〕

文辭整飭簡潔。「刊石弗朽，奕代留芳」，明確建碑撰文目的。值得注意的是，整篇碑文從碑序到銘文似乎都與長沙館無關，但高遠的立意卻可以涵蓋長沙館。

第二類以壇為對象，《許長史舊館壇碑》〔註55〕和《許長史舊館壇碑陰記》即屬此類。《許長史舊館壇碑》之許長史即許謐，「升平末，除護軍長史」，故稱許長史。此碑有序有銘，序文同《茅山長沙館碑》碑序一樣，並未直接交代碑文對象的相關情況，而是以「悠哉曠矣，宇宙之靈也。固非言象所傳，文跡可記，默然則後之人奚聞乎」開篇，強調文字記載之重要性。然後歷敍茅山之跡及許長史舊館壇歷史沿革。接著直書許長史及其家族成員的相關事蹟，保存了許多有關許氏父子生平的第一手資料，具有很高的史料價值。試讀其中一段：

> 真人姓許諱穆，世名謐，字思玄，本汝南平輿人。後漢靈帝中平二年，六世祖光，字少張，避許相諛佞，乃來過江，居丹陽句容都鄉之吉陽里，後仕吳為光祿勳，識宇亮拔，奕葉才明。祖尚，字元甫，有文章機見，吳中書郎。父副，字仲先，器度淹通，風格清簡，晉剡令、寧朔將軍、下邳太守、西城侯。長史，副第五子也，正生，少知名。簡文在藩，為世表之交。起家太學博士，朝綱禮肆，儒論所宗。出為餘姚令，勤恤民隱，惠被鄰邑，徵入凱闈，納言帝側。升平末，除護軍長史、本郡中正，外督戎章，內銓茂序。遏邦肅律，鄉采砥行。太和中，遷給事中散騎常侍，蟬冕輝華，事歸尚德。簡文踐極，方憂國老，儵值晏駕，於焉告退，專靜山廬，以脩上道。君雖揖紱朝班，諷議庠塾，而心標象外，志結霞門。第四兄遠遊，永和四年，嘉遯不

〔註54〕陶弘景《華陽陶隱居集》卷下，見《道藏》第二十三冊，651頁下。

〔註55〕此碑為陶弘景撰應無疑義，至於書此碑者還有幾種說法：一種是陶弘景書第一行；另一種是陶弘景書第一行，其餘為孫文韜書；第三種陶弘景撰，孫文韜書；第四種全為陶弘景撰並書。一般而言，我們傾向於第三種說法，詳參李靜《許長史舊館壇碑略考》，載《宗教學研究》2008年第3期。

反。君尚想幽奇，歲月彌軫，恒與楊君深結神明之契。興寧中，眾真降，楊備令宣喻。龍書雲篆，僉然遍該；靈謨奧旨，于茲必究。年涉懸車，遵行愈篤。太元元年，解駕違世，春秋七十有二。子姪禮窆虛柩於縣西大墓，京陵之蹤未遠，飛劍之埒在焉。謹按《真誥》，君挺命所基，緣業已久，乃周武王世九宮上相長里薛公之弟也。兼許肇遺功，復應垂祉後胤，故乘運託生，因資成道，玉札所授為上清真人。爵登侯伯，位編卿司，理仙撫治，佐聖牧民矣。真傳未顯，於世莫得具述（楊君諱義，事具《真誥》）。長史第三子諱玉斧，世名翽，字道翔，正生。母陶威女，先亡。已得在洞府易遷宮中。君清穎瑩潔，特絕世倫。郡舉上計掾，不赴。糠粃塵務，研精上業。即弘景玄中之真師也。恒居此宅，繕脩經法。楊君數相從就，亟通真感。太和五年，於茲告逝，時年三十。《真誥》云：「後十六年，當度東華為上相青童君之侍帝晨，受書為上清仙公，與谷希子並職。」（帝晨之仕，比世侍中）。君長兄揆，世名勖；次兄虎牙，世名聯，並亦得道。揆今有玄孫靈真在山，勅立嗣真館，以褒遠祖之德。〔註56〕

這段碑文是以許長史為中心，包括上至六世祖下至玄孫的生平事蹟均有敘述，可視為許家的簡單家譜。碑文在材料的選擇和安排上有一定標準，勾勒許氏家族總體輪廓的基礎上突出了重點，潔淨平允，從中可見作者之史才。

《許長史舊館壇碑陰記》，即《許長史舊館壇碑》背面的碑文，立於普通三年（522）五月五日。徐師曾解釋「碑陰文」說：「凡碑面曰陽，背曰陰，碑陰文者，為文而刻之碑背面也，亦謂之記。古無此體，至唐始有之。或他人為碑文而題其後，或自為碑文而發其未盡之意，皆是也。」〔註57〕顯而易見，「至唐始有之」的說法值得商榷，至少南朝梁代陶弘景時已有此類文體。《陰記》原文不長，五百餘字，對陶氏的人生軌跡按日程作流水賬式地平鋪直敘，呈現的是他天監十五（516）年 61 歲前的生平輪廓，可「補碑文所未及」〔註58〕。後又列一長名單，主要是入室弟子及「王侯、朝士、刺史、二千石過去見在受經法者」，凡二十八人，姓名之上，冠以郡邑、爵秩等。最後附以立碑時間，為相關研究提供了精確的信息。

〔註56〕陶弘景《華陽陶隱居集》卷下，見《道藏》第二十三冊，648 頁下～649 頁中。
〔註57〕徐師曾著、羅根澤校點《文體明辨序說》，人民文學出版社 1998 年版，第 145 頁。
〔註58〕葉昌熾撰、韓銳校注《語石校注》，今日中國出版社 1995 年版，第 299 頁。

二、以道教人物為主的墓碑文

墓碑文是為逝者而作，為我國古人「慎終追遠」的重要體現，主要是「記述死者生前的事蹟兼訴悼念、稱頌之情的」〔註59〕。在文章形式上，墓碑文與宮室廟宇碑文一樣，仍分前序後銘兩部分，「其序則傳，其文則銘」〔註60〕。不同者，墓碑文以寫人為主，與傳記相近。一般墓碑文立於地上，還有一種埋於地下的墓誌銘也屬此類。

1、墓碑文

宋前茅山宗今存墓碑文 3 篇，分別是陶弘景《吳太極左宮葛仙公之碑》、司馬承禎《茅山貞白先生碑陰記》、吳筠《簡寂先生陸君碑》，均為道教人物而作。與其他墓碑文相比較，在具體寫法上有所不同。

首先是碑序開篇，茅山宗不再滿足於漢魏碑文模式化地對碑主名諱、世系、行止等各個方面之平淡羅列，而是先發議論，或就某個問題表明自己的觀點，或闡述某個道理，然後再述及其人。如陶弘景《吳太極左宮葛仙公之碑》：

> 道冠兩儀之先，名絕萬物之始者。固言語所不得辯，稱謂所莫能筌焉，可以文字述云，何以金石傳古？其遂休也，則日月空照；遂默也，則生人長昏。是故出關導以兩卷，將升摛其五文，令懷靈抱識之士，知杳冥之有精焉。自時厥後，奕代問出。雲篆龍章之牒炳發於林岫，瓌辭麗氣之旨藻蔚於庭筵。其可以垂軌範、著謠誦者，迄于茲辰。〔註61〕

以議開篇，論述的是語言文字的有限性，繼而引出葛仙公。司馬承禎《茅山貞白先生碑陰記》則是先對無處不在的「道」作了一番渲染：

> 大哉道元，萬靈資孕。其自然也，忽恍不測；其生成也，氤氳可知。若夫稟習經法，精思感通，調運丹液，形神鍊化，歸同一致，舉異三清，自古所得，罕能盡善。〔註62〕

接下來一句「兼而聚之，鑒而辯之，靜而居之，勤而行之者，寔惟貞白

〔註59〕褚斌傑《中國古代文體概論》（增訂本），北京大學出版社 1990 年版，第 417 頁。

〔註60〕劉勰著、范文瀾注《文心雕龍注》，人民文學出版社 1962 年版，第 214 頁。

〔註61〕陶弘景《華陽陶隱居集》卷下，見《道藏》第二十三冊，650 頁上。

〔註62〕劉大彬《茅山志》卷二二，見《道藏》第五冊，644 頁下。

先生歟」，很自然地過渡到碑主。這樣的開篇方式避免了一開始就直書碑主名諱、籍貫，看起來也不那麼沉悶呆板，更能引起讀者的閱讀興趣。

其次在敘述碑主事蹟時，往往帶有不少神異成分，讀來猶如「雜花生樹」，別有一番風味。如陶弘景《吳太極左宮葛仙公之碑》中對於葛玄的描述：

> 公幼負奇操，超絕倫黨，神挺標峻，精暉卓逸，墳典不學而知，道術纔聞已了。非復軌儀所範，思識所該，特以域之情理之外、置之言象之表而已。吳初，左元放自洛而來授公白虎七變、爐火九丹，於是五通具足，化道無方。孫權雖愛賞仙異，而內懷猜害，翻琰之徒，皆被挫斥，敬憚仙公，動相諮稟。公馳涉川嶽，龍虎衛從。長山蓋竹，尤多去來；天台蘭風，是焉遊憩。時還京邑，視人如戲。詭譎倜儻，縱倒河山。雖投鳥履墮，叱羊石起，蔑以加焉。于時有人漂海隨風，眇漭無垠，忽值神島，見人授書一函，題曰：「寄葛仙公。」令歸吳達之。由是舉代翕然，號為仙公。……仙公赤烏七年太歲甲子八月十五日平旦昇仙，長往不返，恒與郭聲子等相隨，久當授任玄都，祇秩天爵，佐命四輔，理察人祇。〔註63〕

根據這段碑文介紹，葛玄屬於「生而知之者」，還能變化無窮，最後更被授予仙職。這完全是按照道教的要求塑造形象。司馬承禎《茅山貞白先生碑陰記》中的陶弘景也是「特稟靈氣，胎息見龍昇之夢；卓秀神儀，骨錄表鶴仙之狀。心若明鏡，洞鑒無遺；器猶洪鍾，虛受必應」。吳筠筆下的陸修靜：

> 天挺靈骨，幼含雅性，長絕塵滓。……先生登車之日，有熊虎猿鳥之屬，悲鳴擁路，出山而止。其忘情感物，有如此者。……（解化之後）膚色暉爍，目瞳朗映，但聞清香，惟不息而已。化後三日，廬山諸徒，咸見先生，霓旌紛然，還止舊宇，斯須不知所在。〔註64〕

或多或少都強調了碑主之神奇。這些神奇成分的加入是有其宣傳道教、吸引信徒的考慮，是把墓主當作一種極具吸引力的「特效宣傳品」〔註65〕。

再次是碑文內加入了景物描寫，令人賞心悅目。如《吳太極左宮葛仙公之碑》中狀寫天台山勝境：「此嶺乃非洞府，而跨據中川。東視則連峰入海，南眺則重嶂切雲。西臨江潯，北旁郊邑。斯潛顯之奧區，出處之關津。半尋

〔註63〕陶弘景《華陽陶隱居集》卷下，見《道藏》第二十三冊，650頁中～651頁上。
〔註64〕董誥《全唐文》（第十冊），中華書局2001年影印，9659頁上～9660頁上。
〔註65〕詹石窗《道教文學史》，上海文藝出版社1992年版，第522頁。

石井，日汲莫測其源；三足白麑，百齡不異其質。精靈之所弗渝，神祇之所司衛。麻衣史宗之儔相繼棲託。後有孫慰祖，亦嗣居彌歲。」對天台山周邊環境的描繪，還夾雜有神跡仙蹤內容，突出了它的神秘靈異。與孫綽《遊天台山賦並序》中的天台山「涉海則有方丈、蓬萊，登陸則有四明、天台，皆玄聖之所遊化，靈仙之所窟宅」相比，有異曲同工之妙。又如《簡寂先生陸君碑》寫碑主曾居住的廬山之南：「眾峰干霄，飛流注壑，窈窕幽藹，宜其為至人之所止焉。」很明顯，這些清新景語給枯燥無味的碑文注入了生氣與活力，為其增添了不少文學色彩。

　　2、墓誌銘

　　宋前茅山宗墓誌銘僅見陶弘景《王法明墓誌銘》與劉處靜《元墟墓誌銘》兩篇。《王法明墓誌銘》已非全篇，《太平御覽》卷六六六引《真誥》云：「王朗字法明，太原人也。入茅山，師陶隱居。以梁大通三年正月十四日化。隱居為製銘誌並設奠云：『紱冕豈榮，隨璜非寶。萬里求真，緘茲內抱。』」僅存的兩句銘文，流露出濃鬱的稱頌之情，高度讚揚墓主不以「紱冕」為榮，也不以「隨璜」為寶，而是樂在山林，篤志於修道，非常符合墓主身份。在行文風格上，顯露出博約溫潤的特點。《元墟墓誌銘》屬自撰墓誌。一般而言，墓誌銘是在墓主故去後，由後人或弟子請託他人撰寫，具有蓋棺定論的意味。古人忌談生死，生前自製墓誌銘極為罕見。據黃震《略論唐人自撰墓誌》一文統計，整個唐代墓誌七千餘篇，完整留存的自撰墓誌銘僅八篇〔註66〕。劉處靜《元墟墓誌銘》是宋前茅山宗內唯一一篇自撰墓誌銘。寫法上，與茅山宗多數碑文一樣不落俗套，完全脫離了「鋪排郡望，藻飾官階」〔註67〕的俗套。對於墓主世系一筆帶過，而以相當的筆墨自述心性，展現墓主的個性特徵，「世奉儒宗，不求聞達。心存畎畝，性好林泉。知數知斗，讀易問禮。將期升粟，以養甘脆。因澤畔持竿，有傷於吞餌；林間設網，乃誤於置羅。況才匪經邦，術無清世。知艱而退，自保逍遙。乃滌去紛拏，歸心淡泊。宅身雲岫，遊神窅冥。經諷五千，籙遵三洞」〔註68〕，塑造了一位在咸通年間深受儒道思想浸染而又富有生活氣息的山野道士形象。「樂天知命，一任自然。

〔註66〕詳參黃震《略論唐人自撰墓誌》，載《長江學術》2006年第1期。

〔註67〕章學誠《墓銘辨例》，見章學誠撰、李春伶點校《文史通義》，遼寧教育出版社1998年版，第249頁。

〔註68〕董誥《全唐文》（第九冊），中華書局2001年影印，8543頁上。

年踰從心，安得長久？不敢比歌於梁木，輒思記過於明夷。升騰何期，歸土
有日。預築元壚，將為永室」，化用《論語》、《周易》中的典故，表達自己順
天聽命的人生態度。整個人物形象顯得格外真實、親切而鮮活，那個「性甚
疏慵」、「息爾仙都」逍遙自得的劉處靜宛然在目，《全唐文》卷八一二小傳云：
「處靜居天台山，自號天台耕人。會昌中，與葉藏質、應夷節為林泉友。」
記載較簡單，這篇自撰碑銘可增加後人對他的瞭解。銘文既不像《簡寂先生
陸君碑》以三言為主，也非其他茅山碑文那樣常用四言，而是四言中兼有六
言，避免了板滯，有利於情感的抒發，顯示了作者嫻熟的語言技巧。

第三節　為事而作之奏議

　　奏議是古代臣屬寫給帝王文書的統稱。作為我國古代士大夫參政、議政
的重要手段，奏議源遠流長，名目繁多。劉勰《文心雕龍・章表》說奏議源
自先秦時代，戰國時臣子向君主陳政言事統稱「上書」，秦初定制，改曰「奏」，
漢定禮儀後，又細分為章、奏、表、議四類。謝恩用章，按劾用奏，陳請用
表，執異用議，根據上書內容選擇不同種類。後來名目漸多，又有疏、啟、
狀、對策、封事等眾多種類，作者多為政治家、謀士、學者之類。

　　一般而言，方外之士淡泊隱世，「上書」奏議的可能性不大，然茅山宗與
世俗政權聯繫密切，與帝王更是保持著亦師亦友的關係。因此，他們創作了
不少奏議類文章，茲列表如下：

作者	篇名	出處
陶弘景	《解官表》	《華陽陶隱居集》卷下
	《進〈周氏冥通記〉啟》	
	《上梁武帝論書啟》（五篇）	《華陽陶隱居集》卷上
司馬承禎	《請五嶽別立齋祠所疏》	《全唐文》卷九二四
吳筠	《進〈玄綱論〉表》	《道藏》第二十三冊，《全唐文》卷九二五
李含光	《表奏十三通》	《全唐文》卷九二七，《茅山志》卷二亦載，題為《玄靜先生等表奏附》
孫智清	《請重賜敕禁止樵蘇狀》	《全唐文》卷九二八，又見《茅山志》卷二，且附《大和禁山敕牒》
杜光庭	表文 56 篇	《道藏》第十一冊《廣成集》卷一至三，《全唐文》卷九二九

共 66 篇，基本上是針對具體問題而作，現實性、目的性都比較強。根據其寫作緣由，大致可分為以下五類：

一、陳請

在茅山宗奏議中，有一部分是向統治階級陳訴衷情之作，比如陶弘景 37 歲時向當時的齊武帝蕭賾上的《解官表》：

> 臣聞堯風冲天，穎陽振飲河之談；漢德括地，商陰峻餐芝之氣。
> 臣棲遲早日，簪帶久年。仕豈留榮，學非待祿。恒思懸纓象闕，孤耕壟下，席月澗門，橫琴雲際。始奉中恩，得遂丘壑。今便滅影桂庭，神交松友。一出東關，故鄉就望，睠言興念，臨波瀉淚。臣舟棹已遄，無容躬詣，不任仰戀之誠，謹奉表以聞。〔註69〕

陳請辭官隱居，篇幅雖短，卻邏輯嚴密，入情入理。開篇以堯時許由、漢初商山四皓自比。言外之意，即使是太平盛世也有隱逸之士，古今咸同，所謂「堯風冲天」、「漢德括地」云云，顯然是出於禮讚武帝的考慮。這裡，陶氏非常聰明地奉承了武帝。接著的「仕豈留榮，學非待祿」，則是從自身出發，指出仕與祿非唯一選擇，「孤耕壟下，席月澗門，橫琴雲際」、「得遂丘壑」、「滅影桂庭，神交松友」才是自己期望的理想生活狀態。「舟棹已遄，無容躬詣」專門解釋不能親往拜訪的原因以消除不敬嫌疑。行文語氣舒緩，謙恭得體，「殊有隱秀之致，然無學道之氣」〔註70〕，以致「性至嚴治，不許人作高奇事」〔註71〕的蕭賾竟格外開恩，特意降下詔書，不但遂其「嘉志」，還給予不少賞賜。

又如司馬承禎，主動進言，獻策獻計。他認為五嶽洞府，應各有上清真人降任其職，而且「冠冕章服，佐從神仙，皆有名數」，於是向玄宗上《請五嶽別立齋祠所疏》，提議在五嶽山頭各立真君祠一所以別山林之神。文章語言平實通暢，直說其事。最終玄宗頒布敕令，五嶽三山各置仙廟，「其像設制度，依按道經創意為之」〔註72〕。這在一定程度上擴大了茅山宗的聲勢和影響。

當遇到一些較為棘手的事情而無法解決時，茅山宗也會上表求助於朝廷。

〔註69〕陶弘景《華陽陶隱居集》卷下，見《道藏》第二十三冊，651 頁上。
〔註70〕李兆洛選輯《駢體文鈔》，上海書店 1988 年版，第 281 頁。
〔註71〕張君房纂輯、蔣力生等校注《雲笈七籤》，華夏出版社 1996 年版，第 663 頁。
〔註72〕張天雨《玄品錄》卷四，見《道藏》第十八冊，129 頁中。

在《請重賜敕禁止樵蘇狀》中，茅山高道孫智清針對茅山周邊百姓侵佔山林嚴重影響本教發展的情況，一紙訴狀上告皇帝，奏請重禁採捕：

> 伏以華陽洞天，眾真靈宅。先奉恩旨，禁斷弋獵樵蘇，秋冬放火。四時祭祀，咸絕牲牢。自經艱難，失去元敕，百姓不遵舊命，侵占轉深，採伐山林，妄稱久業。伏請重賜禁斷，準法護持，差置所由，切加檢察。庶得真場嚴整，宮觀獲安，具元禁疆界如前。〔註73〕

結果當然是孫之陳請得到了朝廷的支持，規定「茅山界內，並不得令百姓戈（應為『弋』）獵採伐及焚燒山林，仍委州縣切加禁止」〔註74〕。

有的朝政大事，茅山宗也會上表陳請，發表自己的意見。如杜光庭的《請駕不巡幸軍前表》與《第二上表》，針對王建「親駕翠輿，躬屬白羽」而作。認為誅凶伐叛「即覩殄平，不足以親駕戎車，遠臨狡穴」，勸說王建「上為宗社，下慰華夷。佇對捷書，更開土宇」，苦口婆心地曉以大義，不要駕幸北路軍前。《請不赴山陵表》則是勸說王衍不要親赴王建陵寢，「特廻聖鑒，俯契禮文。遵前古之通規，示後王之令範」。此外，還有代人陳請之作，如杜光庭的《代陶福太保修瀘口化請額表》與《代人請歸姓表》。前表因瀘口化「古廟儒宮，亦蒙繕飾」，但荒涼既久，門額全無，於是代人祈求「雨露之恩」，「依瀘口舊名，仍賜給聖壽額，許臣自製造懸掛」。後表則是代人陳請「卻還本姓」，「輒披昧死之誠，甘置逆鱗之罪」，誠惶誠恐的心態一覽無餘。這些作品屬於典型的駢體文，四六句式，文辭也多華美典雅，給人雍容莊重之感。

二、獻物

茅山宗與統治階級保持著密切的關係，彼此之間互贈物品自是情理中事。如陶弘景《進〈周氏冥通記〉啟》，向上呈獻自編書籍，這是茅山宗較早也是較為正式的啟文。前以「某啟」開篇，後有「謹啟」結尾，中間即為啟之內容，包括上啟緣由、書籍內容等等，不到百字，真正做到了「必斂飭入規，促其音節，辨要輕清，文而不侈」〔註75〕。

吳筠《進〈玄綱論〉表》進獻的則是自著之書，「高虛獨化之兆，至士登仙之由，或前哲未論，真經所略，用率鄙思，列於篇章」，明確交代獻書內容。文末還附以具體時間：「天寶十三載（754）六月十一日，中嶽嵩陽觀道士臣

〔註73〕董誥《全唐文》（第十冊），中華書局 2001 年影印，9672 頁下～9673 頁上。
〔註74〕劉大彬《茅山志》卷二《太和禁山勅牒》，見《道藏》第五冊，561 頁上。
〔註75〕劉勰著、范文瀾注《文心雕龍注》，人民文學出版社 1962 年版，第 424 頁。

筠表上。」玄宗專門批示：「尊師跡參洞府，心契沖冥，故能詞省旨奧，義博文精，足以宏闡格言，發明幽致。朕恭承祖業，式播元風。覽此真筌，深符夢想。豈惟披翫無斁，將以啟迪虛懷。其所進之文，用列於篇籍也。」〔註76〕足見其重視程度。

　　李含光《表奏十三通》中的第三通載紫陽觀東、隱居先生舊合丹所，忽生芝草大小八十一莖，「形狀瑰奇，光采秀麗，根憑松石，氣鬱蘭荃，斯實曠代希有，當今罕見」，於是派遣弟子唐若倩與句容縣令李越成進獻靈芝，同時強調「自非聖德至重，希代神物，無由卒至」。語言質樸，近乎口語。這裡對芝草的細緻描繪僅是渲染而非重點。

　　相較而言，杜光庭的此類奏議稍多。如王建生日在二月八日，被稱為「壽春節」，其《壽春節進章真人像表》（天漢元年二月八）進章真人畫像，「祝聖昌辰」。《壽春節進元始天尊幀並功德疏表》又進元始天尊畫像及功德疏一通，「永祝無疆之壽」。而《宣進天竺僧二十韻詩表》則是針對天竺三滿多到闕朝對而獻「頌聖德七言詩二十韻一首」，皆文辭華美而情意切切。

三、謝恩

　　茅山宗內較有特色的謝恩表文有李含光《表奏十三通》中的一至七通及杜光庭《謝新殿修金籙道場表》、《謝恩除戶部侍郎兼加階爵表》、《謝恩奉宣每遇朝賀不隨二教獨引對表》、《謝獨引令宣付編入國史表》、《謝恩賜興聖觀弘一大師張潛修造表》、《謝恩宣賜衙殿點鐘表》、《謝恩賜玉局化老君表》、《黃萬祐鄧百經賜紫衣師號謝恩表》、《詔與黃萬祐相見謝表》、《宣示解「泰邊垂」謝恩表》、《謝宣賜天錫觀莊表》、《謝恩令僧行真修丈人觀表》、《謝允上尊號表》、《謝恩宣示修丈人觀殿功畢表》、《謝恩賜陽平山呂延昌紫衣表》、《謝手詔表》、《謝宣賜道場錢表》、《謝批答表》等。這些表文很多都是表面文章，不過對於君王之德的讚頌還是費盡心思。其中有的以比喻來渲染君王恩德，如《謝新殿修金籙道場表》中「澤深溟海，恩重嵩衡」、《謝恩除戶部侍郎兼加階爵表》中「施重嵩衡，遇深溟渤。變枯荄為茂草，起敗骨為豐肌」、《謝恩賜興聖觀弘一大師張潛修造表》中「簪裳增拚，芝木騰輝。……灑雨露而騫樹增榮，薦沈麝而晬容伊穆」、《謝恩宣賜衙殿點鐘表》中「恩垂霄漢，榮及簪裳，……八溟息浪，長鯨將殄於昌時；五緯循常，巨彗欲銷於永夕。削

〔註76〕董誥《全唐文》（第一冊），中華書局 2001 年影印，407 頁上。

平夷夏，倒戢干戈」、《謝恩賜陽平山呂延昌紫衣表》中「恩垂霄漢，榮及巖林。草木增輝，煙霞動彩」、《謝批答表》中「湛恩遐布，惠渥旁敷。歡呼振野以成雷，喜氣凝空而作蓋。華夷億兆，就日瞻雲」。

有的運用對比手法，如《謝新殿修金籙道場表》以「瑤軒玉砌，超三島之竈宮；青瑣丹扉，逾九清之鳳闕。叶皇居之壯麗，覿帝宅之深嚴」，突出新殿氣勢之雄偉。又如《謝恩除戶部侍郎兼加階爵表》以未「聯居清重之司，再踐非常之秩」的東方朔、葛洪與自己「江湖賤質，簪褐微才。為儒既昧於成麟，學道甘期於畫虎」卻「錫峒山之美號，如北省之華資」，突出君王之德。

有的極盡誇張、鋪排之能事，如《謝允上尊號表》：「懋宏勳而崇睿德，功蓋前朝；總歷數而廓洪基，祗膺寶運。由是三靈改卜，萬國攸歸。鄙成湯周武之君，陳師用鉞；笑創魏開隋之主，侮寡凌孤。振衣而康濟九圍，凝旒而光臨太寶。……歲多栖畝之糧，時豐廩實；野有如雲之稼，國富家肥。四隅無烽燧之勞，百里有謳謠之樂。星芒武將，功高而武列洸洸；嶽秀儒臣，業贍而儒風穆穆。雖仲謀之興江表，玄德之有坤維，較美籌功，曾何彷彿。」據《新五代史·王建傳》載，前蜀武成元年（908）六月，王建加「英武睿聖皇帝」號。二年，又加號「英武睿聖神功文德光孝皇帝」[註77]。此表當是第一次加尊號所作。此文文辭華美，大膽的誇張渲染，整飭的排偶，既紓徐有致，又富有氣勢。作者極力塑造的王建仁厚明君風範也盡在駢偶鋪陳的語辭中顯露無遺。

還有的則是迤邐寫來，陳詞懇切，如《謝恩宣示修丈人觀殿功畢表》，詳述丈人觀從敕命興建開始，運石他山，伐材幽谷，俄成大壯的具體經過，讚揚了工程主要負責人僧人惠進（行真）的功勞。最後表明心跡，對君主一直以來「蓬宮奈苑，咸遂興修」，「唯虔焚炷，上答休明」作為報答，言辭之間充滿了感激之情。

四、慶賀

一般而言，「皇帝遇有慶典，或朝廷遇有武功等喜慶之事，臣下均上書頌揚」[註78]，以示恭賀，是為慶賀類表文。茅山宗此類表文較多，檢閱共得 17 篇，皆為杜光庭所作，數量與其謝恩表文相當。有賀祥瑞而禮節性上

〔註77〕歐陽修等撰《新五代史》，中華書局 1974 年版，第 788 頁。
〔註78〕鄭天挺、吳澤、楊志玖主編《中國歷史大辭典》（下卷），上海辭書出版社 2000年版，第 2331 頁。

書，如《賀黃雲表》、《賀雅川進白鵲表》、《賀天貞軍進嘉禾表》、《賀鶴鳴化枯樹再生表》，大多宣揚帝王順應天意，遵從天命，以至天降祥瑞。其中對於帝王德行及政績之歌頌，似有逢迎拍馬之嫌，如「越唐堯虞舜之徵，超宋祖漢宣之感」〔註79〕、「瑞冠百王，功超三古。……信超魏德之雄，更掩漢成之代」〔註80〕、「惟恭惟儉，絕嗜音酣酒之娛；乃聖乃神，有明目達聰之美。……歲致豐穰，田無炎潦」〔註81〕、「德及草木，政致昇平」〔註82〕等等，文功武略連三代聖王也等而下之了，誇大到了無以復加的地步，幾乎與神不相上下。

有賀王建封官、病癒，如《賀封資王忠王表》、《賀聖體漸痊瘳表》、《賀疾愈表》。《賀封資王忠王表》乃為王建去世前兩月封子宗平、宗特為忠王、資王而作。據《資治通鑒》卷二七〇載，貞明四年（918），「蜀主立子宗平為忠王，宗特為資王」〔註83〕。是表通篇賀語，寫得太過中規中矩，看不到任何情感的表達，是一篇極為標準的公式化賀封表。《賀聖體漸痊瘳表》與《賀疾愈表》是杜光庭得知王建病情稍有好轉的情況下，不顧「眼疾未減」、「偶縈疾苦」，先後上表問候。其中的「聖體頓就安愈，臣某誠歡誠躍」、「聖體已就痊平，中外臣寮咸增踴躍」，在一定程度上體現了杜光庭對王建身體發自內心之關心。王建回以「手詔」，杜光庭立即又上《謝手詔表》，「偶致違裕，尋就痊和。是以臣稽首歡呼，飛章稱賀」，寬慰欣喜之情充盈其間。

有賀王衍嗣位、降恩、聽政，如《賀嗣位表》、《賀德音表》、《又賀德音表》、《賀登極後聽政表》，對新主王衍照例是一番歌功頌德，說他「道比成湯，仁同大禹」、「莫不澤被九黎，惠敷萬國」、「敷啟後之文明，懋成王之道德」云云，就是他自己看了也要慚愧臉紅。我們知道歷史上的王衍沉溺聲色，不理朝政，終日遊樂，「以文思殿大學士韓昭、內皇城使潘在迎、武勇軍使顧在珣為狎客，陪侍遊宴，與宮女雜坐，或為豔歌相唱和，或談嘲譃浪，鄙俚褻

〔註79〕杜光庭《廣成集》卷一《賀黃雲表》，見《道藏》第十一冊，233 頁下。

〔註80〕杜光庭《廣成集》卷一《賀雅川進白鵲表》，見《道藏》第十一冊，234 頁上～頁中。

〔註81〕杜光庭《廣成集》卷一《賀天貞軍進嘉禾表》，見《道藏》第十一冊，234 頁中。

〔註82〕杜光庭《廣成集》卷二《賀鶴鳴化枯樹再生表》，見《道藏》第十一冊，241 頁上。

〔註83〕司馬光編著、胡三省音注《資治通鑒》（第十冊），中華書局 2008 年版，第 8825 頁。

慢，無所不至」〔註 84〕。這樣的繼任者不要說與湯、禹、啟及成王相頡頏，能否坐穩江山還是個問題，而杜光庭以道教宗師的身份屢屢上表為新主大唱讚歌，不知出於何種考慮？

　　還有賀其他事件而上表，如《賀收隴州表》、《賀太陽合虧不虧表》、《賀獲神劍進詩表》、《賀誅劉知俊表》、《賀西域胡僧朝見表》、《賀新起天錫殿表》等，皆有其可取之處。《賀收隴州表》慶賀桑簡以手下兵士及城池歸降，作於通正元年（916），時「保勝節度使兼侍中李繼岌（本名桑簡）畏岐王猜忌，帥其眾兩萬，棄隴州奔於蜀軍」〔註 85〕。此表即是上奏王建的賀捷之作。除描繪我「六軍奮躍以爭先，八校喑鳴而致勇。蹴土佇摧於吳岳，飲馬將竭於渭流」之英勇，與敵軍「想回中之路絕，退且無歸；顧灞上之讎深，竄將奚適？料其元醜，即見梟擒」之狼狽的對比之辭，還盛讚桑簡「智合變通，心明向背，倒戈衛壁，効命投誠」，並有「獻千里之山河，不施寸刃；復一方之戶口，無損秋毫」的功績。《賀誅劉知俊表》指出劉知俊罪惡貫盈，人神共憤，「性惟兇狡，器本凡庸。有貪狼苟且之心，無報德懷恩之志。……咆哮自恣，殘忍為懷，屠害黎元，罔遵刑憲。墜大國撫柔之旨，辜聖朝弔伐之仁。既負鴻慈，難逃顯戮」，實是過甚其辭，卻隱隱散發著一股凌厲之氣，猶如討伐檄文。《賀新起天錫殿表》記載天賜殿「前羅象門，遐敞龍庭。總日月之貞華，高嚴秀閣；集星辰之瑞彩，廣啟文軒。巍峨壓參井之墟，岌嶪應氏房之狀。……雖鎬宮魯殿，彼鏤鎖鎖細以難儔；漢闕周堂，固尋常而莫並」，對偶工整，文詞典雅，天錫殿已然就在面前。

五、其他奏議

　　除以上各類奏議外，還有陶弘景討論書法的《上梁武帝論書啟》（五篇），其中點評書法，簡潔精到。如「前奉神筆三紙，並今為五。非但字字注目，乃畫畫抽心。日覺勁媚，轉不可說」、「唯《叔夜》、《威輦》二篇是經書體式，追以單郭為恨。……前《樂毅論》書乃極勁利，而非甚用意，故頗有壞字。《太師箴》、《大雅吟》用意甚至，而更成小拘束，乃是書扇題屏風好體」、「摹者所採字，大小不堪均調，郭看乃尚可，恐筆意大殊」、「所奉三紙，伏循字跡，

〔註84〕司馬光編著、胡三省音注《資治通鑒》（第十冊），中華書局 2008 年版，第 8892
　　　頁。
〔註85〕司馬光編著、胡三省音注《資治通鑒》（第十冊），中華書局 2008 年版，第 8807
　　　頁。

大覺勁密。竊恐既以言發意,意則應言而心隨意運,手與筆會,故益得楷稱」。用語雖不多,但卻能恰如其分地道出評論對象的獨特精妙之處,其書法之鑒賞力與理論水平由此可見一斑,真所謂「論書五啟,鍾王若生」〔註86〕。另外,文中還涉及書法作品的真偽鑒別,具有一定的學術參考價值:「《樂毅論》,愚心近甚疑是摹,而不敢輕言,今旨以為非真,竊自信頗涉有悟。……先於都遇得飛白一卷,云是逸少好跡,臣不嘗別見,無以能辨,唯覺勢力驚絕,謹以上呈。」「二卷中有雜迹,謹疏注如別,恐未允愚衷,並竊所摹者,亦以上呈。……第二十三卷(今見有十二條在別紙),按此卷是右軍書者,唯有八條。……第二十四卷(今見有二十一條在),按此卷是右軍書者,唯有十一條(並非甚合迹,兼多漫抹,於摹起難復委曲)。」判斷謹慎,態度謙卑,言辭間透露著唯梁武帝馬首是瞻,亦不免有恭維、奉承之嫌。

　　李含光《表奏十三通》中的第八至十三通及杜光庭《奏於龍興觀醮玉局劄子》、《皇帝為太子生日設齋表》、《諸老君殿修黃籙齋表》、《宣為皇子修生日道場散齋表》、《宣醮丈人觀新殿安土地回龍恩表》等表文基本上是向上「彙報」設齋建醮情況。如李含光《表奏十三通》中的第十通報告修齋之時現祥瑞:「咸見齋壇四遠松樹,悉有甘露。其色白,其氣香,其味甘。其松去壇漸遠者,而露亦漸少。計今凡降甘露松樹,都有二百三十株。謹按《道德經》稱:天地相合,以降甘露,人莫之令,而自均焉。玄聖著經,以為嘉瑞,齋醮遇此,又為吉祥。敢不以聞。」第十二通說明推遲齋醮之原因:「臣先奉聖旨,令於茅山修奉《河圖》齋謝。頻屬霖雨,遂闕施行,至今月八日夜,始就宿啟次。」隨手寫來,語言平易淺切,通俗易懂,猶如記述日常細事瑣物的短劄,未必完全符合劉勰說的「表以致禁,骨采宜耀」〔註87〕。《奏於龍興觀醮玉局劄子》表明舉行齋醮是因為皇帝「宣賜舊玉局洞門官舍一所,并石像老君一座」,於是天漢元年二月八日「就龍興觀玉局石像老君前修設」,「延祝景貺,永福聖朝」。《皇帝為太子生日設齋表》為皇太子生辰,「於七月八日開置黃籙道場七晝夜,至十五日散齋」。《宣醮丈人觀新殿安土地回龍恩表》乃是「以青城山丈人觀新殿功畢,修醮安謝」,詳細交代了齋醮原因、時間以及祈祝聖壽或求祐國安民。與李含光文字相較,嚴謹整飭有餘,而靈

〔註86〕 張溥著、殷孟倫注《漢魏六朝百三家集題辭注》,人民文學出版社 1981 年版,第 224 頁。

〔註87〕 劉勰著、范文瀾注《文心雕龍注》,人民文學出版社 1962 年版,第 408 頁。

動自然不足。

另外還有杜光庭就王建安葬而上呈的《慰中祥大祥禫製表》、《慰釋服表》、《慰冊廟號表》、《慰啟攢表》、《慰祔廟禮畢表》、《慰封陵表》、《慰發引表》以及《慰山陵畢表》。王建晚年病逝，杜光庭為眼疾所縈，「不獲趨詣闕庭哀慟」，但他寫了上述八表以託哀思，「感咽摧慕之至」。可見其與王建的關係非同一般。試看《慰山陵畢表》：

> 臣某言，伏承大行皇帝山陵禮畢者。神宮長閟，仙寢永安。率土生靈，不任號慕云云。伏惟皇帝陛下追慕不息，聖情難居。對馬鬣以增悲，攀龍髯而永而。遊衣尚在，仙駕已遙。追想英威，摧慕何及。臣某伏限衰疾，不獲奉慰闕庭。不任號殞摧咽之至。謹奉表以聞。〔註88〕

文辭中浸透著不捨與哀慟，讓人不禁為之動容。不過，畢竟是「造闕」、「致禁」之公文，情感的表達還是較為節制，多少顯示出了禮儀性質。

在對茅山宗奏議進行了一次梳理和巡禮之後，不難發現，茅山宗此類文體數量可觀，內容豐富，特色鮮明，自有其可圈可點之處。通過上述奏議，不但可見茅山高道日常生活之具體狀態，而且也能讓我們更加全面、立體地認識和瞭解他們。

第四節　寫景、記遊、議論之書、記、論

除上述散文外，茅山宗尚有書、記、論等其他諸文體，可觀者也不少。比如書，茅山宗現存書信 7 篇，皆為陶弘景所作。內容較為廣泛，既有抒懷寫志，也有山水短劄，甚至還有談論學術思想，「庶物紛綸，因書乃察」〔註89〕，包容性很強。

作為一種披心露性的文學體裁，書「本在盡言，言以散鬱陶，託風采，故宜條暢以任氣，優柔以懌懷。文明從容，亦心聲之獻酬」〔註90〕。一言以蔽之，書信應當酣暢淋漓地傾吐內心之鬱結，無拘無束地說出自己之懷抱，屬於非常私人化的文體，「所以從作家的日記或尺牘上，往往能得到比看他的

〔註88〕杜光庭《廣成集》卷三，見《道藏》第十一冊，245 頁下。
〔註89〕劉勰著、范文瀾注《文心雕龍注》，人民文學出版社 1962 年版，第 461 頁。
〔註90〕劉勰著、范文瀾注《文心雕龍注》，人民文學出版社 1962 年版，第 456 頁。

作品更其明晰的意見，也就是他自己的簡潔的注釋」〔註91〕。總體而言，陶氏書信真情流露，不為矯飾，展現出了他的真實面目。如《與從兄書》中說：「昔仕宦應以體中打斷，必期四十左右作尚書郎，出為浙東一好名縣，粗得山水，便投簪高邁。宿昔之志，謂言指掌，今年三十六矣，方作奉朝請，此頭顧可知矣！不如早去，無自勞辱。」〔註92〕很明顯是陶氏自我性情與真實心跡的自然宣洩與流露。具有相同意趣的還有《與親友書》，同樣表達了棄官隱遁之意，所謂「不願處人間，年登四十，畢志山藪」云云，仍然是自我心跡的直白表露。

《答虞仲書》與《答趙英才書》勉勵他人蔑榮嗤俗，散髮高岫，自致雲霞，「任性靈而直往，保無用以得閑。墾薪井汲，樂有餘歡，切松煮朮，……以天地棟宇，萬物同於一化」〔註93〕，不失為陶弘景追求無拘無束自由人生之體現，從中亦可見陶氏之個性與思想。而《答朝士訪仙佛兩法體相書》、《答大鸞法師書》兩篇，對研究陶弘景有關形神關係的論述及其對佛教態度的研究具有重要的參考價值。《答朝士訪仙佛兩法體相書》以「隱居」與「梁諸朝散大夫」一問一答的方式討論仙佛之法，主張仙佛並重，提出「凡質像所結，不過形神。形神合時，是人是物；形神若離，則是靈是鬼。其非離非合，佛法所攝；亦離亦合，仙道所依」的觀點，發前人所未發，道時人所未道。其中精義勝識時時可見，論述也甚是精辨，加之採用與辭賦類似的主客問答形式，猶如與人辯論，更易於道理的深入闡發，讀來起伏蕩漾，很有特色。在《答大鸞法師書》中，陶弘景脫下了道服，不顧茅山祖師的身份，儼然以佛門弟子自居：

> 去朔耳聞音聲，茲晨眼受文字。或由頂禮歲積，故致真應來儀。
> 正爾整拂藤蒲，採汲華水，端襟儼思，佇聆警錫也。弟子華陽陶弘
> 景和南。〔註94〕

從這封以佛徒身份寫給曇鸞法師的私人回信來看，陶氏態度謙卑，文字

〔註91〕魯迅《魯迅全集》（第六卷），人民文學出版社 2005 年版，第 429 頁。
〔註92〕張君房纂輯、蔣力生等校注《雲笈七籤》，華夏出版社 1996 年版，第 663頁。
〔註93〕陶弘景《華陽陶隱居集》卷下《答趙英才書》，見《道藏》第二十三冊，652頁中。
〔註94〕法琳《辯正論·九箴篇》「內異方同制八」，見道宣《廣弘明集》，上海古籍出版社 1991 年影印，191 頁下。

中浸透著對佛教高僧的濃濃敬意，又給讀者展現了他的另外一面。

《答謝中書書》為其書之另類，簡潔精工，現將該文錄之如下：

> 山川之美，古來共談。高峰入雲，清流見底。兩岸石壁，立（應
> 為「五」）色交輝。青林翠竹，四時俱備。曉霧將歇，猿鳥亂鳴。夕
> 日欲頹，沈鱗競躍。實是欲界之仙都，自康樂以來，未復有能與其
> 奇者。〔註95〕

這篇不到七十字的山水小劄，文筆清麗自然而富於意蘊，與充斥當時文
壇的「儷采百字之偶，爭價一句之奇，情必極貌以寫物，辭必窮力而追新」
〔註96〕之作大異其趣，堪稱六朝書札之精品，引起了後世普遍的關注。李
兆洛以為該文「亦應尚有起訖」〔註97〕，認為是殘篇斷簡。許槤評其「演
迤澹沱，蕭然塵埃之外」〔註98〕，全無學道之氣。劉麟生則曰「流利俊逸，
妍雅自然」〔註99〕。值得我們注意的是，這是一封寫給朋友謝覽的書信，
陶氏卻借之來狀寫「山川之美」，完全不見「心聲之獻酬」，給人的印象似乎
是作者精心在作自己的文章，而非與朋友通信。換句話說，也就使得書信失
去了常言所說的「見信如見人」的意義。這與此前皆用書信來「盡言」、「盡
情」有很大的不同。「一種文學形式的產生、文學創作傾向的出現，與當時
的社會風氣之間是有著水乳交融的密切聯繫的」〔註100〕，不只是身為方外
人士的陶弘景如此，即便是當時的一些文人也是這樣。如鮑照的《登大雷岸
與妹書》，也是以書信的形式將其往江州赴任時，旅途所見之山川煙雲的變
幻、氣象萬千的景物一一描繪出來，同樣成為了一篇抒情寫景的千古美文。
吳均的《與朱元思書》、《與顧章書》等無不如此。山水在書信中的大量出現，
一方面擴大了書信的容量，另一方面也間接證實了南朝山水之作特盛的事實
〔註101〕。

茅山宗散文有十餘篇以「記」名篇的文章，試看下表：

〔註95〕陶弘景《華陽陶隱居集》卷下，見《道藏》第二十三冊，652頁上。
〔註96〕劉勰著、范文瀾注《文心雕龍注》，人民文學出版社1962年版，第67頁。
〔註97〕李兆洛選輯《駢體文鈔》，上海書店1988年版，第680頁。
〔註98〕許槤評選、黎經誥箋注《六朝文絜箋注》，上海古籍出版社1982年版，第111
　　　頁。
〔註99〕劉麟生《中國駢文史》，上海書店1984年版，第52頁。
〔註100〕程國賦《唐代小說壇變研究》，廣東人民出版社1997年版，第127頁。
〔註101〕詳參段祖青《陶弘景道教文藝思想及創作研究》，湖南師範大學2008年碩士
　　　論文，第43頁。

作者	篇名	出處
吳筠	《天柱山天柱觀記》	《全唐文》卷九二五，又鄧牧心《大滌山洞天記》（《道藏》第十八冊）卷下亦收，題作《天柱觀碣》
黃洞元	《下泊宮記》	《茅山志》卷二四，題下注「桃源黃洞元撰」，存名而闕文
杜光庭	《修青城山諸觀功德記》、《青城山記》	《全唐文》卷九三二
	《麻姑洞記》、《豆圌山記》、《東西女學洞記》	《全唐文》卷九三四，《錄異記》卷六「洞」下亦收
	《溫湯洞記》、《焰陽洞記》、《魚龍洞記》	《唐文拾遺》卷五〇，《錄異記》卷六「洞」下亦收
徐靈府	《天台山記》	《唐文拾遺》卷五〇
王棲霞	《靈寶院記》	《全唐文》卷九二八，又見《茅山志》卷二四

均屬記道教宮觀、名山、洞穴之類的散文，數量雖不多，但篇篇精彩，呈現出不同的特點。如吳筠《天柱山天柱觀記》，從題目上看似乎是記天柱觀，但文中真正描寫建築本身的文字幾乎沒有，大部分篇幅記載的是天柱觀之創建與興盛，並肯定了縣宰范愔「化洽政成，不嚴而理。遺氓憬附，復輯其業」〔註102〕。文末「恐將來君子，靡昭厥由。故礱而志之，表此貞石」，撰文目的與碑文一樣，為了傳之不朽。鄧牧心《大滌山洞天記》（《道藏》第十八冊）卷下收作《天柱觀碣》。與吳文稍有不同的是，王棲霞《靈寶院記》雖也有對建築位置、興廢、沿革作了客觀而簡單的敘述，但文章重點則放在了建築本身：

> 棲霞胄叨素業，幼專不息，雖童丱獲名，而屢厄兵難，跡不遑處，遺構殆空，斷梗杳泊，自北徂南。幸托元化，邇欽茲境，聿諧所適，乃勵奮錩，忘暫勞，砌壇植松，結茅庇拙，紉蘭餌术，願言終遁。俄奉先齊王旨命，出居會府，齒朝修事，沐浴恩遇，揚歷館伢，甄道銜，表命服，再琯再鬵，是埏是鎔。洎我公移鎮是邦，自以風痺厥躬，告從谷隱，公遂捨俸錢一百萬，俾於舊基，別崇利有。稟命之際，罍罍勉勵，夙夜匪懈，思竭克勤，冀荷恩教。噫！事難謀始，智寡周防，且虎視非一雀之圖，而雀終噪；蟾盈非片雲可同，而雲或掩。時哉理非契也，非臺曜覽幽，幾止終廢。繇是度揆經營，

〔註102〕董誥《全唐文》（第十冊），中華書局 2001 年影印，9648 頁下。

月期日就，博邀執斫，量材取制，牆茨必裏，圖蔓必薙。平瓦礫以
等阜，屏豺狼而斷群，力工約萬，綿歲靡期，剞劂督奇，丹艧瞞妙。
造正殿三間，中塑靈寶天尊景從。砌壇三級，三門三間，環繞廊廡
一十六間，並茸壞整頹。降真堂續連於內，重新沼沚，再築垣牆。
東北隅即忠義太保公之季弟，先於舊閣基建瑞像殿，三間兩廈，中
塑羊角山應現老君。西南隅向曰「三官堂」三間，塑像岌岌其狀，
亭亭其勢，金碧其飾，輪奐其暎。瓦疊鴛翠，薆差鳳翹，睟容禮而
若旴，侍衛瞻而乍愕。旌幢翻翻，雲鶴軒軒，翰侔崛起，異疑飛來。

〔註103〕

　　不僅記錄了靈寶院的重建緣起、經過，而且還有作者坎坷歷程的真實寫
照，「公遂捨俸錢一百萬，俾於舊基，別崇利有」、「非我公願力斯應，象教斯
感，即荒鹵之域，安歘睹壯麗乎」〔註104〕云云，高度稱讚南唐李昪的崇道建
院之舉。更能引起我們注意的是，作者不惜筆墨詳細描述了靈寶院建築本身
及其附屬設施，體現了當時精湛的建築技巧，具有較高的史料價值，對唐代
道教建築室內空間與陳設的研究也大有裨益。《修青城山諸觀功德記》稱讚青
城縣令莫廷乂大規模整修青城山道觀的功勞，部分文字頗有人物傳記的意味，
例如其中一段：

　　　　初，相國司徒王公、安撫副使張公，僉以青城處二江上游，為
　　一川劇縣，賦與殷會，水陸兼資，非能政全才，難膺慎擇。飛上章
　　奏，而授於公。既至，則恤孤惸，撫嫠弱，懲奸宄，戢豪強，冤訟
　　平，逋竄服。彰善癉惡，徇公滅私，期月而人稱公理，亦猶卓茂在
　　密、仲由為蒲之化也。剽燔之餘，廨宇未立，經始營創，惟新其謀。
　　工以子來，用以農隙，曾不越月，巨勳告周。大廈森沉，虛庭宏敞，
　　不踰制以僭上，不媟卑以偪下。非務矜後，允執厥中，亦猶叔孫一
　　日必茸之志也。縣臨大江，歲有水患，漂泛昏墊，常人苦之。公遐
　　眺波心，揆諸水脈，截濚為堰，移江趣東。數載之中，無復浸溢，
　　亦猶金堤竹落之防也。常年渠埭，修必後時，擁耒將耕，尚俟培築。
　　公方冬授矩，甫臘罷功，元正大田，溢流□注。家有積穀，境無惰
　　農，亦猶任延墾田、龔遂佩犢之勸也。列邑租賦，此縣居多，菽麥

〔註103〕董誥《全唐文》（第十冊），中華書局2001年影印，9677頁下～9678頁上。
〔註104〕董誥《全唐文》（第十冊），中華書局2001年影印，9678頁上。

－165－

炭竹之征，糧帛芻薪之稅，事無虛月，納不曠旬。每歲所徵，半為
逋欠，雖捶扑交至，靡能濟之。公嚴令其下，始自局吏，後及居人，
常限未終，先期已畢。禁束胥屬，不入鄉閭，里有謗民，門絕喧鵲。
至於遐鄉遠部，細戶貧民，必設法代輸，不施檻樾。時相國師九隴，
摩壘逾年，飛輓芻糧，輪轄相望，督發泉貨，絡繹道途，辦無後期，
動必成集，亦猶公沙穆神明之政也。闢荒招戶，政務所先；讞獄祥
刑，國章斯重。公懷人以德，決獄以情。襁負胥來，盡墾將蕪之地；
幽冤坐雪，再生就戮之魂，亦猶鄭渾誘民、虞經審法也。溫恭待士，
南北如歸，謙敬下賓，吐握不倦。由是輕車高蓋爭趨義風，荎服鶉
衣共奔仁惠，亦猶鄭元（應為「玄」）之門、孔融之席也。〔註105〕

從王建、張琳的推薦開始，通過七個「亦猶」句式，對莫廷乂讚揚有加，
明顯借鑒了漢大賦的鋪排手法。接著，杜光庭由「功德」言及道、儒，以為
「夫功德者，在道則功及幽明，德兼覆育；在儒則功捍大患，德御大災。公
修於道則如彼，行於政則如此，功德盛矣廣矣」，視莫廷乂為德兼儒道之典範，
很有一種樹碑紀功的味道。

徐靈府《天台山記》為茅山宗記體文中另一類。文章對道教聖地天台山
作了翔實而具體的介紹，兼及山林物產、高道靈跡及宮觀勝蹟等，篇幅相當
長。在記述天台山形勝的過程中，往往有意無意地穿插歷代於此山修行的著
名高道的逸聞趣事，讀來饒有趣味，也平添了不少文化氣息。如其中關於司
馬承禎的一段，有頭有尾，情節完整，徑可當作小說看待：

白雲先生乃司馬天師也，名子徵，字承禎，河內溫人。事載在
碑中。先生初入花頂峰，遇王義之入山學業。先生過筆法付義之：「子
欲學書，好聽吾語。夫受筆法，與俗不同。須靜其心，後澄其心思，
暮在功書。勒骨附近，氣力又滇均停，握管與握玉無殊，下筆與投
峰不別。莫誇端正，但取堅強，勒力若成，自然端正。東邊石室，
子莫頻過，盡是異獸精靈也。向余邊受業，凡人到彼必傷，緣殘吾
命。汝將來料伊不敢。西邊石室甚是清閑，案硯俱全，詩書並足。
松花仙果，可給朝飡；石茗香泉，堪充暮飲。閑翫水，自散情懷。
悶即凌峰，莫思閑事。」義之既蒙處分，豈敢有違。一登石室，二
載不虧。夜則望月臨池，朝則投雲握管。澄濾其思，暮在功書；清

〔註105〕董誥《全唐文》（第十冊），中華書局2001年影印，9712頁中～頁下。

靜其心神，志求筆法。光廻影轉，節物頻移，日就月將，便經年載。
義之第一年學書，似蚖驚春蟄，魚躍寒泉。筆下龍飛，行間蝶舞。
雖未殊妙，早以驚群。至第二年學書，似鶴度春林，雲飛玉閣，筆
舍五彩，墨點如龜，胊骨相連，似垂金鏁。至第三年學書，將為是
妙也，遂書得數紙來。先生再拜，展於案上，一見凜然作色，高聲
謂責義之曰：「子之書法全未有功，胊骨俱少，氣力全無。作此書格，
豈成文字？但且學書，有命即至仙堂，無事不勞相訪。」義之唱喏，
即歸書堂。後又得三年功，書成矣。先生乃讚義之曰：「念汝書跡，
異世不同，淡處不淡，濃處不濃。得之者罕有，見之者難逢。進一
字千金重賞，獻一字萬戶封侯。」再讚曰：「眾木中松，群山中峰。
靈鶴中衝，五岳中嵩。吾令歸俗，汝向九霄紅。汝歸於世界，如鶴
出籠。別後有心相顧，時時遙望白雲中。」〔註106〕

　　這種故事未必可信，但不失為作者的一種文學想像，具有一定的可讀性。
另外，文中論書的語段頗為精妙，也非常符合司馬承禎擅長篆隸，自創「金
剪刀書」體之歷史真實。值得一提的是，是文主要以天台、桐柏兩觀位置為
轉移，廣泛搜羅記載天台山方圓百里之內的宗教建築，不僅囊括了道教宮觀，
而且佛教禪寺也盡收其中：

　　　　國清寺在縣北一里，皆長松夾道至於寺。寺即隋煬帝開皇十八
年為智顗禪師所創也。寺有五峰：一八桂峰，二暎霞峰，三靈芝峰，
四靈禽峰，五祥雲峰。雙澗廻抱。天下四絕寺，國清第一絕也。寺
上方兜率臺，臺東有石壇，中有泉。昔普明禪師將錫杖隊開，名「錫
杖泉」。自國清寺東北一十五里有禪林寺，寺本智顗禪師修禪於此也。
以貞元四年使牒移黃巖縣廢禪林寺額來易於道場之名。寺東一十五
里有香爐峰，甚高嶮，峰上多有香柏樻桂之木相連。有宴坐峰，其
峰可高百餘丈，是智者大師降魔峰。後有神人送石屏峰於大師背後，
至今存焉。峰下有龍潭，周廻一里，下注螺溪，亦出縣大溪耳。寺
西北上十里至陳田（昔有神人於此開田，供智者大師朝種暮收）。自
陳田可五里西入一源，甚平，坫號曰「白砂」，有僧居之。禪林寺西
北止二十五里乃至歇亭，即平昌孟公簡廉察浙東。北一十里乃至靈

────────────

〔註106〕《唐文拾遺》卷五〇，見董誥《全唐文》（第十一冊），中華書局 2001 年影印，
　　　　10943 頁下～10944 頁上。

墟，今來是智者禪院，即白雲先生所居之處也。〔註107〕

對於國清寺、禪林寺及智者禪院的地理位置、歷史興廢、周邊環境交代得非常清楚，類似古代旅行導遊圖。閱讀此文，不僅可明瞭當時道教發展規模，還可窺探出唐代佛教發展面貌。可以說，此文是研究天台山道教史甚至佛教史極為重要的史料。此外，杜光庭的《青城山記》、《豆圌山記》等亦屬此類。而《麻姑洞記》、《東西女學洞記》、《溫湯洞記》、《熖陽洞記》及《魚龍洞記》則以記洞穴為主，文學色彩並不明顯，茲不論述。

除上述之外，尚有陶弘景《難鎮軍沈約〈均聖論〉》、《請雨詞》、《授陸敬游十賷文》、《遺令》，司馬承禎《素琴傳》，韋渠牟《商山四皓畫圖贊》，杜光庭《迎定光菩薩祈雨文》、《老君贊》八篇文章，亦各有偏勝，故並歸一處加以討論。

如陶弘景《難鎮軍沈約〈均聖論〉》，對沈約《均聖論》主張「前佛（儒、道）後佛（佛），其道不異」、「內聖外聖，義均理一」的三教同一觀點發難。文章假設主客問答的形式，引述大量史實，針對沈約之語一一詰問，「釋迦之現，近在莊王，唐虞夏殷，何必已有？⋯⋯夫子自以華禮興教，何宜乃說夷法？若必以緣應有會，則昔之淳厚，群生何辜？今之澆薄，群生何幸？⋯⋯」等等，駢散之間，步步緊逼，於「破彼異說」〔註108〕的基礎上立我宗義，其寫法似乎有意在規仿東方朔《答客難》。文末「不審於內外兩聖，其事可得是均以不？此中參差，難用頓悟。謹備以咨洗，願具啟諸蔽」，用商量、研討的口吻與之對話，希望對方細細體味，「啟諸蔽」的道教宗師形象也躍然紙上。「唯唯而已」〔註109〕的沈約作《答陶隱居難〈均聖論〉》從容以答。文中「前論已詳，不復重辯」、「前論已盡也」、「前論言之已具，不復重釋」，不斷重複出現，顯示出沈約不願在此問題上糾纏不休，並試圖勸說陶弘景「請息重辯」。一句「若必以釋有可取者教乖方，域之理外，此自一家之學，所不敢言」，謙恭之至，採取息事寧人的態度，似有難言之隱。《請雨詞》、《迎定光菩薩祈雨文》兩篇寫為民祈雨，前文「願哀憫黔首，霈垂沾渥」，帶有哀乞以獲神憐垂沾的意味。後文較為簡短，不過從「定光菩薩智海難量，便門廣闢，不辜眾生之願，肯辭千里之遙」來看，又似乎是用恭維討好菩薩的伎倆來獲得降雨。

〔註107〕《唐文拾遺》卷五〇，見董誥《全唐文》（第十一冊），中華書局 2001 年影印，10946 頁上。

〔註108〕劉永濟《文心雕龍校釋》（上冊），中華書局 2007 年版，第 61 頁。

〔註109〕姚思廉等撰《梁書》，中華書局 1973 年版，第 242 頁。

兩文均堅信此舉能夠達到目的，體現了茅山宗關心百姓疾苦，充滿了憂國憂民之情懷。《授陸敬游十賷文》，傚仿古代九錫之禮，以「隱居先生」的名義賞賜弟子陸敬游十件禮物，與封建帝王的「賜恩聖旨」無異。錢鍾書批評說是陶弘景「喬坐朝作此官樣文章」〔註110〕，也有人認為是「遊戲為文」〔註111〕，並沒多少文學色彩。《遺令》基本上是臨終者對死後葬禮安排、祭祀的絮叨交代而已，未見飽含深情的話語，明白如話，沒有任何修飾之辭，表現出對死亡當前的達觀與通脫。

司馬承禎的《素琴傳》論琴之功能甚是精彩：

> 黃帝作清角於西山，用會鬼神。虞舜以南風之詩，而天下理。此皇王以琴道致和平也。故曰：「琴者樂之統。」君臣之恩矣。師曠為晉平公奏清徵，元鶴二八降於廊門。再奏之，引頸而鳴，舒翼而舞。瓠巴鼓琴，則飛鳥集舞，潛魚出躍。師文各叩一絃，乃變節候，改四時。總諸絃，則景風翔，慶雲浮，甘露降，醴泉涌。此明閑音律者，以琴聲感通也。黃老君彈雲和流素之琴，真人拊雲和之琴，《內經》號「琴心」，文涓子著《琴心論》，此靈僊以琴理和神也。孔子窮於陳蔡之間，七日不火食，而絃歌不輟。原憲居環堵之室，蓬戶甕牖褐塞匡坐而絃歌，此君子以琴德而安命也。許由高尚讓王，彈琴箕山；榮啟期鹿裘帶索，攜琴而歌，此隱士以琴德而興逸也。伯牙鼓琴，鍾子期聽之，峩峩洋洋，山水之意，此琴聲導人之志也。有撫琴見螳螂捕蟬，蔡邕聞之，知有殺音，此琴聲顯人之情也。是知琴之為器也，德在其中矣；琴之為聲也，感在其中矣。〔註112〕

文章通過琴道能致和平，琴聲能感通，導人志，顯人情，琴理能和神，琴德能安命、興逸，以說明體現道德、表現情感乃琴之價值所在。「琅琅鏘鏘，若球琳之茲振焉。諸絃合附，則采采粲粲，若雲雪之輕飛焉。眾音諧也，則喈喈嘽嘽，若鸞鳳之清歌焉」，狀寫琴聲，明麗流暢，給人以形象生動之感受，讀來如聞其聲，如臨其境。

〔註110〕錢鍾書《管錐編》（第四冊），中華書局 1999 年版，第 1427 頁。

〔註111〕魏裕銘《論六朝遊戲散文的類別與價值》，載《南京曉莊學院學報》2009 年第 4 期，第 38 頁。

〔註112〕董誥《全唐文》（第十冊），中華書局 2001 年影印，9637 頁下～9638 頁上。

第五章　宋前茅山宗小說創作

　　除詩歌、辭賦、齋醮詞、散文外，宋前茅山宗小說創作也取得了一定成就，無論是數量還是質量，絲毫不遜色於文人創作。陶弘景、司馬承禎、杜光庭等茅山高道，皆有小說流傳於世。

第一節　宋前茅山宗小說考辨

　　所謂茅山宗小說是指茅山道士為自神其教或弘揚茅山宗義旨而創作的小說，具有明顯宣道傳教意味，可視為「輔教之書」，屬道教小說範疇。「從大體上說，道教小說可分為志怪體、傳奇體、話本體、章回體四大類」〔註1〕。部分茅山宗小說偶用傳奇筆法，具有傳奇體性質，更多的則屬於粗陳梗概式的志怪體小說。李劍國《唐前志怪小說史》將志怪小說劃分為地理博物體志怪小說、雜史雜傳體志怪小說和雜記體志怪小說三類，「就其內容來看，道教志怪小說主要有：神仙道人傳記體小說、反映道教思想的地理博物體小說、表現道教觀念敘述夢幻奇異現象的雜記體小說」〔註2〕。本文據此分類，將茅山宗小說大致分為三類：

一、傳記體小說

　　《上清侍帝晨桐柏真人真圖贊》一卷，《道藏》第十一冊收錄，題「天台白雲司馬承禎錄」，《全唐文》卷九二四亦收。主要通過十一副圖畫記錄桐柏

〔註1〕卿希泰主編《中國道教》（第四冊），東方出版中心1994年版，第55頁。
〔註2〕卿希泰主編《中國道教》（第四冊），東方出版中心1994年版，第55頁。

真人王子晉升仙事蹟，並附以文字說明及贊文，其中圖文有多處不符〔註3〕。從圖中的服飾來看，圖畫很可能出自宋或之後，或許圖畫與解說文字非一人一時所作。

《墉城集仙錄》，杜光庭撰，「紀古今女子得道升仙之事」〔註4〕，是現存最早的女仙傳記。原本十卷，但《道藏》第十八冊僅收六卷 37 則，女仙凡 38 人（卷五「湘江二妃」包含了兩位女仙），未見序文。又《雲笈七籤》卷一一四至卷一一六收三卷，凡 27 人，首錄序文。與《道藏》本比較，重合兩則〔註5〕。李劍國根據《墉城集仙錄序》提及沈汾的《續神仙傳》推斷「光庭撰此書約在王衍乾德末」，並認為「所載諸傳多言道術，枯槁不能卒讀。只少數稍佳，頗見魚龍曼衍之趣」〔註6〕。

《神仙感遇傳》，杜光庭纂，《宋史‧藝文志》著錄十卷，但《道藏》第十冊僅錄五卷 75 則古今凡人與神仙感遇故事。每則以遇仙人名為題，其中卷五最後一則《僧契虛》文末有「後有缺文」文字，據《宣室志》卷一可補全此故事，而整書缺失數量卻難以估量。《道藏提要》以為「《道藏》本僅殘存五卷，第五卷末稱：『後有缺文。』則此書闕佚甚多。」〔註7〕此外，《雲笈七籤》卷一一二和卷一一三（上）也收錄兩卷，其中卷一一二 30 則全見於《道藏》本《神仙感遇傳》，只是標題或文字偶有不同，有學者以為是《道藏》本的「選節本」〔註8〕，卷一一三（上）只題「傳」字，未見書名，內容多為凡仙感遇故事。李劍國原以為是《神仙感遇傳》，「後細審二書，方知為《逸史》」〔註9〕，而羅爭鳴《杜光庭道教小說研究》「以為《雲笈七籤》卷一一三（上）14 則仙傳很可能取自杜光庭《神仙感遇傳》，但它們是杜光庭從《逸史》修改加工而來」〔註10〕，其說可參。《太平廣記》、《三洞群仙錄》亦錄有部分佚文。

《仙傳拾遺》，杜光庭撰，原書四十卷，「大多採擷舊籍，唐事者乃多有

〔註3〕詳參張魯君、韓吉紹《上清侍帝晨桐柏真人真圖贊考論》，載《宗教學研究》2012 年第 3 期。

〔註4〕杜光庭《〈墉城集仙錄〉序》，見張君房纂輯、蔣力生等校注《雲笈七籤》，華夏出版社 1996 年版，第 717 頁。

〔註5〕《道藏》本卷一《金母元君》，《雲笈》本卷一一四也收，題為《西王母傳》；《道藏》本卷六《九天玄女》，《雲笈》本卷一一四亦載，題作《九天玄女傳》。

〔註6〕李劍國《唐五代志怪傳奇敘錄》，南開大學出版社 1993 年版，第 1074 頁。

〔註7〕任繼愈主編《道藏提要》，中國社會科學出版社 1995 年版，第 426 頁。

〔註8〕李劍國《唐五代志怪傳奇敘錄》，南開大學出版社 1993 年版，第 1017。

〔註9〕李劍國《唐五代志怪傳奇敘錄》，南開大學出版社 1993 年版，1017 頁腳註。

〔註10〕羅爭鳴《杜光庭道教小說研究》，巴蜀書社 2005 年版，第 173 頁。

自作，與《集仙》、《感遇》等作相似；而與蜀仙頗多留意，亦如《感遇》也」〔註11〕。今已散佚不存，《太平廣記》、《三洞群仙錄》錄有部分佚文，其中《三洞群仙錄》所錄文字基本上是故事梗概，與《廣記》比，篇幅短小不全，也不是以人名為題而是四字句短語。今人嚴一萍編《道教研究資料》第一輯輯錄五卷，李劍國《唐五代志怪傳奇敘錄》輯佚文一百二十八則。另《茅山志》卷一五有「王旻」條，後注「事見《仙傳拾遺》」，但不見它書收錄，現錄文如下：

> 王旻，有術解，居洛陽青蘿山，鄉里見之已數百歲，常有少容。開元中，徵至京師，玄宗見其童顏鬖髮，頗加恩禮。時玄宗於茅山得楊、許眾真及陶貞白所寫上清諸經真蹟。其經闕文十三紙，使旻齋壇書信幣詣紫陽觀，請玄靜先生補書之。若曰：「朕不欲命小臣干冒於先生，委卿專往，必冀神仙手筆，今古相續耳。」旻到山之日，靈鶴翔鳴，玄靜書經之時，神人降其室，皆精誠所應也。〔註12〕

《王氏神仙傳》，又名《緱嶺會真王氏神仙傳》〔註13〕，殘存，杜光庭撰。主要收錄王氏神仙傳記，《太平廣記》未載，僅《三洞群仙錄》節錄 35 則，《類說》節錄 8 則，共 43 則 39 人〔註14〕。節錄故事，近似於故事梗概，篇幅不長，遠遜《仙傳拾遺》與《神仙感遇傳》。後世學者對於杜光庭著此書提出不少非議，陳振孫說他「當王氏有國時，為此書以媚之」〔註15〕。晁公武也持相同看法：「光庭集王氏男真女仙五十五人，以諂王建。」〔註16〕由於杜光庭深得前蜀王建、王衍兩位君主的尊寵，所以有人持此看法也在情理之中。事實上，他也確實有諂媚王蜀的可能，我們只要讀一讀《廣成集》中的表文即可明白。

《洞玄靈寶三師記》，《道藏》第六冊收錄，署名「廣成先生劉處靜撰」。

〔註11〕李劍國《唐五代志怪傳奇敘錄》，南開大學出版社 1993 年版，第 1040 頁。
〔註12〕《道藏》第五冊，619 頁中。
〔註13〕按：緱嶺即緱山，杜光庭《洞天福地嶽瀆名山記》云：「緱氏山，在洛陽緱氏縣，子晉上昇處。」
〔註14〕按：王喬、王褒、王遠重合，另《三洞群仙錄》卷二引《王氏神仙傳·子晉侍宸》，其中王喬字子晉，故兩書有三王喬。
〔註15〕陳振孫撰，徐小蠻、顧美華點校《直齋書錄解題》，上海古籍出版社 1987 年版，第 348 頁。
〔註16〕晁公武撰，孫猛校證《郡齋讀書志校證》，上海古籍出版社 2005 年版，第 389 頁。

由三篇「實錄」組成，分敘田良逸（虛應）、馮惟良、應夷節生平事蹟，並各附贊文一首。旨在弘揚其休烈，昭示將來，具有重要的史料價值，小說色彩並不濃厚。根據文中所述，「廣成先生」應是杜光庭，而非劉處靜，疑《道藏》有誤〔註17〕。首先，文中明確表示劉處靜與杜光庭之師應夷節是同學關係，但文中卻有「門人廣成先生製」文字，自稱應氏門人，若作者為劉處靜，則輩分矛盾。其次劉先於應升化，若作者為劉，怎麼可能給尚在人間的應作傳。再次三師中關於應的文字最為詳細，完全符合此書為其弟子杜光庭撰的可能。

《毛仙翁傳》，《全唐文》卷九四四收錄。《唐詩紀事》卷八一錄《毛仙翁贈行詩》一卷，前錄裴度、牛僧孺、李翱等人贈詩，後附杜光庭《毛仙翁傳》。今人多以為詩不可靠，當為唐末五代道教徒偽託。《毛仙翁傳》雖署名為杜光庭，但難以準確判斷。在沒有確鑿證據之前，暫不妄下定論，姑從舊說。

二、地理博物體小說

《上清天地宮府圖經》，原本二卷，今殘存部分文字。《雲笈七籤》、《道藏》（第二十二冊）均載，名曰《天地宮府圖》，題「銀青光祿大夫真一先生司馬紫微集」，有經無圖，詳列十大洞天、三十六小洞天、七十二福地的具體名稱與地理位置，故事性的敘述文字很少。

《洞天福地嶽瀆名山記》一卷，杜光庭撰，《道藏》第十一冊收錄。體例類似司馬承禎的《上清天地宮府圖經》，記述道教輿圖，只是內容有很大差異。相較而言，杜著更為系統詳盡，可謂「一部比較全面而又簡要的道教神學地理集」〔註18〕。

《天壇王屋山聖迹記》一卷，杜光庭纂，《道藏》第十九冊收，前錄杜光庭序文。該書包括《天壇王屋山聖迹記》、《唐睿宗賜司馬天師白雲先生書詩並禁山勅碑》〔註19〕，杜子美、金門羽客林仙人、通真道人、齊人杜仁傑等人詩歌及中巖知宮陳道阜之《元特賜玉天尊之記》。很明顯，不全是杜光庭編纂，肯定有後人的增補和修訂，因為杜光庭身後的作品也被搜羅進去了。《續

〔註17〕詳見任繼愈主編《道藏提要》，中國社會科學出版社1995年版，第329頁。
〔註18〕卿希泰《中國道教史》（第二卷），四川人民出版社1996年版，第465頁。
〔註19〕按：包括睿宗敕書三通、玄宗一通，未見禁山敕碑，題名《睿宗御製五言送司馬鍊師還天台山》詩實為玄宗《王屋山送道士司馬承禎還天台》，又見《全唐詩》卷三。

修四庫全書總目提要》之《天壇王屋山聖迹記》條推斷較為合理：「竊疑其書，蓋後世道流之所偽託，或光庭本有斯記，元至大以後，道流更加附益，以為是編，疑莫能詳矣。」《全唐文》卷九三四僅收杜光庭《天壇王屋山聖迹記》一篇，詳敘王屋山聖蹟，同時對司馬承禎修道成仙事蹟也進行了記載。

三、雜記體小說

《真誥》，陶弘景纂，二十卷，《道藏》第二十冊收。內容比較博雜，多載仙真降誥，雜以藥物、導引、按摩等其他道教修養之術。其中卷一至卷十八為一楊二許手書，是《真誥》的「本文」，陶弘景有注。卷十九與卷二十為陶弘景述，包括《真誥敘錄》、《真經始末》、《真冑世譜》三篇文字，基本上是在記實事而非寫小說，其中保留了許多珍貴的道教史料，從這個角度來說，更似一部「道教史」，完全當作小說看待似乎不太妥帖，但書中所載仙真故事浪漫而又富有想像，頗具小說特質。

《夢記》一卷，陶弘景撰，今已亡佚。《華陽隱居先生本起錄》著錄《夢記》一卷並自注「此一記先生自記所夢徵想事，不以示人」。而《華陽陶隱居內傳》卷中則著錄「《夢書》一卷」，疑是同一部書。《梁書·陶弘景傳》云：「建武中，齊宜都王鏗為明帝所害，其夜，弘景夢鏗告別，因訪其幽冥中事，多說秘異，因著《夢記》焉。」〔註20〕知此書乃是陶弘景夢蕭鏗向其敘說幽冥秘異。《南史·宜都王鏗傳》記載稍詳：「初鏗出閣時，年七歲，陶弘景為侍讀，八九年中，甚相接遇。後弘景隱山，忽夢鏗來，慘然言別，云：『某日命過。身無罪，後三年當生某家。』弘景訪以幽中事，多秘不出。覺後，即遣信出都參訪，果與事符同，弘景因著《夢記》云。」〔註21〕

《周氏冥通記》四卷，陶弘景纂，《道藏》第五冊收錄。《茅山志》卷九著錄，題為《周氏玄通記》。該書所載乃是周子良與眾仙真的通夢實況。按時間編排，從梁天監十四年（515）五月二十三日直至天監十五年七月二十三日，近 16 個月（含閏月）的 109 條夢，與日記無異，可說是「一部個人日記的最早例證」〔註22〕。其中想像豐富，充滿浪漫主要色彩，而為我國古代記夢幻

〔註20〕姚思廉等撰《梁書》，中華書局 1973 年版，第 743 頁。
〔註21〕李延壽等撰《南史》，中華書局 1975 年版，第 1091 頁。
〔註22〕拉塞爾《〈周氏冥通記〉中的神啟和故事》，見（日）麥谷邦夫、吉川忠夫編，劉雄峰譯《〈周氏冥通記〉研究》（譯注篇），齊魯書社 2010 年版，第 282 頁。

體志怪小說走向成熟的標誌〔註23〕。

《錄異記》，杜光庭纂，原書十卷，今《道藏》第十冊僅錄八卷130餘則，前有杜光庭序。《太平廣記》、《三洞群仙錄》也錄有部分佚文。具體情況，李劍國有詳細的考證〔註24〕，此不贅述。書中最晚紀年文字見卷六《焰陽洞》「乾德三年（921）辛巳正月十六日癸卯」，推測是書約成於王衍乾德三年。該書體例類似《博物志》、《搜神記》，記載奇聞、異事、怪人，猶如一部仙怪故事集。其中部分篇目敘事精細婉轉、文辭優美，頗具文學色彩。不過也有一些故事中雜糅多個小故事，難免顯得零亂。

《道教靈驗記》，杜光庭撰，原書二十卷，《道藏》第十冊收十五卷共計165篇〔註25〕。另《雲笈七籤》卷一一七至一二二也收六卷凡118篇，其中卷一一七至一二〇有80餘篇悉數收入《道藏》本卷一至卷十四，篇目名稱完全不同，編排、文字也時有差異〔註26〕，卷一二〇以後的三卷部分篇目不見《道藏》本。羅爭鳴《杜光庭道教小說研究》第七章第一節《〈道教靈驗記〉之版本考異及原本蠡測》對此有比較詳細的考證和分析，此不贅述。該著涉及唐末五代歷史事件，「史料價值不亞於《廣成集》一書」〔註27〕，而且其中的大

〔註23〕詳見詹石窗《道教文學史》，上海文藝出版社1992年版，第168頁。

〔註24〕李劍國《唐五代志怪傳奇敘錄》，南開大學出版社1993年版，第1052～1055頁。

〔註25〕按：題下注有「附」的也作一篇。

〔註26〕《道藏》本卷四《青城山丈人真君驗》和《雲頂山鐵天尊驗》，《雲笈》本卷一一八《青城丈人真君賜錢驗》「鐵像驗附」合二為一；《道藏》本卷八《昭成觀天師驗》及《劉存希天師幀驗》，《雲笈》本卷一一九《昭成觀壁畫天師驗》「絹畫驗附」合為一篇；《道藏》本卷九《開元觀四天神王驗》，《雲笈》本收錄在卷一一九《嘉州開元觀飛天神王像捍賊驗》最後一段；《道藏》本卷一〇《姚元崇女〈九天生神章經〉驗》，應是篇幅最長的一篇，《雲笈》本卷一一九作《姚元崇女精志焚修老君授經驗》，僅有一小段；《道藏》本卷一二《曹戬〈天蓬咒〉驗》，《雲笈》本卷一一九作《劉載之誦〈天蓬咒〉驗》，主人公不同，但情節基本一致；《道藏》本卷一三《開州龍興觀鐘驗》，《雲笈》本卷一二〇作《開州龍興觀鐘雪冤驗》「雲安鐘附」，但「附」僅有一句；《道藏》本卷一三《爰赤木古鐘驗》「盤屋南平黔中三古鐘附」，《雲笈》本卷一二〇拆為《浴爰赤木古鐘水洗瘡驗》「古鐘驗附」、《渝州南平縣道昌觀古鐘奇巧驗》、《黔南鹽井古鐘多年無毀蝕驗》三則；《道藏》本卷一五《張合奏天曹錢驗》「邛州成都奏錢事附」，《雲笈》本卷一二一《張合妻陪錢納天朝庫驗》只有張合妻靈驗故事，未見「附」事。

〔註27〕王瑛《杜光庭蜀中著述考略》，載《成都大學學報》（社科版）1993年第3期，第48頁。

部分靈驗故事情節引人入勝，敘事宛轉有致，「文章詞采亦可觀」〔註28〕，富有小說意味。

《歷代崇道記》一卷，杜光庭撰，《通志》與《宋史‧藝文志》作《歷代帝王崇道記》，《道藏》第十一冊、《全唐文》卷九三三皆收。該書主要記載周穆王以來歷代帝王崇道建觀度道士情況。唐代以前記載較為簡略，且與史不合，多荒誕之說。對李唐諸帝崇道之舉則記載較詳，其中尤以玄宗、僖宗朝最為詳細。涉及之事雖有部分真實可靠，但仍有失實之處。即便如此，也不失為一份珍貴的研究唐代道教發展的歷史資料。總體而言，《歷代崇道記》虛構與實錄兼有，傾向紀實，不像《錄異記》、《道教靈驗記》等作品具有小說特徵。

統計得宋前茅山宗小說 16 種，其中傳記體小說 7 種，地理博物體小說 3 種，雜記體小說 6 種。除《夢記》亡佚無法詳考外，尚有《上清侍帝晨桐柏真人真圖贊》、《洞玄靈寶三師記》、《歷代崇道記》、《上清天地宮府圖經》、《洞天福地嶽瀆名山記》及《天壇王屋山聖迹記》6 種小說，文學色彩不強，故不予專門討論。另外，需要說明的是，從作者本意來看，茅山宗小說的創作者們並非有意為小說，也不把自己的創作作為小說看待。只是情節離奇古怪，充滿了宗教想像與虛幻，甚至包括宗教誇大，從文學角度來看，就是小說，可作小說看。主觀意圖和客觀效果存在一定差異。事實上，宗教類作品基本上都有此特點，佛教的著作也是如此，比如《高僧傳》，其中有記實，而記敘高僧道術無邊，也存在宗教性誇大。

第二節　宋前茅山宗小說之儒、釋文化理念與世俗化傾向

正如第一章所述，茅山宗入道前多為儒士，受儒家文化薰染較深。他們對釋教持溫和開放的態度，經常吸納釋家來充實自己。小說作為茅山高道宣道布教的重要載體，自然隱含著儒、道、釋等各種文化意蘊。道教徒為了吸引信徒，也往往主動適應世俗的需要，積極地與世俗社會相結合，因而小說中又往往呈現出某些世俗化的傾向。

〔註28〕任繼愈主編《道藏提要》，中國社會科學出版社 1995 年版，第 425 頁。

一、儒、釋文化理念

茅山宗小說主要以道為主，不過，儒、釋文化理念對其浸潤與滲透也不容小覷。主要體現在主旨、題材、人物塑造和情節安排方面。

在主旨上，如杜光庭《道教靈驗記》，其中很多故事都以釋教因果報應為主旨，試看卷二《益州龍興觀取土驗》：

> 成都龍興觀即後周至真觀也。基址廣袤，四面通街，唯大殿講堂、玉華宮碑碣皆在。有王峰者，事穎川王，於小蠻坊創置私第，以基地卑濕，乃使力役者斷觀門土牆及廣掘觀地，取土數千車築基址。土木未畢，已數口凋亡。一旦自衙歸宅，於其門外見二黃衣人，曰：「為觀中取土事，要有對勘。」應答之間，下馬而卒。其觀內有鍾臺，曰靈響臺，有門樓宏壯，制度精巧。節度使吳行魯奏移門棱於天王寺，拆其鍾樓，遺蹤勝賞，並為毀蕩矣。頃年駕在蜀，明道大師尹嗣玄云：「行魯之吏，因疾入冥，數日復活，言見行魯為鬼吏所驅，般運龍興材木，鐵鎖繫械，晝夜不休，木纔積垛，又卻飛去。如是棰運，不知何年當得息耳。欲求子孫為立觀門贖其罪，子孫貧窘，固不及耳。」〔註29〕

王峰創置私第，派遣勞役破壞道觀門牆、廣掘觀地以至於「土木未畢，已數口凋亡」，本人也「下馬而卒」。節度使吳行魯生前移門樓、拆鍾樓，破壞道教設施，結果在冥界搬運木材，鐵索繫械，晝夜不休。很明顯，這則故事主旨是生前為惡而遭報應。卷十四《劉圖佩籙靈驗》中的劉圖之父也是如此，生前為獄吏時，「殺人不問其罪，枉害良善」，死後才入十一重地獄，被三百男子輪流鞭打。還有大量的報應故事是先人為惡後人遭報，比如《徐羨為父修黃籙齋驗》中的徐羨「有子三人，其二癃殘，小者項有肉枷」〔註30〕，之所以如此，原來是徐羨之父「酷於刑法，暴於捶楚，為官不恤牢獄，不矜囚徒，意生法外，殘毒害物，遂使子孫受其報爾」。《杭州餘杭上清觀道流隱期常住驗》中的上清觀主持道流，每減剋隱欺，以私於己，所生兒女五六輩皆形骸不具，「痞聾瘖矇」〔註31〕。《城南文銖臺驗》中的文銖「彈射飛鳥、捕格野獸以為戲樂」〔註32〕以至於「人形而獸頭」，犯了釋教「五戒十善」第

〔註29〕見《道藏》第十冊，807頁上～頁中。
〔註30〕張君房纂輯、蔣力生等校注《雲笈七籤》，華夏出版社1996年版，第761頁。
〔註31〕張君房纂輯、蔣力生等校注《雲笈七籤》，華夏出版社1996年版，第768頁。
〔註32〕杜光庭《道教靈驗記》卷一，見《道藏》第十冊，803頁中。

一條不殺生之戒，亦會遭報。這是現實性很強的報應故事，告誡世人要愛護動物，不能隨意斬殺。有意思的還有遭報變為動物的，如《崔圖修黃籙齋救母生天驗》（《雲笈七籤》卷一二○）中的崔圖母偷三十千錢與小女作嫁資，結果給兒子做馬騎了八年等等，涉及不同類型的因果報應故事，猶如一部明因果、示報應之故事集。報應之說雖以佛教為著，但儒、道二家也有，誠如作者所言：「罪福報應，猶響答影隨，不差毫末。豈獨李、釋言其事哉！抑儒術書之，固亦久矣。」〔註33〕

在題材上，茅山宗不僅積極吸收儒家忠、孝、仁、義、善等道德修行觀念入自己的體系之中為我所用，成為必須遵守的修行原則，而且還將之作為小說創作的重要題材。如《錄異記》卷三單列「忠」、「孝」題材故事。其中「忠」下記載巧工劉萬餘、樂工鄧慢兒及角抵者摘星、胡弟、米生事蹟即是以忠為題材之典型：

> 僖宗幸蜀，黃巢陷長安。南北臣僚奔問者，相繼無何。執金吾張直方與宰臣劉鄴、于悰諸朝士等潛議奔行朝，為群盜所覺，誅戮者至多。自是阨束，內外阻絕。京師積粮尚多，巧工劉萬餘、樂工鄧慢兒，角抵者摘星、胡弟、米生者，竊相謂曰：「大寇所向無敵，京城粮貯甚多，雖諸道不賓，外物不入，而支持之力，數年未盡。吾黨受國恩深，志効忠赤，而飛竄無門，皆為逆黨所使。吾將貢策，請竭其粮，外貨不至，內食既盡，不一二年，可自敗亡矣。」萬餘，黃巢憐其巧性，常侍直左右，因從容言曰：「長安苑囿、城隍不當百里，若外兵來逼，須有禦備，不爾固守為難。請自望仙門以北，周玄武、白虎諸門，博築城池，置樓櫓卻敵，為禦捍之備，有持久之安也。」黃巢喜，且賞其忠節，即曰：「使兩街選召丁夫各十萬人築城，人支米二升，錢四十文日計。左右軍支米四千石，錢八千貫。」歲餘，功不報而城未周，以至於出太倉穀以支夫食，然後剝榆皮而充御廚，城竟不就。萬餘懼賊覺其機，出投河陽，經年病卒。鄧慢兒善彈琵琶，樂府推其首冠。黃巢頗狎之，因灸其右手，託以風廢，終不為彈。禮之甚厚，而未嘗為執器奏曲。每三五日一召，入禁中，報與之金帛。一旦謂其友曰：「吾聞忠節之士，有死而已。吾頻為大寇所逼，終不能為之屈節奏曲。今日見召，吾當就死，不

復歸矣。」與妻女一兒訣別，使者促之，遂入見黃巢。黃巢欣然謂曰：「汝樂官推所藝第一，而久雲風廢，吾亦信待於汝，豈不致三兩聲琵琶乎？不全曲也。」慢兒曰：「某出身應役，朱紫之服皆唐天子所賜，固不忍負前朝之恩，以此樂樂於他人也。」巢大怒，命斬之，屠其家焉。摘星、胡弟善射，發無不中。巢甚愛之，衣以錦服，出入常在馬前。渭橋為官軍所奪，黃巢親領兵以禦之。既至橋，命米生引滿以射，凡發十數箭，箭皆及遠而不中。黃巢詰之：「箭皆及遠而不中物，何也？」對曰：「聖唐兵士，非親即故，故不中爾。」巢怒，亦殺之。〔註34〕

　　三人被賦予了儒家倫理的意義，體現了茅山宗對儒家思想的吸收和弘闡。

　　宣揚孝道的題材，如《墉城集仙錄》（卷六）中的蠶女，其父被鄰部所掠，她的母親誓言「有能得父還者，以此女嫁之」。當馬救回父親時，其父不讓蠶女配馬，還將之射殺，並在庭中曝曬其皮。「女行過側，馬皮蹴然而起，卷女飛去」，後來蠶女乘彩雲駕此馬自天而降告訴父母：「太上以我孝能致身，心不忘義，授以九宮仙嬪之任，長生矣，無復憶念也。」又如《太平廣記》卷四引《仙傳拾遺·陽翁伯》也是如此：

　　　　陽翁伯者，盧龍人也，事親以孝，葬父母於無終山，山高八十里，其上無水。翁伯盧於墓側，晝夜號慟，神明感之，出泉於其墓側。因引水就官道，以濟行人。嘗有飲馬者，以白石一升與之，令翁伯種之，當生美玉。果生白璧，長二尺者數雙。一日，忽有青童乘虛而至，引翁伯至海上仙山，謁群仙，曰：「此種玉陽翁伯也。」一仙人曰：「汝以孝於親，神真所感，昔以玉種與之，汝果能種之。汝當夫婦俱仙，今此宮即汝他日所居也。天帝將巡省於此，開禮玉十班，汝可致之。」言訖，使仙童與俱還。翁伯以禮玉十班，以授仙童。北平徐氏有女，翁伯欲求婚。徐氏謂媒者曰：「得白璧一雙可矣。」翁伯以白璧五雙，遂娉徐氏。數年，雲龍下迎，夫婦俱昇天。今謂其所居為玉田坊。翁伯仙去後，子孫立大石柱於田中，以紀其事。〔註35〕

〔註34〕《道藏》第十冊，864 頁下～865 頁上。
〔註35〕李昉等編《太平廣記》（第一冊），中華書局 1986 年版，第 30 頁。

再如劉至孝「既冠之年，喪其父母，禮制雖畢，而不易其服，不衣絲綿，願終身麻衣而已」〔註36〕，後來得食仙桃。成都人楊初，事親以孝，行為親友所稱，「蜀王收成都（昭宗大順二年即 891 年），重圍于城中，公私力困，其家亦以罄竭，納贍軍錢七百千，鬻產以充，纔及其半，且夕為官中追迫」〔註37〕。出於孝道，楊初「恐老母為憂，不敢令其母知」，於是羅公遠化為村夫點鐵成金助其解決燃眉之急，故事亦見《道教靈驗記》卷九《羅真人示現驗》。不僅忠、孝，以仁、義、善等儒家理念為題材的故事也是俯拾皆是，此不一一列舉。

在人物塑造方面，茅山宗甚至將儒家主要人物孔子加以吸收改造，成為道門的一份子，試看《太平廣記》卷一九引《神仙感遇傳·韓滉》：

> 唐宰相韓滉，廉問浙西，頗強悍自負，常有不軌之志。一旦有商客李順，泊船於京口堰下，夜深矴斷，漂船不知所止。及明，泊一山下，風波稍定，上岸尋求。微有鳥徑，行五六里，見一人烏巾，岸幘古服，與常有異，相引登山，詣一宮闕，臺閣華麗，迨非人間。入門數重，庭除甚廣，望殿遙拜。有人自簾中出，語之曰：「欲寄金陵韓公一書，無訝相勞也。」則出書一函，拜而受之。贊者引出門，送至舟所，因問贊者曰：「此為何處也？恐韓公詰問，又是何人致書？」答曰：「此東海廣桑山也，是魯國宣父仲尼，得道為真官，理於此山。韓公即仲由也，性彊自恃，夫子恐其撓刑網，致書以諭之。」言訖別去。李順卻還舟中，有一使者戒舟中人曰：「安坐，勿驚懼，不得顧船外，逡巡則達舊所。若違此戒，必致傾覆。」舟中人皆如其言，不敢顧視，舟行如飛。頃之，復在京口堰下，不知所行幾千萬里也。既而詣衙，投所得之書。韓公發函視之，古文九字，皆科斗之書，了不可識。詰問其由，深以為異，拘繫李順，以為妖妄，欲加嚴刑，復博訪能篆籀之人數輩，皆不能辨。有一客疣（疑為「龐」）眉古服，自詣賓位，言善識古文。韓公見，以書示之。客捧書於頂，再拜賀曰：「此孔宣父之書，乃夏禹科斗文也，文曰：『告韓滉，謹臣節，勿妄動。』」公異禮加敬，客出門，不知所止。韓慘

〔註36〕杜光庭《道教靈驗記》卷五《白鶴廟茅君像驗》，見《道藏》第十冊，818 頁中。
〔註37〕杜光庭《神仙感遇傳》卷一，見《道藏》第十冊，885 頁下～886 頁上。

　　然默坐，良久了然，自憶廣桑之事，以為非遠，厚禮遣謝李順。自
　　是恭黜謙謹，克保終始焉。〔註38〕

　　商客李順隨船被風吹到東海廣桑山，見到了「得道為真官」的魯國宣父
仲尼。有「贊者」托他致書為仲由所化的宰相韓滉，因其「性彊自恃，夫子
恐其掇刑網」，故致書諭之：「謹臣節，勿妄動。」這個故事裏，儒家創始人
孔子成仙了，主理東海廣桑山。事實上，茅山神譜《洞玄靈寶真靈位業圖》
在第三中位左位已列有「太極上真公孔丘」。

　　《神仙感遇傳》卷三《御史姚生》（亦見《太平廣記》卷六五引《神仙感
遇傳》，作《姚氏三子》）裏的孔子則被仙人喚來教書：

　　夫人乃勅地上主者，令召孔宣父。須臾，宣父具冠劍而至。夫
　　人端立，微勞問之，謂曰：「吾三壻欲學，君其導之。」宣父及命三
　　子，指六籍篇目以示之，莫不了然解悟，大義悉通，咸若素習。既
　　而宣父謝去。〔註39〕

　　故事經過：御史姚生罷官「居于蒲之左邑，有子一人，外甥二人，各一
姓，年皆及壯，而頑騃不肖」，姚生怪他們三人不務學習，「怠遊不悛」，遂於
條山之南造茅為屋，使之「兼絕外事，得專藝學」，並按時去檢查他們的學習。
及到山中，兩外甥從不看書，「但樸斲塗墍為務」。檢查的日子即將來臨，姚
子替他們擔心，但二甥卻不以為然。有一天晚上，姚子正認真看書，突然感
覺身後有東西拉扯衣裾，開始不在意，如此四次之後，往後看，原來是一隻
小豬，於是「以壓書界方擊之」，小豬驚駭而走。第二天，有「蒼頭騎扣門」
傳夫人話云：「昨夜嬰兒無知，誤入君衣裾，殊以為慼。然君擊之過傷，今則
平矣，君勿為慮。」三人仍然害怕。後來夫人不但不怪罪，還將三女許配給
他們，並召孔子教他們學習。

　　另外，茅山宗小說中塑造的某些仙真還頗具釋教色彩，如《神仙感遇傳》
中的尹真人，老君勅令他「登一蓮花寶臺，端寂而坐」〔註40〕，又命張道陵
亦登此臺。釋教佛祖之蓮花臺被用來作為真人座臺，連老君出生之時，也是
「能行九步，步生蓮花，以乘其足」〔註41〕。《道教靈驗記》卷五中的太一救
苦天尊「坐五色蓮花之座，垂足二小蓮花中，其下有五色獅子九頭，共捧其

〔註38〕李昉等編《太平廣記》（第一冊），中華書局1986年版，第132～133頁。
〔註39〕《道藏》第十冊，892頁下。
〔註40〕杜光庭《神仙感遇傳》卷一《令狐絢》，見《道藏》第十冊，884頁下。
〔註41〕杜光庭《墉城集仙錄》卷一《聖母元君》，見《道藏》第十八冊，165頁中。

座，口吐火焰，繞天尊之身。於火焰中，別有九色神光，周身及頂，光中鋒芒外射，如千萬鎗劍之形」，非常接近釋教佛祖。有的甚至將仙、佛混為一談，以致分不清到底是仙還是佛。本是上清仙人的黃觀福「今俗呼為黃冠佛，蓋以不識天尊像，仍是相傳語訛，以黃觀福為黃冠佛也」〔註 42〕。化作邈邈道人的木文天尊潛入佛殿隱形殿柱，「其像於殿柱中自然而見，高三尺五寸以來，雲冠霞衣，執手爐寶香，右手炷香於煙上。冠中有鳥，如鴛鴦形。足下方頭覆，履下蓮花，花後荷葉，上有神龜之形。左肘後有雲片連焰，光中有青龍之首。右肩之前有虎形，回顧於左。此外周身火焰，如太一天尊，眉髯鬢髮，細於圖畫。自外繞身，有雲葉天花一十二處。頭光之上，有大花如蓋，似蔭其身」〔註 43〕，就是這樣的形象細繪，以至於道教以為是天尊，而釋教認為必是維摩詰之像。最後還是玄宗裁斷「像柱之上，是天尊之冠，非維摩詰巾也」。

在情節安排上，也具有釋教文化色彩。比如地獄是釋教特色，「謂彼罪人為獄卒阿傍之所拘制，不得自在，故名地獄」〔註 44〕。地獄之內「刀林聳目，劍嶺參天，沸鑊騰波，炎爐起焰；鐵城晝掩，銅柱夜燃。如此之中，罪人遍滿。周悼困苦，悲號叫喚。牛頭惡眼，獄卒凶牙。長叉拄肋，肝心碓搗，猛火逼身，肌膚淨盡。或復舂頭搗腳，煮魄烹魂，裂膽抽腸，屠身臠肉」〔註 45〕，極為陰森恐怖。茅山宗小說除直接引用地獄觀念如「種罪天網上，受毒地獄下」〔註 46〕、「善者昇天堂，惡者入地獄」〔註 47〕外，其中也不乏設置主人公遊歷地獄情節。如《神仙感遇傳》卷五敘宦官楊大夫十八歲時為冥官所攝，無疾而終，既到陰冥，見「廨署官屬，與世無異」。《道教靈驗記》中的道士張仁表夢為司命所攝得至地獄，「遙見黑城，上有煙焰，漸近視之，乃鐵城也。擁關衛門，守陣抗敵，皆獸頭人身蛇臂之士，或四口八目，或十

〔註 42〕張君房纂輯、蔣力生等校注《雲笈七籤》，華夏出版社 1996 年版，第 730 頁。

〔註 43〕杜光庭《道教靈驗記》卷四《木文天尊驗》，見《道藏》第十冊，814 頁上。

〔註 44〕釋道世著，周叔迦、蘇晉仁校注《法苑珠林校注》，中華書局 2003 年版，第 229 頁。

〔註 45〕釋道世著，周叔迦、蘇晉仁校注《法苑珠林校注》，中華書局 2003 年版，第 227～228 頁。

〔註 46〕（日）吉川忠夫、麥谷邦夫編，朱越利譯《真誥校注》，中國社會科學出版社 2006 年版，第 104 頁。

〔註 47〕杜光庭《道教靈驗記》卷一四《劉圖佩籙靈驗》，見《道藏》第十冊，851 頁下。

臂九頭，齒若霜雪，牙如劍鋒」〔註48〕。同書卷十四《劉圖佩籙靈驗》，劉圖因校定天下簿書，得以遊歷地獄各層，先「入彌離一重之內，見三千餘女人齊懸頭大樹上，足履百斤鐵核而拷之；次入二重之內，見有三千餘男子足履百斤鐵核，懸頭樹上而拷之；次入三重、四重，乃至十重之內，皆見受罪之人，或著百斤鐵核，或懸頭樹上，或反縛兩手，或入鑊湯之中，或頭戴重石，或鐵叉叉身，或著火中，或更相鞭打，皆身體爛壞，苦毒無堪」〔註49〕，還在十一重之內見到了死去的父親被「更相鞭打」，經他請求後才免於鞭打之苦。故事最後介紹羅酆山「上下及中各有八獄，凡二十四獄，及太山下有五府地獄，諸山河海，亦皆有之。獄中各有令丞、掾吏，陰陽、水火考官」〔註50〕。

另外，小說還設置有趣的在佛寺中成仙的情節。如《太平廣記》卷四七引《仙傳拾遺》載京兆杜陵人韋善俊為償少債，牽犬入山，至兄為長老之寺，眾僧因其兄之關係，待他甚厚，但每次升堂齋食，韋分食與犬，眾僧反感，告之其兄。結果被責遭笞，「遣出寺」。韋善俊稱宿債已還，此去將不復還，但求寺中一浴，然後離去。浴後犬於寺中殿前化為龍，韋乘龍昇天。甚至還有僧人棄佛從道情節，如《神仙感遇傳》卷五寫越僧懷一咸通中凌晨上殿燃香，忽然出現一道士邀其遊歷奇境。在遊歷的過程中，越僧有些飢餓，道士給他吃仙桃，「食訖復行，或凌波不濡，或騰虛不礙，或矯身雲末，或振袂空中，或抑視日月，下窺星漢，如是復歸還人間」。自此不食，然後棄佛入道。同樣，在《陳惠虛》中，天台國清寺僧陳惠虛，曾與同侶遊山，誤入「金庭不死之鄉」〔註51〕。在張老的指點下，「惠虛自此慕道，好丹石，雖衣弊履穿，不以為陋。聞有爐火方術之士，不遠而詣之」。晚居終南山捧日寺。一天張老化為老叟負藥囊入寺賣大還丹，眾僧笑說惠虛好丹，可賣給他。惠虛知是靈藥，於是買下，吞服後病痊飛昇而去。由此可見，茅山宗小說呈現給讀者如上有趣的情節，充分反映了其間滲透的釋教文化理念，同時也體現了釋道融合之趨勢。

〔註48〕杜光庭《道教靈驗記》卷五《張仁表太一天尊驗》，見《道藏》第十冊，816頁中。

〔註49〕《道藏》第十冊，851頁上～中。

〔註50〕《道藏》，851頁下。

〔註51〕李昉等編《太平廣記》（第一冊），中華書局1986年版，第306頁。

二、世俗化傾向

　　宋前茅山宗小說之世俗化傾向主要表現在兩個方面。

　　首先是神仙的世俗化。關於世俗化，美國社會學家彼得·貝格爾曾有個簡單的定義：「所謂世俗化意指這樣一種過程，通過這種過程，社會和文化的一部分擺脫了宗教制度和宗教象徵的控制。」〔註 52〕很明顯，世俗化過程會導致宗教神聖性色彩逐漸減弱，進而表現出世俗人間的特徵。從社會角度而言，神仙的世俗化，能使人更親切，可信，為人接受，也更接近現實，可學。因此，在茅山宗小說中，神仙多與普通人一樣，人性十足而神性淡薄，人之特徵突出明顯。比如說他們的面貌已與普通人無異，有的「布裘紗帽，藜杖草履」〔註 53〕；有的就是一個村夫，「黃赤而短髮」〔註 54〕；還有的「在嘉州市門屠肉為事，中年而肥」〔註 55〕。他們大多身份低微卑賤，基本屬於草根階層，如所居鄰里闕水，「常擔水以供數家久矣」的賣水老叟〔註 56〕；寶曆中，「往往於白波南草市販燒撲石灰」的廬山人〔註 57〕；「自布衣執役，勤瘁晝夕，恭謹迨三十年」的李公佐僕夫〔註 58〕；「常負擔賣油於側近坊內，親居觀東偏門內數年」的東明油客〔註 59〕；自稱宿債吳淡醋，並引其入西山莊中避雨繼而還錢的刘麥老父〔註 60〕；王水部家「除廁」後「攜穢路側，密近廳所」的裴老〔註 61〕等等。

　　他們還具有普通人的性格，《墉城集仙錄》卷二中的上元夫人多次言及漢武帝「穢質」、「非仙才」，不過夫人還是預先告之《五嶽真形圖》篇目，因為「憫其有心」。同書卷四太真夫人「見骨相有異而憫之」。陳休復曾經在巴南太守筵席中，為酒妓所侮，休復「笑視其面，須臾妓者髯長數尺，泣訴於守，為祈謝，休復咒酒一杯，使飲之，良久如舊」〔註 62〕。《神仙感遇傳》卷一葉

〔註 52〕（美）彼得·貝格爾著，高師寧譯、何光爐校《神聖的帷幕——宗教社會學理論之要素》，上海人民出版社 1991 年版，第 128 頁。

〔註 53〕張君房纂輯、蔣力生等校注《雲笈七籤》，華夏出版社 1996 年版，第 700 頁。

〔註 54〕杜光庭《神仙感遇傳》卷一《王杲》，見《道藏》第十冊，881 頁下。

〔註 55〕杜光庭《神仙感遇傳》卷五《僧悟玄》，見《道藏》第十冊，903 頁下。

〔註 56〕杜光庭《神仙感遇傳》卷一《于滿川》，見《道藏》第十冊，883 頁上。

〔註 57〕杜光庭《神仙感遇傳》卷二《廬山人》，見《道藏》第十冊，891 頁上。

〔註 58〕杜光庭《神仙感遇傳》卷三《李公佐》，見《道藏》第十冊，894 頁上。

〔註 59〕杜光庭《神仙感遇傳》卷四《東明油客》，見《道藏》第十冊，898 頁下。

〔註 60〕詳參杜光庭《神仙感遇傳》卷五《吳淡醋》，見《道藏》第十冊，901 頁上。

〔註 61〕張君房纂輯、蔣力生等校注《雲笈七籤》，華夏出版社 1996 年版，第 700 頁。

〔註 62〕李昉等編《太平廣記》（第二冊），中華書局 1986 年版，第 320 頁。

遷韶見雷公為柎枝所夾，「取石楔開枝間，（雷公）然後得去」，雷公介紹其兄弟五人云：「我兄弟五人，要雷聲，喚雷大、雷二，必即相應。然雷五性剛躁，無危急之事，不可喚之。」這裡的「憫」、「笑」、「躁」等均為凡人性情，所謂「神仙亦人」〔註63〕。

與普通人一樣，他們也會犯錯、有過，並因此而受罰被貶。仙女愕綠華「毒殺乳婦。玄州以先罪未滅，故今謫降於臭濁，以償其過」〔註64〕。本為太極紫微左仙卿的葉法善「以校錄不勤，謫於人世」〔註65〕。陽平洞中仙人「因有小過，謫於人間」〔註66〕。太真夫人的兒子本為「三天太上府都官司直，主總糾天曹之違，比地上之卿佐」，因為「年少好委官遊逸，虛廢事任，有司奏劾以不親局察，降主東嶽，退真王之編，司鬼神之師，五百年一代其職」，所以夫人經常去探視兒子並「勵其使修守政事，以補其過」〔註67〕。仙女杜蘭香「有過謫於人間」〔註68〕。上清仙人黃觀福也是「有小過謫在人間，年限既畢，復歸上天」〔註69〕。權同休友人中的村夫傭雇因年少有失也被「謫為傭賤，合役於秀才。自有限日，勿請變常」〔註70〕。

他們還有著與凡夫俗子一樣的酒色慾望。在《神仙感遇傳》卷三中，王子芝遇到的「樵者」嗜好杯中之物，曾賣柴在宮門，王高價「市其薪」，樵者得金「徑趨酒肆，盡飲酒以歸」。他日又來，對子芝說：「是酒佳即佳矣，然殊不及解縣石氏之醞也。余適自彼來，恨向者無侶，不果盡於斟酌。」樵者覺得「解縣石氏之醞」非常好，遺憾未遇知己，不能盡興，於是施法敕小豎挈二杯往石家取酒，取來之後，與子芝共飲。同卷中的曹橋潘尊師遇到神仙變成的少年「求託師院後竹徑中茅齋內寄止兩月，以避厄難」，不慮食饌，「只請酒二斗，可支六十日」，幾乎是以酒當食。有意思的是，他們還要世人不要以此為短，只是同於塵俗，不求特異而已，「勿以其嗜酒昏醉為短，真和光混

〔註63〕司馬承禎《天隱子·神仙》，見《道藏》第二十一冊，699頁中。

〔註64〕（日）吉川忠夫、麥谷邦夫編，朱越利譯《真誥校注》，中國社會科學出版社2006年版，第2頁。

〔註65〕李昉等編《太平廣記》（第一冊），中華書局1986年版，第170頁。

〔註66〕李昉等編《太平廣記》（第一冊），中華書局1986年版，第235頁。

〔註67〕杜光庭《墉城集仙錄》卷四，見《道藏》第十八冊，183頁上。

〔註68〕杜光庭《墉城集仙錄》卷五，見《道藏》第十八冊，194頁中。

〔註69〕張君房纂輯、蔣力生等校注《雲笈七籤》，華夏出版社1996年版，第730頁。

〔註70〕杜光庭《神仙感遇傳》卷二，見《道藏》第十冊，891頁中～頁下。

俗爾」〔註71〕。同時，神仙也忍耐不住仙界的寂寞，於塵世尋求愛情。《真誥》中的愕綠華與羊權、九華真妃與楊羲、右英夫人與許謐三段仙凡戀不必說，生動曲折，與普通男女戀愛並無二致，因論者多有言及，不復詳述〔註72〕。《仙傳拾遺》中的萬寶常妙達鍾律，遍工八音，捨棄「九天之高逸，念下土之塵愛，淪沒於茲」〔註73〕。同書中的許老翁，本是上元夫人衣庫之官，俗情未盡，於是化為裴兵曹娶益州士曹柳妻李氏為妻〔註74〕。《神仙感遇傳·張鎬妻》中的女仙更是大膽表白：「君非常人，願有所託，能終身，即所願也。」只是張鎬勤於《墳》、《典》，意漸疏薄，時或忿恚，女仙才乘魚昇天而去〔註75〕。同樣，《神仙感遇傳·任生》中的女仙屢次被凡男任生拒絕結為秦晉之好的請求後毅然飛昇而去：

> 任生者，隱居嵩山讀書，志性專靜。常夜聞異香，忽於簾外有謂生曰：「某以冥數，合與君偶，故來耳。」生意其異物，堅拒不納，其女子開簾而入。年可二十餘，凝態豔質，世莫之見。有雙鬟青衣，左右翼侍。夜漸久，顧謂侍者曰：「郎君書籍中取一幅紙，兼筆硯來。」乃作贈詩一首，曰：「我名籍上清，謫居遊五嶽。以君無俗累，來勸神仙學。」又曰：「某後三日當來。」言畢而去。書生覽詩，見筆箚秀麗，尤疑其妖異。三日果來，生志彌堅。女子曰：「妾非山精木魅，名列上清，數運冥合，暫謫人間，自求匹偶。以君閒澹，願侍巾箱。不止於延福消禍，亦冀貴而且壽。今反自執迷，亦薄命所致。」又贈一篇曰：「葛洪亦有婦，王母亦有夫。神仙盡靈匹，君子意何如。」書生不對，面牆而已。女子重贈一篇曰：「阮郎迷不悟，何要申情素。明日海山春，彩舟卻歸去。」嗟歎良久，出門東行數十步，閃閃漸上空中，去地百餘丈，猶隱隱見於雲間。以三篇示於人，皆知其神仙矣。痛生之不遇也。〔註76〕

謫居人間、泛遊五嶽的「三素元君仙官」某夜化為女子夜降於嵩山，欲與

〔註71〕李昉等編《太平廣記》（第一冊），中華書局 1986 年版，第 276 頁。

〔註72〕詳參鍾來因《長生不死的探求——道經《真誥》之謎》，文匯出版社 1992 年版，第 79～103 頁。

〔註73〕李昉等編《太平廣記》（第一冊），中華書局 1986 年版，第 101 頁。

〔註74〕李昉等編《太平廣記》（第一冊），中華書局 1986 年版，第 197～200 頁。

〔註75〕李昉等編《太平廣記》（第二冊），中華書局 1986 年版，第 399～400 頁。

〔註76〕張君房纂輯、蔣力生等校注《雲笈七籤》，華夏出版社 1996 年版，第 699 頁。

隱居於此讀書的任生結為「匹偶」。任生「意其異物，堅拒不納」。女子無奈開
簾而入，並三次贈詩表達情愫，均被任生拒絕，失望之極，最後離開。幾個月
後，任生染疾，危在旦夕，因女仙念及舊情，才得「更與三年」壽命。更有甚
者，得到了仙界的許可才降人間締結情緣。例如太陰夫人是「奉上帝命，遣人
間自求匹偶」〔註77〕。因為盧杞有「仙相」，於是派麻婆來「傳意旨」，為其安
排婚姻。至此可知，茅山宗小說中的神仙不再心如止水，清心寡欲，凡人的特
徵、情感無不在他們身上得以體現，折射出凡夫俗子的身影。實際上，這樣的
神仙也更易為普通人所接受，從而使人更加堅信神仙實有、神仙可學。

其次是仙界的人間化。古神話傳說中的仙界不是處於凡人難以到達的異
域海外就是被安排在高聳入雲無法攀登的危峰高山上。如崑崙山位於「西海
之南，流沙之濱，赤水之後，黑水之前」〔註78〕，「崑崙之虛，方八百里，
高萬仞。上有木禾，長五尋，大五圍。面有九井，以玉為檻。面有九門，門
有開明獸守之，百神之所在。在八隅之巖，赤水之際，非仁羿莫能上岡之巖」
〔註79〕。對於身無羽翼的凡人來說，攀登崑崙山幾乎不可能。這種不具備可
行性的仙界理想與宗教宣傳家們以此希望吸引信徒、擴大教門影響的初衷是
不相符的。有鑒於此，茅山宗小說中的仙界要現實得多，基本上就是人間實
際存在的山林或洞穴。例如《真誥》中塑造的仙界，世人易於達到，無論是
茅山、南嶽、九嶷，抑或是華山、武當山、句曲等大多是現實存在且世人易
於到達的名山幽林。作者以之為理想的仙界，只有具備仙緣，隨時可入仙界
〔註80〕。又如《神仙感遇傳》載汝州有紫邏山，「即神仙靈境也」〔註81〕。
卷五中的僧契虛遊歷稚川仙府幾乎就是在人間折騰：

> 於是與之（擇子）俱至藍田上，理行具，登玉山，涉危嶮，踰
> 巖巘，八十餘里至一洞穴，水自洞側而出。擇子與契虛運石填水，
> 三日而水絕，俱至洞中。昏晦不可辨，遙見一門在十數里外，望門
> 而去。既出洞外，風日恬煦，山水清麗。凡行百餘里，登一高山，
> 攢峰迥拔，石徑危峻。契虛眩惑，不敢前去，擇子曰：「仙都近矣，

〔註77〕張君房纂輯、蔣力生等校注《雲笈七籤》，華夏出版社1996年版，第702頁。
〔註78〕袁珂《山海經校注》，上海古籍出版社1980年版，第407頁。
〔註79〕袁珂《山海經校注》，上海古籍出版社1980年版，第294頁。
〔註80〕詳參拙文《〈真誥〉的道教史和文學史意義》，載《四川民族學院學報》2012
年第3期。
〔註81〕杜光庭《神仙感遇傳》卷五《紫邏任叟》，見《道藏》第十冊，905頁上。

無自退也。」挈其手而登，既至山頂，緬然平坦，下視山峰，川原
杳不可辨。又行百餘里，入一洞中，又數十里。及出洞，見積水無
窮，中有石徑，縱橫尺餘，長且百里。捇子引之，躡石而去，頗加
悚慄，不敢顧視。即至一山下，有巨木，煙景繁茂，高數十尋。捇
子登木，長嘯久之，風生林杪。俄有巨索，自山頂懸竹彙而下。捇
子與契虛入竹彙中，閉目危坐，勢如騰飛。舉巨絙引之，即及山頂。

有城邑宮闕，璣玉交映，在雲物之外（後有缺文）。〔註82〕

　　僧契虛受人點化，得隨捇子遊歷仙都。遊歷之路其實很簡單：從藍田出
發，登玉山，至一洞穴；登一高山，又入一洞中；至一山下，及山頂，即稚
川。跋山涉水，頗多艱辛，不過憑著雙腳即可到達，沒有想像中的那麼遙不
可及。尤其是「俄有巨索，自山頂懸竹彙而下。捇子與契虛入竹彙中，閉目
危坐，勢如騰飛。舉巨絙引之，即及山頂」，極為有趣，與其說是遊歷仙界，
還不如說是凡間歷險。再如《太平廣記》卷三七引《仙傳拾遺》中的陽平謫
仙還將洞府大小（仙界）與人間城闕作了比較：

二十四化，各有一大洞，或方千里、五百里、三百里。其中皆
有日月飛精，謂之伏晨之根，下照洞中，與世間無異。其中皆有仙
王仙官、卿相輔佐，如世之職司。有得道之人，及積功遷神返生之
士，皆居其中，以為民庶。每年三元大節，諸天各有上真，下遊洞
天，以觀其所為善惡。人世生死興廢，水旱風雨，預關於洞中焉。
龍神祠廟，血食之司，皆為洞府所統。二十四化之外，青城、峨嵋、
益登、慈母、繁陽、嶓冢，皆亦有洞，不在十大洞天三十六小洞天
之數。洞中仙曹，如人間郡縣聚落耳。〔註83〕

　　很明顯，這樣的仙界與現實人間別無二致，似乎人人皆可到達，對於信
徒來說具有極大的誘惑力。

　　茅山宗小說不僅將仙界設置在凡人能及的名山或洞穴，而且還仿照人間
政治統治模式來構建自己的統治秩序與等級制度。如《周氏冥通記》載定錄
君對於陶弘景被召仙界延期時說過：「事雖關我，亦由上府，繼東華，隸司命，
未敢為定。」〔註84〕雖說與我有關，但是決定權還是在上級手裏，不能擅自

〔註82〕杜光庭《神仙感遇傳》卷五《僧契虛》，見《道藏》第十冊，907 頁上。
〔註83〕李昉等編《太平廣記》（第一冊），中華書局 1986 年版，第 235 頁。
〔註84〕（日）麥谷邦夫、吉川忠夫編，劉雄峰譯《〈周氏冥通記〉研究》（譯注篇），
　　　　齊魯書社 2010 年版，第 163 頁。

做主。知仙界有著近似人間森嚴的等級秩序，不能隨心所欲。其中還有仙真將仙界職位比擬人間公卿，「故令君悉知姓位，此中諸位任，如何世上侍中公卿邪」〔註85〕。又《太平廣記》卷二四引《仙傳拾遺·張殖》載：「峨眉山中，神仙萬餘人，自皇人統領，置宮府，分曹屬，以度於人。」〔註86〕《墉城集仙錄·王奉仙》亦載：「天上之人，男子則云冠羽服，或丱髻青襟，女子則金翹翠寶，或三鬟雙角。手執玉笏，項負圓光，飛行乘空，變化莫測。亦有龍麟鸞鶴之騎，羽幢虹節之仗，如人間帝王耳。」〔註87〕幾乎就是人間宮廷世界的縮影。正如英國著名學者李約瑟所言：「中國社會生活的形態，實在促成了道教天上人間龐大的官僚制度，也正反映了現世社會的政府組織。」〔註88〕

　　不過，稍有不同的是，茅山宗小說中的仙界一改人間社會男尊女卑之陋，強調男女平等，不能不說是一大進步。《〈墉城集仙錄〉序》云：「又一陰一陽，道之妙用，裁成品物，孕育群形，生生不停，新新相續。是以天覆地載，清濁同其功；日照月臨，晝夜齊其用。假彼二象，成我三才。故木公主於震方，金母尊於兌澤，男真女仙之位，所治昭然。……男子得道，位極於真君；女子得道，位極於元君。」所以聖母元君之位「至尊至大，統制天地……三界眾仙皆仰隸焉」〔註89〕；金母元君（西王母）「天上天下，三界十方，女子之登仙得道者，咸所隸焉」〔註90〕；上元夫人「位總統真籍，亞於龜臺金母」〔註91〕。於此同時，人間官場的黑暗腐敗在仙界中亦有或多或少的體現。比如《神仙感遇傳·盧杞》（《雲笈七籤》卷一一三上）中的太陰夫人，當上帝使者向盧杞宣告「欲住水晶宮，如何」的帝命時，盧無言以對，站在一旁的夫人希望他快點應命住水晶宮，亦無言語。夫人恐懼，於是馳入室「取鮫綃五疋，以賂使者，欲其稽緩」，為了盧杞有足夠時間考慮，太陰夫人學著人間官場賄賂使者。最終盧未選擇住在水晶宮，而是願為人間宰相。除了賄賂，仙界也講人情關係。如《錄異記》卷四的表丈人，離開人世十五年，近

〔註85〕（日）麥谷邦夫、吉川忠夫編，劉雄峰譯《〈周氏冥通記〉研究》（譯注篇），齊魯書社 2010 年版，第 90 頁。
〔註86〕李昉等編《太平廣記》（第一冊），中華書局 1986 年版，第 162。
〔註87〕張君房纂輯、蔣力生等校注《雲笈七籤》，華夏出版社 1996 年版，第 731 頁。
〔註88〕（英）李約瑟著、陳立夫主譯《中國古代科學思想史》，江西人民出版社 2006 年版，第 181 頁。
〔註89〕杜光庭《墉城集仙錄》卷一《聖母元君》，見《道藏》第十八冊，167 頁下。
〔註90〕杜光庭《墉城集仙錄》卷一《金母元君》，見《道藏》第十八冊，168 頁上。
〔註91〕杜光庭《墉城集仙錄》卷二《上元夫人》，見《道藏》第十八冊，172 頁上。

作「敷水橋神」，厭倦了「送迎而窘於衣食，窮困之狀，迨不可濟」，想成為「南山觜神，即粗免饑窮。此後遷轉，得居天秩，去離幽苦」。知侄兒崔生與天官侍御相善，又同為宗姓之家，所以希望依靠侄兒的關係代為推薦。由於侍御幫忙推薦，最終獲得了嶽神同意：「即命出牒補署。俄爾受牒入謝，迎官將吏一二百人，侍從甚整。生因出門相賀，觜神沾灑相感曰：『非吾姪之力，不可得此位也。』」〔註92〕表丈人如願以償成為「南山觜神」。從以上諸方面來看，茅山宗小說中的仙界更具有現實性，已向人間社會無限接近。如此，大大地拉近了仙、凡之間的距離，易為世人接受並深信不疑。

第三節　宋前茅山宗小說之史傳色彩

　　文學與史傳有著複雜的淵源關係，在很長的一段歷史時期內，文史不分，文學附麗史學，直至「戰國私家勃興，史乘遂逐漸發生分流」〔註93〕，小說才從史乘中分流出來。作為「史之外乘」，「中國古代小說不論是何種小說均受史傳傳統意識的影響」〔註94〕，這種史傳傳統意識也影響到茅山宗小說上，使之多多少少洇染了史傳色彩，具體來說，主要體現在以下三方面。

一、虛實相生之故事結撰

　　史傳記載的雖是真人真事，但其中有史家的加工，有時為了結撰故事的需要，往往虛實相生，只不過大多以實為主，以虛為輔。茅山宗小說結撰故事亦虛實相生，加之道教故事本來就虛實參半，其中實的部分本有其事，虛的部分則既有傳聞性質，也有人為虛構，以致實中有虛，虛中有實，虛實相生。如陶弘景的《真誥》本來是記實事，然又存在大量虛構。《周氏冥通記》有真實的人物周子良及真實的時間，而他的夢幻故事則是虛構的。杜光庭編撰的大量神異故事，明顯是虛構的小說，然其多以真實地點、人物、事件為基礎，並附以歷史真實時間，使得真實與虛構共生，虛虛實實，真假各半。如《道教靈驗記》卷一《饒州開元觀驗》云：

　　　　饒州開元觀，舊在湖水之北，去郭一二里。巨殿層樓，廻軒廣
　　　廈，枕湖有水閣，松徑有虛亭，松竹森疎，花木秀茂。郡人避暑尋

〔註92〕《道藏》第十冊，867 頁上。
〔註93〕李劍國《唐前志怪小說史》（修訂版），天津教育出版社 2006 年版，第 73 頁。
〔註94〕魯德才《古代白話小說形態發展史論》，南開大學出版社 2002 年版，第 53 頁。

春，為一州勝賞之所。其後道流既少，廊廡摧損，唯上清閣大殿齋堂三門皆在。里中民庶多葬於觀地之中，壇殿之外盡為墟墓矣。大中三年，郡中夜聞千萬人聲，如風雷之響。及明，見開元殿閣門堂四十餘間，移在湖水之南平地之內。其所布列，形勢遠近，殿閣相去，與舊觀不殊。太守上聞，請易其名額以旌神異。詔旨依舊為開元觀，只改上清閣為神運閣，別命崇修。遠近歸心，爭捨美利，遂加繕葺，觀殿鼎新。記云：「所移之地，途超二里，水越一湖，出自神功，事資聖感是也。」〔註95〕

饒州開元觀及其地理環境，時間大中二年（848），這些都是真實存在的。第二天發現開元殿閣門堂四十餘間，移動到了湖水南面的平地內，而且「殿閣相去，與舊觀不殊」。如此神異的情節，完全是出於作者的創造。結尾又交代：「太守上聞，請易其名額以旌神異。詔旨依舊為開元觀，只改上清閣為神運閣，別命崇修。」似乎又回到了歷史真實，所以整個故事雖有些神奇，但總給人實有其事之感。

《神仙感遇傳》卷五《燕國公高駢》也是如此：

丞相燕國公高駢，乾符三年丙申八月始築羅城，雍門卻敵，共三十二里。自西北鑿地，開清遠江流入東南，與青城江合流。復開西南壕，自閶門之南至甘亭廟前，與大江相會，環城為固。其所板築，率彭、眉、嘉、蜀、資、簡、邛、漢環畿赤之邑，八州十縣。丁夫以授矩設版，六旬而畢。臨邛縣令陳沼領七縣之力，分得金花街相如琴臺舊所。凡有七臺，各高丈餘，中臺尤大。盡取其土，復濬其下，以為新壕。深且二十尺，下值石板，廣三四尺，長五六尺，厚尺餘。二板相重，勢頗牢密。役者眾力舉之，既發，有煙焰五色直上，高三尺許。於石穴中得石合，方五寸餘，金彩鮮瑩，若圖肇才畢。合中銀葫蘆一，大如指。眾夫拏攫爭奪，毆擊挦拽。陳沼不能制伏，走狀聞于燕公。公使右廂版築使侯虔按之，得葫蘆石合金丹一粒。云有七粒，諠鬭之際，失去其六。公置葫蘆於道場中，炷香禮敬，來晨丹砂七粒，紅鮮異常。公盡吞服之，命釋爭奪諠擊及分竊丹砂者之夫，並仰放之，一無所問。〔註96〕

〔註95〕《道藏》第十冊，802頁上。
〔註96〕《道藏》第十冊，901頁中～頁下。

　　一開始就交代了故事人物（高駢）、時間（乾符三年丙申八月）、地點（羅城）、故事經過（築城卻敵）、結果（獲丹），除獲丹結果帶有虛構的成分外，其他皆有據可查。燕國公高駢，晚唐名將，兩《唐書》有傳。歷史上的高駢相信神異之事，「築羅城，雍門卻敵」也有一定的歷史事實依據。據《舊唐書·高駢傳》載，高駢曾在南詔侵犯西南之時，為成都尹劍南西川節度觀察等使，並因成都無垣墉而「計每歲完葺之費，甃之以磚甓，雉堞由是完堅」〔註97〕。可以說這則故事的記敘是雜糅史料與虛構。然作者完全把它當作真實的事情記載，讓人不得不信，無怪乎宋真宗讀完《道教靈驗記》後，肯定其真實性，以為「其事顯而要，其指實而詳」〔註98〕。

　　即使是子虛烏有式人物，茅山宗也是虛實相生。如《墉城集仙錄》內的女仙絕大部分不是歷史真實人物，但杜光庭以為「神仙之事，煥乎無隱」〔註99〕，所以在《〈墉城集仙錄〉序》裏，他不斷強調女仙實有：

　　　　《墉城集仙錄》者，紀古今女子得道升仙之事也。夫去俗登仙，
　　超凡證道，駐隙馬風燈之景，享莊椿蟠桂之齡，變泡沫之姿，同金
　　石之固，長生度世，代有其人。綿歷劫年，編載經誥，玄圖秘籙，
　　燦然可觀。……光於簡冊，無世無之。〔註100〕

　　也不以為自己是在虛構，而是以嚴謹的寫史態度給女仙作傳，女仙猶如現實存在。如卷五《湘江二妃》，湘江二妃為傳說中堯之兒女，杜光庭首先簡單敘述兩人成仙經過。然後用大量筆墨引經據典考證娥皇、女英非堯二女，「或娶諸宮掖，或得於民間，固非堯之女以媵於舜」。再考證「舜之號，非諡號」，「舜之為號，亦自布衣而有，非是歿後之諡」等等。類似一則嚴密的考證文字，似乎有意沿襲陶弘景編纂《真誥》之法，把傳奇人物寫得實有其人，實有其事。誠如胡適所言「用最謹嚴的方法來說鬼話，雖不能改變鬼話的性質，倒也可以使一般讀者覺得方法這樣謹嚴的人應該不至於說謊作偽」〔註101〕。又如卷六《彭女》也是如此。文中「今彭女山有禮拜石，有彭女五體肘膝拜

〔註97〕劉昫等撰《舊唐書》，中華書局1975年版，第4703頁。
〔註98〕張君房纂輯、蔣力生等校注《雲笈七籤》，華夏出版社1996年版，第734頁。
〔註99〕杜光庭《〈墉城集仙錄〉序》，見張君房纂輯、蔣力生等校注《雲笈七籤》，華夏出版社1996年版，第717頁。
〔註100〕張君房纂輯、蔣力生等校注《雲笈七籤》，華夏出版社1996年版，第717頁。
〔註101〕鍾來因《長生不死的探求——道經《真誥》之謎》，文匯出版社1992年版，第263頁。

痕及衣髻之跡，深有僅寸。……元和丁酉歲（817），前進士湛賁立碑以紀其事。《蜀紀》詳載焉。……唐光化三年（900）庚申五月，有三鶴飛來，共巢於彭女觀檜樹之上，巢廣六尺。刺史司空張琳具狀，聞於蜀主。西平王香燈致醮，營修觀宇。……畫圖上奏，下詔褒美，仍編入《唐史》也」之類文字，寫的有鼻子有眼，還有誰會懷疑是在瞎掰亂造？杜光庭還專門創作了《川主大王為鶴降醮彭女觀詞》，祈求「山壽鶴年，以奉龍圖鳳歷」〔註102〕。

另外，茅山宗在杜撰故事的過程中，還附帶交代了故事來源，以便使「虛」的可信，「實」的可據。這點在杜光庭的小說中表現的尤為明顯，如《神仙感遇傳》卷一《令狐絢》：

> 乙未年（僖宗乾符二年875），聞令狐之說。〔註103〕

卷三《何亮》：

> 信都先生馮君涓，嘗召問其事。遠近之人，亦具道之。余得此說於信都先生焉。〔註104〕

同卷《薛長官》：

> 余亦於信都先生得之矣。〔註105〕

又如《錄異記》卷一：

> 晉州汾西令張文渙長官說此。〔註106〕

> 成都道士楊景昭說此。〔註107〕

卷二：

> 水部員外盧延讓見太尉之孫，道其事。〔註108〕

《道教靈驗記》卷二《青羊肆驗》：

> 以其地賣與度支院官陳平。事乃丙申年（乾符三年876）春也。

> 余詣陳，訪其地已有此宮，因問其所以，陳為余道之。〔註109〕

卷三《均州白鶴觀野火自滅驗》：

〔註102〕杜光庭《廣成集》卷一五，見《道藏》第十一冊，302頁下。
〔註103〕《道藏》第十冊，884頁下。
〔註104〕《道藏》第十冊，895頁上。
〔註105〕《道藏》第十冊，895頁中。
〔註106〕《道藏》第十冊，858頁中。
〔註107〕《道藏》第十冊，858頁中。
〔註108〕《道藏》第十冊，862頁中。
〔註109〕《道藏》第十冊，806頁下。

乾符己亥歲（879），因遊訪靈跡，觀亦儼然。有老叟話茲靈應，嘗紀其祥異，題於殿壁。〔註110〕

全部來源於他人的轉述，甚至還有親身之經歷，例如《錄異記》卷八載乾寧三年丙辰（896），蜀州刺史節度參謀司徒李公師泰修葺房子，發現巨冢，得錢數十枚，「督役者馳其二以白司徒，命使者入青城雲溪山居以示余」，讓杜光庭鑒別真偽。又如《道教靈驗記》卷二《樂溫三元觀基驗》，三元觀原本是宏麗非常，後來「古柏貞松，巨材嘉木，皆被誅斫。營使馬述採伐尤甚」，以至於「榛蕪荒穢，尊像摧殘」，杜光庭「勸誘邑人再為整葺，常伺賢儒上士，以復勝蹟靈墟爾」。卷一三《開州龍興觀鐘驗》：

開州龍興觀鐘，七八千斤，未有鐘樓，懸于殿上而已。相傳云：州中有毃鼓之徒、遺失之物、爭訟不決之事、沉滯抑屈之情，焚香叩鐘，立有明效。至有囚徒刑獄，推鞫不得其實者，即入欵請擊鐘，便可分雪明白。余頃駐泊觀中，忽見官吏押領囚徒來于鐘前，焚香告誓，援槌將擊之際，有人抑止之，更令取款，如是數四，都不擊鐘，論訟已得其理矣。因問其故，曰：「累有公案不訣者，請擊此鐘。擊鐘之後，旬月之內，誣罔冤抑于人者，必暴病而死。情有相黨，事有連累者，一年之中無子遺矣。有理被抑之人，宛然無苦。由是刑獄大小，無敢有欺，以鐘為準的也。」雲安白鶴觀鐘亦類於此，遠近傳焉。〔註111〕

焚香叩鐘能決案，離奇詭譎，但杜光庭親歷其事，證據確鑿，「非盡鑿空也」。《雲笈七籤》卷一二二收錄的《道教靈驗記》也有這樣的故事：

青城絕頂上清宮，有天池焉。距宮之下東南十步，深三尺，廣亦如之。水常深尺許，滯雨不加，積旱不減。每春遊山致齋者，多則一二百人，少或三五十人，飲用其水，亦無涸竭。經夏霖涔，無人汲水，水亦不溢。或人所污穢，立致竭焉。頃因遊禮，有府中健步一人，隨余登山，令以椀汲水，誤投足於其間，頃刻即涸。數月經雨，竟亦無水。余宿於上清宮，焚香祈謝，一夕復舊矣。（《青城絕頂上清宮天池驗》六時水驗附）

〔註110〕《道藏》第十冊，810頁下。
〔註111〕《道藏》第十冊，846頁上～頁中。

二、嚴謹規範之敘事模式

司馬遷《史記》被魯迅譽為「史家之絕唱,無韻之《離騷》」〔註112〕,也正是它開創了我國紀傳體史書之先河,真正確立了史傳嚴謹規範之敘事模式,對古代小說產生了深遠影響。作為古代小說之一種,茅山宗小說受史傳敘事模式的影響較為明顯。

先看命名方式,茅山宗小說多以「記」、「傳」命名。如《周氏冥通記》、《錄異記》、《道教靈驗記》、《神仙感遇傳》、《王氏神仙傳》等等,而且每篇之下幾乎都有以人名為主的小標題,這正是史傳固定的命名格式。如上表所示,16種茅山宗小說中,以「記」命名的8種,以「傳」命名的3種,共11種,占總數的69%,可見,採用史傳命名方式較為普遍。值得注意的是,以「記」命名的茅山宗小說側重故事情節的離奇怪異,較少人物形象的刻畫;取名「傳」的茅山宗小說則描寫現實人生的分量明顯增多,較多關注人物形象的塑造。

在篇章結構上,茅山宗小說與史傳有著大體相似或基本一致的敘述形式。史傳特別是紀傳體史傳如《史記》對於人物的生平介紹具有一定的體例,據吳禮權分析,主要有姓名＋籍貫＋其他式、姓名＋空＋其他式、身份＋姓名＋其他式三種類型〔註113〕。茅山宗小說均有不同程度的沿襲。下面我們將依類一一舉例說明。

姓名＋籍貫＋其他式:

> 孫子武者,齊人也。以兵法見於吳王闔廬。(《史記·孫子吳起列傳》)

> 白起者,郿人也。善用兵,事秦昭王。(《史記·白起王翦列傳》)

《真誥》卷一對愕綠華的介紹:「愕綠華者,自云是南山人,不知是何山人也。」《道教靈驗記》卷五《袁逢太一天尊驗》:「袁逢,峽中人也。崇好至道,嘗於仙都觀得太一天尊像,焚修奉事。」兩者在行文方式上基本上一致,均採用判斷句式介紹人物,先是姓名再是籍貫,之後就隨意為之。

姓名＋空＋其他式:

> 樂毅者,其先祖曰樂羊。(《史記·樂毅列傳》)

〔註112〕魯迅《漢文學史綱要》,人民文學出版社1958年版,第54頁。

〔註113〕詳參吳禮權《〈史記〉史傳體篇章結構修辭模式對傳奇小說的影響》,載《福建師範大學學報》(哲學社會科學版)2008年第1期。

廉頗者，趙之良將也。(《史記·廉頗藺相如列傳》)

《神仙感遇傳》卷一《謝貞》：「謝貞者，臨邛工人也。善圬墁，而用意精確。」稍微變化為姓名＋身份＋特長，而《錄異記》卷二：「李特，字玄休，稟君之後。」又《太平廣記》卷二〇引《仙傳拾遺》介紹主人公云：「楊通幽，本名什伍，廣漢什邡人。」中間加入「字」或「名」，這種類型《史記》也有：

樗里子者，名疾，秦惠王之弟也。(《史記·樗里子甘茂列傳》)

汲黯，字長孺，濮陽人也。其先有寵於古之衛君。(《史記·汲鄭列傳》)

只是運用不普遍，所有沒有單獨列出，但這種類型在茅山宗小說中卻經常出現。

身份＋姓名＋其他式：

魏其侯竇嬰者，孝文後從兄子也。父世觀津人。(《史記·魏其武安侯列傳》)

大將軍衛青者，平陽人也。(《史記·衛將軍驃騎列傳》)

再來看《周氏冥通記》卷一對主人公的介紹：「玄人周子良，字元龢，茅山陶隱居之弟子也。本豫州汝南郡汝南縣都鄉吉遷里人，寓居丹陽建康西鄉清化里。」《墉城集仙錄》卷二《三元馮夫人》：「三元夫人者，姓馮，名雙禮珠，乃上清高真也。」都是先亮出身份，然後介紹姓名，非常類似。諸如上述這樣的例子，在茅山宗小說中俯拾皆是，幾乎篇篇都有這種族譜式的人物介紹，之後才敘述主人公的生平事蹟或者靈異故事，最後交代結果。這樣一種模仿史傳的寫作形式，有利於增強故事真實感。故事的真實感不斷增強，吸引力和感染力也隨之不斷提高，在此之下，主人公的幻境奇遇之經歷有了更為合理的邏輯依託。

與史傳類似，茅山宗小說還大量徵引詩歌、辭賦、歌謠、諺語等等，或作為情節本身，或為點綴，如：

吳子如其言，引鏡濡毫，自寫其貌，下筆惟肖，頃刻而畢，復自為讚兼詩二章，留遺玄真。為讚及詩，未嘗抒思。讚曰：「不材吳子，知命任真。志尚玄素，心樂清貧。涉歷群山，翛然一身。學未明道，形惟保神。山水為家，形影為鄰。布裘草帶，鹿冠紗巾。餌松飲泉，經蜀過秦。大道杳冥，吾師何人。矚思下土，思彼上賓。曠然無己，罔象惟親。」詩曰：「終日草堂間，清風常往還。耳無塵

事擾，心有翫雲閑。對酒惟思月，餐松不厭山。時時吟內景，自合駐童顏。」又曰：「此生此物當生涯，白石青松便是家。對月臥雲如野鹿，時時買酒醉煙霞。」又云：「寂爾孤遊，翛然獨立，飲木蘭之墜露，衣鳥獸之落毛。不求利於人間，絕賣名於天下。此山居之道士也。」題罷，振衣理策而去，莫知所在焉。〔註114〕

　　既有詩又有贊。贊見《全唐文》卷九二八，題為《寫真自贊》；詩收入《全唐詩》卷八五二，題《留觀中詩》二首。《太平廣記》卷五五引《仙傳拾遺·軒轅彌明》還載有軒轅彌明與進士劉師服、校書郎侯喜詩歌唱和，後二人攜詩詣昌黎韓愈，遂為《石鼎聯句序》。不僅錄詩，在《錄異記》卷一敘說朱桃槌事蹟後，還附薛稷贊及《隱士朱桃槌茅茨賦》〔註115〕，皆是全文徵引。歌謠、諺語也不少，如：「著青裙，入天門，揖金母，拜木公。」〔註116〕又如：「王母謠曰：『白雲在天，道里悠遠。山川間之，將子無死，尚能復來。』王答曰：『余歸東土，和洽諸夏，萬民平均，吾顧見汝。』」〔註117〕諺曰：「昭潭無底橘洲浮。」〔註118〕等等，體現了文備眾體的特點，一定程度上也展露了作者的才情。

　　史傳大多是以人物為中心，以時間為序，縱向展現人物波瀾壯闊的一生，而不是橫向展開討論，所以每傳一人，每寫一事，力求首尾貫通，又具全面完整的結構特點。如《史記》卷六六《伍子胥列傳》一開始對伍子胥的身世進行了簡要介紹，包括其父、兄，甚至「其先曰伍舉，以直諫事楚莊王，有顯，故其後世有名於楚」也有說明。接著敘述逃往吳國原因及經過，並由此展開了伍子胥為復仇楚國而經歷的一系列跌宕起伏的故事，包括攻佔楚都、鞭屍楚王、戰勝越國等等，終於報仇雪恨。最後交代了伍子胥因伯嚭讒言而為國自刎的結局。在《蒙恬列傳》中，也是首先介紹主人公家世身份，還有他的祖父蒙驁、父親蒙武以及弟弟蒙毅的事蹟。接著敘述蒙毅結怨趙高，直至趙高日夜進讒誹謗蒙氏兄弟，導致兄弟二人被胡亥處死的整個過程，至此傳記才告結束。史傳這種有頭有尾，注重故事情節完整的結構特點，在茅山

〔註114〕杜光庭《神仙感遇傳》卷二《費玄真》，見《道藏》第十冊，889 頁下。

〔註115〕薛稷贊收錄《全唐文》卷二七五題為《朱隱士圖贊》，但未見《隱士朱桃槌茅茨賦》，同書卷一六一收錄《茅茨賦》，作者為朱桃椎而非薛稷，文字也有差異。

〔註116〕李昉等編《太平廣記》（第一冊），中華書局 1986 年版，第 5 頁。

〔註117〕李昉等編《太平廣記》（第一冊），中華書局 1986 年版，第 7 頁。

〔註118〕杜光庭《錄異記》卷七，見《道藏》第十冊，876 頁中。

宗小說中被普遍繼承了下來。如在《周氏冥通記》中，作者開篇就是：

> 玄人周子良，字元龢，茅山陶隱居之弟子也。本豫州汝南郡汝
> 南縣都鄉吉遷里人，寓居丹陽建康西鄉清化里。世為冑族，江左有
> 聞。晚葉彫流，淪胥以瘵。祖文朗，舉秀才，宋江夏王國左常侍。
> 所生父耀宗，小名金剛，文朗第五子，郡五官掾，別住餘姚，天監
> 二年亡，年三十四，仍假葬焉。所繼伯父耀旭，本州主簿、揚州議
> 曹從事。母永嘉徐淨光，懷娠五月，夢一切仙室中聖皆起行，四面
> 來繞己身，乃以建武四年丁丑歲正月二日人定時生於餘姚明星里。
> 期歲，為姨寶光所攝養，同如母之義。子良幼植端惠，立性和雅，
> 家人未嘗見其慍色。十歲，隨其所養母還永嘉。〔註119〕

　　在對主人公周子良做過簡要而全面的介紹之後，小說接著敘其拜師陶弘
景、修道茅山之經過及十八歲前的人生歷程。然後詳細整理了他人生最後兩
年（18～20歲）的做夢記錄，即天監十四年（515）五月二十三日至翌年（516）
七月二十三日服食丹藥去世，近16個月（含閏月）的109條夢，幾乎都是關
於他個人的事情。小說的敘述重點顯然不是橫向對某一具體之夢作詳盡敘述，
而是重在縱向展現其神乎其神的通靈過程。這些夢也不是隨意的連接組合，
而是經過了作者的精心設計，從而使得其敘述情節表現得完整而又曲折有致，
與史傳有異曲同工之妙。

　　同樣，在《神仙感遇傳》中，這樣的特點也得到了充分具體體現。雖然
整部小說是由75則「叢殘小語」式的故事組成，但每則故事敘述清楚，感遇
之事完整無缺。如卷五《崔希真》，作者先以「會稽崔希真」這種近似紀傳體
式的方式開頭。然後敘述感遇經過：嚴冬之日，崔希真「見負薪老叟立於門
外雪中」，崔憐憫，給他作大麥湯餅，而當時崔希真正張絹「欲召畫工為圖，
連阻沍寒，畫工未至」。老叟見張絹「依於壁」，於是「取几上筆墨，畫一株
枯松，一採藥道士，一鹿隨之。落筆迅逸，畫蹤高古，迨非人世所有」，喝完
湯後，老叟致謝而去。然後又載崔希真遇「鑒古圖畫者」鑒別老叟之畫，原
來是葛洪之子葛三郎所畫。最後還補充了咸通初年，崔生入長安，於灞橋「遇
鬻蔬者，狀貌與叟相類」之事，並借蔬者之口交代了老叟「負轅而去，不知
所之」之結局。整個故事環環相扣，結局交代清楚明白。

〔註119〕（日）麥谷邦夫、吉川忠夫編，劉雄峰譯《〈周氏冥通記〉研究》（譯注篇），
　　　　齊魯書社2010年版，第1頁。

　　茅山宗小說在篇章結構上採用史傳敘事模式，還體現在它的結尾方式上。史傳結尾有一個突出特點，就是史官常常將自己置身事外，採取第三人稱全知視角對所寫人物或所載之事進行事後諸葛亮式地評論或敘述。如「太史公曰」（《史記》）〔註120〕、「贊曰」（《漢書》、《後漢書》）、「評曰」（《三國志》）等等。這種形式在茅山宗小說中也時有運用，只是略有變化而已。試看《道教靈驗記》卷二《劉將軍取東明觀土驗》結尾：

　　　　余按道科，凡故意凌毀大道及福地靈壇，殃流三世。今劉生以
　　陪填首謝，罪止一身，得不為戒耶！〔註121〕

　　劉將軍取東明觀土大修第宅，被奪十二年祿命。故事結尾作者以「余按」起始對所錄之事加以評論，總結故事。《墉城集仙錄·紫薇王夫人》也是如此：「按夫人以服术為序者，亦欲歷申勸戒，學仙豈獨於餌术而已，才豐詞麗，學優理博，浩浩然若巨海之長波，連山之疊岫也。然所戒彌切，所陳彌當，得不師而稟之，銘而佩之，誘善之功，千古不泯。何至真之屬念如是耶？何至聖之憫物如是耶？」〔註122〕又《神仙感遇傳》卷四《虬鬚客》文末：「乃知真人之興，乃天受也，豈庸庸之徒可以造次思亂者哉！」省略了史傳「太史公曰」那樣的所謂「評贊發端語」，直接就故事進行總結性質的評論。同卷《任公瑾》中同樣如此：「大都黃白之事，非尋常之人所可妄學也。或得之者，必為禍胎，驗於古今，斯證多矣。君子慕道，所宜戒之。」告誡世人切勿輕易燒煉黃白，有一種教化勸世的味道。另外《錄異記》卷八結尾高度讚揚蜀州刺史節度參謀司徒李公師泰「不發古塚，不貪金錢，亦古賢之高鑒」〔註123〕，並連用兩個美哉美哉收束全篇，具有鮮明的情感傾向。這類隱藏了具體標誌的議論，茅山宗小說中還有不少，此不贅述。

三、簡潔凝練之語言風格

　　晉人張輔認為班固煩省不敵司馬遷，理由是「遷之著述，辭約而事舉，

〔註120〕按：《史記》130篇，標有「太史公曰」的125篇，其中106篇出現在篇末、11篇在開頭、6篇在中間，1篇篇中、篇末均出現，還有1篇篇中、篇末出現兩次，詳參金榮權《「太史公曰」不等於史評論贊》，載《安慶師範學院學報》1993年第3期。
〔註121〕《道藏》第十冊，807頁下。
〔註122〕杜光庭《墉城集仙錄》卷三，見《道藏》第十八冊，182頁下。
〔註123〕《道藏》第十冊，881頁上。

敘三千年事唯五十萬言；班固敘二百年事乃八十萬言」〔註124〕。司馬遷以五十萬言歷載上古黃帝至漢武帝時期近三千年歷史，「欲以究天人之際，通古今之變，成一家之言」〔註125〕，語言簡潔凝練程度可想而知。茅山宗小說在語言風格上與史傳有著相同的追求，他們大多筆墨簡潔，如《錄異記》卷八「墓」下記載古代盜墓：

> 嘗入一塚，自埏道直下三十餘尺得一石門，以物開之，門內箭出不已，如是百餘發，不復有箭矣。遂以物撞開之，一盜先入，俄為輪劍所中，倒死于地。門內十餘木人周轉運劍，其疾如風，勢不可近。盜以木橫拒之，機關遂定。盡拔去其刃，亦不復能轉。因至其中，但見帳幃儼然，繻褥舒展，遍於座上，有漆燈甚明。木偶人與姬妾皆偶，去地丈餘。有皮裹棺柩，鐵索懸掛焉。即以木撞之，纔動其棺，即有砂流下如水，逡巡不可止，流溢四面。奔馳出門，砂已深二尺餘。良久視之，砂滿塚內，不可復入，竟不知何人之墓矣。〔註126〕

僅用 230 個字，就形象地再現了整個盜墓經過。對於墓室結構、隨葬品等也進行了簡單描述。造句凝練，幾乎看不到繁冗的渲染與多餘的描繪。又如《神仙感遇傳》卷三中的何亮遇道士：

> 何亮者，商山東陰驛廳子也。執役二十年，嘗謙謹自持，不敢違怠。忽一日寒，其雨雪交至，道絕行旅。有一道士，冒雨而至，衣裝皆濕，歷詣諸店，皆閉門不容。亮見而哀之，延就驛廊，下爇火，設食以待之。一夕而行，去將躊躇曰：「荷君此恩，不可無報。」因壺中取丹一粒，令吞之，謂曰：「大期內，可以無疾矣。」言訖而去。〔註127〕

作者以一百餘字的篇幅，把故事來龍去脈清楚、完整地呈現出來，不拖泥帶水。何亮仁愛善良、道士有恩必報的性格特徵得到了完美展現，與其他諸店的冷漠態度形成了鮮明的對比，真可謂惜字如金。

當然，茅山宗小說最簡潔凝練的文字莫過於人物刻畫，基本上是三言兩

〔註124〕房玄齡等撰《晉書》，中華書局 1974 年版，第 1640 頁。
〔註125〕班固《漢書》，中華書局 1962 年版，第 2735 頁。
〔註126〕《道藏》第十冊，880 頁中。
〔註127〕《道藏》第十冊，894 頁下～895 頁上。

語，絕無冗言贅詞。如愕綠華「年可二十，上下青衣，顏色絕整」〔註128〕。
又如《周氏冥通記》卷三〔註129〕開篇描寫的七位神真：

> 一人姓周，著玄華冠，服綠毛帔、丹霄飛裳，佩流金鈴。（陶注：年可五十許，《真誥》有。侍者四人，執黃毛節。）

> 一人姓王，衣服似周，服紫羽帔，佩流金鈴。（陶注：年可四十許，《真誥》有。侍者四人，執綠毛節。）

> 一人姓茅，著遠遊冠、玄毛帔、紫錦衣，佩流金鈴。（陶注：年可六十許，《真誥》有。侍者三人，執玄毛節，又捧一白牙箱。）

> 一人亦姓茅，著芙蓉冠、丹毛帔、玄繡衣，佩玉鈴。（陶注：年可六十許，《真誥》有。侍者二人，無所執。）

> 一人姓周，著華蓋冠，服雲錦衣，佩玉鈴。（陶注：年四十餘，《真誥》云名太賓，侍者五人，執紫毛節。）

> 一人姓司馬，著芙蓉冠，服素羽帔、紫錦衣，佩玉鈴。（陶注：年四十許，《真誥》有。侍者二人，執青毛節。）

> 一人則樂丞，公服如前〔註130〕。（陶注：侍者五人，《真誥》有。凡此前衣服，並丞後見誥令識之。）

又如《張殖》中的天女「著繡履、繡衣、大冠，佩劍」〔註131〕；《邵圖》中的三位道流「攜筐掇蔬」〔註132〕；希道櫻杖梭笠，「鶴貌高古，異諸其儕」〔註133〕；王道珂「每入雙流，市貨符卜得錢，須吃酒至醉方歸」〔註134〕等等。作者只是寥寥幾筆，點到為止，卻個性突出，傳神有趣，人物形象呼之欲出，極富藝術表現力和感染力，給人留下了深刻印象。

〔註128〕（日）吉川忠夫、麥谷邦夫編，朱越利譯《真誥校注》，中國社會科學出版社2006年版，第1頁。

〔註129〕（日）麥谷邦夫、吉川忠夫編，劉雄峰譯《〈周氏冥通記〉研究》（譯注篇），齊魯書社2010年版，第131～132頁。

〔註130〕《周氏冥通記》卷二云：「一人敕幘，朱衣，紫草帶。（陶注：侍者六人，皆公服，悉有所執持，則樂丞。《真誥》有。）」見（日）麥谷邦夫、吉川忠夫編，劉雄峰譯《〈周氏冥通記〉研究》（譯注篇），齊魯書社2010年版，第89頁。

〔註131〕李昉等編《太平廣記》（第一冊），中華書局1986年版，第162頁。

〔註132〕杜光庭《神仙感遇傳》卷二，見《道藏》第十冊，888頁下。

〔註133〕杜光庭《神仙感遇傳》卷一《王叡》，見《道藏》第十冊，883頁下。

〔註134〕杜光庭《道教靈驗記》卷一〇《王道珂天蓬咒驗》，見《道藏》第十冊，835頁中。

餘　論

　　陶弘景開創的茅山宗，雖與上清派有著千絲萬縷的聯繫，然其精緻的修道方式、包容三教的態度以及合儒士與文人為一的風格特點又顯然有別於上清派。可說是上清派中以茅山為傳道中心的另一獨立宗派。其獨特的宗派特質，使之受到了社會各界的普遍歡迎。齊梁間，僅王侯公卿授道者就達百人，梁簡文、邵陵諸王、謝覽、沈約、阮忻、虞權等人均拜在陶弘景門下，所謂「遠近宗稟不可具記」。陶弘景之後「茅山為天下學道之所宗」，地位之顯赫可與「儒門洙泗」相媲美。「方外之士，慕道聞風而來者，亦莫可勝數」〔註1〕。茅山甚至成為「一個文人興盛時代的活動場所」〔註2〕，以致此後的上清派被徑稱為茅山宗。

　　茅山宗高道一邊埋首修道，一邊潛心於文學創作，在詩歌、辭賦、齋醮詞、散文、小說等文學樣式上，取得了不俗的成績。在詩歌創作上，除有歌頌方內之懷的非道教作品外，還有表現隱逸之趣、仙遊之樂的道教題材，極大地豐富了詩歌的表現內容。加之其獨特的藝術特色，使之呈現出不同一般文人創作的特質，充滿了鮮明的道教文化色彩。在辭賦創作上，陶弘景之賦抒發了對神仙境界的嚮往，彌漫著濃厚的仙風道氣，而吳筠之賦無論是題材內容、文化意蘊還是藝術特色，都具有自己獨特的個性風格。茅山宗的齋醮詞，雖然創作人員不多，但數量可觀。內容豐富而龐雜，涉及不同的道教法

〔註1〕劉大彬《茅山志》卷二六蔡卞《茅山元符萬寧宮記》，見《道藏》第五冊，667頁中。
〔註2〕王羅傑《茅山道教和唐宋文人》，載陳鼓應主編《道家文化研究》（第十六輯），三聯書店1999年版，第386頁。

事活動，其中亦不乏具有文學色彩的作品。散文創作呈現出繁榮的局面，不同類型的散文體裁他們均有創作，而且數量也不少。其豐富的內容、鮮明的個性化特色足以引起我們的重視。至於他們的小說創作，無論是從數量上還是質量上來看，均已達到一定水準，絲毫不遜色於文人創作。

作為一個別具特色的文學派別——茅山宗文學，他們為我國文學寶庫貢獻了如此眾多的文學作品，不應在中國文學史上默默無聞。而事實上，他們有些人的創作在當時已頗具影響力。如陶弘景為賀清溪宮成而獻頌，得到了皇帝褒獎，並「欲刻此頌於石碑，王儉沮議而止」。他的箋疏啟牒，莫不絕眾，「數王書佐、典書，皆承授以為準格」〔註3〕；吳筠的詩歌「詞理宏通，文采煥發，每製一篇，人皆傳寫」〔註4〕；韋渠牟「獻《七百字詩》一章，詞華彬蔚，詔旨慢答。……初，君年十一，嘗賦《銅雀臺》絕句，右拾遺李白見而大駭，因授以古樂府之學，且以瑰琦軼拔為己任。……嘗著《天竺寺六十韻》，魯郡文忠公序引而和之，使畫工圖於仁祠，摘句配境，偕為勝絕」〔註5〕，他創作的《七百字詩》得到了皇帝的「優答」，《銅雀臺》絕句連李白見了都想授以古樂府之學，大有將畢生所學傾囊相授的架勢，《天竺寺六十韻》使得顏真卿為之作序和詩，並令畫工依境作畫，懸於佛寺之中。至於時人的評價也不低。當時的文壇領袖、有「沈詩任筆」之稱的沈約、任昉讚歡陶弘景《水仙賦》「如清秋觀海，第見澶漫，寧測其深」。其侄陶翊以為《武進宮頌》「體制爽絕，倍勝舊格」；李含光「續仙家之遺事，皆名實無遺，詞旨該博」〔註6〕；胡紫陽「文非夙工，時動雕龍之作」〔註7〕；韋渠牟於江南創作《臥疾二十韻》，韓滉「手翰以美之曰：『卓爾獨立，其在我韋生乎！』」〔註8〕。茅山宗文學不僅為時人稱賞，亦為後人稱道。鄭谷「旨趣陶山相，詩篇沈隱侯」〔註9〕，將陶弘景與沈約相提

〔註3〕陶翊《華陽隱居先生本起錄》，見張君房纂輯、蔣力生等校注《雲笈七籤》，華夏出版社 1996 年版，第 662 頁。

〔註4〕劉昫等撰《舊唐書》，中華書局 1975 年版，第 5130 頁。

〔註5〕權德輿《〈右諫議大夫韋君集〉序》，見董誥《全唐文》（第五冊），中華書局 2001 年影印，5000 頁下～5001 頁上。

〔註6〕劉大彬《茅山志》卷二三顏真卿《茅山玄靜先生廣陵李君碑銘并序》，見《道藏》第五冊，647 頁中。

〔註7〕劉大彬《茅山志》卷二四李白《唐漢東紫陽先生碑銘》，見《道藏》第五冊，656 頁下。

〔註8〕權德輿《〈右諫議大夫韋君集〉序》，見董誥《全唐文》（第五冊），中華書局 2001 年影印，5001 頁上。

〔註9〕鄭谷《蔡處士》，見彭定求《全唐詩》，中華書局 2003 年版，第 7725 頁。

並論。張溥高度評價其散文創作，「論書五啟，鍾王若生；本草諸序，彭扁未死」；吳筠被《舊唐書》的作者認為兼備李杜之長，「雖李白之放蕩，杜甫之壯麗，能兼之者，其唯筠乎」〔註10〕，由衷讚賞之意溢於言表。元人辛文房把他列入唐才子行列，推崇備至；杜光庭「學海千濤，詞林萬葉。凡所著述，與樂天齊肩」〔註11〕，與白居易不相上下，也足見其著述之宏富。

　　另外，茅山宗文學對後世文學也產生了不小影響。首先，茅山宗的不少文學作品對後世有深遠影響，如李白《山中問答》明顯受到陶弘景《詔問山中何所有賦詩以答》之啟發。張炎的「為問山中何所有，此意不堪持寄」〔註12〕、「只可自怡悅，持寄應難」〔註13〕，與陳與義的「只可自怡悅，不堪寄張扶」〔註14〕，襲用《詔問山中何所有賦詩以答》中的文句甚為明顯，而且張炎還以《山中白雲詞》作為自己的詞集名稱。陶弘景的《寒夜愁》對後世詞體的發展有著深遠影響，「詩詞同工而異曲，共源而分派。在六朝，若陶弘景之《寒夜怨》，梁武帝之《江南弄》，陸瓊之《飲酒樂》，隋煬帝之《望江南》，填詞之體已具矣」〔註15〕。杜光庭《神仙感遇傳》（卷四）中的虬鬚客故事，對文學、戲曲、繪畫等方面均有重要影響。明代張鳳翼改為傳奇劇《紅拂記》，凌濛初繼而改為雜劇《虬髯翁》，清代著名畫家據此創作了多副《風塵三俠圖》。其次，茅山宗文學中瀟灑浪漫的神仙、典故屢屢為後世文人所借用或化引。尤其是《真誥》中「仙女度化修真者入道的情節，由於敘事宛轉而富於奇幻的神秘之美，歷來早就感動了多少浪漫的文人，特別如李商隱、曹唐等初年入道而又還俗的，更將這些增詩轉化為唐詩風格，成為涉道詩及遊仙詩的新藝術風格」〔註16〕。李商隱的《重過聖女祠》、《中元作》、《無題》二首其二

〔註10〕　按：《新唐書・吳筠傳》認為「所善孔巢父、李白，歌詩略相甲乙」，陳振孫
　　　　　《直齋書錄解題》提出不同看法，認為：「豈能與太白相甲乙哉。」
〔註11〕　何光遠《鑒戒錄》卷五，見傅璇琮、徐海榮、徐吉軍主編《五代史書彙編》，
　　　　　杭州出版社 2004 年版，第 5905 頁。
〔註12〕　張炎《湘月・賦雲溪》，見吳則虞校輯《山中白雲詞》，中華書局 1983 年版，
　　　　　第 60 頁。
〔註13〕　張炎《甘州・題戚五雲雲山圖》，見吳則虞校輯《山中白雲詞》，中華書局 1983
　　　　　年版，第 67 頁。
〔註14〕　陳與義《冬至》二首其一，見白敦仁校箋《陳與義集校箋》，上海古籍出版社
　　　　　1990 年版，第 343 頁。
〔註15〕　楊慎《〈詞品〉序》，見唐圭璋編《詞話叢編》，中華書局 1986 年版，第 408
　　　　　頁。
〔註16〕　（臺灣）李豐楙《憂與遊：六朝隋唐仙道文學》，中華書局 2010 年版，第 94 頁。

（「聞道閶門萼綠華，昔年相望抵天涯」）、《戊辰會靜中出貽同志二十韻》、《鄭州獻從叔舍人褒》，曹唐的《萼綠華將歸九疑留別許真人》，韋應物的《學仙》二首、《萼綠華歌》等皆取材於《真誥》〔註17〕。錢謙益《絳雲樓上梁以詩代文》八首（《牧齋初學集》卷二〇下《東山詩集》）也多用《真誥》典實，連其藏書樓「絳雲樓」也源於《真誥》中的詩句〔註18〕。除此，有些茅山高道升仙傳說亦成為了文人創作的重要題材。如謝自然升仙、瞿童升仙〔註19〕，文人們為此創作不少才華橫溢的詩文，可見其影響之深遠。

總而言之，宋前茅山宗文學對當時及後世皆產生了深遠的影響，在中國文學史上應有它的一席之地。

〔註17〕《真誥》對唐詩產生的影響可參趙益《〈真誥〉與唐詩》，載《中華文史論叢》2007 年第 2 期。

〔註18〕按：《絳雲樓上梁以詩代文》八首其三「曾樓新樹絳雲題」句下自注曰：「紫微夫人詩云：『乘飆倚羣寢，齊牢攜絳雲。』故以絳雲名樓。」詩見《真誥》楊羲《紫微夫人授詩》。然陳寅恪先生以為：「初視之，似牧齋已明白告人以此樓所以題名『絳雲』之故，更無其他出處矣。但若知河東君之初名中有一『雲』字，則用『絳雲』之古典，兼指河東君之舊名，用事遣辭殊為工切允當。如以為僅用陶隱居之書，則不免為牧齋所竊笑也。」詳參陳寅恪《柳如是別傳》（上冊），上海古籍出版社 1982 年版，第 29 頁。

〔註19〕有關謝自然升仙的文人創作有韓愈《謝自然詩》、劉商《謝自然卻還舊居》、施肩吾《謝自然升仙》、范傳正《謝真人還舊山》、夏方慶《謝真人仙駕還舊山》、盧綸《和裴延齡尚書寄題果州謝舍人仙居》、李翱《題金泉山謝自然傳後》等；有關瞿童升仙的有符載《黃仙師瞿童記》、狄中立《桃源觀山界記》、溫造《瞿童述》、劉禹錫《遊桃源一百韻》、韓愈《桃源圖》等。

附錄：宋前茅山高道交遊考

　　宋前許多著名的茅山高道或與君主、或與朝臣保持著較為密切的聯繫，有的茅山高道甚至成為統治者的參謀，直接影響著國家的政治生活。很多文人也都與茅山高道有著或多或少、或深或淺的聯繫。今考與茅山高道交遊之簡單事蹟，希望對於瞭解他們與統治階級、與文人的關係及文學創作等方面有一定的作用。

陶弘景 〔註1〕

　　字通明，中年自號「華陽隱居」，茅山宗開派祖師。《梁書》卷五一、《南史》卷七六有傳。與陶弘景有交遊者共考出57人〔註2〕。

　　孫遊嶽。陶弘景「以甲子、乙丑、丙寅三年之中，就興世館主東陽孫遊嶽，咨稟道家符圖經法」〔註3〕。

　　王昊。據陶翊《本起錄》載陶弘景十一歲：「為司徒左長史王釗子昊博士。」

　　劉秉、劉俁。《本起錄》載陶弘景「常隨劉秉尹之丹陽郡，得給帳下食，出入乘廄馬。秉第二男俁，少知名，時為司徒祭酒。俁雅好文籍，與先生日夜搜尋，未嘗不共味而食，同車而遊。……俁既亡後，文章皆零落，先生欲

〔註1〕學界對陶弘景研究成果較多，因此，這裡僅簡單列出與之交遊簡單事蹟。其交遊還可參王家葵《陶弘景與梁武帝——陶弘景交遊叢考之一》（宗教學研究2002 第 1 期）、《陶弘景與沈約——陶弘景交遊叢考之二》（宗教學研究 2004 年第 2 期）。

〔註2〕其中 28 人為《許長史舊館壇碑陰記》（《茅山志》卷二〇）後附名單，這裡僅列舉一部分。

〔註3〕陶翊《華陽隱居先生本起錄》，見張君房纂輯、蔣力生等校注《雲笈七籤》，華夏出版社 1996 年版，第 663 頁。

為纂集，竟不能得。是歲昇明元年冬，先生年二十二，隨劉丹陽入石頭城，就袁粲建事。先生與韓貢、麋淡同掌文檄，及事敗城潰，即得奔出。侯及弟佽為沙門以逃，為人所獲，建康獄死，人莫敢視。先生躬自收殯瘞葬，查砌舊墓，營理都畢。」

　　江斅、褚炫。李渤《真系》載，陶弘景「年十七，與江斅、褚炫、劉侯為宋昇明四友」。

　　蕭鏗。即宜都王，陶弘景曾為宜都王侍讀，據《南史·宜都王鏗傳》載：「初，鏗出閣時，年七歲，陶弘景為侍讀，八九年中，甚相接遇。」《華陽陶隱居內傳》卷上載：「桂陽王登雙霞臺，置酒召宗室侯王兼其客，先生從宜都預焉。桂陽採名頒號，各令為賦，置十題器中，先生探獲水仙，大愜意。沈約、任昉讀之，歎曰：『如清秋觀海，第見澶漫，寧測其深。』其心伏如此。」又卷中云陶弘景「常題桐葉作詩寄宜都王，其末云：『願為雙白羽，長拂髻前塵。』」

　　蕭賾。即齊武帝，蕭賾即位，便任命陶弘景「以振武將軍起侍宜都王侍讀」〔註4〕。陶還曾向武帝獻《清溪宮賦》與《武進宮頌》（均佚）。永明九年（491），陶向齊武帝上《解官表》，齊武帝意外地恩准，特意下詔並給與不少賞賜。

　　蕭衍。即梁武帝，當蕭衍「兵至新林，遣弟子戴猛之假道奉表。及聞議禪代，弘景援引圖讖，數處皆成『梁』字，令弟子進之。武帝既早與之遊，及即位後，恩禮愈篤，書問不絕，冠蓋相望」，「國家每有吉凶征討大事，無不前以諮詢。月中常有數信，時人謂為『山中宰相』」〔註5〕。同時，還與武帝討論書法，有《與武帝論書啟》（《茅山志》卷一）。大同二年（536）三月十二日，陶弘景去世於茅山朱陽館，武帝「遣舍人主書監護喪事」〔註6〕，「天子嗟惜，儲皇軫悼，有詔稱譽，追贈中散大夫，諡曰貞白先生」〔註7〕。

　　蕭統。據蕭統撰的《華陽隱居墓銘碑》載：「余昔在粉壤，早逢圯上之術；今簉元良，屢稟浮丘之教。握留符而惻愴，思化杖而酸辛。」〔註8〕表明其曾

〔註4〕陶翊《華陽隱居先生本起錄》，見張君房纂輯、蔣力生等校注《雲笈七籤》，華夏出版社1996年版，第662頁。

〔註5〕李延壽等撰《南史》，中華書局1975年版，第1899頁。

〔註6〕劉大彬《茅山志》卷二一蕭統《華陽隱居墓銘碑》，見《道藏》第五冊，638頁上。

〔註7〕劉大彬《茅山志》卷二一蕭綸《梁解真中散大夫貞白先生陶隱居碑銘》，見《道藏》第五冊，637頁中。

〔註8〕劉大彬《茅山志》卷二一，見《道藏》第五冊，638頁上。

受教於陶弘景。

　　婁慧明、杜京產、鍾義山、諸僧標。據《本起錄》載庚午年（490 年）陶弘景「啟假東行浙越，處處尋求靈異。至會稽大洪山，謁居士婁慧明，又到餘姚太平山，謁居士杜京產；又到始寧岊山謁法師鍾義山；又到始豐天台山謁諸僧標及諸處宿舊道士」，婁慧明《真誥》作樓慧明，與累世侍奉天師道的杜京產皆見《南史・隱逸傳》。法師鍾義山乃婁慧明女師。諸僧標《真誥》作朱僧標，褚伯玉弟子，褚亡後，有兩卷真經留給弟子朱僧標。陶弘景卑辭膝請，虛心向他們請教。

　　徐勉、江祏、丘遲、范雲、江淹、任昉、蕭子雲、沈約、謝瀹、謝覽、謝舉。據賈嵩《華陽陶隱居內傳》載：「齊梁間，侯王公卿從先生授業者數百人，一皆拒絕，惟徐勉、江祏、丘遲、范雲、江淹、任昉、蕭子雲、沈約、謝瀹、謝覽、謝舉等在世日早申擁慧之禮，絕跡之後，提引不已。」其中范雲作有《答句曲先生》（《茅山志》卷二八，又見《先秦漢魏晉南北朝詩・梁詩》卷二）。沈約與陶弘景的往來最為頻繁，不僅有書信、贈詩，還有論文討論。現存沈約寫給陶弘景的詩文作品共 6 篇，包括《與陶弘景書》、《酬華陽陶先生詩》、《還園宅奉酬華陽先生詩》、《華陽先生登樓不復下贈呈詩》、《奉華陽王外兵詩》以及《答陶隱居難〈均聖論〉》，而陶弘景《華陽陶隱居集》中未見有寫給沈約的詩文作品，僅《廣弘明集》卷五收錄《難鎮軍沈約〈均聖論〉》一文。

　　庾肩吾。作有《謝隱居賫術煎啟》、《又謝術蒸啟》（《茅山志》卷三三，又見《全上古三代秦漢三國六朝文・全梁文》卷六六），向陶弘景坦言服術後之效果。

　　趙英才。其人未詳，陶弘景有《答趙英才書》（《華陽陶隱居集》卷下）。

　　曇鸞。北魏著名高僧，曾造訪陶弘景，陶有《答大鸞法師書》（《廣弘明集》卷一三《辨正論》），末云：「弟子華陽陶弘景和南。」說明陶氏以佛門弟子的身份與曇鸞法師交往。

　　慧約。俗姓婁，字德素。曾被梁武帝請為國師，其《和約法師臨友人詩》乃是「慧約以詩悼沈約，弘景和之也」〔註9〕。

　　周子良。字元龢，內諱太玄，字虛靈，永嘉人，陶弘景弟子，事見《周氏冥通記》。

〔註 9〕王家葵《陶弘景叢考》，齊魯書社 2003 年版，第 32 頁。

戴坦、陸敬游。兩人為陶弘景弟子。陸敬游即陸逸沖，字逸沖。陶弘景《授陸敬游十賚文》載：「隱居先生遣總事弟子戴坦秉策執簡膝授前學弟子吳郡陸敬游建連石之邑，為棲靜處士。」

桓法闓。陶弘景弟子，字彥舒，東海丹徒人。「任事緣多緒，有廢研修，乃鬱岡山右則築玄洲精舍」〔註10〕，為茅山清遠館館主〔註11〕。

王法明。陶弘景弟子，陶弘景作《王法明墓誌銘》。據《太平御覽》卷六六六引《真誥》云：「王朗字法明，太原人也。入茅山，師陶隱居。以梁大通三年正月十四日化。隱居為製銘誌並設奠云：『紱冕豈榮，隨璜非寶。萬里求真，緘茲內抱。』」《許長史舊館壇碑陰記》後作「馮法明」，誤。

孫文韜。「一名韜，字文藏，會稽剡縣人。入山師隱居，參授真法」〔註12〕。

錢妙真。晉陵女子，辭家學道於隱居。事見《茅山志》卷一五。

桓法闓

與桓法闓有交遊者共考出 3 人。

蕭綸。據《茅山志》卷二一《華陽隱居真蹟帖》載：「邵陵王蕭綸曾入茅山尋桓清遠，廼題壁詩曰：『荊門丘壑多，甕牖風雲入。自非棲遁情，誰堪霜露濕。』」〔註13〕《茅山志》卷二八題為《入山尋桓清遠不遇》。

周弘讓、王僧辯。《茅山志》卷一五載：「周處士弘讓題精舍壁云：『李基遺故鼎，趙嘯絕風雲。悠悠千載下，更復屬夫君。』王僧辯使陸晃圖闓及已形與周處士像於障面，又飛白寫闓與僧辯書於障背，仍以遺闓。」

王遠知

字廣德，原籍琅玡臨沂（今屬山東）。一生「涉陳越隋，暨我唐皆宗之」〔註14〕。少聰敏，博覽群書，心冥大道。十五歲，入茅山事陶弘景，傳其道法，後從宗道先生臧兢。撰有《易總》十五卷，已佚。潘師正、徐道邈是其門徒最著者，陳羽、王軌次之。《舊唐書》卷一九二、《新唐書》卷二○四有

〔註10〕劉大彬《茅山志》卷一五，見《道藏》第五冊，617 頁上。
〔註11〕清遠館為梁南平王蕭偉所造，據《茅山志》卷二一《華陽隱居真蹟帖》載：「（朱陽館）東又有南平王蕭偉所造清遠之館，即弘景弟子桓清遠所居。」
〔註12〕劉大彬《茅山志》卷一五，見《道藏》第五冊，617 頁上。
〔註13〕《道藏》第五冊，635 頁中。
〔註14〕劉大彬《茅山志》卷二二李渤《少室山伯王君碑銘》，見《道藏》第五冊，642 頁上。

傳。與王遠知有交遊者共考出 5 人。

　　陳叔寶。即陳後主，南朝陳國皇帝，582 至 589 年在位。本紀見《陳書》卷六。陳叔寶曾召王遠知入重陽殿，禮敬非常。據李渤《唐茅山昇真王先生傳》（《全唐文》卷七一二）云：「陳主召入重陽殿，特加禮敬，賞賚資送還茅山。」《舊唐書‧王遠知傳》：「陳主聞其名，召入重陽殿，令講論，甚見嗟賞。」《新唐書‧王遠知傳》：「陳後主聞其名，召入重陽殿，辯論超詣，甚見咨挹。」

　　楊廣。即隋煬帝，隋文帝次子。本紀見《隋書》卷三、卷四。《舊唐書‧王遠知傳》載楊廣「為晉王，鎮揚州，使王子相、柳顧言相次召之，遠知乃來謁見，……煬帝幸涿郡，遣員外郎崔鳳舉就邀之，遠知見於臨朔宮，煬帝親執弟子之禮，敕都城起玉清玄壇以處之。及幸揚州，遠知諫不宜遠去京國，煬帝不從」。《新唐書‧王遠知傳》亦載：「隋煬帝為晉王，鎮揚州，使人介以邀見，……後幸涿郡，詔遠知見臨朔宮，帝執弟子禮，咨質仙事，詔京師作玉清玄壇以處之。及幸揚州，遠知謂帝不宜遠京國，不省。」又據江旻《唐國師昇真先生王法主真人立觀碑》（《全唐文》卷九二三）載：「隋開皇十二年（592），晉王分陝維揚，尊崇至教，欽味夙範，具禮招迎。辭不獲命，出自山谷。長史王子相，承候動止，諮議顧言。每申談對，法主豪墨所至，必罄今古；辭義所該，殆無遺逸，幽尚有本，固請還山。晉王重違所守，遣使將送，遂投於天窗背嶺，鑿崖考室，卷晦聲跡，才可修行。……十九年，敕使鄭子騰送書詢問，欽尚殷勤，誠深下輦。大業七年，煬帝遣散騎員外郎崔鳳賚敕書迎請於涿郡之臨朔宮。……六軍返旆，扈駕洛陽，奉敕於中嶽修齋。」知楊廣與王遠知相識應在隋開皇十二年（592）前後。

　　李淵。即唐高祖，唐代開國皇帝，618 至 626 年在位。本紀見新、舊《唐書》卷一。《唐茅山昇真王先生傳》云：「高祖龍潛時，先生嘗密告符命。」杜光庭《歷代崇道記》（《全唐文》卷九三三）載：「武德三年（620），詔晉陽道士王遠知授朝散大夫，並賜鏤金冠子紫絲霞帔，以預言高祖受命之徵也。」《舊唐書‧王遠知傳》：「高祖之龍潛也，遠知嘗密傳符命。」《新唐書‧王遠知傳》：「高祖尚微，遠知密語天命。」由此可見，王遠知主要是「密告符命」，才得到李淵的優待。

　　李世民。即唐太宗，唐朝第二位皇帝，627 至 650 年在位。本紀見《舊唐書》卷二卷三、《新唐書》卷二。唐太宗李世民為秦王時，曾與房玄齡微服訪

問過王遠知，授三洞法。登基後，為王遠知於茅山置太平觀，授銀青光祿大夫，送香油、鎮彩、金龍、玉璧等物，並賜衲帔、錫杖以及紫衣。《舊唐書‧王遠知傳》載：「武德中，太宗平王世充，與房玄齡微服以謁之，……太宗登極，將加重位，固請歸山。至貞觀九年，敕潤州於茅山置太受觀，並度道士二十七人。」《新唐書‧王遠知傳》：「武德中，平王世充，秦王與房玄齡微服過之，遠知未識，……太宗立，欲官之，苦辭。貞觀九年，詔潤州即茆山為觀，俾居之。」

李承乾。唐太宗李世民長子。八歲為皇太子，後被廢為庶人，徙往黔州，兩年後死在那裡。《舊唐書》卷七六、《新唐書》卷八〇有傳。《唐國師昇真先生王法主真人立觀碑》載：「皇太子以其年（貞觀九年）六月，又遣將仕郎張萬迪送香油、龍璧，供山中法事。敕又遣桓法嗣送香，八月十三日至觀。」據《舊唐書》卷四《高宗本紀》上云：「（貞觀）十七年，皇太子承乾廢，魏王泰亦以罪黜，太宗與長孫無忌、房玄齡、李勣等計議，立晉王為皇太子。」可知，《唐國師昇真先生王法主真人立觀碑》中的「皇太子」應為李承乾。

王軌

字洪範，一字道模，琅琊臨沂（今屬山東）人。八歲喪父，依靠祖父故人攜養，後寄於包氏五年。二十歲，師事王遠知，執巾瓶之禮十六年。弟子有戴慧恭、包方廣、吳德偉、王元熠等，皆是「價逸楚材，聲超稽箭」〔註15〕。事見《全唐文》卷一八六、《茅山志》卷二二以及《歷世真仙體道通鑒》卷二五。共考出與之交遊者9人。

王遠知。《桐柏真人茅山華陽觀王先生碑銘並序》載王軌「隨法主卜居茅谷，為香瓶弟子一十六年。……初在法主座下聽《老子》、《西昇》、《靈寶》、《南華》真人論，……王法主美孕三仙，芳踰七聖。爰降絲澺，追赴東都，……故遣法師先還，修葺許陶遺址。」

隋煬帝。《桐柏真人茅山華陽觀王先生碑銘》云隋煬帝「大業十一年（615），有詔特委先生於河南二十四郡博訪緇素」。

李世民。《歷世真仙體道通鑒》卷二五載：「唐太宗知其名，常咨訪道要。」

陳羽、徐道邈。陳羽，事蹟未詳。《唐國師昇真先生王法主真人立觀碑》

〔註15〕于敬之《桐柏真人茅山華陽觀王先生碑銘》，見董誥《全唐文》（第二冊），中華書局2001年影印，1895頁上。

稱其「弱年服道，暮齒不疲。稟洞神之言，得入微之致。平昔應徵，已當付囑；今茲綜理，復隆堂構」。徐道邈，事蹟未詳。據《唐茅山昇真王先生傳》所述，潘師正、徐道邈同得王遠知秘訣，為其入室弟子。陳羽、王軌次之。

戴慧恭、包方廣、吳德偉、王元熠。四人事蹟未詳。均為王軌弟子。

潘師正

字子真，趙州贊皇（今屬河北）人。十二歲「通《春秋》及《禮》，見黃、老之旨，薄儒、墨之言」〔註16〕，十三歲喪母。隋煬帝大業（605～618）中，道士劉愛道把他介紹給王遠知，王盡以道門隱訣及符籙相授，後與劉愛道合居雙泉頂，復入逍遙谷，潛心修煉，積二十餘年。弟子十餘人，其中韋法昭、司馬子微、郭崇真等，並皆殊秀。《舊唐書》卷一九二、《新唐書》卷一九六有傳。考出與之交遊者 8 人。

劉愛道。即劉道合，生年不詳，卒於咸亨（670～674）中，陳州宛丘人。《歷世真仙體道通鑒》卷二九稱其「幼懷隱逸志，住壽春安陽山。隋末遷蘇山，從仙堂觀道士孟詵傳道，復入霍山」。《舊唐書》卷一九二、《新唐書》卷一九六有傳。據《歷世真仙體道通鑒》卷二五載：「隋煬帝大業中，有道士劉愛道，見而器之（潘師正），……愛道謂師正曰：『吾非不欲爾相從，然成就功道，非遠知不可。』……於是與劉愛道合居雙泉頂間二十餘年，復廬於逍遙谷。」兩《唐書》劉道合本傳均載與潘師正同隱於嵩山。又《歷世真仙體道通鑒》卷二九載「唐高祖武德（618～626）中，入嵩山，與潘師正同居」。

王遠知。潘師正師傅，據李渤《中嶽體玄潘先生傳》（《全唐文》卷七一二）載：「隋大業中入道，王仙伯盡以隱訣及得符相授」。兩《唐書》劉道合本傳也說潘師正師事王遠知，盡以道門隱訣及符籙授之。

李治。即唐高宗，唐朝第三位皇帝，650 至 683 年在位。本紀見《舊唐書》卷四卷五、《新唐書》卷三。《舊唐書·潘師正傳》云：「高宗幸東都，因召見與語，問師正：『山中有何所須？』師正對曰：『所須松樹清泉，山中不乏。』」高宗與天后甚尊敬之，留連信宿而還。尋敕所司於師正所居造崇唐院，嶺上別起精思院以處之。初置奉天宮，帝令所司於逍遙谷口特開一門，號曰仙遊門，又於苑北面置尋真門，皆為師正立名焉。時太常奏新造樂曲，

〔註16〕王適《體玄先生潘尊師碣》，見董誥《全唐文》（第三冊），中華書局 2001 年影印，2855 頁下。

帝又令以《祈仙》、《望仙》、《翹仙》為名，前後贈詩，凡數十首。師正以永淳元年卒，時年九十八。高宗及天后追思不已，贈太中大夫，賜謚曰體玄先生。」又見《新唐書·潘師正傳》、《中嶽體玄潘先生傳》、《體玄先生潘尊師碣》等。又陳子昂《續唐故中嶽體玄先生潘尊師碑頌》（《全唐文》卷二一五）載：「高宗降鑾輦，親詣精廬。尊師身不下堂，接手而已。」《舊唐書·高宗本紀》下亦載高宗「又幸逍遙谷道士潘師正所居」。《資治通鑑》卷第二〇二「永隆元年（680）」條下：「己未，幸道士宗城潘師正所居，上及天后、太子皆拜之。」

武曌。即武則天，唐高宗皇后。中國歷史上唯一一位登基的女皇帝，690至705年在位。本紀見《舊唐書》卷六、《新唐書》卷四。按「李治」條引《舊唐書·潘師正傳》，則與潘師正宜有交往。

儲光羲。兗州（今屬山東）人。兩《唐書》無傳，事見《唐才子傳》卷一。其《至嵩陽觀觀即天皇故宅》（《全唐詩》卷一三六）中的「天皇」乃「天師」之誤〔註17〕，天師指的是潘師正，調露時，高宗嘗會師正於嵩陽觀。

韋法昭、郭崇真。兩人事蹟未詳，《中嶽體玄潘先生傳》稱潘師正「弟子十八人，並皆殊秀。然鸞姿鳳態，眇映雲松者，有韋法昭、司馬子微、郭崇真，皆稟訓瑤庭，密受瓊室，專玉清之業，遺下仙之儔矣」，知韋法昭、郭崇真是潘師正的高徒。

馮齊整。事蹟未詳。據權德輿《〈宗玄先生文集〉序》載吳筠「天寶初，……請度為道士，宅居於嵩陽丘，乃就馮尊師齊整受正一之法。初梁貞白陶君以此道授昇玄王君，王君授體玄潘君，潘君授馮君，自陶君至於先生，凡五代矣」。可見，馮齊整居嵩山，師潘師正。

馮齊整

共考出與之交遊者4人。

崔曙。宋州（今屬河南）人。開元二十六年（738）登進士第，以試《明堂火珠詩》得名。兩《唐書》無傳，事見《唐才子傳》卷二。《唐才子傳》卷二說他「苦讀書，高樓少室山中」，「少室山」即嵩山之西。崔曙與馮齊整同居一山，故疑有交往。《全唐詩》卷一五五載有崔曙《嵩山尋馮鍊師不遇》，詩云：「青溪訪道凌煙曙，王子仙成已飛去。更值空山雷雨時，雲林薄暮歸何

處。」「馮鍊師」即是馮齊整〔註18〕。

韋法昭、郭崇真。為潘師正的高徒，與馮為同門，彼此宜有交往。

吳筠。據權德輿《〈宗玄先生文集〉序》載吳筠「天寶初，……請度為道士，宅居於嵩陽丘，乃就馮尊師齊整受正一之法」。

吳筠

字貞節，華州華陰（今屬陝西）人。從小通曉儒家經典，文辭華美，兼有「李白之放蕩，杜甫之壯麗」〔註19〕。十五歲篤志於道，隱居南陽倚帝山，後入嵩山為道士，師事馮齊整受正一之法。玄宗聞其名，令其待詔翰林。大曆中，卒於宣城，弟子私諡為「宗玄先生」。《舊唐書》卷一九二、《新唐書》卷一九六有傳。今考出與之交遊者 54 人〔註20〕。

李隆基。即唐玄宗、唐明皇，712 至 756 年在位。他開創的「開元之治」被認為是唐朝最為鼎盛的時期，但執政後期發生的「安史之亂」使唐朝元氣大傷，從此一蹶不振。本紀見《舊唐書》卷八卷九、《新唐書》卷五。李隆基曾徵召吳筠，敕其待詔翰林，詢問神仙修煉之事。吳筠獻《玄綱論》三篇，玄宗《答吳筠進〈玄綱論〉批》曰：「尊師跡參洞府，心契沖冥，故能詞省旨奧，義博文精，足以宏闡格言，發明幽致。朕恭承祖業，式播元風，覽此真筌，深符夢想，豈惟披玩無斁，將以啟迪虛懷。其所進之文，用列於篇籍也。」〔註21〕

高力士。潘州人（今屬廣東），本姓馮，少閹，玄宗時期著名的宦官。肅宗時流放巫州，後遇赦，病卒於歸途。《舊唐書》卷一八四、《新唐書》卷二〇七有傳。高力士曾向玄宗進讒言詆毀吳筠，《舊唐書·吳筠傳》載：「驃騎高力士素奉佛，嘗短筠於上前，筠不悅，乃求還山。」《新唐書·吳筠傳》也載：「群沙門嫉其見遇，而高力士素事浮屠，共短筠於帝，筠亦知天下將亂，懇求還嵩山。」又據《唐故開封儀同三司兼內侍兼贈揚州大都督陪葬泰陵高公神道碑並序》載，天寶七年（748），高力士被加封為驃騎大將軍，知高力士「短筠於上前」在是年之後。

〔註18〕陶敏《全唐詩人名匯考》，遼海出版社 2006 年版，第 249 頁。
〔註19〕劉昫等撰《舊唐書》，中華書局 1975 年版，第 5130 頁。
〔註20〕按：含《中元日鮑端公宅遇吳天師聯句》（《全唐詩》卷七八九）12 人，《登峴山觀李左相石尊聯句》（《全唐詩》卷七八八）28 人。
〔註21〕董誥《全唐文》（第一冊），中華書局 2001 年影印，407 頁上。

　　毛仙翁。生卒年未詳。名於，字鴻漸。事見杜光庭《毛仙翁傳》（《全唐文》卷九四四）。元稹《贈毛仙翁並序》（《全唐詩》卷四二三）載：「仙翁嘗與葉法善、吳筠遊於稽山，迨茲多歷年所，而風貌愈少，蓋神仙者也。」又《新唐書·吳筠傳》云：「安祿山欲稱兵，乃還茅山。……因東入會稽剡中。」疑吳筠「東入會稽剡中」時與毛仙翁遊稽山。

　　李白。字太白，四川江油人，號「青蓮居士」，有「詩仙」之稱。《舊唐書》卷一九〇下、《新唐書》卷二〇二有傳。《舊唐書·李白傳》載：「天寶初，客遊會稽，與道士吳筠隱於剡中。既而玄宗詔筠赴京師，筠薦之於朝，遣使召之，與筠俱待詔翰林。」《新唐書·李白傳》也載：「天寶初，南入會稽，與吳筠善，筠初召，故白亦至長安。」知李白「待詔翰林」與吳筠的推薦有一定關係。李白的《寄弄月溪吳山人》（《全唐詩》卷一七二）、《鳳笙篇》（《全唐詩》卷一六四）、《魯郡堯祠送吳五之琅琊》（《全唐詩》卷一七五）、《下途歸石門舊居》（《全唐詩》卷一八一）皆是為吳筠而作。

　　丁仙芝。字元禎，曲阿（今江蘇丹陽市）人。開元十三年（725）舉進士第。曾任餘杭尉、主簿。兩《唐書》無傳。其《餘杭醉歌贈吳山人》（《全唐詩》卷一一四）之「吳山人」疑為吳筠。

　　孔巢父。字弱翁，冀州（今屬河北）人。早年與韓准、裴政、李白、張叔明、陶沔隱於徂徠山，酣歌縱酒，號「竹溪六逸」。唐德宗時，官至御史大夫、太子太保，後被李懷先殺害。《舊唐書》卷一五四、《新唐書》卷一六三有傳。《舊唐書·吳筠傳》載：「祿山將亂，求還茅山，許之。既而中原大亂，江淮多盜，乃東遊會稽。嘗於天台剡中往來，與詩人李白、孔巢父詩篇酬和，逍遙泉石，人多從之。」酬唱詩篇已佚。

　　嚴維。字正文，越州人，秘書郎。兩《唐書》無傳，事見《唐才子傳》卷三。嚴維曾在鮑防家裏見到過吳筠，作有《中元日鮑端公宅遇吳天師聯句》，見《全唐詩》卷七八九。「鮑端公」，即鮑防。《舊唐書·鮑防傳》云：「天寶末舉進士，為浙東觀察使薛兼訓從事，累至殿中侍御史。」唐人通常稱侍御史為端公。從《中元日鮑端公宅遇吳天師聯句》還可以看出吳筠與杜弈、李清、劉蕃、鄭概、陳元初、樊珣、丘丹、呂渭、范淹、謝良弼等人有交往。其中《宋史》卷二〇五《藝文傳》還載有謝良弼撰的《中嶽吳天師內傳》一卷。

　　顏真卿。字清臣。開元進士，官至吏部尚書、太子太師，封魯國公。唐

德宗時受命前往叛將李希烈部勸諭，被害。《舊唐書》卷一二八、《新唐書》卷一五三有傳。據顏真卿《茅山玄靜先生廣陵李君碑銘並序》（《茅山志》卷二三）載：「泊大曆六年，真卿罷刺臨川，旋舟建業，將宅心小嶺，長庇高蹤。而轉刺吳興，事乖夙願，徘徊郡邑，空懷尊道之心；瞻望林巒，永負借山之託。」大曆七年（772）顏真卿「刺吳興（湖州）」，在湖州期間，顏真卿經常組織文會，其中《登峴山觀李左相石尊聯句》（《全唐詩》卷七八八），吳筠也參與唱和。當時參與唱和的還有劉全白、裴循、張薦、強蒙、范縉、王純、魏理等，共 29 人，包括官員、隱士、道士、僧侶等不同身份的人物。

皎然。字清晝，吳興（今屬浙江）人。唐代著名的詩論家，著有《詩式》、《詩議》。新、舊《唐書》無傳。事蹟見《全唐文》卷九一九、《唐詩紀事》卷七十三、《唐才子傳》卷四等。皎然參與《登峴山觀李左相石尊聯句》，又作有《奉同顏使君真卿清風樓賦得洞庭歌送吳鍊師歸林屋洞》，見《全唐詩》卷八一五。據張文規《吳興三絕》（《全唐詩》卷三六六），知「清風樓」在湖州；「吳鍊師」，即吳筠。蘇州吳縣有「林屋洞」〔註22〕。顏真卿於大曆十二年（777）離開湖州任吏部尚書〔註23〕，詩當作於是年之前。

尹鍊師、龔山人。兩人事蹟未詳。吳筠作有《聽尹鍊師彈琴》及《題龔山人草堂》，詩均見《全唐詩》卷八五三。

劉明府、鄭錄事、苟尊師。三人事蹟未詳。吳筠有《酬葉縣劉明府避地廬山言懷詒鄭錄事昆季苟尊師兼見贈之》，詩見《全唐詩》卷八五三。據吳筠《簡寂先生陸君碑》載：「天寶末，筠與友人苟太象避地茲境（指廬山），……大唐上元二年歲次辛丑九月十三日，中嶽道士翰林供奉吳筠撰。」「上元二年」即 761 年。

劉承介、柳伯存。《全唐詩》卷八五三載有吳筠《同劉主簿承介建昌江泛舟作》、《舟中遇柳伯存歸潛山因有此贈》二首，「劉主簿」即劉承介。

邵冀玄。據《〈宗玄先生文集〉序》及《歷世真仙體道通鑒》卷三七知其師吳筠，盡得其道。

邵冀玄

兩《唐書》無傳，事蹟未詳。今考出與之交遊者 1 人。

〔註22〕陶敏《全唐詩人名匯考》，遼海出版社 2006 年版，第 1356 頁。
〔註23〕詳參劉昫等撰《舊唐書》，中華書局 1975 年版，第 312 頁。

權德輿。字載之，天水略陽（今甘肅秦安）人。未弱冠即以文章見稱儒林。建中元年（780），為淮南黜陟使韓洄從事，官試秘書省校書郎。元和五年（810），官至同中書門下平章事，後被罷為禮部尚書，歷東都留守、刑部尚書等職。卒於山南東道節度使任所，贈左僕射，諡文，後人稱為權文公。《舊唐書》卷一四八、《新唐書》卷一六五有傳。權德輿《〈宗玄先生文集〉序》載：「厥後冀玄得其本，以授予請序，引其逕庭，庶傳永久。」「序」是應邵冀玄之請而作，知彼此應有往來。

司馬承禎

字子微，法號道隱，又號白雲子，河內溫縣（今河南溫縣）人。師嵩山道士潘師正受上清經法。弟子七十餘人，以李含光、薛季昌最著。著有《天隱子》、《坐忘論》、《修真秘旨》等 10 餘種。《舊唐書》卷一九二、《新唐書》卷一九六有傳。與司馬承禎有交遊者共考出 21 人。

武曌。《舊唐書·司馬承禎傳》載司馬承禎應則天召赴京，「承禎嘗遍遊名山，乃止於天台山，則天聞其名，召至都，降手敕以讚美之。及將還，敕麟臺監李嶠餞之於洛橋之東」。《新唐書·司馬承禎傳》也載：「武后嘗召之，未幾，去。」

李嶠。字巨山，趙州贊皇（今屬河北）人。與杜審言、崔融、蘇味道並稱「文章四友」。《舊唐書》卷九四、《新唐書》卷一二三有傳。據《舊唐書·司馬承禎傳》所述，司馬承禎還山，武后「敕麟臺監李嶠餞之於洛橋之東」。李嶠作有《送司馬先生》（《全唐詩》卷六一），詩云：「蓬閣桃源兩處分，人間海上不相聞。一朝琴裏悲黃鶴，何日山頭望白雲。」「蓬閣」指秘書省，武后改秘書省為麟臺，據《舊唐書·則天皇后紀》載，李嶠於聖曆元年（698）十月自麟臺少監拜相。「桃源」指承禎所往之天台。

宋之問。字延清，一名少連，虢州弘農（今河南靈寶縣）人。《舊唐書》卷一九〇中、《新唐書》卷二〇二有傳。《新唐書》卷一一六《陸元方傳》載：「（陸）雅善趙貞固、盧藏用、陳子昂、杜審言、宋之問、畢構、郭襲微、司馬承禎、釋懷一，時號方外十友。」宋之問與司馬承禎同為「方外十友」之一。《全唐詩》載有宋之問《東宵引贈司馬承禎》（卷五一）、《寄天台司馬道士》（卷五二）、《送司馬道士遊天台》（卷五三）三詩。前兩首作於神功元年

以後，後一首作於神功元年〔註24〕。司馬承禎有《答宋之問》，見於《全唐詩》卷八五二，詩云：「不見其人誰與言，歸坐彈琴思逾遠。」顯然是為了回答《東宵引贈司馬承禎》：「此情不向俗人說，愛而不見恨無窮。」

沈佺期。字雲卿，相州內黃（今屬河南）人。與宋之問齊名。《舊唐書》卷一九〇中、《新唐書》卷二〇二有傳。景雲二年（711），司馬承禎應睿宗之請至京〔註25〕，沈佺期與李适曾拜訪司馬承禎，作有《同工部李侍郎适訪司馬子微》（《全唐詩》卷九五）詩。「李侍郎」即李适，《新唐書》卷二〇二《李适傳》載：「景龍初，又擢修文館學士。睿宗時，待詔宣光閣，再遷工部侍郎。」

李适。字子至，雍州萬年（今屬陝西）人。年四十九卒，贈貝州刺史。《舊唐書》卷一九〇中、《新唐書》卷二〇二有傳。《舊唐書‧李适傳》載：「睿宗時，天台道士司馬承禎被徵至京師。及還，适贈詩，敘其高尚之致，其詞甚美，當時朝廷之士，無不屬和，凡三百餘人。徐彥伯編而敘之，謂之《白雲記》，頗傳於代。」《大唐新語》卷一〇《隱逸》第二十三「司馬承禎」條也載其事。不同之處在於《大唐新語》把「李适」說成了「李适之」，云：「睿宗深加賞異。……工部侍郎李适之賦詩以贈焉。當時文士，無不屬和。散騎常侍徐彥伯撮其美者三十一首，為製《序》，名曰《白雲記》，見傳於代。」據上「沈佺期」所引，知《大唐新語》「李适之」為「李适」之訛。

徐彥伯。名洪，兗州瑕丘（今屬山東）人。《舊唐書》卷九四、《新唐書》卷一一四有傳。徐彥伯曾編《白雲記》（見上文「李适」所引），今不存。

薛曜。字異華，祖籍蒲州汾陰（今山西萬榮）。以文學知名，尚太宗女城陽公主。聖曆中（699），與李嶠、沈佺期、徐堅、張說、劉知幾、宋之問等二十六人共撰《三教珠英》，官正諫大夫。新、舊《唐書》無傳。薛曜有《送道士入天台》（《全唐詩》卷八〇），詩云：「洛陽陌上多離別，蓬萊山下足波潮。碧海桑田何處在，笙歌一聽一遙遙。」「道士」即為司馬承禎。

王適。幽州（今屬北京）人。武則天時，敕吏部糊名考選人判，以求才俊，王適與劉憲、司馬鍠、梁載言等入第二等，官至雍州司功參軍。事蹟略見《舊唐書》卷一九〇中《劉憲傳》、《新唐書》卷二〇二《劉憲傳》。與司馬皆為「仙宗十友」之一〔註26〕。王適撰有《體玄先生潘尊師碣》（《全唐文》

〔註24〕詳參胡振龍《宋之問交遊考略》，載《徐州師範學院學報》1987年第2期。
〔註25〕詳參劉昫等撰《舊唐書》，中華書局1975年版，第5127～5128頁。
〔註26〕趙道一《歷世真仙體道通鑑》卷二五《司馬承禎》，見《道藏》第五冊，246頁下。

卷二八二），很可能是受司馬承禎請託而作。

陳子昂。字伯玉，梓州射洪（今屬四川）人。《舊唐書》卷一九〇中、《新唐書》卷一〇七有傳。陳子昂為「方外十友」之一。李渤《中嶽體玄潘先生》（《全唐文》卷七一二）載：「時陳子昂又作頌云云。」《歷世真仙體道通鑑》卷二五也云：「時陳子昂作頌。」「頌」即陳子昂續王適而撰的《續唐故中嶽體玄先生潘尊師碑頌》（《全唐文》卷二一五），很可能也是受司馬承禎請託而作。在《送中嶽二三真人序》（《全唐文》卷二一四）裏，陳子昂明確交代與司馬交往之經過：「登玉女之峰，窺石人之廟，見司馬子微、馮太和，霓裳眇然，冥壑獨立。」題下注曰：「時龍集乙未十二月二十日」，即天冊萬歲元年（696）。

李旦。即唐睿宗，唐玄宗李隆基之父。一生兩度登基。本紀見《舊唐書》卷七、《新唐書》卷五。景雲二年，睿宗派其兄李承褘迎司馬承禎入京，「引入宮中，問以陰陽術數之事。……承禎固辭還山，仍賜寶琴一張及霞紋帔而遣之，朝中詞人贈詩者百餘人」〔註27〕。《全唐文》（卷一九）還載有睿宗《賜天師司馬承禎三勅》，其中有「朝欽夕佇，迹滯心飛，欲遣使者專迎，或遇鍊師驚懼，故令兄往，願與同來，披敘不遙」、「所進明鏡，規制幽奇。隱至道之精，含太易之象。藏諸寶匣，銘佩良深」、「閑居三月，方味廣成之言；別途萬里，空懷子陵之意。然行藏異跡，聚散恒理，今之別也，亦何恨哉」云云，知司馬承禎入京曾上明鏡於睿宗，閑居三月後還山。

張說。字道濟，一字說之，洛陽人。與蘇頲齊名，人稱「燕許大手筆」。《舊唐書》卷九七、《新唐書》卷一二五有傳。景雲二年，司馬承禎應睿宗之請赴京，閑居三月還山，朝中詞人贈詩者百餘人（見上「李旦」所引），張說作有《寄天台司馬道士》（《全唐詩》卷八七）。

李隆基。據《舊唐書・司馬承禎傳》所言，玄宗朝，司馬承禎凡兩次應召赴京。首次是在開元九年（721），玄宗親受法籙，翌年回天台。據《舊唐書・司馬承禎傳》載：「開元九年，玄宗又遣使迎入京，親受法籙，前後賞賜甚厚。十年，駕還西都，承禎又請還天台山，玄宗賦詩以遣之。」詩即《王屋山送道士司馬承禎還天台》（《全唐詩》卷三），陶敏疑題首「王屋山」當在「送」字之下〔註28〕。《天壇王屋山聖迹記》也收此詩，但誤作睿宗詩。第二

〔註27〕劉昫等撰《舊唐書》，中華書局1975年版，第5127～5128頁。
〔註28〕陶敏《全唐詩人名匯考》，遼海出版社2006年版，第12頁。

次為「十五（727）年，又召至都。玄宗令承禎於王屋山自選形勝，置壇室以居焉。……玄宗從其言，因敕五嶽各置真君祠一所，其形象制度，皆令承禎推按道經，創意為之。……以承禎王屋所居為陽臺觀，上自題額，遣使送之。賜絹三百匹以充藥餌之用。俄又令玉真公主及光祿卿韋條至其所居修金籙齋，復加以錫齎。……卒於王屋山，……仍為親製碑文」〔註29〕。《新唐書・司馬承禎傳》也載：「開元中，再被召至都，玄宗詔於王屋山置壇室以居。善篆、隸，帝命以三體寫《老子》，刊正文句。又命玉真公主及光祿卿韋條至所居，按金籙設祠，厚賜焉。卒，年八十九，贈銀青光祿大夫，諡貞一先生，親文其碑。」玄宗與司馬承禎交往的詩文還有《答司馬承禎上劍鏡》（《全唐詩》卷三）、《贈司馬承禎銀青光祿大夫制》（《全唐文》卷二二）、《賜司馬承禎敕》（同書卷三六）、《答司馬承禎進鑄含象鏡劍圖批》（同書卷三七）等。

　　玉真公主。「字持盈，始封崇昌縣主。俄進號上清玄都大洞三景師。……高宗之孫，睿宗之女，陛下（玄宗）之女弟，……薨寶應時」〔註30〕。玉真公主師司馬承禎〔註31〕，曾奉李隆基之命與韋條至司馬承禎所居修金籙齋，已見上文「李隆基」條所引。

　　韋條。生卒年不詳。韋叔夏之子，兩《唐書》無傳。新、舊《唐書》載玉真公主及韋條至司馬承禎所居修金籙齋事，已見上文「李隆基」條所引。

　　李白。李白《大鵬賦並序》云：「余昔於江陵見天台司馬子微，謂余有仙風道骨，可與神遊八極之表。因著《大鵬遇希有鳥賦》以自廣。」〔註32〕知開元十三年（725），李白經巴渝，出三峽，遊洞庭，見司馬承禎於江陵〔註33〕。時司馬承禎南遊衡嶽，「唐明皇開元中，司馬承禎遊衡嶽，望祝融峰曰：『當有高仙處之，何氣色秀異之若此。』」〔註34〕。

　　盧藏用。字子潛，幽州范陽（今河北涿縣）人。《舊唐書》卷九四、《新唐書》卷一二三有傳。盧藏用為「方外十友」之一。《新唐書・盧藏用傳》載：「司馬承禎嘗召至闕下，將還山，藏用指終南曰：『此中大有嘉處。』承禎徐曰：『以僕視之，仕宦之捷徑耳。』藏用慚。」又見《大唐新語》卷一〇：「有

〔註29〕劉昫等撰《舊唐書》，中華書局1975年版，第5128～5129頁。
〔註30〕歐陽修、宋祁等撰《新唐書》，中華書局1975年版，第3657頁。
〔註31〕詳參杜光庭《天壇王屋山聖迹記》，見《道藏》第十九冊，703頁上。
〔註32〕王琦注《李太白全集》，中華書局1999年版，第2頁。
〔註33〕詹鍈《李白詩文繫年》，人民文學出版社1984年版，第4～5頁。
〔註34〕趙道一《歷世真仙體道通鑑》卷三二《何尊師》，見《道藏》第五冊，282頁上。

道士司馬承禎者，睿宗迎至京，將還，藏用指終南山謂之曰：『此中大有佳處，何必在遠。』承禎徐答曰：『以僕所觀，乃仕宦捷徑耳。』藏用有慚色。」

杜審言。字必簡，襄州襄陽（今屬湖北）人。杜甫祖父。《新唐書》卷二〇一、《唐才子傳》卷一有傳。杜審言為「方外十友」之一。萬歲通天元年（696）前後任洛陽丞，武后聖曆元年（698）年由洛陽丞貶為吉州司戶〔註35〕。由此，知杜審言與司馬承禎結交應在承禎應武后之請入京時。

陸餘慶。事見《舊唐書》卷八八《陸元方傳》及《新唐書》卷一一六《陸元方傳》。終太子詹事，諡曰莊。陸餘慶為「方外十友」之一，與司馬當有交情。

沈如筠。潤州句容（今屬江蘇）人。曾任橫陽主簿。新、舊《唐書》無傳。與司馬承禎友善，作有《寄天台司馬道士》（《全唐詩》卷一一四）。

張九齡。字子壽，一名博物，韶州曲江（今廣東韶關市）人。官至中書侍郎、同中書門下平章事，後為李林甫所妒，罷相，為荊州長史。《舊唐書》卷九九、《新唐書》卷一二六有傳。開元十四年（726）正月，張九齡祭祀南嶽後謁見過司馬承禎〔註36〕，作《登南嶽事畢謁司馬道士》（《全唐詩》卷四七）。又《南嶽總勝集》載：「開元初，司馬承禎，字子微，自海山（疑為『上』）乘桴煉真南嶽，結庵於觀（九真觀）北一里，目之白雲。丞相張九齡屢謁之。」

崔湜。字澄瀾，定州（今屬河北）人。事蹟見《舊唐書》卷七四《崔仁師傳》及《新唐書》卷九九《崔仁師傳》。《全唐詩》卷五四載有崔湜《寄天台司馬先生》，詩云：「聞有三元客，祈仙九轉成。人間白雲返，天上赤龍迎。尚惜金芝晚，仍攀琪樹榮。何年緱嶺上，一謝洛陽城。」

謝自然

唐代女道士，果州（今四川南充）人，祖籍兗州（今屬山東），世號「東極真人」。道教文獻多載其師事司馬承禎〔註37〕。兩《唐書》無傳。事見《續仙傳》卷上、《歷世真仙體道通鑒後集》卷五及《太平廣記》卷六六。今考出

〔註35〕傅璇琮主編《唐才子傳校箋》（第一冊），中華書局 1987 年版，第 69～70 頁。

〔註36〕詹鍈《李白詩文繫年》，人民文學出版社 1984 年版，第 4～5 頁。

〔註37〕不過今人多認為兩人不可能為師徒關係，詳參李光輝《謝自然「白日飛昇」及其影響》（宗教學研究 2003 第 3 期）、何海燕《唐代女真人謝自然考》（宗教學研究 2006 年第 2 期）及楊麗容與王頲的《自然披髮——唐代女冠謝自然傳奇考索》（貴州大學學報社會科學版 2012 第 2 期）。

與之交遊者 11 人〔註38〕。

程太虛。事見《歷世真仙體道通鑒》卷四二。據《太平廣記》卷六六載：「貞元三年三月，（謝自然）於開元觀詣絕粒道士程太虛受《五千文》、《紫靈寶籙》。」知謝自然曾師程太虛。

韓佾、韓自明。據《太平廣記》卷六六載：「（貞元）六年四月，刺史韓佾至郡，疑其妄，延入州北堂東閣，閉之累月，方率長幼，開鑰出之，膚體宛然，聲氣朗暢，佾即使女自明師事焉。」

李堅。兩《唐書》無傳。事蹟略見權德輿《朝散大夫守司農少卿賜紫金魚袋隴西縣開國男李公墓誌銘並序》（《全唐文》卷五〇二）。《太平廣記》卷六六載：貞元九年，刺史李堅至，自然告云：『居城郭非便，願依泉石。』堅即築室於金泉山，移自然居之。……（貞元十年）十一月九日，詣州與李堅別，云：『中旬的去矣。』亦不更入靜室。……刺史李堅表聞，詔褒美之。李堅述《金泉道場碑》，立本末為傳。」《新唐書》卷五九《藝文志》載有李堅《東極真人傳》一卷。

韓愈。字退之，河內河陽（今河南孟縣）人。郡望昌黎，世稱韓昌黎。唐代古文運動倡導者，「唐宋八大家」之一。《舊唐書》卷一六〇、《新唐書》卷一七六有傳。《全唐詩》卷三三六載有韓愈《謝自然詩》，題下注云：「果州謝真人上昇在金泉山，貞元十年十一月十二日白晝輕舉，郡守李堅以聞，有詔褒諭。」

劉商。字子夏，徐州彭城（今屬江蘇）人。少好學，工文，善畫。登大曆進士第，官至檢校禮部郎中，汴州觀察判官。兩《唐書》無傳，事見《唐才子傳》卷四、《太平廣記》卷六。《全唐詩》卷三〇四載有劉商《謝自然卻還舊居》，詩云：「仙侶招邀自有期，九天升降五雲隨。不知辭罷虛皇日，更向人間住幾時。」杜光庭《歷代崇道記》（《全唐文》卷九三三）載：「德宗貞元十年，混元潛使金母累降於果州金泉山，授鍊炁之術，付女貞謝自然，修習功成。其年十月十六日白日上昇，後三月乃歸，謂刺史李堅曰：『天上有玉堂最高，老君居焉，壁上皆題神仙之名，時注腳下，云在人間，或為帝王，或為宰輔。神仙入謁老君，皆四拜焉。』自然言訖，遂卻昇天。」

施肩吾。字希聖，睦州（今屬浙江）人。元和年間，登進士第後，隱洪

〔註38〕按：其中有幾人未必與謝自然有直接的接觸，或許是聽聞謝自然事蹟而進行相關創作，這裡一併列出。

州西山。兩《唐書》無傳，事蹟略見《唐才子傳》卷六、《唐摭言》卷八。謝自然白晝輕舉，施肩吾作《謝自然升仙》（《全唐詩》卷四九四），詩曰：「分明得道謝自然，古來漫說尸解仙。如花年少一女子，身騎白鶴遊青天。」

范傳正。字西老，南陽順陽（今河南淅川）人。貞元時期進士，歷歙、湖、蘇三州刺史，卒贈左散騎常侍。《舊唐書》卷一八五下、《新唐書》卷一七二有傳。范傳正有《謝真人還舊山》（《全唐詩》卷三四七）。

夏方慶。貞元時期進士。兩《唐書》無傳。謝自然還山（見上「劉商」所引）夏方慶作有《謝真人仙駕還舊山》（《全唐詩》卷三四七）。

盧綸。字允言，河中蒲（今屬山西）人。「大曆十才子」之一。《新唐書》卷二〇三、《唐才子傳》卷四有傳，《舊唐書》卷一六三《盧簡辭傳》也載有其事。盧綸有《和裴延齡尚書寄題果州謝舍人仙居》（《全唐詩》卷二七七）。據《舊唐書》卷一三《德宗本紀》下載：「（貞元）十二年春正月甲午朔。……三月癸巳朔。……乙巳，以戶部侍郎裴延齡為戶部尚書。」又據《唐會要》卷三〇載：「（貞元）十二年八月六日，戶部尚書裴延齡，奉敕修望仙樓。……十三年九月，上謂戶部侍郎判度支裴延齡曰：『朕以浴堂院殿。一袱損壞。欲換之而未能。』」知裴延齡任戶部尚書在此兩年間，盧綸詩當作於此時。

李翔。兩《唐書》無傳，事蹟未詳。《補全唐詩拾遺》載有李翔《題金泉山謝自然傳後》詩。

焦靜真

據《歷世真仙體道通鑒後集》卷四載：「唐女真焦靜真，因精思間有人導至方丈山，遇二仙女，謂曰：『子欲為真官，可謁東華青童道君，受三皇法。』請名氏，則司馬承禎也。歸而詣承禎求度，未幾昇天。嘗降謂薛季昌曰：『先生得道，高於陶都水之任，當為東華上清真人。』事蹟又見《太平廣記》卷四四九、《全唐文》卷七一二。與焦靜真有交遊者共考出5人。

李白。《全唐詩》卷一六八載有李白《贈嵩山焦鍊師並序》，序曰：「余訪道少室，盡登三十六峰，聞風有寄，灑翰遙贈。」「焦鍊師」即焦靜真。《太平廣記》卷四四九載：「唐開元中，有焦鍊師修道，聚徒甚眾。」李白於開元二十二年（734）遊洛陽，後隱嵩山〔註39〕，知詩作於此時。

王維。字摩詰，太原祁（今屬山西）人。《舊唐書》卷一九〇下、《新唐

〔註39〕詹鍈《李白詩文繫年》，人民文學出版社1984年版，第11～12頁。

書》卷二〇二有傳。《全唐詩》卷一二七載有王維《贈焦道士》、《贈東嶽焦鍊師》二詩。

李頎。兩《唐書》無傳，《唐才子傳》卷二有傳。李頎作有《寄焦鍊師》（《全唐詩》卷一三二）。

王昌齡。字少伯，太原人。開元十五年（727）登進士第，有「七絕聖手」、「詩家天子」之稱。《舊唐書》卷一九〇下、《新唐書》卷二〇三有傳。王昌齡《就道士問〈周易參同契〉》（《全唐詩》卷一四一）中的「道士」疑為嵩山焦靜真。詩人早年曾居嵩山，拜謁過焦鍊師，作有《謁焦鍊師》（《全唐詩》卷一四二），其中云：「豈意石堂裏，得逢焦鍊師。」

錢起。「大曆十才子」之一。事蹟略見《舊唐書》卷一六八《錢徽傳》及《新唐書》卷二〇三《盧綸傳》。《舊唐書》卷一六八《錢徽傳》載：「父起，天寶十年登進士第。」作有《省中春暮酬嵩陽焦道士見招》（《全唐詩》卷二三七）。另一首《題嵩山焦道士石壁》（《全唐詩》卷二三九），不知作於何時。

李含光

本姓宏，因避李弘諱而改姓李，廣陵江都（今江蘇揚州）人。開元十七年（729），司馬承禎於王屋山傳其大法，號「玄靜先生」。大曆四年（769），遁化於茅山，門人赴喪而至者凡數千人。韋景昭、孟湛然為其入室弟子。兩《唐書》無傳，事見顏真卿《茅山玄靜先生廣陵李君碑銘並序》（《茅山志》卷二三）、柳識《茅山紫陽觀玄靜先生碑》（《全唐文》卷三七七）及李渤《茅山玄靜李先生傳》（《全唐文》卷七一二）。今考出與之交遊者 7 人。

李隆基。據《茅山玄靜先生廣陵李君碑銘並序》載李含光「開元十七年，從司馬鍊師於王屋山，……玄宗知先生偏得子微之道，廼詔先生居王屋山陽臺觀以繼之。歲餘，請歸茅山，纂修經法。頻徵，皆謝病不出。天寶四載冬，廼命中官齎璽書徵之。既至，延入禁中，每欲諮稟，必先齋沐。他日，請傳道法，先生辭以足疾，不任科儀者數焉。玄宗知不可強而止。先生嘗以茅山靈蹟翦焉將墜，真經秘籙亦多散落，請歸修葺。廼特詔於楊、許舊居紫陽以宅之，仍賜絹二百疋、法衣兩副、香爐一具、御製詩及敘（應為『序』）以餞之。又禁於山側採捕漁獵，食葷血者不得輒入，公私祈禱，咸絕牲牢。先生以六載秋到山，是歲詔書三至，渥澤頻繁，暉映崖谷。初，山中有上清真人許長史、楊君、陶隱居自寫經法，歷代傳寶，時遭喪亂，散逸無遺。先生奉

詔搜求，悉備其蹟而進上之。先時玄宗將求大法，請先生為師，竟執謙沖，辭疾而退。泊七載春，玄宗又欲受《三洞真經》，以其春之三月，中官齋璽書云：『其月十八日，剋受經誥。是日，於大同殿潔修其事。遂遙禮先生為度師，並賜衣一襲，以伸師資之禮，因以玄靜為先生之嘉號焉。』仍詔刻石華陽洞宮以志之。是歲夏五月，隱居合丹之所，有芝草八十一莖，散生松石之間。詔俾先生與中官啟告靈仙，緘封表進。夏，又詔以紫陽觀側近二百戶，太平、崇元（應為『玄』）兩觀各一百戶，並免其官徭，以供香火。秋七月，又徵先生。既至，請居道觀以養疾。九載春，辭歸舊山。其年夏六月，前生靈芝之所，又產三百餘莖，煌煌秀異，人所莫睹。先生又圖而奏之。是歲冬，又徵先生，於紫陽別院館之。十載秋，先生又懇辭告老，御製序詩以餞之。十有一載，先生奉詔與門人韋景昭等於紫陽之東鬱岡山，別建齋院，立心誠肅。是夜，仙壇林間遍生甘露，因以上聞，特詔嘉異」。玄宗與李含光交往是相當頻繁的，李含光多次應召進京，受到的榮寵一次比一次高，可以說，玄宗對於李含光的恩寵甚至超過了其師司馬承禎。《茅山志》卷二載有玄宗賜李含光敕書二十四通、贈詩三首〔註40〕，李含光上玄宗表奏十三通。

　　李亨。即唐肅宗，唐玄宗子，756 至 761 年在位。本紀見《舊唐書》卷一〇、《新唐書》卷六。至德二年（757）六月，李含光奉肅宗之敕在茅山修功德所，「與諸道士能戒行者，共遵香燈之務，庶以助國扶教，消災致福」〔註41〕。之後，肅宗又敕李含光說：「朕頃總干戈，掃除凶匿（應為『慝』），保全萬姓，克定兩京。上皇聖駕，迎還宮闕，得此定省，慶慰自天。仰荷玄元之祐，再成宗社之業，亦師精修願力，有以助之，必須加意壇場，潔精香火。廣上皇之福壽，俾六合之康寧。靜正道門，當在師也。」〔註42〕

　　皇甫冉。字茂政，潤州丹陽（今江蘇鎮江）人。十歲能屬文。十五歲而老成。天寶十五年（公元 756 年），進士第一。曾官無錫尉，終左拾遺、右補闕。事見《新唐書》卷二〇二、《唐才子傳》卷三。《全唐詩》卷二五〇載有皇甫冉《送張道士歸茅山謁李尊師》：「向山獨有一人行，近洞應逢雙鶴迎。嘗以素書傳弟子，還因白石號先生。無窮杏樹行時種，幾許芝田向月耕。師

〔註40〕《詩送玄靜先生赴金壇並序》、《詩送玄靜先生暫還廣陵並序》及《詩送玄靜先生歸廣陵並序》，三詩均見《全唐詩續拾》卷一四，《全唐詩》未收。

〔註41〕劉大彬《茅山志》卷二「玄靜先生等表奏附」，見《道藏》第五冊，560 頁下。

〔註42〕劉大彬《茅山志》卷二「肅宗賜玄靜先生敕書」，見《道藏》第五冊，558 頁上～頁中。

事少君年歲久，欲隨旌節往層城。」「李尊師」，李含光。據獨孤及《〈唐故左補闕安定皇甫公集〉序》（《全唐文》卷三八八）載：「大曆二年（767），遷左拾遺，轉右補闕，奉使江表，因省家至丹陽。」茅山就在丹陽內，詩應作於此時。

顏真卿。據《茅山玄靜先生廣陵李君碑銘並序》載：「真卿乾元二年（759），以升州刺史充浙江西節度，欽承至德，結慕玄微，遂專使致書茅山以抒誠懇。先生特令韋鍊師景昭復書。真卿恩眷綢繆，足勵超然之至。」可見彼此應有交遊。

嚴維。《全唐詩》卷二六三載有嚴維《題茅山李尊師所居》：「天師百歲少如童，不到山中更不逢。洗藥每臨新瀑水，步虛時繞最高峰。籬根五月留殘雪，座右千年蔭古松。此去人寰知近遠，回看路隔一重重。」一作秦系詩，見《全唐詩》卷二六○《題茅山李尊師山居》，疑為誤收。《全唐詩續補遺》卷一七又誤收為貫休詩〔註43〕。

孟湛然、唐若倩。兩人事蹟未詳，皆師李含光，孟湛然為李入室弟子；唐若倩則代李含光與塵世溝通聯繫〔註44〕。

韋渠牟

牟又作侔，盧綸舅父。自號「北山子」，行二十四，京兆萬年（今陝西西安）人。十一歲賦《銅雀臺》絕句，李白見而大駭，授以古樂府之學。後為道士，師李含光，道名為「遺名子」，復又轉為僧，法名「塵外」，大曆末還俗。貞元十二（796）年，辯論三教，「上（德宗）謂其講耨有素，聽之意動。數日，轉秘書郎，奏詩七十韻；旬日，遷右補闕、內供奉，僚列初不有之」〔註45〕。後官太府卿，終太常卿，卒贈刑部尚書，諡曰忠。《舊唐書》卷一三五、《新唐書》卷一六七有傳。今考出與之交遊者12人。

李适。即唐德宗，779至805年在位。本紀見《舊唐書》卷一二、十三，《新唐書》卷七。韋渠牟講論儒、道、釋三教，深契李适之心，《舊唐書·韋渠牟傳》載：「貞元十二年（796）四月，德宗誕日，御麟德殿，召給事中徐岱、兵部郎中趙需、禮部郎中許孟容與渠牟及道士萬參成、沙門譚延等十二

〔註43〕陶敏《全唐詩人名匯考》，遼海出版社2006年版，第1431頁。
〔註44〕詳參《茅山志》卷二「玄靜先生等表奏附」，見《道藏》第五冊，558頁下～560頁下。
〔註45〕劉昫等撰《舊唐書》，中華書局1975年版，第3728～3729頁。

人，講論儒、道、釋三敎。渠牟枝詞游說，捷口水注；上謂其講耨有素，聽之意動。數日，轉秘書郎，奏詩七十韻；旬日，遷右補闕、內供奉，僚列初不有之。在延英既對宰相，多使中貴人召渠牟於官次，同輩始注目矣。歲終，遷右諫議大夫。時延英對秉政賦之臣，晝漏率下二三刻為常，渠牟奏事，率漏下五六刻，上笑語款狎，往往外聞。」亦見《新唐書·韋渠牟傳》。

李白〔註46〕。曾教韋渠牟古樂府，《新唐書·韋渠牟傳》載：「少警悟，工為詩，李白異之，授以古樂府。」又權德輿《〈右諫議大夫韋君集〉序》（《全唐文》卷四九〇）載：「初，君年十一，嘗賦《銅雀臺》絕句。右拾遺李白見而大駭，因授以古樂府之學，且以瑰琦軼拔為己任。」韋渠牟十一歲，即759年，時李白「溯三湘，將至夜狼乃聞赦命，而還憩江夏岳陽，復如尋陽」〔註47〕。

顏真卿。韋渠牟曾參與顏真卿、吳筠等人《登峴山觀李左相石尊聯句》〔註48〕。據《茅山玄靜先生廣陵李君碑銘並序》云：「真卿與先生門人中林子殷淑、遺名子韋渠牟嘗接採真之遊，緒聞含一之德。」郁賢皓考證顏真卿與殷淑、韋渠牟的「採真之遊」在乾元二年（759）至大曆四年（769）之間〔註49〕。韋渠牟「嘗著《天竺寺六十韻》，魯郡文忠公序引而和之，使畫工圖於仁祠，摘句配境，偕為勝絕」〔註50〕，「魯郡文忠公」，即顏真卿。

盧綸。作為盧綸舅父的韋渠牟曾向德宗推薦盧綸。《舊唐書·盧簡辭傳》載：「太府卿韋渠牟得幸於德宗，綸即渠牟之甥也，數稱綸之才，德宗召之內殿，令和御製詩，超拜戶部郎中。方欲委之掌誥，居無何，卒。」《新唐書·盧綸傳》亦載：「是時，舅韋渠牟得幸德宗，表其才，召見禁中，帝有所作，輒使賡和。異日問渠牟：『盧綸、李益何在？』答曰：『綸從渾瑊在河中。』驛召之，會卒。」又見《唐才子傳》卷四。《全唐詩》卷三一四載有韋渠牟《覽外生盧綸詩因以示此》，首聯曰：「衛玠清談性最強，明時獨拜正員郎。」據

〔註46〕韋渠牟與李白之交遊還可參郁賢皓的《李白暮年若干交遊考索》，載《南京師大學報》（社會科學版）1980年第2期。

〔註47〕詹鍈《李白詩文繫年》，人民文學出版社1984年版，第130頁。

〔註48〕《登峴山觀李左相石尊聯句》中的釋塵外，即韋渠牟。權德輿《〈右諫議大夫韋君集〉序》云：「其曳羽衣也，則曰遺名；攝方袍也，則曰塵外；被儒服也，則今之名字著焉。」

〔註49〕郁賢皓《李白暮年若干交遊考索》，載《南京師大學報》（社會科學版）1980年第2期，第59頁。

〔註59〕權德輿《〈右諫議大夫韋君集〉序》，見董誥《全唐文》（第五冊），中華書局2001年影印，5001頁上。

《新唐書・盧綸傳》載盧綸「累遷監察御史，輒稱疾去。坐與王縉善，久不調，渾瑊鎮河中，闢元帥判官，累遷檢校戶部郎中」。又據《舊唐書》卷一三四《渾瑊》載：「（興元元年）七月，德宗還宮，以瑊守本官，兼河中尹、河中絳慈隰節度使，仍充河中同陝虢節度及管內諸軍行營兵馬副元帥，改封咸寧郡王。」知盧綸「拜正員郎」當在興元元年（784）之後。盧綸有《敬酬大府二十四舅覽詩卷因以見示》（《全唐詩》卷二七七），據岑仲勉《唐人行第錄》考，「大府」應作「太府」，權德輿《唐故太常卿贈刑部尚書韋公墓誌銘並序》（《全唐文》卷五〇六）載：「（貞元十二年）歲中歷右補闕左諫議大夫，……閒一歲遷太府卿，錫以命服。又閒一歲遷太常卿。」貞元十三年（797），韋渠牟任太府卿，知詩當作於此年。

寶庠。字胄卿，韓皋出鎮武昌，闢為推官，歷任登、澤、信、婺四州刺史。事蹟略見《舊唐書》卷一五五《寶群傳》、《新唐書》卷一七五《寶群傳》、《全唐文》卷七六一《寶庠傳》及《唐才子傳》卷四。韋渠牟作有《贈寶五判官》（《全唐詩》卷三一四），「寶五判官」，即寶庠。《舊唐書》卷一五五《寶群傳》云：「皋移鎮浙西，奏庠為節度副使、殿中侍御史，遷澤州刺史。又為宣歙副使，除奉天令、登州刺史、東都留守判官，歷信、婺二州刺史。」《全唐文》卷七六一《寶庠傳》云：「昌黎公留守東都，又奏授公為汝州防禦判官，改檢校戶部員外郎兼侍御史。」據傅璇琮考證，韓皋（昌黎公、韓滉之子）於長慶二年（822）「留守東都」〔註51〕，後奏授寶庠為汝州防禦判官，知詩應作於是時。《全唐詩》卷二七一載有寶庠答詩《酬謝韋卿二十五兄俯贈輒敢書情》，韋渠牟行二十四（見盧綸詩），與此之二十五不合，疑誤。

韓滉。字太沖，長安（今陝西西安）人，太子少師韓休之子。德宗朝，為江淮轉運使，加同平章事。工書，兼善丹青。《舊唐書》卷一二九有傳，《新唐書》卷一二六《韓休傳》也載有其事蹟。《舊唐書・韋渠牟傳》載：「興元中（784），韓滉鎮浙西，奏授試秘書郎，累轉四門博士。」《新唐書・韋渠牟傳》：「浙西韓滉表試校書郎，進至四門博士。」兩《唐書》韋傳皆載韓滉薦韋渠牟事，但《舊唐書》云：「奏授試秘書郎。」《新唐書》則云：「表試校書郎。」據《舊唐書》卷一二《德宗本紀》上：「（建中二年五月）庚寅，以浙江西道為鎮海軍，加蘇州刺史韓滉檢校禮部尚書、潤州刺史，充鎮海軍節度

〔註51〕傅璇琮主編《唐才子傳校箋》（第二冊），中華書局 2002 年版，第 236～241頁。

使、浙江東西道觀察等使。……（興元元年）五月，淮南節度使陳少游加檢校司徒，東川節度使李叔明太子太傅，鎮海軍韓滉檢校右僕射。」知韓滉鎮浙西在建中二年（781），興元中仍在任上。又據權德輿《唐故太常卿贈刑部尚書韋公墓誌銘並序》（《全唐文》卷五〇六）載：「大曆末，丁著作府君憂，倚廬於壞樹之側，以純孝感嘉生，廉車列上，州閭聳敬。貞元二年（786），起家拜校書郎。五年，轉左武衛騎曹掾。皆為知己者從事。八年，大成均表其名經可領學徒，遷四門博士。十二年夏，……拜秘書郎。」疑韋渠牟因「純孝感嘉生，廉車列上，州閭聳敬」。韓滉奏授試校書郎，貞元二年拜校書郎，十二年拜秘書郎。《舊唐書》「奏授試秘書郎」，誤。

陸羽、皎然。陸羽，字鴻漸，一名疾，字季疵，復州竟陵（今屬湖北）人。《陸文學自傳》（《全唐文》卷四三三）載：「上元初（760），結廬於苕溪之濱，閉關對書，不雜非類，名僧高士，談宴永日。」自稱「桑苧翁」，又號「東崗子」。與皎然為莫逆之交。他著的《茶經》是世界上第一部論茶專著。《新唐書》卷一九六有傳。據《〈右諫議大夫韋君集〉序》載韋渠牟「與竟陵陸鴻漸、杼山僧皎然為方外之侶，沉冥博約，為日最久，而不名一行，不滯一方」，陸鴻漸即陸羽，三人曾參與顏真卿與吳筠等人的《登峴山觀李左相石尊聯句》。《全唐詩》卷八一六載皎然《遙和塵外上人與陸澧夜集山寺問涅槃義兼賞陸生文卷》，題下注曰：「上人自號北山子。」韋渠牟自號「北山子」，其中云：「應隨北山子，高頂枕雲眠。」其《答權從事德輿書》（《吳興晝上人書》卷一〇）中的「故處士韋，此數子，疇昔為林下之遊」之「處士韋」應為韋渠牟，還有《答韋山人隱起龍文藥瓢歌》（《全唐詩》卷八二一）中的「韋山人」亦當為韋渠牟。

崔芊、鄭隨、馮伉。崔芊、鄭隨，兩《唐書》無傳，事蹟未詳。馮伉，字仲咸，魏州元城（今屬河北）人，事蹟見《舊唐書》卷一八九下及《新唐書》卷一六一。韋渠牟「薦巖穴有道之士，以待兩言」〔註52〕，崔芊、鄭隨、馮伉皆得其提攜。據《舊唐書·韋渠牟傳》云：「茅山處士崔芊徵至闕下，鄭隨自山人再至補闕，馮伉自醴泉令為給事中、皇太子侍讀，皆渠牟延薦之。」《新唐書·韋渠牟傳》也載：「召崔芊於茅山，超鄭隨布衣至補闕，引醴泉令馮伉為給事中、太子侍讀。」新、舊《唐書》馮伉傳也載韋渠牟薦其為給事

〔註52〕權德輿《唐故太常卿贈刑部尚書韋公墓誌銘並序》，見董誥《全唐文》（第五冊），中華書局 2001 年影印，5146 頁下。

中、皇太子及諸王侍讀。

　　權德輿。權曾應韋渠牟本人之請撰《〈右諫議大夫韋君集〉序》，「自貞元五年，始以晉公（韓滉）從事至京師，迨今十年。所著凡三百篇，嘗因休沐，悉以見示。德輿鄙昧，不能言詩，徒以掖垣之僚，辱命為序」。韋去世後，權德輿還應韋二子之請撰寫《唐故太常卿贈刑部尚書韋公墓誌銘並序》（《全唐文》卷五〇六）。

胡紫陽

　　隨州（今屬湖北）人。李含光弟子。九歲出家，十二休糧，二十遊衡山。後居苦竹院，置餐霞樓，手植雙桂，棲遲其下。玄宗三請固辭，不得已而行。後稱疾回故里，病故於路途，享年六十二歲。事見李白《唐漢東紫陽先生碑銘》（《全唐文》卷三五〇）。今考出與之交遊者 3 人。

　　李白、元演、元丹丘。據《唐漢東紫陽先生碑銘》載李白「與紫陽神交，飽餐素論，十得其九」。李白《冬夜於隨州紫陽先生餐霞樓送煙子元演隱仙城山序》載：「吾與霞子元丹、煙子元演，氣激道谷，結神仙交。殊身同心，誓老雲海，不可奪也。歷可天下，周求名山，入神農之故鄉，得胡公之精術。胡公身揭日月，心飛蓬萊。起餐霞之孤樓，煉吸景之精氣。延我數子，高談混元。」〔註53〕知李白、元演與元丹丘曾同學道於胡紫陽，李白「十得其九」。李白後作《憶舊遊寄譙郡元參軍》（《全唐詩》卷一七二），回憶他們的相會：「不忍別，還相隨。相隨迢迢訪仙城，三十六曲水回縈。一溪初入千花明，萬壑度盡松風聲。銀鞍金絡倒平地，漢東太守來相迎。紫陽之真人，邀我吹玉笙。餐霞樓上動仙樂，嘈然宛似鸞鳳鳴。袖長管催欲輕舉，漢中太守醉起舞。手持錦袍覆我身，我醉橫眠枕其股。當筵意氣凌九霄，星離雨散不終朝。」《全唐詩》卷一八四還載有李白《題隨州紫陽先生壁》，亦與胡紫陽有關。

元丹丘

　　兩《唐書》無傳，事蹟未詳。張元生《李白與元丹丘交遊考》引《葉縣志·人物志上》載：「元丹，字霞子，葉人，居石門山中，與李白結神仙交，白稱為『丹邱子』……惜其事蹟無徵。然太白與之友善，屢見於詩，推許甚至，則其人品可知矣。」李白《題元丹丘潁陽山居並序》（《全唐詩》卷一八四）稱「丹

〔註53〕王琦注《李太白全集》，中華書局 1999 年版，第 1293 頁。

丘家於潁陽」,「愛神仙。朝飲潁川之清流,暮還嵩岑之紫煙」〔註54〕。「天寶初,威儀元丹丘,道門龍鳳,厚禮致屈,傳籙於嵩山。……弟子元丹丘等,咸思鸞鳳之儀羽,想珠玉之雲氣」〔註55〕,知元丹丘,師胡紫陽。今考出與之交遊者4人。

李白〔註56〕。李白詩文涉及與元丹丘交往的多達18首,直接見於詩題的就有12首:《全唐詩》卷一六六《元丹丘歌》、《西岳雲臺歌送丹丘子》,卷一七二《聞丹丘子於城北營石門幽居中有高鳳遺跡僕離群遠懷亦有棲遁之志因敘舊以寄之》,卷一七四《潁陽別元丹丘之淮陽》,卷一七八《酬岑勳見尋就元丹丘對酒相待以詩見招》、《以詩代書答元丹丘》,卷一八二《尋高鳳石門山中元丹丘》、《與元丹丘方城寺談玄作》,卷一八三《觀元丹丘坐巫山屏風》,卷一八四《題元丹丘潁陽山居並序》、《題元丹丘山居》、《題嵩山逸人元丹丘山居並序》;詩文裏提到的3首:如《將進酒》(《全唐詩》卷一六二)中的「丹丘生」、《冬夜於隨州紫陽先生飡霞樓送煙子元演隱仙城山序》(《李太白全集》卷二七)裏與李白結神仙交的「霞子元丹」、《上安州裴長史書》(《李太白全集》卷二六)的「故交元丹」皆為元丹丘;另3首:《秋日煉藥院鑷白髮贈元六兄林宗》(《全唐詩》卷一六九)、《江上寄元六林宗》(《全唐詩》卷一七三),「元六林宗」,疑為元丹丘。《鳳吹笙曲》(《全唐詩》卷一六四),一作《鳳笙篇送別》,安旗認為「是李白送別元丹丘入京之作」,據詩意,疑是。

杜甫。字子美,河南鞏縣(今河南鞏義)人,偉大的現實主義詩人,世稱「詩聖」。《舊唐書》卷一九〇下、《新唐書》卷二〇一有傳。《全唐詩》卷二一六載有杜甫《玄都壇歌寄元逸人》,詩曰:「故人昔隱東蒙峰,已佩含景蒼精龍。故人今居子午谷,獨在陰崖白茅屋。」「元逸人」,即元丹丘。據聞一多《少陵先生年譜會箋》載:「天寶四載(745)乙酉,公三十四歲,再遊齊魯,……時李白亦歸東魯,公與同遊,情好益密,公贈白詩所云『余亦東蒙客,憐君如弟兄,醉眠秋共被,攜手日同行』者是也。」聞一多箋曰:「公(杜甫)初遇元逸人及董鍊師,蓋皆在此時。……公客東蒙,與太白諸人同

〔註54〕李白《元丹丘歌》,見彭定求《全唐詩》,中華書局2003年版,第1717頁。
〔註55〕劉大彬《茅山志》卷二四李白《唐漢東紫陽先生碑銘》,見《道藏》第五冊,656頁下～657頁上。
〔註56〕元丹丘與李白交遊還可參閱張元生的《李白與元丹丘交遊考》(載《長春師院學報》社會科學版1993年第1期)、劉友竹的《李白與元丹丘、玉真公主交遊新考》(載《成都大學學報》社科版2002年第2期)等論文。

遊好，所謂同志樂也。」〔註57〕知詩亦作於是時。

玉真公主。據魏顥《李翰林集序》（《李太白全集》卷三一）載：「白久居峨眉，與丹丘因持盈法師達，白亦因之入翰林，名動京師。」「持盈法師」，即玉真公主，知玉真公主曾薦元丹丘與李白入京。按《中州金石記》卷二載：「《玉真公主受道靈壇祥應記》，天寶二年立，道士蔡瑋撰，元丹丘正書，在濟源靈都宮。」《續語堂碑錄》載此碑，作：「西京大昭成觀□□□威儀臣元丹丘奉敕修□建……有唐天寶之二載也。」疑白與丹丘因持盈法師達，當在天寶二載前後。

孟浩然。字浩然，襄州襄陽（今湖北襄樊）人。少好節義，隱鹿門山。年四十，乃遊京師，應進士不第，還襄陽。開元末卒。《舊唐書》卷一九〇下、《新唐書》卷二〇三有傳。孟浩然有《送元公之鄂渚尋觀主張驂鸞》詩，見於《全唐詩》卷一六〇。據詩意，疑「元公」為元丹丘。

韋景昭

丹陽延陵（今屬江蘇）人，《茅山志》卷一一稱其「精究儒術而不肯取科名，獨慕神仙之學。初度於延陵之尋真觀，師事包士榮。……後居長安蕭明觀。至天寶中，奉詔侍玄靜先生。歸茅山，敕建紫陽觀居焉。大曆初，受玄靜經籙正傳」。事見《茅山志》卷一一及《全唐文》卷五一〇。今考出與韋景昭有交遊者4人。

顏真卿、劉明素。劉明素事蹟未詳，《新唐書》卷六〇《藝文志》載有劉明素《麗文集》五卷。乾元二年，顏真卿以昇州刺史充浙江西節度，曾專使致書於茅山。時李含光特令韋景昭「復書於真卿」（見上李含光交遊考中「顏真卿」條所引），知彼此來往應始於此時。顏真卿《茅山玄靜先生廣陵李君碑銘並序》也是應韋景昭之請、劉明素之託撰寫的，「景昭洎郭閎等，以先生茂烈芳猷，願銘金石，乃邀道士劉明素來託斯文」。

竇臮。字靈長，竇蒙弟。唐代著名書法家、書法理論家，著有《述書賦》。據陸長源《華陽三洞景昭大法師碑》（《全唐文》卷五一〇）載：「浙江東西節度支度判官、檢校尚書兵部郎中兼侍御史扶風竇公曰臮，布武區中，棲心象外，與法師聲同道韻，理契德源，追往想琴高之祠，傳神著務光之傳。」知竇臮為韋景昭道友。

包士榮。事蹟未詳。據陸長源《華陽三洞景昭大法師碑》載：「（韋景昭）初法師師事大法師包士榮，榮師事崇元觀道士包法整，整師事上士包方廣，廣師事華陽觀道士王軌。」

黃洞元

元又作源，南嶽（今屬湖南）人。據《茅山志》卷一一載，黃洞元早遊華陽，與玄靜先生李含光為師友。後入武陵，住桃源觀。建中元年（780），自武陵卜居廬山紫霄峰。壽九十五卒，德宗贈「洞真先生」號。今考出與之交遊者4人。

楊衡。字中師，寶雞（今屬河南）人。兩《唐書》無傳，事蹟略見《唐才子傳》卷五及《全唐文》卷六九〇符載《荊州與楊衡說舊因送遊南越序》。《全唐詩》卷四六五載有楊衡《登紫霄峰贈黃仙師》詩，「黃仙師」即黃洞元。符載《荊州與楊衡說舊因送遊南越序》云：「載弱年與北海王簡言、隴西李元象洎中師高明會合於蜀，四人相依然，約為友，遂同詣青城山，……無幾何，共欲張聞見之路，方乘扁舟，沿三峽，造潯陽廬山，復營蓬居，遂我遁棲。……居五六年，載出廬嶽。」傅璇琮考定楊衡與符載等人同隱廬山在建中元年（780）〔註58〕。另據符載《黃仙師瞿童述》（《全唐文》卷六八九）：「仙師以建中元年自武陵卜居於廬山紫霄峰下，古壇石室，高駕顯氣。載弱歲慕道，數獲踐履其域，話精微之際，得與聞此。……貞元元年八月二十日符載記。」《江淮異人錄》也載黃洞元「建中元年四月，洞元遷居江州廬山。貞元五年十一月，復遷居潤州茅山」。知黃洞元與楊衡等人幾乎同時隱於廬山，宜有接觸，詩應是時所作。

韋應物。京兆（今屬陝西）人，因擔任過蘇州刺史，世稱「韋蘇州」。兩《唐書》無傳，事蹟略見《唐才子傳》卷四。韋應物於貞元元年至三年刺江州（今江西九江市）〔註59〕，時黃洞元「卜居於廬山紫霄峰下」（見上「楊衡」條所引）。韋應物《寄黃劉二尊師》（《全唐詩》卷一八八）中的「黃尊師」即為黃洞元。詩有「廬山兩道士，各在一峰居」，又自稱「符守豈暇餘」，知詩作於刺江州時。「劉尊師」，劉玄和，據《歷世真仙體道通鑑》卷三八載：「劉

〔註58〕傅璇琮主編《唐才子傳校箋》（第二冊），中華書局 2002 年版，第 598～601 頁。

〔註59〕傅璇琮主編《唐才子傳校箋》（第二冊），中華書局 2002 年版，第 176 頁。

玄和……入匡廬之龍興觀（原注，即今白鶴觀也），……天寶二載，得度為道士。繼有異遇，一棲五老峰石室五十二年。……貞元十年十月十八日……言訖而化。」韋應物又有《寄黃尊師》（同上），亦其時所作。

王昌齡。王昌齡有《武陵龍興觀黃道士房問〈易〉因題》（《全唐詩》卷一四三），詩人首貶嶺南後又「不護細行，貶龍標尉」〔註60〕，途經武陵之時，因對《易》有所疑惑，於是特意去龍興觀拜訪請教，希望釋疑解惑。詩題中的「黃道士」即黃洞元，時正居武陵桃源，直至建中元年（780）才由武陵卜居廬山紫霄峰（見《全唐文》卷六八九《黃仙師瞿童述》）。王昌齡還有《武陵開元觀黃鍊師院》三首（《全唐詩》卷一四三）也是寫給他的。

于鵠。主要生活在大曆、貞元年間。曾入樊澤幕府。《兩唐書》無傳，事蹟略見《唐才子傳》卷四。于鵠有《過凌霄洞天謁張先生祠》、《早上凌霄第六峰入紫溪禮白鶴觀祠》，兩詩均見《全唐詩》卷三一〇，知于鵠曾隱居廬山。黃洞元建中元年自武陵卜居廬山紫霄峰（見上「楊衡條」所引），兩人似有交往。于鵠作有《山中訪道者》，一作《入白芝溪尋黃尊師》（《全唐詩》三一〇），尋的應是黃洞元。

孫智清

「不知何許人。在襁褓時，畏聞腥羶。及解事，唯進以酒，辭家入山，師洞真先生。太和六年，為山門威儀」〔註61〕。唐武宗會昌元年（841），賜號「明玄先生」。兩《唐書》無傳，事蹟略見《茅山志》卷一一。今考出與之交遊者2人。

李德裕。字文饒，趙郡（今屬河北）人。中唐時期著名宰相，牛、李黨爭中李派首領，後遭排擠，貶為崖州司戶參軍而死。《舊唐書》卷一七四、《新唐書》卷一八〇有傳。長慶四年（824），李德裕上《奏銀粧具狀》，其中說到「昨奉五月二十三日詔書，令訪茅山真隱，將欲師處謙守約之道，敦務實去華之美」，他訪的「茅山真隱」應為孫智清，他們交遊亦應始於此。《舊唐書·李德裕傳》亦載：「昭愍皇帝童年纘歷，頗事奢靡，即位之年七月，詔浙西造銀盂子妝具二十事進內。德裕奏曰：……昨奉五月二十三日詔書，令訪茅山

〔註60〕按：王昌齡貶龍標的時間不可確考，有人推測大約在天寶七、八年間。《唐才子傳校箋》以為貶龍標在天寶二年（743）或三年之後，詳見傅璇琮主編《唐才子傳校箋》（第一冊），中華書局1987年版，第256頁。

〔註61〕劉大彬《茅山志》卷一一，見《道藏》第五冊，603頁上。

真隱，將欲師處謙守約之道，敦務實去華之美。」「昭愍皇帝」，唐敬宗，即位在長慶四年。他還幫助孫智清建造靈寶院，「唐太和中，太尉贊皇李公每瞻遺蹟，屢構迴緣。門師道士孫智清復討前址，再建是院」〔註62〕。又據《茅山志》卷一一載：「李衛公尊師之，嘗有詩贈。」「李衛公」，李德裕。《全唐詩》卷四七五載有李德裕贈答詩4首：《寄茅山孫鍊師》、《又二絕》、《尊師是桃源黃先生傳法弟子常見尊師稱先師靈迹今重賦此詩兼寄題黃先生舊館》、《遙傷茅山縣孫尊師》三首。又《茅山志》卷二八載：「右四詩（指此四詩）石刻，唐會昌癸亥年暮春十八日，秘書郎、上柱國裴質方書。」癸亥，即會昌三年（843）。

吳法通。潤州丹陽（今屬江蘇）人。有文學，試舉子業不利後上茅山學道。明玄先生孫智清度為道士，盡授經法。僖宗乾符二年（875），遣使受大洞籙，遙尊稱為度師，賜先生「希微先生」號。天祐四年（907），年八十三，預知世行有變，潛入巖洞，不知所往。兩《唐書》無傳，事蹟略見《茅山志》卷一一。

吳法通

今考出與之交遊者1人。

劉得常。兩《唐書》無傳，事蹟略見《茅山志》卷一一、《十國春秋》卷一四。吳法通弟子。

薛季昌

本綿州綿竹縣尉，家世皆以官顯。自幼不好榮，不茹葷，衣常布素，酷好山水，遇正一先生司馬承禎於南嶽，授三洞經籙。乾元二年（759）二月六日得道。兩《唐書》無傳，事蹟略見《歷世真仙體道通鑒》（卷四〇）、《南嶽小錄》、《南嶽總勝集》。今考出與之交遊者1人。

李隆基。李隆基對薛季昌恩寵有加，據《南嶽小錄》載薛季昌「將歸南嶽，上聞玄宗。玄宗嘉之，亦厚頒金帛。上命筆賦詩送贈，有序曰：『鍊師初解簪裾，棲心衡嶽，及登道籙，慨然來茲。願歸舊居，以守虛白，不違雅志，且重精修。忽遇靈藥，志人時來城闕也。乃賦詩一首，寵行云爾。』詩曰：『洞府修真客，衡陽念舊居。將申金闕要，願奉玉清書。雲路三天近，松溪萬籟

虛。猶期傳秘訣，來往候仙輿。』」。詩見《全唐詩》卷三李隆基《送道士薛季昌還山》。《全唐詩》「將申金闕要」作「將成金闕要」，未載序。《歷世真仙體道通鑒》卷四○也載此事。

田虛應

字良逸，攸縣（今屬湖南）人。為人樸拙，吐露無忌諱，師薛季昌學上清大洞秘法。元和中（806～820），入天台修道不出，憲宗徵召不赴。元和六年（811）正月七日，在南嶽降真院得道〔註63〕。弟子達者三人：棲瑤馮惟良、香林陳寡言、方瀛徐靈府。兩《唐書》無傳，事見《南嶽小錄》、《南嶽總勝集》、《歷世真仙體道通鑒》（卷四○）。今考出與之交遊者9人。

何尊師。「不知何許人，唐高宗龍朔中（661～663），居衡嶽，不顯名氏。……道士田虛應、鄧中虛嘗請曰：『尊師卒無言，何以開悟學者。』……雖張太空、田虛應、鄧中虛師事之，皆不得其旨」〔註64〕，知田虛應曾向何尊師學道。又《南嶽小錄》載：「何尊師，隱其名，天寶二年（743）十月十五日得道。」按田虛應於元和六年得道，如在唐高宗龍朔中學道何尊師，則其卒時至少有一百五十多歲，似不可能。

蔣含洪。事蹟未詳。《因話錄》卷四載：「元和初，南嶽道士田良逸、蔣含弘，皆道業絕高，遠近欽敬，時號田蔣。」蔣含洪「兄事於田，號為莫逆」〔註65〕，田虛應則以為「友善者，惟蔣含洪而已」〔註66〕，可見蔣、田關係密切。

呂渭、楊馮。呂渭，字君載，河中人（今屬山西）。進士及第後，從浙西觀察使李涵為支使，進殿中侍御史，卒於湖南觀察使任上。《舊唐書》卷一三七、《新唐書》卷一六○有傳。楊馮，兩《唐書》作楊憑，字虛受，一字嗣仁，虢州弘農（今屬河南）人。《舊唐書》卷一四六、《新唐書》卷一六○有傳。田虛應隱居南嶽期間，呂渭、楊馮先後任潭州刺史、湖南觀察使，兩人「嘗就訪高論」〔註67〕，「皆北面師事」〔註68〕。潭州大旱，祈禱不獲，楊馮曾邀

〔註63〕李沖昭《南嶽小錄》，見《道藏》第六冊，865頁下。
〔註64〕趙道一《歷世真仙體道通鑒》卷三二，見《道藏》第五冊，282頁上。
〔註65〕趙璘《因話錄》，上海古籍出版社1979年版，第93頁。
〔註66〕趙道一《歷世真仙體道通鑒》卷四○，見《道藏》第五冊，327頁下。
〔註67〕趙道一《歷世真仙體道通鑒》卷四○，見《道藏》第五冊，327頁下。
〔註68〕趙璘《因話錄》，上海古籍出版社1979年版，第92頁。

請田虛應祈晴，後楊自京兆尹謫臨賀尉，仍使使候田，兼遺銀器。《舊唐書》卷一三《德宗本紀》下載：「（貞元十三年九月）以禮部侍郎呂渭為潭州刺史、湖南觀察使。……（貞元十六年）秋七月，湖南觀察使呂渭卒。八月癸酉，以河中尹王□為潭州刺史、湖南觀察使。」《舊唐書》卷一三《德宗本紀》下：「（貞元十八年）九月乙卯朔，以太常少卿楊憑為潭州刺史、湖南觀察使。」《舊唐書》卷一五《憲宗本紀》上：「永貞元年（805）甲申，以湖南觀察使楊憑為洪州刺史、江西觀察使，以虢州刺史薛蘋為潭州刺史、湖南觀察使。」知呂渭在貞元十三至十六年、楊馮在貞元十八至永貞元年使湖南。

　　李純。即唐憲宗，806 至 820 年在位。本紀在《舊唐書》卷一五、《新唐書》卷七。《歷世真仙體道通鑒》卷四○載：「憲宗詔，不起。」

　　歐陽平。事蹟未詳。歐陽平與田虛應的關係介於師友之間，《因話錄》卷四載：「有歐陽平者，行業亦高，又兄事蔣君，於田君即鄰於入室。」《歷世真仙體道通鑒》卷四○也載：「有歐陽平者，道學亦高，嘗兄事之。」

　　馮惟良、陳寡言、徐靈府。三人皆以田為師。

陳寡言

　　字大初，越州暨陽（今屬浙江）人。從田虛應學道，隱居玉霄峰，年六十四卒。存詩 3 首，見《全唐詩》卷八五二。兩《唐書》無傳，事蹟略見《歷世真仙體道通鑒》卷四○、《三洞群仙錄》卷六。今考出與之交遊者 2 人。

　　馮惟良、徐靈府。兩人與陳寡言為煙蘿友。

徐靈府

　　號「默希子」，錢塘天目山（今屬浙江）人。居天台雲蓋峰虎頭岩石室中數十年，以修煉自樂。唐會昌初，武宗徵詔不赴，年八十二卒。門人得其道者左元澤。事見《歷世真仙體道通鑒》卷四○、《三洞群仙錄》卷六。著有《天台山記》、《三洞要略》、《玄鑒》等書，《全唐詩》卷八五二存其詩 3 首。今考出與之交遊者 4 人。

　　元積。字微之，河南洛陽人。與白居易共同提倡「新樂府」，並稱「元白」。《舊唐書》卷一六六、《新唐書》卷一七四有傳。元積曾應徐靈府之請作《重修桐柏觀記》（《全唐文》卷六五四），其中曰：「歲太和己酉，修桐柏觀訖事，道士徐靈府以其狀乞文於余。」「太和己酉」即太和三年（829），時元積由浙

東觀察使入為尚書左丞〔註69〕，知記作於是時。

馮惟良、陳寡言。兩人與徐靈府為煙蘿友。

左元澤。永嘉（今屬浙江）人。性耿介，不俯仰於時。師徐靈府。兩《唐書》無傳，事見《歷世真仙體道通鑒》卷四○。

劉玄靖

武昌（今屬湖北）人。早從王道宗學正一，後泛洞庭，遊武陵，師南嶽田虛應。寶曆初（825～826），唐敬宗詔入思政殿，問長生事。會昌中（841～846），武宗再次徵召，請授法籙，問三盟歃血事，賜銀青光祿大夫、崇玄館大學士，號「廣成先生」。兩《唐書》無傳，事蹟略見《南嶽小錄》、《南嶽總勝集》、《歷世真仙體道通鑒》（卷四○）。今考出與之交遊者3人。

李湛。即唐敬宗，唐穆宗長子，825至826年在位，本紀見《舊唐書》卷一七上、《新唐書》卷八。唐敬宗曾徵召劉玄靖，問長生事。《歷世真仙體道通鑒》卷四○載：「唐敬宗寶曆初，詔入思政殿，問長生事，曰：『無利無營，少私寡欲，修身世世之旨也。』上不悅，而難作，放令歸山。」

李炎。即唐武宗，在位時崇信道教，於會昌五年（845）下令毀佛。841至846年在位，本紀見《舊唐書》卷一八上、《新唐書》卷八。唐武宗曾令劉玄靖與趙歸真同修法籙於禁中（《舊唐書·武宗本紀》），並請授法籙，後詔封趙玄靖為帝師。《歷世真仙體道通鑒》卷四○載：「武宗會昌中，復召入禁中，上請授法籙，問三盟歃血事，對曰：『世之所重者髮膚，天子之尊，止可飲丹以代之。』齋戒，升壇授籙，賜銀青光祿大夫、崇玄館大學士，號『廣成先生』，別築崇玄觀以居之。乞還山，詔許。」武宗毀佛，劉也出力不少，《唐語林》卷一載武宗「與道士劉玄靖力排釋氏，上惑其說，遂有廢寺之詔。宣宗即位，流歸真於嶺南，戮玄靖於市」。

呂志真。「不知何許人，廣成先生劉玄靖之弟子也。內潔而外和，似不能言者，居石室中十餘年。其後每歲一至京師，遊瀟湘，訪諸門人之家」〔註70〕。

馮惟良

字雲翼，相人（今屬河南）。修道於衡嶽中宮，與徐靈府、陳寡言為煙蘿

〔註69〕傅璇琮主編《唐才子傳校箋》（第三冊），中華書局2002年版，第32頁。
〔註70〕趙道一《歷世真仙體道通鑒》卷四○，見《道藏》第五冊，330頁中。

友。田虛應授其三洞秘訣。憲宗徵召不赴，年九十卒。傳授弟子百餘人，得其要者唯應夷節、葉藏質、沈觀三人。兩《唐書》無傳，事見《歷世真仙體道通鑑》卷四〇。今考出與之交遊者 7 人。

元積。據《歷世真仙體道通鑑》卷四〇載：「唐憲宗元和中，東入天台、會稽。廉訪使元積聞其風而悅之，常造請方外事。」

李純。據《歷世真仙體道通鑑》卷四〇載：「憲宗詔，不赴，即華林谷創棲瑤隱居以止。」

陳寡言、徐靈府。兩人與馮惟良為煙蘿友。

應夷節、葉藏質、沈觀。皆師馮惟良。

應夷節

字適中，汝南（今屬河南）人。七歲，詣蘭溪靈瑞觀吳尊師，受《老》、《莊》、《文》、《列》及《周易》。十三歲，入道士籍。後師事馮惟良，與葉藏質、劉處靜為林泉友。昭宗乾寧中（894～897）得道。兩《唐書》無傳，事見《歷世真仙體道通鑑》卷四〇。今考出與之交遊者 4 人。

葉藏質、劉處靜。兩人生平介紹見下文。二人與應夷節為林泉友、方外友，應夷節與葉藏質同師馮惟良，《仙鑑》載葉藏質卒前忽命酒「召其友應夷節同飲，語及生平事，然後告以行日」〔註71〕。

左元澤。左元澤「或一月兩月即出訪其友應夷節，談論清虛」〔註72〕。

李炎。據《歷世真仙體道通鑑》載，應夷節於天台桐柏觀之西南建淨壇以居，唐武宗賜道元院額。

葉藏質

太和、咸通年間著名道士。字含象，處州松陽（今屬浙江）人，葉法善後裔。「初隸安和觀為道士，詣天台馮惟良授三洞經，於玉霄峰選勝創道齋，號石門山居」〔註73〕。唐懿宗優詔石門山居為玉霄觀。與應夷節友善（見應夷節交遊考中「葉藏質、劉處靜」條所引），年七十四而卒。兩《唐書》無傳，事見《歷世真仙體道通鑑》卷四〇。今考出與之交遊者 6 人。

〔註71〕趙道一《歷世真仙體道通鑑》卷四〇，見《道藏》第五冊，329 頁中。
〔註72〕趙道一《歷世真仙體道通鑑》卷四〇，見《道藏》第五冊，330 頁上。
〔註73〕趙道一《歷世真仙體道通鑑》卷四〇，見《道藏》第五冊，329 頁上。

皮日休、陸龜蒙。世稱「皮陸」。陸龜蒙，字襲美，一字逸少，復州竟陵（今湖北天門市）人。隱居鹿門山，嗜酒，癖詩，時號「醉吟先生」，自稱「醉士」。性格放誕不羈，又號「間氣布衣」。著《皮子文藪》。兩《唐書》無傳，事蹟略見《唐才子傳》卷八；陸龜蒙，字魯望，姑蘇（今屬江蘇）人。「時謂江湖散人，或號天隨子、甫里先生，自比涪翁、漁父、江上丈人」〔註74〕。著《笠澤叢書》。《新唐書》卷一九六、《唐才子傳》卷八有傳。咸通十年（869），皮日休入蘇州刺史崔璞幕，始與陸龜蒙結識，並薦其入崔幕〔註75〕，為「唱和之友」〔註76〕。皮日休有《寄題玉霄峰葉涵象尊師所居》（《全唐詩》卷六一四）一首，陸龜蒙即和一首《和襲美寄題玉霄峰葉涵象尊師所居》（《全唐詩》卷六二六），「葉涵象」，即葉藏質。「襲美」，皮日休字。

貫休。字德隱，婺州蘭溪（今屬浙江）人，俗姓姜氏。風騷之外，尤精筆劄。兩《唐書》無傳，事蹟略見《唐才子傳》卷一〇、《宋高僧傳》卷三〇及《北夢瑣言》卷二〇。貫休與葉藏質的交往，未見史料記載，但貫休詩裏多次提及葉藏質，可見交往比較頻繁。貫休《寒月送玄士入天台》（《全唐詩》卷八二八）、《秋夜玩月懷玉宵道士》（同書卷八三〇）、《寄天台葉道士》（同書卷八三七）、《送道友歸天台》（同上）四詩，據詩意，應與葉藏質有關。貫休曾漫遊吳越，乾符初才返婺州〔註77〕，疑與葉藏質交往在漫遊吳越期間。

方干。字雄飛，睦州清溪（今浙江淳安）人。舉進士不第，隱居鏡湖，卒諡「玄英先生」。兩《唐書》無傳，事見《唐才子傳》卷七、《唐摭言》卷一〇及《全唐文》卷八二〇。《全唐詩》卷六五二載有方干《贈天台葉尊師》。「葉尊師」，指葉藏質。

王貞白。字有道，信州永豐（今江西廣豐）人。兩《唐書》無傳，傳見《唐才子傳》卷一〇。《全唐詩》卷七〇一載有王貞白《寄天台葉尊師》，詩曰：「師住天台久，長聞過石橋。晴峰見滄海，深洞徹丹霄。採藥霞衣濕，煎芝古鼎焦。念予無俗骨，頻與鶴書招。」「葉尊師」，即葉藏質。

〔註74〕歐陽修、宋祁等撰《新唐書》，中華書局1975年版，第5613頁。

〔註75〕傅璇琮主編《唐才子傳校箋》（第三冊），中華書局2002年版，第505～510頁。

〔註76〕王定保撰，姜漢椿校注《唐摭言校注》，上海社會科學院出版社2003年版，第217頁。

〔註77〕傅璇琮主編《唐才子傳校箋》（第四冊），中華書局2002年版，第428～442頁。

徐鉉。字鼎臣，廣陵（今屬江蘇）人。十歲能屬文，與其弟徐楷齊名，世稱「二徐」。徐鉉有一首《贈奚道士》，詩見《全唐詩》卷七五五，旁注「含象」。葉藏質字含象，據詩意，疑「奚」為「葉」之訛，可能是徐鉉少時之作。

劉處靜

字道遊，彭城（今江蘇徐州）人。師陳寡言，與應夷節、葉藏質為林泉友。居天台山，自號天台耕人。事蹟略見《仙都志》卷上。今考出與之交遊者1人。

曹唐。字堯賓，桂州人。兩《唐書》無傳，事蹟略見《唐才子傳》卷八。《仙都志》卷上載劉處靜「嘗召見，賜緋衣，退居仙都山隱真岩結廬金龍洞側」。曹唐曾至仙都山，有《仙都即景》二首（《全唐詩》卷六四〇），知彼此宜有往來。劉處靜應詔入京，曹唐有《送劉尊師祗詔闕庭》三首（《全唐詩》卷六四〇）。「劉尊師」，劉處靜。據《仙都志》卷上知劉處靜「被召，賜緋衣」在咸通元年前，知詩作於此前。

閭丘方遠

字大方，舒州宿松（今屬安徽）人。十六歲，精通《詩》、《書》，學《易》於盧山陳元晤。二十九歲，問大丹於香林左元澤。後師事仙都山劉處靖，學修真出世之術。三十四歲，受法籙於玉霄宮葉藏質，真文秘訣，盡以付授。錢塘彭城王錢鏐，深慕方遠道德，於餘杭大滌洞築室宇以安之。昭宗累徵不赴，賜號「妙有大師」、「玄同先生」。弟子二百餘人，得其道者會稽夏隱言、譙國戴隱虞、滎陽鄭隱瑤、吳郡凌隱周、廣陵盛隱林、武都章隱之、廣平程紫霄、新安聶師道、安定胡謙光、魯國孔宗魯十人。兩《唐書》無傳，事見《續仙傳》卷下、《歷世真仙體道通鑒》卷四〇。今考出與之交遊者11人。

錢鏐。字具美，杭州臨安（今浙江杭州）人。唐末統治兩浙，天復二年（902），封越王。天祐元年（904），封吳王。梁太祖即位，封吳越王、兼淮南節度使。後建立吳越國，在位四十一年。《舊五代史》卷一三三、《新五代史》卷六七有傳。錢鏐曾禮謁閭丘方遠，並於餘杭築室以居之。據沈玢《續仙傳》（《雲笈七籤》卷一一三下）載：「唐景祐二年，錢塘彭城王錢鏐，深慕方遠道德，禮謁，於餘杭大滌洞築室宇以安之，列行業以表之。」《歷世真仙體道通鑒》卷四〇也載：「唐昭宗景福二年，錢塘彭城王錢鏐，深慕方遠道德，

訪於餘杭大滌洞，築室宇以安之。」唐無「景祐」年號，疑「祐」為「福」之誤。唐昭宗景福二年（893）錢鏐任鎮海軍節度使、潤州刺史〔註78〕。

李曄。即唐昭宗，名傑，889至904年在位。《舊唐書》卷二〇上、《新唐書》卷一〇有紀。昭宗曾詔閭丘方遠，方遠不赴。《歷世真仙體道通鑒》卷四〇載：「昭宗累徵之，不起。方遠以天文推尋，秦地將欲荊榛，唐祚必當革易，侔之園綺，不出山林，竟不赴召。乃降詔褒異，就頒命服，俾耀玄風，賜號妙有大師、玄同先生。」又見《續仙傳》卷下。

羅隱。字昭諫，新城（今浙江富陽）人。「凡十上不中第」，遂更名為隱，著有《讒書》。《舊唐書》卷一八一、《舊五代史》卷二四、《五代史補》卷一有傳。《吳越備史》卷一載：「江東羅隱每就方遠授子書，方遠必瞑目而授，餘無他論。門人夏隱言謂方遠曰：『羅記室令公上客，何不與之語？』方遠曰：『隱才高性下，吾非授書不欲及他事。』而隱亦盡師事之禮。」《全唐詩》卷六六〇載有羅隱《題玄同先生草堂》三首，閭丘方遠號「玄同先生」。詩中有「相府舊知己」，又有「常時憶討論」，據羅隱《說石烈士》（《全唐文》卷八九六）云：「大中末（859），白丞相鎮江陵，余求謁丞相府，有從事為余道孝忠事，遂次焉。」疑羅隱「大中末」於江陵拜見丞相白敏中〔註79〕時見過閭丘方遠，後開始交往。

孔宗魯、胡謙光、章隱之、盛隱林、凌隱周、鄭隱瑤、戴隱虞、夏隱言。皆為閭丘方遠弟子。據《舊五代史》卷三載：「（開平元年）九月辛丑……浙西奏，道門威儀鄭章、道士夏隱言，焚修精志，妙達希夷，推諸輩流實有道業。鄭章宜賜號貞一大師，仍名元章，隱言賜紫衣。」

杜光庭

字賓聖，號東瀛子，處州（今屬浙江）人。唐懿宗時賦萬言不中，乃奮然入天台山為道士，拜應夷節為師。僖宗召見，賜以紫服象簡，充麟德殿文章應制，為道門領袖。後隱青城山，蜀王王建賜號「廣成先生」。事見《舊五代史》卷一三六、《五代史補》卷一、《歷世真仙體道通鑒》卷四〇。今考出與之交遊者13人。

李儇、鄭畋。李儇即唐僖宗，唐懿宗第五子。初封普王，名儼，立皇太

〔註78〕詳參歐陽修等撰《新五代史》，中華書局1974年版，第837頁。
〔註79〕據吳廷燮《唐方鎮年表》，白敏中大中十一年至十三年十二月鎮江陵。

子後改名儇。873 至 888 年在位。本紀見《舊唐書》卷一九下、《新唐書》卷九。鄭畋，字臺文，滎陽（今屬河南）人。《舊唐書》卷一七八、《新唐書》卷一八五有傳。鄭畋曾薦杜光庭文於僖宗，僖宗非常欣賞，因而召見，「賜以紫服象簡，充麟德殿文章應制，為道門領袖。……中和初，從駕興元道，遊西縣」。《舊五代史》卷一三六載僖宗「召而問之，一見大悅，遂令披戴，仍賜紫衣，號曰廣成先生，即日馳驛遣之」。據《五代史補》及《歷世真仙體道通鑒》知「廣成先生」應為蜀主王建所賜，《舊五代史》誤。

王建。字光圖，陳州項城（今屬河南沈丘）人。唐滅亡後在成都自立為帝，國號蜀，史稱前蜀，903 至 918 年在位。《舊五代史》卷一三六、《新五代史》卷六三有傳。王建比較欣賞杜光庭，「治蜀初，小大事每令咨稟」，還任命他為次子元膺之師，謂：「昔漢有四皓，不如吾一先生足矣。」〔註80〕後敕封杜光庭為光祿大夫、尚書戶部侍郎、上柱國蔡國公，進號「廣成先生」。還「特降宣旨，令臣自今以後，獨入引對，不隨眾例（應為『列』）者」〔註81〕。可見，王建對杜光庭「禮加異等，事越常倫」〔註82〕。

王衍。字化源，王建子，時稱前蜀後主。918 至 925 年在位。《舊五代史》卷一三六、《新五代史》卷六三有傳。王衍襲位，受道籙於苑中，以杜光庭為傳真天師，並特進檢校太傅太子賓客兼崇文館大學士〔註83〕。

許寂、徐簡夫。許寂，字閒閒。少有山水之好，博覽經史，學《易》於晉徵君。久棲四明山，不干時譽。昭宗聞其名，徵赴闕，召對於內殿。尋請還山，寓居於江陵。王建建國，待以師禮，位至蜀相。《舊五代史》卷七一有傳，事蹟又見《太平廣記》卷一九六。徐簡夫，事蹟未詳。《歷世真仙體道通鑒》卷四〇載杜光庭「不樂宮中，薦許寂、徐簡夫自代」。《資治通鑒》卷二六八「乾化三年（913）」下也載：「蜀主命杜光庭選純靜有德者使侍東宮，光庭薦儒者許寂、徐簡夫，太子未嘗與之交言。」可見，許寂、徐簡夫與杜光庭相識在此之前。

〔註80〕趙道一《歷世真仙體道通鑒》卷四〇《杜光庭》，見《道藏》第五冊，330 頁下。

〔註81〕杜光庭《廣成集》卷一《謝恩奉宣每遇朝賀不隨二教獨引對表》，見《道藏》第十一冊，232 頁下。

〔註82〕杜光庭《廣成集》卷一《謝恩奉宣每遇朝賀不隨二教獨引對表》，見《道藏》第十一冊，232 頁下。

〔註83〕詳參《蜀檮杌》卷上及《歷世真仙體道通鑒》卷四〇。

徐光溥。事後蜀主孟知祥，任觀察判官，後進翰林學士。後主孟昶時，為中書侍郎兼禮部尚書，並同平章事。徐光溥「志學之年」曾師杜光庭〔註84〕。

韋藹。事蹟未詳。韋莊弟，曾請杜光庭為其兄的文集作序。杜光庭因「集中不刪落小悼浮豔等詩，不敢聞命」〔註85〕。

孫偓。字龍光，武邑（今屬河北）人。昭宗時位至宰相，封樂安公，後貶衡州司馬。《新唐書》卷一八三有傳。《北夢瑣言》卷四載孫偓「曾乘輻至蜀，詣杜光庭先生受籙，乃曰：『嘗遇至人，話及時事，每有高樓之約。』爾後雖登台輔，竟出官於南嶽，有詩《寄杜先生》，其要句云：『蜀國信難遇，楚鄉心更愁。我行同范蠡，師舉效浮丘。他日相逢處，多應在十洲。』」。詩見《全唐詩》卷六八八。據《新唐書·孫偓傳》及《資治通鑒》卷第二六一，知孫偓曾於乾寧四年（897）八月貶衡州司馬，時杜光庭在蜀，故有「蜀國信難遇，楚鄉心更愁」。

張令問。事蹟未詳。唐興（今屬四川）人。隱居不仕，號「天國山人」。《全唐詩》存詩1首，即是寫給杜光庭的，見卷七六〇《與杜光庭》，卷八六一重收作《寄杜光庭》，詩云：「試問朝中為宰相，何如林下作神仙。一壺美酒一爐藥，飽聽松風白晝眠。」

沈彬。字子文，洪州高安（今江西高安）人。自幼苦學，應舉不中，遂南遊湖湘。後隱雲陽山數年，與僧虛中、齊己為詩友。馬令《南唐書》卷一五、陸游《南唐書》卷七有傳。《郡齋讀書志》卷四載沈彬「集中有與韋莊、杜光庭、貫休詩，唐末三人皆在蜀，疑其同時避亂」。《唐詩紀事》卷七一也稱其「與虛中、齊已、貫休以詩名相吹噓。又與韋莊、杜光庭唱和」。《唐才子傳》卷一〇：「與韋莊、杜光庭、貫休俱避難在蜀，多見酬酢。」今檢《全唐詩》未見其酬唱詩。

貫休。《五代史補》卷一《貫休與光庭嘲戲》載：「貫休有機辨，臨事制變，眾人未有出其右者。杜光庭欲挫其鋒，每相見，必伺其舉措，以戲調之。一旦，因舞轡於通衢，而貫休馬忽墜糞。光庭連呼：『大師大師，數珠落地。』貫休曰：『非數珠，蓋大還丹耳。』光庭大慚。」

〔註84〕趙道一《歷世真仙體道通鑒》卷四〇《杜光庭》，見《道藏》第五冊，331頁上。

〔註85〕趙道一《歷世真仙體道通鑒》卷四〇《杜光庭》，見《道藏》第五冊，331頁上。

齊已。唐末五代時期詩僧，俗姓胡，長沙（今屬湖南）人，自號「衡嶽沙門」。與曹松、方干友善。事見《宋高僧傳》卷三〇、《十國春秋》卷一〇三、《五代史補》卷三。齊己有《懷華頂道人》（《全唐詩》卷八四〇），「華頂」為天台山最高峰。杜光庭修道天台，自稱「華頂羽人」，疑是寫給杜光庭的。

聶師道

字通微，新安歙州（今安徽歙縣）人。少師於方外，辛勤十餘年，傳法籙修真之要。先後出遊績溪山〔註86〕、南嶽、九嶷山、玉笥山等地訪道。後還問政山房，居二十餘年。弟子五百餘人，鄒得圭、王處訥、楊匡翼、汪用真、程守樸、曾景霄、王可儒、崔繹然、杜崇真、鄧啟遐、吳知古、范可保、劉日祥、康可久、王棲霞等〔註87〕為入室弟子，傳上清法，光其玄門。事見《續仙傳》卷下、《江淮異人錄》、《歷世真仙體道通鑒》卷四一。今考出與之交遊者21人。

楊行密、楊溥。楊行密，字化源，廬州合肥（今安徽合肥）人。天復二年（902），進封吳王。楊溥，楊行密第四子，南吳國皇帝。兩人傳見《舊五代史》卷一三四、《新五代史》卷六一，楊行密傳又見《新唐書》卷一八八。楊行密曾徵召聶師道，「及至廣陵，建玄元宮以居之」，「遂降褒美為逍遙大師、問政先生」〔註88〕。楊溥有《贈聶師道詔》，詔云：「即回故里，是用加之峻秩，錫以崇階，式表休恩，庶昭往行，可贈銀青光祿大夫鴻臚卿問政先生。」見《全唐文》卷一二八，同書卷三三誤收作玄宗詔。

羅隱。《全唐詩》卷六六五載有羅隱《寄聶尊師》，「聶尊師」，聶師道。羅隱《〈湘南應用集〉序》（《全唐文》卷八九五）云：「明年，隱得衡陽縣主簿。……冬十月，乞假歸覲。」羅隱咸通十一年（870）夏，至是年冬十月任衡陽主簿，廣明、中和年間又隱居池州梅根浦六七年〔註89〕。聶師道曾出遊南嶽，後居問政山二十餘年。問政山在新安，與池州相鄰，兩人宜有交往，始於何時待考。

〔註86〕按：《雲笈七籤》卷一一三下《聶師道傳》誤作績溪山。
〔註87〕按：《續仙傳》卷下無范可保、劉日祥、康可久、王棲霞。
〔註88〕沈汾《續仙傳》卷下《聶師道》，見《道藏》第五冊，95頁中。
〔註89〕傅璇琮主編《唐才子傳校箋》（第四冊），中華書局2002年版，第117～118頁。

　　齊已。齊已有《與聶尊師話道》(《全唐詩》卷八四三)，「聶尊師」，聶師道。聶師道離開南嶽，齊已與之道別，故云：「行還不易行。」

　　棲蟾。唐末至五代初詩僧，俗姓胡。遊歷各地，曾居南嶽衡山屏風岩。聶師道出遊南嶽時應有交往，作有《寄問政山聶威儀》(《全唐詩》卷八四八)，詩云：「先生臥碧岑，諸祖是知音。得道無一法，孤雲同寸心。嵐光薰鶴韶，茶味敵人參。苦向壺中去，他年許我尋。」「聶威儀」，聶師道。《全唐詩續補遺》卷一八收作尚顏詩。

　　杜荀鶴。字彥之，池州(今屬安徽)人，自號「九華山人」。大順二年(891)，進士及第，後還舊山。田頵反楊行密，請杜荀鶴持箋詣朱溫通好。田頵亡，朱溫薦杜荀鶴，不久授翰林學士、主客員外郎。《舊五代史》卷二四、《十國春秋》卷一一有傳。杜荀鶴有《贈聶尊師》(《全唐詩》卷六九一)，詩云：「詩道將仙分，求之不可求。非關從小學，應是數生修。蟾桂雲梯折，鼇山鶴賀遊。他年兩成事，堪喜是鄰州。」聶師道，新安歙州人，杜荀鶴池州人，故云「鄰州」。杜荀鶴曾訪聶師道不遇，又有《訪道者不遇》(《全唐詩》六九一)，詩曰：「寂寂白雲門，尋真不遇真。只應松上鶴，便是洞中人。藥圃花香異，沙泉鹿跡新。題詩留姓字，他日此相親。」

　　王貞白。王貞白作有《禮聶先生新安重圍先生能通兩軍之好及城開民皆復全也》(《全唐詩補逸》卷一四)，「聶先生」，聶師道。據《江淮異人錄·聶師道傳》載：「後給事中裴樞為歙州，當唐祚之季，詔令不通。宣州田頵，池州陶雅舉兵圍之累月，歙人頻破之。後食盡援絕，議以城降。而城中殺外軍已多，無敢出將命者。師道乃自請行。……城中人獲全，實師道之力也。」《資治通鑑》卷二五九「景福二年」條下載：「(八月)丙辰，楊行密遣田頵將宣州兵二萬攻歙州，歙州刺史裴樞城守，久不下。」田頵攻歙州在景福二年八月，知詩應作是時。

　　康可久、劉日祥、范可保、吳知古、鄧啟遐、杜崇真、崔繹然、王可儒、曾景霄、程守樸、汪用真、楊匡翼、王處訥、鄒德匡。皆師聶師道，其中鄧啟遐，事蹟見徐鍇《茅山道門威儀鄧先生碑》(《全唐文》卷八八八)。王處訥，河南洛陽人。後漢高祖即位，擢為司天夏官正，出補許田令，召為國子《尚書》博士，判司天監事。廣順中，遷司天少監。太平興國初，改司農少卿，並判司天事。後拜司天監。傳見《宋史》卷四六一。

程紫霄

唐末道士，師閭丘方遠。後唐同光初，曾召入內殿講論。存詩 1 首。事見《避暑錄話》卷下及《類說》卷一二。今考出與之交遊者 2 人。

釋惠江。事蹟未詳。作有《與釋惠江互謔》（《全唐詩》卷八七一），詩前小注云：「左街僧錄惠江、威儀程紫霄，俱辨捷，每相嘲誚。」

羅隱。羅隱對閭丘方遠「盡師事之禮」（見上閭丘方遠交遊考中「羅隱」條所引），與閭的弟子程紫霄也應該有所交往。羅隱的《送程尊師東遊有寄》、《送程尊師之晉陵》及《寄程尊師》（均見《全唐詩》卷六六三，其中第一首又見《天台山志》）三詩，皆是為程紫霄而作。

王棲霞

字元隱。七歲神童及第。十五歲博綜經史。天祐時，避亂南渡為道士，問政先生聶師道見而奇之，授以法籙。後又從威儀鄧啟遐受《大洞真經》。南唐李昇「恩禮殊重，加金印紫綬，號元博大師」〔註 90〕。後還山，又加「貞素先生」之號。今考出與之交遊者 7 人。

聶師道、鄧啟遐。據徐鉉《唐道門威儀元博大師貞素先生王君碑》載：「問政先生聶君見而奇之，授以法籙。是日有彩雲皓鶴，翔舞久之。既而窮若士之遨遊，得東卿之勝境，道無不在，善豈常師。又從威儀鄧君啟遐受《大洞真經》，玄科秘旨，動以諮詢。」

李昇。本名李知誥，字正倫，被吳國宰相徐溫收為養子，改名徐知誥。徐溫死後廢吳自立，建立大齊國，恢復李姓，改國號為唐，史稱南唐。《舊五代史》卷一三四、《新五代史》卷六二有傳。李昇對王棲霞恩寵有加（見上所引），還曾諮詢王如何使天下太平。據《資治通鑒》卷二八三「天福八年（943）」下載：「唐主問道士王棲霞：『何道可致太平？』對曰：『王者治心治身，乃治家國。今陛下尚未能去饑嗔、飽喜，何論太平！』昇後自簾中稱歎，以為至言。凡唐主所賜予，棲霞皆不受。棲霞常為人奏章，唐主欲為之築壇。辭曰：『國用方乏，何暇及此！俟焚章不化，乃當奏請耳。』」

徐鉉。曾給王棲霞撰寫碑銘，並自稱與王有「素交」，「鉉也不佞，夙承

〔註90〕徐鉉《唐道門威儀元博大師貞素先生王君碑》，見董誥《全唐文》（第九冊），中華書局 2001 年影印，9249 頁下。

教義。雖復仙凡異跡，靜躁殊途，而誠心所感，素交斯在」〔註91〕。

朱懷德、孫仲之、劉德光。三人皆師王棲霞，據《唐道門威儀元博大師貞素先生王君碑》載王棲霞「傳法度人數逾累百，有若玄真觀主朱懷德，名先入室，道極嚴師。首座孫仲之，章表大德劉德光，參受經法，預聞玄秘」。又徐鍇《茅山道門威儀鄧先生碑》（《全唐文》卷八八八）載：「貞素之上清門人，今右街章表大德劉君德光，為啟霞之友。」

〔註91〕劉大彬《茅山志》卷二四徐鉉《唐道門威儀元博大師貞素先生王君碑》，見《道藏》第五冊，652 頁上。

主要參考文獻

一、道家、道教典籍

1. 陳鼓應《老子注譯及評介》,中華書局 2003 年版。
2. 張松輝《老子譯注與解析》,嶽麓書社 2008 年版。
3. 陳鼓應《莊子今注今譯》,中華書局 1983 年版。
4. 曹礎基《莊子淺注》,中華書局 2002 年版。
5. 王明《太平經合校》,中華書局 1979 年版。
6. 王明《抱朴子內篇校釋》,中華書局 1985 年版。
7. 楊明照《抱朴子外篇校箋》(上),中華書局 1997 年版。
8. 楊明照《抱朴子外篇校箋》(下),中華書局 2008 年版。
9. 王京州《陶弘景集校注》,上海古籍出版社 2009 年版。
10. 王家葵《登真隱訣輯校》,中華書局 2011 年版。
11. 趙益點校《真誥》,中華書局 2011 年版。
12. 王家葵《真靈位業圖校理》,中華書局 2013 年版。
13. (日)吉川忠夫、麥谷邦夫編,朱越利譯《真誥校注》,中國社會科學出版社 2006 年版。
14. (日)麥谷邦夫、吉川忠夫編,劉雄峰譯《〈周氏冥通記〉研究》(譯注篇),齊魯書社 2010 年版。
15. 董恩林點校《廣成集》,中華書局 2011 年版。
16. 羅爭鳴《杜光庭記傳十種輯校》,中華書局 2013 年版。
17. (北宋)張君房纂輯、蔣力生等校注《雲笈七籤》,華夏出版社 1996 年版。
18. 《道藏》,文物出版社、上海書店、天津古籍出版社 1996 年影印。

19. 陳垣編纂，陳智超、曾慶瑛校補《道家金石略》，文獻出版社 1988 年版。

20. 王崗點校《茅山志》，上海古籍出版社 2018 年版。

二、其他典籍

1. （北宋）李昉等編《太平廣記》，中華書局 1986 年版。

2. （清）彭定求《全唐詩》，中華書局 1979 年版。

3. （清）董誥《全唐文》，中華書局 2001 年影印。

4. （清）嚴可均《全上古三代秦漢三國六朝文》，中華書局 2009 年版。

5. （清）李兆洛選輯《駢體文鈔》，上海書店 1988 年版。

6. 汪辟疆《唐人小說》，上海古籍出版社 1978 年版。

7. 逯欽立輯校《先秦漢魏晉南北朝詩》，中華書局 1983 年版。

8. 陳尚君輯校《全唐詩補編》，中華書局 1992 年版。

9. 李劍國《唐前志怪小說輯釋》（修訂本），上海古籍出版社 2011 年版。

10. 張溥著、殷孟倫注《漢魏六朝百三家集題辭注》，人民文學出版社 1960 年版。

11. 羅國威《劉孝標集校注》，學苑出版社 2003 年版。

12. （清）龔自珍《龔自珍全集》，上海人民出版社 1975 年版。

13. 楊伯峻《春秋左傳注》，中華書局 1990 年版。

14. （梁）沈約等撰《宋書》，中華書局 1974 年版。

15. （梁）蕭子顯等撰《南齊書》，中華書局 1972 年版。

16. （北齊）魏收等撰《魏書》，中華書局 1974 年版。

17. （唐）姚思廉等撰《梁書》，中華書局 1973 年版。

18. （唐）姚思廉等撰《陳書》，中華書局 1972 年版。

19. （唐）房玄齡等撰《晉書》，中華書局 1974 年版。

20. （唐）魏徵等撰《隋書》，中華書局 1973 年版。

21. （唐）李延壽等撰《南史》，中華書局 1975 年版。

22. （唐）張九齡等撰《唐六典》，中華書局 1992 年版。

23. （後晉）劉昫等撰《舊唐書》，中華書局 1975 年版。

24. （後周）王溥《唐會要》，上海古籍出版社 1991 年版。

25. （北宋）薛居正等撰《舊五代史》，中華書局 1976 年版。

26. （北宋）歐陽修等撰《新五代史》，中華書局 1974 年版。

27. （北宋）歐陽修、宋祁等撰《新唐書》，中華書局 1975 年版。

28. （北宋）宋敏求編，洪丕謨、張伯元、沈敖大點校《唐大詔令集》，學林

出版社 1992 年版。

29.（北宋）司馬光編著、胡三省音注《資治通鑒》，中華書局 2008 年版。

30.（南宋）馬端臨《文獻通考》，中華書局 1986 年版。

31. 傅璇琮主編《唐才子傳校箋》，中華書局 2002 年版。

32.（清）吳任臣《十國春秋》，中華書局 1983 年版。

33.（唐）劉肅撰，許德楠、李鼎霞點校《大唐新語》，中華書局 1984 年版。

34.（北宋）贊寧撰、范祥雍點校《宋高僧傳》，中華書局 1987 年版。

35.（南宋）吳曾《能改齋漫錄》，上海古籍出版社 1979 年版。

36.（南宋）計有功《唐詩紀事》，中華書局 1965 年版。

37.（明）胡應麟《詩藪》，上海古籍出版社 1958 年版。

38. 劉永濟《文心雕龍校釋》，中華書局 2007 年版。

39. 王利器《文鏡秘府論校注》，中國社會科學出版社 1983 年版。

40. 徐師曾著、羅根澤校點《文體明辨序說》，人民文學出版社 1998 年版。

41.（清）永瑢等撰《四庫全書總目》，中華書局 2008 年影印。

42.（清）葉昌熾撰、韓銳校注《語石校注》，今日中國出版社 1995 年版。

43.（唐）張彥遠《法書要錄》，遼寧教育出版社 1998 年版。

44. 潘運告編《中晚唐五代書論》，湖南美術出版社 1997 年版。

45. 潘運告編《漢魏六朝書畫論》，湖南美術出版社 2009 年版。

46. 桂第子譯《宣和書譜》，湖南美術出版社 2005 年版。

三、今人研究著作

1. 王明《道家和道教思想研究》，中國社會科學出版社 1987 年版。

2. 黃釗主編《道家思想史綱》，湖南師範大學出版社 1991 年版。

3. 何建明《道家思想的歷史轉折》，華中師範大學出版社 1997 年版。

4. 葛兆光《屈服史及其他：六朝隋唐道教的思想史研究》，三聯書店 2003 年版。

5. 張崇富《上清派修道思想研究》，巴蜀書社 2004 年版。

6. 李生龍《無為論》（修訂本），湖南師範大學出版社 2009 年版。

7. 陳垣《南宋初河北新道教考》，中華書局 1962 年版。

8. 陳國符《道藏源流考》，中華書局 1985 年版。

9. 李養正《道教概說》，中華書局 1989 年版。

10. 牟鍾鑒主編《道教通論——兼論道家學說》，齊魯書社 1991 年版。

11. 陳耀庭、劉仲宇《道、仙、人——中國道教縱橫》，上海社會科學院出版

社 1992 年版。

12. 張廣保《唐宋內丹道教》，上海文藝出版社 2001 年版。

13. 李大華、李剛、何建明著《隋唐道家與道教》，廣東人民出版社 2003 年版。

14. 鍾國發《茅山道教上清宗》，東大圖書公司 2003 年版。

15. 楊世華、潘一德編著《茅山道教志》，華中師範大學出版社 2007 年版。

16. 劉咸炘《道教徵略》（外 14 種），上海科學技術文獻出版社 2010 年版。

17. 傅勤家《中國道教史》，上海書店 1984 年版。

18. 卿希泰主編《中國道教思想史綱》（第一卷），四川人民出版社 1980 年版。

19. 卿希泰主編《中國道教思想史綱》（第二卷），四川人民出版社 1985 年版。

20. 卿希泰主編《中國道教》（第四冊），東方出版中心 1994 年版。

21. 卿希泰主編《中國道教史》（修訂本），四川人民出版社 1996 年版。

22. 卿希泰主編《中國道教思想史》，人民出版社 2009 年版。

23. 任繼愈主編《中國道教史》，上海人民出版社 1990 年版。

24. 湯一介《魏晉南北朝時期的道教》，陝西師範大學出版 1988 年版。

25. 許地山《道教史》，上海古籍出版社 2006 年版。

26. 潘雨廷《道教史發微》，上海社會科學院出版社 2003 年版。

27. 王家葵《陶弘景叢考》，齊魯書社 2003 年版。

28. 孫亦平《杜光庭思想與唐宋道教的轉型》，南京大學出版社 2004 年版。

29. 孫亦平《杜光庭評傳》，南京大學出版社 2005 年版。

30. 鍾國發《陶弘景評傳》，南京大學出版社 2006 年版。

31. 劉永霞《茅山宗師陶弘景的道與術》，社會科學文獻出版社 2010 年版。

32. 張澤洪《道教齋醮符咒儀式》，巴蜀書社 1999 年版。

33. 蓋建民《道教醫學》，宗教文化出版社 2001 年版。

34. 劉仲宇《道教法術》，上海文化出版社 2002 年版。

35. 李生龍《占星術》，海南出版社 1993 年版。

36. 鄭曉江主編《中國辟邪文化大觀》，花城出版社 1994 年版。

37. 葛兆光《道教與中國文化》，上海人民出版社 1987 年版。

38. 陳攖寧《道教與養生》，華文出版社 1989 年版。

39. 卿希泰主編《道教與中國傳統文化》，福建人民出版社 1990 年版。

40. 呂錫琛《道家道教與中國古代政治》，湖南人民出版社 2002 年版。

41. 王永平《道教與唐代社會》，首都師範大學出版社 2002 年版。

42. 詹石窗《道教與女性》，宗教文化出版社 2010 年版。

43. 李叔還《道教大辭典》，浙江古籍出版社 1990 年影印。

44. 任繼愈主編《中國哲學史》，人民出版社 1979 年版。

45. 任繼愈主編《道藏提要》，中國社會科學出版社 1995 年版。

46. 胡孚琛主編《中華道教大辭典》，中國社會科學院出版社 1995 年版。

47. 朱越利《道經總論》，遼寧教育出版社 1997 年版。

48. 鍾肇鵬主編《道教小辭典》，上海辭書出版社 2001 年版。

49. 潘雨廷《道藏書目提要》，上海古籍出版社 2003 年版。

50. 湯用彤《漢魏兩晉南北朝佛教史》，中華書局 1983 年版。

51. 湯用彤《隋唐佛教史稿》，江蘇教育出版社 2007 年版。

52. 葛兆光《中國禪思想史——從 6 世紀到 9 世紀》，北京大學出版社 1995 年版。

53. 詹石窗《道教文學史》，上海文藝出版社 1992 年版。

54. 詹石窗《南宋金元道教文學研究》，上海文藝出版社 2001 年版。

55. 詹石窗《道教文化十五講》，北京大學出版社 2003 年版。

56. 伍偉民、蔣見元《道教文學三十談》，上海社會科學院出版社 1993 年版。

57. 李炳海《道家與道家文學》，麗文文化事業股份有限公司 1994 年版。

58. 楊建波《道教文學史論稿》，武漢出版社 2001 年版。

59. 葛兆光《想像力的世界：道教與唐代文學》，現代出版社 1989 年版。

60. 孫昌武《道教與唐代文學》，人民文學出版社 2001 年版。

61. 孫昌武《道教文學十講》，中華書局 2014 年版。

62. 張松輝《漢魏六朝道教與文學》，湖南師範大學出版社 1996 年版。

63. 張松輝《唐宋道家道教與文學》，湖南師範大學出版社 1998 年版。

64. 張松輝《先秦兩漢道家與文學》，東方出版社 2004 年版。

65. 趙益《六朝南方神仙道教與文學》，上海古籍出版社 2006 年版。

66. 趙益《六朝隋唐道教文獻研究》，鳳凰出版社 2012 年版。

67. 左洪濤《金元時期道教文學研究——以全真教王重陽和全真七子詩詞為中心》，人民出版社 2008 年版。

68. 黃世中《唐詩與道教》，灕江出版社 1998 年版。

69. 葛兆光《中國宗教與文學論集》，清華大學出版社 1998 年版。

70. 孫遜《中國古代小說與宗教》，復旦大學出版社 2000 年版。

71. 蔣艷萍《道教修煉與古代文藝創作思想論》，嶽麓書社 2006 年版。

72. 蔣振華《漢魏六朝道教文學思想研究》，中南大學出版社 2006 年版。

73. 蔣振華《〈莊子〉寓言的文化闡釋》，湖南人民出版社 2007 年版。

74. 蔣振華《唐宋道教文學思想史》，嶽麓書社 2009 年版。

75. 胡孚琛《魏晉神仙道教——〈抱朴子內篇〉研究》，人民出版社 1989 年版。

76. 鍾來因《長生不死的探求——道經〈真誥〉之謎》，文匯出版社 1992 年版。

77. 羅爭鳴《杜光庭道教小說研究》，巴蜀書社 2005 年版。

78. 李生龍《道家及其對文學的影響》（修訂本），嶽麓書社 2005 年版。

79. 程樂松《即神即心——真人之誥與陶弘景的信仰世界》，中國人民大學出版社 2010 年版。

80. 胡國瑞《魏晉南北朝文學史》，上海文藝出版社 1980 年版。

81. 王瑤《中古文學史論集》，上海古籍出版社 1982 年版。

82. 劉大杰《中國文學發展史》，上海古籍出版社 1982 年版。

83. 胡適《白話文學史》，百花文藝出版社 2002 年版。

84. 馬積高、黃鈞主編《中國古代文學史》（修訂本），湖南文藝出版社 2004 年版。

85. 劉永濟《十四朝文學要略》，中華書局 2007 年版。

86. 傅璇琮《唐代詩人叢考》，中華書局 1980 年版。

87. 胥樹人《李白和他的詩歌》，上海古籍出版社 1984 年版。

88. 袁行霈《中國詩歌藝術研究》，北京大學出版社 1987 年版。

89. 蔣寅《大曆詩人研究》，中華書局 1995 年版。

90. 羅宗強《唐詩小史》，百花文藝出版社 2008 年版。

91. 聞一多《神話與詩》，天津古籍出版社 2008 年版。

92. 馬積高《賦史》，上海古籍出版社 1987 年版。

93. 葉幼明《辭賦通論》，湖南教育出版社 1991 年版。

94. 程章燦《魏晉南北朝賦史》，江蘇古籍出版社 2001 年版。

95. 曹明綱《賦學概論》，上海古籍出版社 2009 年版。

96. 曹道衡《漢魏六朝辭賦》，上海古籍出版社 2011 年版。

97. 李劍國《唐五代志怪傳奇敘錄》，南開大學出版社 1993 年版。

98. 李劍國《唐前志怪小說史》（修訂版），天津教育出版社 2006 年版。

99. 程國賦《唐代小說嬗變研究》，廣東人民出版社 1997 年版。

100. 侯忠義《隋唐五代小說史》，浙江古籍出版社 1997 年版。

101. 程毅中《唐代小說史》，人民文學出版社 2003 年版。

102. 譚家健《中國古代散文史稿》，重慶出版社 2006 年版。

103. 羅宗強《魏晉南北朝文學思想史》，中華書局 1996 年版。

104. 羅宗強《隋唐五代文學思想史》，中華書局 2003 年版。

105. 羅宗強《玄學與魏晉士人心態》，天津教育出版社 2006 年版。

106. 趙曉嵐《姜夔與南宋文化》，學苑出版社 2001 年版。

107. 李長之《李白傳》，百花文藝出版社 2003 年版。

108. 朱東潤《杜甫敘論》，人民文學出版社 2006 年版。

109. 劉躍進《門閥士族與永明文學》，三聯書店 1996 年版。

110. 傅璇琮《唐代科舉與文學》，陝西人民出版社 2007 年版。

111. 陶敏、李一飛《隋唐五代文學史料學》，中華書局 2001 年版。

112. 陶敏《全唐詩人名匯考》，遼海出版社 2006 年版。

113. 褚斌傑《中國古代文體概論》（增訂本），北京大學出版社 1990 年版。

114. 劉文剛《宋代的隱士與文學》，四川大學出版社 1992 年版。

115. 李生龍《隱士與中國古代文學》，湖南教育出版社 2003 年版。

116. 朱立元《當代西方文藝理論》，華東師範大學出版社 1997 年版。

117. 朱光潛《朱光潛全集》（第三卷），安徽教育出版社 1996 年版。

118. 王利器《曉傳書齋集》，華東師範大學出版社 1998 年版。

119. 魯迅《魯迅全集》，人民文學出版社 2005 年版。

120. 顧頡剛《漢代學術史略》，東方出版社 2005 年版。

121. 陳松青《先秦兩漢儒家與文學》，湖南師範大學出版社 2006 年版。

122. 李生龍《儒家文化與中國古代文學》，嶽麓書社 2009 年版。

123. 余嘉錫《四庫提要辯證》，中華書局 1980 年版。

124. 錢鍾書《管錐編》，中華書局 1999 年版。

125. 陳寅恪《金明館叢稿初編》，三聯書店 2009 年版。

126. 陳寅恪《金明館叢稿二編》，三聯書店 2009 年版。

127. 唐長孺《魏晉南北朝史論叢》，三聯書店 1978 年版。

128. 唐長孺《魏晉南北朝史論叢續編》，三聯書店 1978 年版。

129. 唐長孺《魏晉南北朝史論拾遺》，中華書局 1983 年版。

130. 岑仲勉《隋唐史》，中華書局 1982 年版。

131. 呂思勉《隋唐五代史》，上海古籍出版社 1984 年版。

132. 呂思勉《兩晉南北朝史》，上海古籍出版社 2011 年版。

133. 鄭天挺、吳澤、楊志玖主編《中國歷史大辭典》，上海辭書出版社 2000 年版。

134. 石雲濤《安史之亂——大唐盛衰記》，中華書局 2007 年版。

135. （香港）黃兆漢《道教與文學》，臺灣學生書局 1994 年版。

136. （香港）文英玲《陶弘景與道教文學》，聚賢館文化有限公司 1998 年版。

137. （臺灣）李豐楙《六朝隋唐仙道類小說研究》，臺灣學生書局 1986 年版。

138. （臺灣）李豐楙《許遜與薩守堅：鄧志謨道教小說研究》，臺灣學生書局 1997 年版。

139. （臺灣）丁煌《漢唐道教論集》，中華書局 2009 年版。

140. （臺灣）李豐楙《神化與變異：一個常與非常的文化思維》，中華書局 2010 年版。

141. （臺灣）李豐楙《仙境與遊歷：神仙世界的想像》，中華書局 2010 年版。

142. （臺灣）李豐楙《憂與遊：六朝隋唐仙道文學》，中華書局 2010 年版。

143. （日）小柳司氣太著、陳彬龢譯《道教概說》，商務印書館 1926 年版。

144. （日）窪德忠著、蕭坤華譯《道教史》，上海譯文出版社 1987 年版。

145. （日）小林正美著、李慶譯《六朝道教史研究》，四川人民出版社 2001 年版。

146. （日）興膳宏著，戴燕選譯《異域之眼——興膳宏中國古典論集》，復旦大學出版社 2006 年版。

147. （日）吉川忠夫著、王啟發譯《六朝精神史研究》，江蘇人民出版社 2010 年版。

148. （俄）康定斯基著，李政文、魏大海譯《藝術中的精神》，中國人民大學出版社 2003 年版。

149. （英）李約瑟著、陳立夫主譯《中國古代科學思想史》，江西人民出版社 2006 年版。

150. （法）索安《西方道教研究編年史》，中華書局 2002 年版。

151. （德）馬克斯·韋伯著、馬容芬譯《儒教與道教》，商務印書館 1996 年版。

152. （荷）許理和著，李四龍等譯《佛教征服中國》，江蘇人民出版社 1998 年版。

153. （美）司馬虛《茅山的道教——降經編年史》，法國大學出版社 1981 年版。

154. （美）愛德華·薩丕爾著，陸卓元譯，陸志韋校訂《語言論》，商務印書館 2007 年版。

155. （美）柯睿著、白照傑譯、徐盈盈校《李白與中古宗教文學研究》，齊魯書社 2017 年版。

156. （澳）柳存仁《道教史探源》，北京大學出版社 2000 年版。

四、學術論文

1. 郁賢皓《吳筠薦李白說辨疑》,《南京師大學報》(社會科學版)1981 年第 1 期。

2. 李寶均《吳筠薦舉李白入長安辨》,《文史哲》1981 年第 1 期。

3. 郁賢皓《李白與元丹丘交遊考》,《河南大學學報》(社會科學版)1981 年第 2 期。

4. 李斌城《茅山宗初探》,《中國史研究》1983 年第 2 期。

5. 陳耀庭《茅山道教現狀》,《宗教學研究》1985 年第 1 期。

6. 曾召南《道教學者陶弘景評介》,《宗教學研究》1985 年第 1 期。

7. 朱越利《養性延命錄考》,《世界宗教研究》1986 年第 1 期。

8. 李養正《貞白先生其人其書》,《中國道教》1987 年第 3 期。

9. 牟鍾鑒《論陶弘景的道教思想》,《世界宗教研究》1988 年第 1 期。

10. 丁貽莊《陶弘景煉丹考》,《四川大學學報》(哲學社會科學版)1988 年第 3 期。

11. 李生龍《李白與吳筠究竟有無交往》,《李白研究論叢》1990 年第 2 期。

12. 盧仁龍《吳筠生平事蹟著作考》,《中國道教》1990 年第 4 期。

13. 盧仁龍《陶弘景與書法史料鉤沉》,《文獻》1991 年第 1 期。

14. 盧仁龍《陶弘景與佛教史實考辨》,《史林》1991 年第 1 期。

15. 魏世民《陶弘景著作考述》,《淮陰師範學院學報》1991 年第 1 期。

16. 葛曉音《從「方外十友」看道教對初唐山水詩的影響》,《學術月刊》1992 年第 4 期。

17. 王瑛《杜光庭事蹟考辨》,《宗教學研究》1992 年 Z1 期。

18. 王瑛《杜光庭蜀中著述考略》,《成都大學學報》(社科版)1993 年第 3 期。

19. 詹石窗《吳筠師承考》,《中國道教》1994 年第 1 期。

20. 蔣寅《吳筠:道士詩人與道教詩》,《寧波大學學報》(人文科學版)1994 年第 2 期。

21. 李剛《試論隋代道教》,《江西社會科學》1994 年第 4 期。

22. 王瑛《杜光庭入蜀時間小考》,《宗教學研究》1995 年第 1 期。

23. 湯桂平《唐玄宗與茅山道》,《世界宗教研究》1995 年第 2 期。

24. 黄世中《唐代道隱詩人群體與外道內儒現象——從盧藏用說到吳筠》,《中國韻文學刊》1995 年第 2 期。

25. 許嘉甫《吳筠薦李白說徵補》,《臨沂師專學報》1995 年第 4 期。

26. 長虹《杜光庭〈虬髯客傳〉的流傳與影響》,《中國道教》1997 年第 1 期。

27. 王定璋《道教文化與唐代詩歌》,《文史哲》1997 年第 3 期。

28. 劉雪梅《論陶弘景的文學史地位》,《中國文學研究》1998 年第 3 期。

29. 李乃龍《道教上清派與晚唐遊仙詩》,《陝西師範大學學報》(哲學社會科學版)1999 年第 4 期。

30. 李剛《論吳筠的道教哲學思想》,《中國哲學史》2000 年第 1 期。

31. 李乃龍《道士與唐詩》,《江蘇社會科學》2000 年第 4 期。

32. 李乃龍《中晚唐詩僧與道教上清派》,《陝西師範大學學報》(哲學社會科學版)2000 年第 4 期。

33. 王光照《隋煬帝與茅山宗》,《學術月刊》2000 年第 4 期。

34. 宋鳳娣《青色與中國傳統民族審美心理》,《山東大學學報》(哲學社會科學)2001 年第 1 期。

35. 羅爭鳴《杜光庭兩度入蜀考》,《宗教學研究》2002 年第 1 期。

36. 何春生《洞天福地話茅山》,《中國宗教》2002 年第 1 期。

37. 王家葵《陶弘景與梁武帝——陶弘景交遊叢考之一》,《宗教學研究》2002 年第 1 期。

38. 卿希泰《司馬承禎的生平及其修道思想》,《宗教學研究》2003 年第 1 期。

39. 湯其領《陶弘景與茅山道的誕生》,《蘇州大學學報》(哲學社會科學版)2003 年第 2 期。

40. 曹林娣、梁驥《論茅山上清派宗師楊羲的道教詩歌》,《蘇州大學學報》(哲學社會科學版)2003 年第 3 期。

41. 羅爭鳴《關於杜光庭生平幾個問題的考證》,《文學遺產》2003 年第 5 期。

42. 王家葵《陶弘景與沈約——陶弘景交遊叢考之二》,《宗教學研究》2004 年第 2 期。

43. 羅爭鳴《杜光庭著述考辨》,《宗教學研究》2004 年第 4 期。

44. 黃震《略論唐人自撰墓誌》,《長江學術》2006 年第 1 期。

45. 何海燕《唐代女真人謝自然考》,《宗教學研究》2006 年第 2 期。

46. 孫亦平《論杜光庭的三教融合思想及其影響》,《中國哲學史》2006 年第 4 期。

47. 孫亦平《論杜光庭對道教齋醮科儀的發展與貢獻》,《宗教學研究》2006 年第 4 期。

48. 成娟陽、劉湘蘭《論杜光庭的齋醮詞》,《中國文化研究》2006 年第 4 期。

49. 韋春喜、張影《論唐代道士吳筠的詠史組詩》,《宗教學研究》2006 年第 4 期。

50. 湯其領《司馬承禎的修道思想》,《河南科技大學學報》(社會科學版)2007 年第 1 期。

51. 趙益《〈真誥〉與唐詩》，《中華文史論叢》2007 年第 2 期。

52. 蔣振華《宗教與文學的玄想契合——論上清道修煉方術對魏晉南北朝文學思想的影響》，《南開學報》（哲學社會科學版）2007 年第 5 期。

53. 吳禮權《〈史記〉史傳體篇章結構修辭模式對傳奇小說的影響》，《福建師範大學學報》（哲學社會科學版）2008 年第 1 期。

54. 吳真《從杜光庭六篇羅天醮詞看早期羅天大醮》，《中國道教》2008 年第 2 期。

55. 張崇富《茅山宗與重玄學》，《四川大學學報》（哲學社會科學版）2008 年第 3 期。

56. 湯其領《唐代茅山道論略》，《河南科技大學學報》（社會科學版）2008 年第 6 期。

57. 張海鷗、張振謙《唐宋青詞的文體形態和文學性》，《文學遺產》2009 年第 2 期。

58. 魏裕銘《論六朝遊戲散文的類別與價值》，《南京曉莊學院學報》2009 年第 4 期。

59. 袁清湘《徐靈府與上清派南嶽天台系》，《中國道教》2009 年第 6 期。

60. 王瑛《杜光庭詩歌考析》，《蜀學》2010 年第 5 期。

61. 張振謙《北宋文人與茅山宗》，《江南大學學報》（人文社會科學版）2010 年第 5 期。

62. 張厚知《論陶弘景的文學創作》，《聊城大學學報》（社會科學版）2011 年第 1 期。

63. 李金坤《「欲界仙都」的詩意棲居——陶弘景及其茅山詩文經典審美》，《中國文學研究》2011 年第 3 期。

64. （香港）黃兆漢、文英玲《從〈華陽陶隱居集〉和〈真誥〉看陶弘景的宗教經驗》，《世界宗教研究》1998 年第 4 期。

65. （臺灣）劉煥玲《吳筠的步虛詞》，《道教學探索》1991 年第 5 期。

66. （臺灣）莊宏誼《唐代吳筠的仙道思想》，《輔仁宗教研究》2009 年第 19 期。

67. （日）麥谷邦夫《陶弘景年譜考略》，《東方宗教》1976 年第 47、48 期。

68. （日）麥谷邦夫《吳筠事蹟考》，《東方學報》2010 年第 85 期。

69. （瑞典）王羅傑《茅山道教和唐宋文人》，《道家文化研究》1999 年第 16 期。

70. （美）薛愛華《吳筠的步虛詞》，《哈佛亞洲研究雜誌》1981 年第 41 期。

71. （美）薛愛華《吳筠的遊仙詩》，《華裔學志》1981～1983 年第 35 期。

72. 羅虹《杜光庭及其著作研究》，華中師範大學 2004 年碩士論文。

73. 張厚知《陶弘景文學研究》，湖南大學 2007 碩士論文。

74. 樊昕《杜光庭〈墉城集仙錄〉研究》，南京師範大學 2007 年博士論文。

75. （臺灣）林海永《吳筠道教詩研究》，南華大學文學研究所 2003 年碩士論文。

76. （香港）文英玲《盛唐茅山派道教文學研究》，香港大學 2002 年博士論文。

77. （美）拉塞爾《神仙之歌——〈真誥〉的詩歌》，國立澳大利亞大學 1985 年博士論文。

後　記

　　這本書是在我的博士學位論文基礎上修改潤色而成的，其能夠如期完成並最終出版，離不開老師的幫助和家人的鼓勵，一直以來我都銘感於心。

　　十年前，承蒙恩師李生龍教授允納門下，從學習到生活各方面，都給予我很大的關心和幫助。特別是在論文撰寫期間，李師生病住院，但仍心繫我的博士論文，多次於病榻邊忍受咽喉疼痛為我釋疑解惑，令我感動不已。出院後，老師尚未康復，一直在家調養，還時時不忘檢查論文進度，如有新想法則通過短信、電話與我交流切磋。每次接到老師的「最新指示」，我都有一種緊迫感時時催促自己盡快完稿。論文初稿完成後，李師又逐字逐句批閱，如有錯漏之處則用紅筆圈出並在旁邊標注修改；如需要再做深入探討和改進的部分則提出了詳細的修改意見。所以，如果說拙作還略有所得的話，都歸功於李師的辛苦付出。轉眼先生仙逝已過兩年。當書稿付梓之際，我不能不想到為此付出極大心血的恩師，並藉此片紙表達對他的永久懷念。

　　本書在研究、撰寫期間，碩導蔣振華教授也時加鞭策，曾蒞臨宿舍指點迷津，開拓思路，對書稿提出了極具價值的建議。這次又欣然為拙著作序，給予我鼓勵和支持，我感到十分榮幸。另外，廣西師範大學沈家莊教授題寫書名，使拙著添彩增色。還有湖南科技大學的陶敏教授、徐前師教授也多有關心和幫助，尤其是陶教授，慷慨地惠賜大作，在資料上給予了我大力支持。誰知在論文撰寫的最後階段，得知他病逝的消息，一時間竟不敢相信。直到今天，每當憶及當年見面之場景，心中依然充滿了深深的懷念之情。於此，也一併向他們表示衷心的感謝。

　　還要感謝給予我最多關心和支持的家人，他們是支撐我前進的動力。這

些年來，我一直在外求學，後來工作也在外地，很少幫助家裏分擔生活和經濟上的壓力，是妹妹留在父母身邊悉心照顧，任勞任怨的付出。而且祖母因病去世，我也沒能更好地盡孝道，留下了長久的遺憾，但他們依然無條件地鼓勵我，支持我，支持我的每一次折騰。正是因為有了家人的默默守護和支持，我才能心無旁騖、全力以赴地投入學習與工作。每念及此，除了感動，更有難以言說的愧疚和不安。

由於博士畢業後，積極投入新的教學和研究工作，因而論文修改進度緩慢。此次感謝花木蘭文化事業有限公司使拙著忝為《古典文學研究輯刊》之一，才得以如此迅速地問世。楊嘉樂女士曾通過郵件就出版事宜予以指導，這也是需要特別感謝的。由於本身學養、識見有限，書中或有不足之處，敬希讀者不吝賜教。

段祖青

二〇一三年六月三日於長沙

二〇二〇六月十一日改於南昌翁馬齋